AtV

BETTY WINKELMAN lebt in San Fransisco. Sie arbeitet als Redakteurin und ist Autorin der ersten beiden Abenteuer von Leutnant Bak, Das Gold von Ägypten und Der goldene Gott.

Ägypten im Jahre 1464 vor Christi Geburt, zur Zeit der Königin Hatschepsut: Bak, oberster Polizeioffizier in Buhen, einer Stadt an der Grenze zu Nubien, erhält vom Wesir den Auftrag, Schmugglern auf die Spur zu kommen, die heimlich Waren – vor allem das wertvolle Elfenbein – zu den Herrschern der kleinen Königreiche im Norden von Ägypten transportieren, ohne daß das Schatzamt der Königin etwas davon weiß. Schon auf dem zweiten Schiff, das Bak und seine Männer kontrollieren, werden sie fündig. Kurz darauf trifft den Kapitän dieses Schiffes ein tödlicher Pfeil. Bald wird immer deutlicher, daß die Schätze aus Gräbern in der Wüste südlich von Kor stammen müssen. Doch der Weg dorthin und zu den Anführern der Schmugglerbande erweist sich als gefährlich und voller böser Überraschungen.

Betty Winkelman

Das weiße Gold des Pharao

Aus dem Amerikanischen
von Hans Freundl

Aufbau Taschenbuch Verlag

ISBN 3-7466-1356-6

1. Auflage 1999

Umschlaggestaltung Torsten Lemme unter Verwendung
eines Fotos von David Hamilton, The Image Bank
Druck Elsnerdruck GmbH, Berlin
Printed in Germany

1. Kapitel

»Leutnant Bak!« Der Schreiber Hori kam durch das Portal des hohen, mit zwei Türmen versehenen Tores gestürmt und rannte den Gehweg entlang, ohne Rücksicht zu nehmen auf die Hitze, die schwüle Luft und den Wachposten, der auf diesem Teil der Zinnen patrouillierte. Seine Aufmerksamkeit galt einzig seinem Vorgesetzten, einem Mann Mitte zwanzig. Er war größer als der Durchschnitt, hatte breite Schultern und kurzgeschnittenes schwarzes Haar. »Herr! Ein Mann ist verwundet worden! Man hat versucht, ihn zu erdolchen.«

Bak, der Chef der Medja-Polizei in der Festung von Buhen, wandte sich von der Schießscharte ab, durch die er die Männer beobachtet hatte – Soldaten, Matrosen, Händler und Fischer –, die ihren Geschäften nachgingen im Hafen und auf den Schiffen, die dort an den drei Sandstein-Kais, die in den Fluß hineinragten, vertäut waren. »Wer? Sag bloß nicht, daß der Bogenschütze May wieder in Dedus Dorf zurückgekehrt ist!«

Der pausbackige junge Mann wischte sich die Schweißperlen vom Gesicht. »Nein, Herr. Eine Nacht im Wachhaus hat seine Wut abgekühlt und seine Leidenschaft ebenso. Er hatte viel Zeit, über Dedus Drohung, ihn zu entmannen, nachzudenken. Er schwört, daß er dessen Enkeltochter von nun an aus dem Weg gehen wird, als wäre sie von königlichem Geblüt.« Er holte tief Luft und platzte dann mit der Nachricht heraus. »Es ist der Bauer Penhet. Seine Frau hat ihn blutend auf dem Feld gefunden, ein Dolch lag im Staub neben ihm.«

»Penhet.« Baks Lächeln über Mays Zwangslage war wie weggewischt, und er runzelte die Stirn. Er durchforstete sein Gedächtnis nach einem Gesicht. Als er sich erinnerte, richtete sich sein Blick auf den langen Streifen grünen, fruchtbaren Landes am Ostufer. Die Oase war wie Buhen eine Bastion voller Leben inmitten der öden, goldgelben Wüste, in der nur die widerstandsfähigsten Geschöpfe überleben konnten. »Ach ja, ihm gehört ein Hof von beträchtlicher Größe am nördlichen Ende der Oase. Er und seine Frau bewirtschaften dort immer gemeinsam die Felder.«

Horis Augen weiteten sich vor jugendlichem Eifer. »Sie hat den Mann gesehen, der ihn erstechen wollte, Herr. Es war ein anderer Bauer, der Nachbar Netermose. Er kniete neben ihrem Mann, als sie zufällig dazukam, vollkommen mit Penhets Blut beschmiert.«

»Netermose?« Bak zog seine Stirn noch mehr in Falten. »Ich kenne ihn vom Markt. Er ist oft hier, wenn er seine Ernte eingebracht hat. Er handelt mit Datteln, Melonen und Gemüse. Ich habe ihn bisher eher für einen sanftmütigen Mann gehalten. Nicht für einen, der gegenüber einem Nachbarn gewalttätig wird. Hätte ich zumindest gedacht.«

Hori zuckte mit den Schultern, seine gute Laune schien verflogen. »Ich weiß nur, was mir der Knecht gesagt hat. Rennefer, die Frau des Bauern, hat ihn geschickt, um dich zu holen.«

Bak warf dem Schreiber einen durchdringenden Blick zu. »Sie möchte, daß ich komme? Das erstaunt mich. Die Leute rufen normalerweise lieber ihren Dorfältesten zum Recht sprechen.«

»Ich habe den Mann befragt, aber er konnte mir keinen Grund für ihren Wunsch nennen.«

»Ist schon in Ordnung. Ich werde es noch früh genug herausfinden.« Bak legte dem Jungen eine Hand auf die Schulter. Gemeinsam gingen sie in Richtung Turm. »Was sagt denn Penhet selbst? Bestimmt weiß er, wer ihm ans Leben wollte?«

»Er wurde von hinten angegriffen, sagt man. Er hat nichts gesehen.«

Bak warf einen Blick hinauf zu Re, zur goldenen Scheibe am Horizont, die von Staub verdunkelt war. Lichtschwaden drangen durch den gelben Dunst in einem letzten, jedoch vergeblichen Versuch, dem sich zusammenbrauenden Sturm Einhalt zu gebieten. »Geh und suche Imsiba. Er soll zuerst mit dem Knecht sprechen und dann zum Kai kommen.«

Auch Horis Augen wanderten zum Himmel hoch. »Du solltest nicht auf dem Fluß sein, Herr, wenn der Sturm aufzieht.«

Das Verbrechen schien ziemlich eindeutig und von geringer Bedeutung zu sein, dennoch konnte Bak die Bitte, persönlich am Tatort zu erscheinen, nicht abschlagen. Normalerweise war er der letzte, der von einem Vergehen in der nahe gelegenen Oase erfuhr, es sei denn, ein Mann aus der Garnison war betroffen. Und selbst dann nahm man seine Hilfe nur widerwillig an, denn man betrachtete ihn als einen Außenseiter, der sich in örtliche Angelegenheiten einmischte.

»Jede Stunde, die verstreicht, macht es schwieriger, die Spuren zu sichern. Und in diesem Fall muß ich mir der Beweise doppelt sicher sein. Sollte ich Netermose für schuldig befinden, habe ich keine andere Wahl, als ihn dem Kommandanten vorzuführen. Und der wird Anklage wegen versuchten Mordes erheben. Und wie würden die Dorfbewohner reagieren, falls ich mich irre?«

Bak, bewaffnet mit seinem Amtsstab und einem Dolch in passender Scheide am Gürtel, eilte durch das Turmtor hinaus. Er mied absichtlich das emsige Treiben der Männer. Ihre Rücken waren gebeugt unter der Last der schweren Getreidesäcke, während sie ein tief im Wasser liegendes Handelsschiff entluden und die Waren in ein Lager innerhalb der Festung brachten. Ihre Stimmen hoben und senkten sich im Rhythmus eines jahrhundertealten Arbeitsliedes. Der Gestank von Schweiß und der erdige Geruch von Getreide kitzelten Baks Nase. Er mußte niesen.

Er bog nach rechts auf die Steinterrasse ab, die parallel zum Fluß verlief, und hastete unten an der Festung entlang. Die Mauern der Festung bestanden aus weiß gestrichenen Lehmziegeln und wurden in regelmäßigen Abständen von hochaufragenden Türmen verstärkt. Der heiße Atem von Re war unbarmherzig, ein Vorbote des nahenden Sturms. Das Licht, das von den weißen Mauern zurückgeworfen wurde, blendete ihn. Die vom Putz und Stein ausgehende Hitze hatte die Kinder vertrieben, die für gewöhnlich am Rande des Wassers spielten. In der Nähe des nördlichen Kais traf er auf Sergeant Imsiba. Er stand neben ihrem Boot, das an der steinernen Futtermauer, die das Ufer vor Aushöhlung schützte, vertäut lag. Bak sprang über die Brüstung auf die darunterliegende Terrasse, setzte über eine zweite Mauer und landete direkt auf der Futtermauer.

»Du hast mit Penhets Knecht gesprochen?« fragte er und warf seinen Amtsstab in das flachkielige Boot. Er krachte auf Imsibas schwarzen Schild aus Rindsleder, bevor er zwischen den Mast und den langen Speer mit Bronzespitze seines Medjas rollte.

»Falls die Wunden sich nicht entzünden, wird sein Herr wieder auf die Beine kommen, so glaubt er. Sonst hat er mir nichts mitgeteilt.« Imsibas Augen blitzten verächtlich. »Er ist ein armseliger Feigling, der sogar vor seinem eigenen Spiegelbild in einer Pfütze Angst hätte. Also hat er so getan, als wüßte er von nichts.« Der Sergeant war um einen halben Kopf größer als Bak und ein paar Jahre älter. Er hatte eine dunkle Haut, kräftige Muskeln und ein entschlossenes Kinn, und doch besaß er die Grazie und Behendigkeit eines Löwen.

Bak stemmte sich gegen den Bug des Bootes, und gemeinsam begannen sie es ins Wasser zu schieben. »Hast du ihm mit dem Knüppel gedroht?«

»Auch das hätte seine Zunge nicht gelöst.«

Bak war weder überrascht noch enttäuscht. Er hielt nicht viel vom Einsatz von Gewalt bei Ermittlungen. Allzu oft gab ein geprügelter Mann bereitwillig all das zu, was der andere mit dem strafenden Stock hören wollte.

Das Boot glitt fast geräuschlos in das Fahrwasser, und die beiden sprangen hinein. Bak begab sich nach achtern zum Steuerruder, Imsiba nahm die Ruder heraus und brachte das Boot mit langen Schlägen an den am Kai vertäuten Schiffen vorbei. Ein Matrose, der mit einer Angelrute hoch oben auf einem prächtig glänzenden, bunt bemalten Handelsschiff saß, rief ihnen eine Warnung zu, als sie seiner Schnur zu nahe kamen.

»Was weißt du über Penhet, Imsiba?«

»Ich kenne ihn nicht persönlich, habe nur von ihm reden gehört, und zwar in dem Freudenhaus ganz in der Nähe seines Hofes, wo ich manchmal auf ein Bier einkehre.«

Das Boot wurde nun allmählich von der Strömung erfaßt und flußabwärts getrieben. Bak setzte das Steuerruder auf einen Kurs, der sie hinüber zur Oase bringen würde. Der Fluß führte Hochwasser, und seine lebensspendenden Fluten waren noch nicht wieder in ihre ursprünglichen Ufer zurückgetreten. Die Wasseroberfläche war völlig glatt, in ihr spiegelten sich die Sonne und der golden gefärbte Himmel. Hier und da unterbrach ein hochspringender Fisch die Stille. Eine kleine Schar bräunlicher Enten glitt durchs Wasser, lautes Quaken war zu hören. Sie schienen auf der Suche nach einem sicheren Plätzchen zu sein, wo sie ausruhen und Futter finden konnten. Weiter unten am gegenüberliegenden Ufer sah man eine Gruppe von sechs Fischerbooten, die eilig flußabwärts schossen. Sie wollten wohl noch den Heimathafen erreichen, bevor der Sturm losbrach.

Mit einem der Ruder schob Imsiba einen im Wasser schwimmenden Ast weg, der von einem Akazienbaum abgebrochen war. »Alle, die im Umkreis eines Tagesmarsches von seinem Hof entfernt leben, loben seine ihm treu ergebene Frau in den höchsten Tönen, aber die meisten können auch ein Lied davon singen, daß er seinen Nachbarn schon viel Ärger bereitet hat.«

»Ärger?« Konnte es sein, daß Rennefer ihn wegen nachbarlicher Streitigkeiten hatte rufen lassen? überlegte Bak. Vielleicht glaubte sie, daß nur ein Mann, der nicht in die Zwistigkeiten vor Ort verwickelt war, für Gerechtigkeit sorgen könne.

Ein sanfter Lufthauch streifte seine Wange, es war nur die Andeutung einer Brise, aber so heiß, daß einem der Schweiß auf der Stelle trocknete. Bak betete darum, daß der Sturm noch so lange auf sich warten lassen möge, bis sie auf dem Feld waren, wo der Überfall stattgefunden hatte.

Der Medja-Polizist legte sich wegen des ständig zunehmenden Windes kräftiger in die Riemen. Seine Muskeln traten bei jeder Bewegung stark hervor, Schweißperlen rannen über seinen Oberkörper. Dank seiner Anstrengungen und unterstützt durch die Strömung, schoß das Boot schnell durch das Wasser. »Und obwohl Penhet daran schuld war, hat ihm niemand einen Vorwurf gemacht.«

Bak beobachtete angestrengt die Geier, es war mindestens ein Dutzend, die über dem nördlichen Rand der Oase kreisten. War es möglich, daß der Bauer inzwischen seinen Verletzungen erlegen war? »Du widersprichst dir, und mich bringst du auch ganz durcheinander.«

»Er gilt als liebenswürdig, fröhlich, gesellig und großzügig, aber auch als ein Mann, der nicht gerade den größten Fleiß an den Tag legt.« Imsiba mußte die Vögel ebenfalls bemerkt haben, denn er stieß die Riemen noch entschlossener ins Wasser. »Es heißt, daß auf seinem Land nur deshalb alles so gut gedeiht, weil der vorherige Besitzer es mit Liebe und großem Können gepflegt hat – und weil Rennefer Seite an Seite mit ihm auf den Feldern arbeitet und das Gesinde mit fester Hand führt.«

»Du erwähntest, daß es Ärger mit den Nachbarn gab«, hakte Bak nach, die Augen auf einen dunklen Fleck ein wenig weiter flußaufwärts gerichtet. Dort befand sich eine Sandbank unmittelbar unter der Wasseroberfläche, die einem sorglosen Schiffer schnell zur Gefahr werden konnte.

»Letztes Jahr war es gegen Ende der Wachstumsperiode sehr heiß, und das Land war völlig ausgedörrt. Da hat er seinen Leuten befohlen, den Bewässerungskanal, der an seinem Hof vorbeifließt, zu verstopfen und das Wasser in die Gräben, die auf seine Feldern führen, zu leiten. Die Ernten der Bauern, deren Höfe weiter unten am Kanal liegen, sind daraufhin vertrocknet, während seine Ernte um so üppiger ausfiel. Man hatte zwar den Damm, den er errichtet hatte, innerhalb eines Tages ausfindig gemacht und wieder abgetragen, aber bis dahin waren bereits einige benachbarte Felder völlig ruiniert, und andere litten derart unter dem Wassermangel, daß die Ernten nur noch halb so groß ausfielen.«

Bak stieß einen lauten Pfiff aus. »Kein Wunder, daß ihm jemand an den Kragen wollte.«

»Als er den Schaden bemerkte, den er angerichtet hatte, gab er sich ziemlich zerknirscht.« Imsibas Stimme klang so trocken wie die stauberfüllte Luft. »Er hat sich erboten, alles wiedergutzumachen, aber seine eigene Ernte reichte dafür nicht aus. Die Nachbarn, die ihn für einen netten, aber unfähigen Dummkopf halten, haben das wenige genommen, das er ihnen geben konnte, und haben die Sache auf sich beruhen lassen.« Der Medja warf Bak ein müdes Lächeln zu. »Ein paar von ihnen haben überlegt, ob nicht vielleicht Rennefer ihm eingeflüstert haben könnte, das Wasser umzuleiten, aber die meisten sind davon überzeugt, daß sie viel zu ehrlich und unschuldig ist und zu einer solchen Tat gar nicht fähig wäre.«

Baks Gedanken konzentrierten sich auf das, was offen zutage lag. »Netermose gehört vermutlich auch zu denen, deren Ernte beeinträchtigt wurde?«

»Wie einige Betroffene forderte er, daß Penhet bestraft werden müsse. Aber da die anderen sich mit weniger, als sie verloren hatten, zufriedengaben, was sollte er tun?«

Ja, was hätte er tun sollen? überlegte Bak. Der Vorfall lag schon ein halbes Jahr zurück, die Ernte war längst vorbei und die neue Saat bereits ausgebracht. Sechs Monate waren eine lange Zeit, um seinen Groll gegen jemanden aufrechtzuerhalten. Es sei denn, Penhet hatte den gleichen faulen Trick noch einmal angewandt.

»Du hast deinem Mann Alraunwurzel gegeben?« Bak setzte sich auf den dreibeinigen Schemel im nicht überdachten Innenhof von Penhets Haus. Er versuchte, seinen Ärger unter Kontrolle zu halten, und sprach betont gleichmütig. Er sah keinen Grund, Rennefer noch mehr leiden zu lassen, aber er mußte sich ziemlich zusammenreißen.

»Ich wollte, daß er schläft. Und keine Schmerzen spürt.« Ihre Augen wandten sich Bak zu und forderten ihn heraus, ihr das Recht streitig zu machen, das zu beschützen, was sich in ihrer Obhut befand.

Sie saß mit angezogenen Beinen auf dem hartgestampften Lehmboden. Mit einer Hand streichelte sie den Körper ihres schlafenden Mannes, der auf der notdürftig zusammengebauten Trage lag, auf der man ihn zum Haus gebracht hatte. Rennefer war hochgewachsen, schlank und drahtig. Ihr Gesicht war unscheinbar, wirkte eher vernachlässigt als unattraktiv. Die Hände waren rauh, die Fingergelenke geschwollen. Der Verletzte lag auf dem Bauch, das Gesicht war nach rechts gedreht. Er trug vom Hals bis zur Taille einen festen Verband. Das Blut war durchgesickert und hatte einen großen roten Fleck hinterlassen, der allmählich zu einer bräunlichen Kruste trocknete.

Der Hof war ein weißgetünchtes Rechteck, an einem Ende bildeten Palmwedel über einem Holzrahmen eine Art Dach. Ein leichtes Rascheln verriet die Anwesenheit einer Maus. Ein Webrahmen und ein Mühlstein standen im Schatten, drei große runde Gefäße an der Hauswand waren mit Wasser gefüllt. Neben den Wassergefäßen lehnte ein Bündel aus langem Schilf und eine zur Hälfte fertiggestellte Matte, die man wegen des Verletzten weggeräumt hatte. Sieben große rote Tontöpfe mit Kräutern und Gemüse waren überall im Hof verteilt. Eine gelblich-rote Katze lag schläfrig auf dem kühlen, feuchten Boden, auf dem ein Rosmarin wuchs.

»Du hättest ihm eine geringere Dosis verabreichen sollen«, sagte Bak. »Dann hätte ich mit ihm sprechen können.«

»Wieso? Du weißt ja, wer versucht hat, ihn umzubringen. Dieser Schuft Netermose!« Rennefers Stimme wurde lauter und giftiger mit jedem Wort.

Bak zwang sich zur Geduld. »Frau Rennefer, du sagst, daß du mich gerufen hast, damit ich die Angelegenheit unvoreingenommen und mit allem zu Gebote stehenden Scharfsinn untersuche. Wenn du das wirklich wünschst, dann solltest du mir keine Hindernisse in den Weg legen.« Er hielt inne und wartete auf ihr zustimmendes Nicken, so widerstrebend es auch sein mochte. »Also, wo ist der Dolch, den du gefunden hast?«

»Dort draußen.« Ihre Augen deuteten in Richtung Tür und zum Feld, das Bak noch nicht in Augenschein genommen hatte. »Ich konnte den Anblick nicht ertragen, also habe ich ihn einfach weggeworfen. Er liegt irgendwo im Unkraut, ganz in der Nähe der Stelle, wo mein Mann umgefallen ist.«

Bak mußte an sich halten, um sie nicht heftig zu schütteln. Er studierte ihr Gesicht. Sie war ungefähr vierzig, wie ihr Mann. Aber während ihr Ehemann Lachfalten um die Augen hatte, war ihre Stirn mit Falten von Jahren der Angst geprägt. Während sein Körper vom Genuß aller guten Dinge des Lebens Zeugnis ablegte, deutete ihre schmale Figur auf Arbeit und Aufopferung hin. Ihr Rücken war steif, ihr Mund dünn und zusammengepreßt, unter ihren Augen hatten sich Tränensäcke ob all der Mühsal ihres Lebens gebildet. Bak bedauerte sie, aber er mochte sie andererseits auch nicht besonders.

Dennoch durfte er nicht zulassen, daß seine Abneigung gegen sie die Suche nach der Wahrheit beeinflußte. Er nahm sich zusammen. »Hast du genau gesehen, wie Netermose Penhet den Dolch in den Rücken stieß?«

»Ich habe gesehen, wie er vor meinem Mann kniete und auf ihn hinunterschaute.« Sie schluckte heftig, als müsse sie ihre Tränenflut unterdrücken. »Als er mich kommen hörte, erhob er sich und wollte davonrennen. Überall war Blut auf seinen Kleidern, soviel Blut! … Ich habe laut geschrien, so daß meine Leute zusammenliefen. Sie hielten ihn fest, banden ihm die Hände auf den Rücken und sperrten ihn dann in eine Hütte, wo er noch immer ist.«

Eine kleine, stämmige Frau kam durch die Hintertür hereingeschlurft. Sie entdeckte Bak neben ihrer Herrin, stieß einen kurzen Schrei aus und huschte wieder hinaus. Sie hätte bei Imsiba in den Räumen des Gesindes sein sollen, stellte Bak für sich fest, statt hier im Haus herumzutappen.

»Warum hätte er Penhet ermorden sollen?«

Rennefer warf ihren Kopf heftig zurück. »Wie soll ich wissen, was in ihm vor sich geht und was ihn zu einer solch verrückten Tat getrieben hat? Ich habe ihn nicht gefragt. Sein Anblick war mir zuwider.«

Sie war eine Frau, die durchaus einer Attacke standhielt, wie Bak feststellte. »Ist es deiner Meinung nach kein Grund, zornig zu sein, wenn ein Mann einem anderen das Wasser abgräbt?«

»Mein Mann hat einen Fehler begangen.« Sie schluckte und kniff die Augen zusammen. »Er … er ist nicht unbedingt der beste Bauer. Und manchmal handelt er, ohne nachzudenken, aber niemals böswillig.«

»Hat er Netermose sonst noch Schaden zugefügt?«

»Versuchst du etwa, die Ehre meines Mannes zu beschmutzen?«

Der Schweiß lief Bak in Strömen über den Rücken. Er erhob sich. »Soll ich mich bei deinen Nachbarn erkundigen, Frau?«

Ihr Mund verkrampfte sich, und ihre Augen glänzten trotzig. Sie wußte genauso gut wie er, daß es innerhalb einer solchen Gemeinschaft am Fluß keine Geheimnisse voreinander gab. Jeder, den er fragte, würde ihm alles entdecken. Und man würde auch seine Fragen an alle anderen weitertragen. »Einmal hat Netermose meinem Mann vorgeworfen, die Grenzsteine versetzt zu haben. Ein anderes Mal hat er behauptet, daß unsere Kühe einen Graben überquert und sein Zwiebelfeld zertrampelt hätten.«

»Und stimmte das?«

Ihre Augen waren kurz auf sein Gesicht gerichtet, dann blickte sie wieder weg. Ihre Wirbelsäule war aufrecht wie der Stamm einer Palme. »Ich befürchte, das Vieh hat tatsächlich einigen Schaden angerichtet«, gab sie zu. »Und was die Grenzsteine anbelangt, so wird sich das bei der nächsten Landvermessung herausstellen.«

Bak musterte ihr Gesicht lange und intensiv. »Du siehst aus, als seist du eine intelligente Person. Alle wissen, daß du jeden Tag hart an der Seite deines Mannes arbeitest. Seine unrechten Handlungen können dir also nicht entgangen sein, Frau.«

»Er hat viele bewunderungswürdige Eigenschaften, Leutnant. Er ist gütig und großzügig und sehr liebevoll. Sein Herz ist erfüllt von Fröhlichkeit.« Sie fuhr ihrem Mann mit dem Handrücken über die Wangen. Ein Lächeln erhellte ihr Gesicht, war aber gleich darauf wieder verschwunden. »Ich nehme ihn so, wie er ist, und verschließe meine Augen einfach vor seinen Fehlern. Das macht eine gute Ehe aus, und unsere ist gut.«

Ihre Stimme wurde brüchig, und schließlich entrang sich ihrer Kehle ein leises unheimliches Stöhnen. Sie senkte den Kopf, Tränen stiegen ihr in die Augen, die sich schließlich in einen Sturzbach verwandelten. Ihr Körper hob und senkte sich unter lautem Schluchzen.

Bak fand Imsiba draußen vor, wo er den Unterstand für das Vieh und ein von einer niedrigen Lehmmauer umgebenes Gehege untersuchte. Die bräunliche Kuh mit dem geschwellten Bauch würde bald kalben. Sie teilte den Unterstand mit einem Schwein und dessen schlafenden Ferkeln. Vier Esel standen davor in der Sonne, fraßen Stroh und schlugen mit ihren Schwänzen, um die Fliegen zu verscheuchen. Einer stieß einen lauten Schrei aus, ohne daß es dafür einen Grund gegeben hätte, worauf ein anderer von einem weit entfernten Hof antwortete. Gänse und Enten watschelten auf dem feuchten Boden umher. Jemand hatte aus einem Topf Wasser verschüttet, in dem fünf junge Entchen herumplanschten. Sperlinge saßen auf dem mit Grasbüscheln bewachsenen Dach des Unterstands und tschilpten vor sich hin, flatterten umher und suchten nach Körnern und Insekten. Zwei Männer, die zum Gesinde gehörten, eilten durch die neuangelegten Gartenbeete, die nach Dung rochen. Sie kümmerten sich um die Viehherde, die aus Kühen, Schafen und Ziegen bestand und mit einem Schwarm Tauben um die Erntereste auf einem Feld wetteiferte, das bald umgepflügt und neu bepflanzt werden würde.

Die Oase erstreckte sich von hier weiter nach Süden, es war ein langer Streifen Land mit frisch bestellten braunen Feldern, mit Beeten voll junger, zarter grüner Pflänzchen und mit gelben Stoppelfeldern, durchsetzt von Unkraut. Das offene Land wurde hin und wieder unterbrochen von Palmenhainen oder Ansammlungen von nicht ganz so hoch wachsenden Akazienbäumen und Tamarisken, die entlang der Ufer der Bewässerungskanäle standen. Die staubbedeckten Blätter hingen schwer an den Zweigen, trockenes, brüchiges Gras ragte in Büscheln zwischen dichten Matten von jungem frischem Grün empor. Ein Hund bellte irgendwo in der Ferne, und schon bald schallte es wie im Chor von allen Höfen zurück. Ein Wall von Sandhügeln schloß die Oase zum Osten hin ab. Im Dunst des nahenden Gewitters wirkten die scharfen Kanten viel weicher.

»Penhet mag vielleicht wirklich nicht viel von Landwirtschaft verstehen«, meinte Imsiba und schaute sich um, »aber irgend jemand hier weiß genau, wie man aus diesem Land etwas macht.«

»Ich tippe auf Frau Rennefer.« Bak warf einen Blick auf die Hütten hinter dem Haus. »Was haben die Leute gesagt?«

Imsiba lachte. »Sie bewundern die Frau wirklich sehr. Und sie lassen nichts auf ihren Ehemann kommen. Sie wurden stets gut behandelt, und es hat ihnen nie an Essen oder einem Dach über dem Kopf gefehlt. Sie halten sich für die glücklichsten Menschen auf der Welt.«

»Klingt ja, als lebten sie in den Gefilden des Schilfrohrs.« Bak grinste. Er sprach vom Paradies, das sich alle erhofften, wenn sie eines Tages die Reise ins Jenseits würden antreten müssen. »Und nicht nach einem gewöhnlichen Bauernhof im Lande von Wawat.« Er machte eine Pause, damit seine Stimme nicht im lauten Schrei eines Esels unterging. Als es wieder einigermaßen ruhig war, fragte er: »Sagen sie das, weil sie Angst haben oder weil sie ihre Herrin beschützen wollen?«

»Sie haben gesehen, wie Penhet blutüberströmt am Boden lag und zu schwach zum Sprechen war. Sie fürchten um sein Leben.« Imsiba runzelte die Stirn und legte ein passendes Maß an Mitgefühl in seine Stimme. »Seinen Herrn zu verlieren ist immer beunruhigend. Vor allem wenn seine Witwe gezwungen sein wird, das Land allein zu bestellen – oder das Land und das Vieh und damit natürlich auch das Gesinde zu veräußern.«

Zwei Männer, so bemerkte Bak, trieben die Tiere auf das Gehöft, um sie vor dem aufkommenden Sturm in Sicherheit zu bringen. Die Scheibe von Re, so stellte er fest, hatte ihre Klarheit durch den immer dichter werdenden Dunstschleier noch mehr eingebüßt. »Wir haben nicht mehr viel Zeit. Laß uns Netermose aus seinem Gefängnis holen und an den Ort bringen, wo Penhet überfallen wurde. Wir müssen uns zusätzlich zu dem, was die besorgte Ehefrau sagt, seine Version der Tatereignisse anhören.«

Imsiba drehte sich abrupt zu ihm um und schaute ihn aus großen Augen an. »Glaubst du etwa, daß sie lügt?«

Bak zuckte mit den Achseln. »Sie hat mich holen lassen, ich weiß, und ich habe bisher keinen einzigen Verdachtsmoment, warum sie ihren Mann hätte töten sollen. Aber ich habe schon vor langer Zeit gelernt, daß es keinen fruchtbareren Boden für einen Mord gibt als das eigene Heim.«

»Ich habe es nicht getan! Ich schwöre es!« Netermoses Stimme zitterte vor Furcht. »Er lag bereits auf dem Boden, als ich ihn fand. Der Dolch lag neben ihm, und Blut floß aus mindestens einem Dutzend Wunden.« Er stöhnte. »Ich sehe ihn noch genau vor mir, mit weit aufgerissenen Augen, so als sei er völlig überrascht. Er wollte mir sagen, wer auf ihn eingestochen hatte. Ich weiß, daß er das tun wollte! Aber er hatte nicht die Kraft dazu!«

Der Bauer, ein stämmiger, etwas grobschlächtiger Mann Mitte vierzig, fuhr sich mit einer Hand über die Augen, als könne er so die Erinnerung wegwischen. Er kniete nieder, nahm genau die Haltung ein, die Rennefer beschrieben hatte. Er beugte sich vor und schaute auf eine zertretene Stelle Erde in der Nähe einer größeren Gruppe von Palmen. Ein paar bräunliche Spuren von getrocknetem Blut waren alles, was übriggeblieben war, nachdem die übereifrigen Bediensteten, ohne auf den Boden zu achten, ihren Herrn weggetragen hatten. Und zu allem Übel war ringsum alles Gras zertreten, so daß man keine Fußspuren mehr erkennen konnte.

»Falls du diesen Dolch nicht benutzt hast«, erklärte Imsiba und hielt die Waffe hoch, die er eben erst gefunden hatte, »wieso bist du dann so voller Blut?«

Netermose schaute an sich herunter, auf die muskulösen Arme und Beine und seinen Oberkörper, der ein wenig zur Fülle neigte. Ein Großteil des Bluts, das Rennefer bemerkt hatte, war getrocknet; und nur vorn auf dem Schurz und in den schweißnassen Falten seines Oberkörpers waren noch ein paar Blutflecken und dunkle Reste zu entdecken. »Ich hatte vor, ihn nach Hause zu tragen, aber …« Er hielt inne und räusperte sich. »… aber Rennefer kam angerannt, als ich ihn gerade hochheben wollte.«

Die Hände des Bauern zitterten. Ob er schuldig war oder

nichts mit der Sache zu tun hatte, der Mordversuch an Penhet hatte ihm sichtlich zugesetzt. Bak half ihm beim Aufstehen und führte ihn unter die schattigen Dattelpalmen. Was Netermose betraf, so hatte er dessen Verhalten am Tatort genau nachgestellt. »Penhet ist gewiß kein angenehmer Nachbar, ich weiß. Es gab mehr als einen Anlaß für Streitigkeiten. Was hat dich aber dieses Mal auf sein Land geführt?«

»Nichts Außergewöhnliches.« Netermoses Augen wanderten zurück zu der Stelle, wo Penhet gelegen hatte. »Eine geschäftliche Angelegenheit. Es ging um ein einfaches Tauschgeschäft.«

Eine heftige Windbö fegte durch die Palmen und über die Felder und brachte die Palmwedel zum Rascheln. Der vom Boden aufgewirbelte Staub drang den Männern in Augen, Ohren und Nasen. Die Tauben flogen vom Dach zu ihrem Unterschlupf aus Lehmziegeln in der Nähe des Hauses. Dann legte der Wind sich, die Hitze wurde wieder spürbar, und die Luft war zum Schneiden dick und voller Sand.

Bak warf Imsiba einen Blick zu, und beide hatten den gleichen Gedanken: Auch sie mußten vor dem Sturm Schutz suchen. »Sag uns, was passiert ist, erzähl es noch einmal der Reihe nach.« Bak fehlten noch Einzelheiten über das Tauschgeschäft, aber das hatte Zeit bis später, wenn sie mehr Ruhe hatten.

Der Bauer schaute hoch zum Himmel und studierte dessen Färbung und die Wolkenformationen. Er kannte die Kapriolen eines Sturms an diesem Flußabschnitt wesentlich besser als sie. Er sprach hastig und mit kleinen Pausen. Und bestätigte letztlich ihre Befürchtungen. »Penhet hat einen von seinen Leuten mit einer Nachricht zu mir geschickt. Unser Vertrag sei unterschriftsreif, hieß es, und er habe ihn bereits zu Hause vorliegen. Wenn ich am heutigen Morgen vorbeikäme, könnten wir gemeinsam ins Dorf gehen, wo der Schreiber uns mit Zeugen erwarten würde. So nahm ich also den Weg durch meine Felder, watete durch den Kanal und schlug dann den Pfad unter den Dattelpalmen ein in

Richtung auf Penhets Haus.« Sein Atem ging schwer. »Und als ich hinaus ins Sonnenlicht trat, da habe ich ihn liegen sehen.«

»Hast du etwas gehört oder bemerkt, was irgendwie ungewöhnlich war?« fragte Imsiba.

Netermose warf dem Medja einen verwirrten Blick zu, er verstand nicht ganz, worauf dieser hinauswollte. Doch dann schien er zu begreifen und legte nachdenklich die Stirn in Falten. »Die Vögel. Als ich mich den Bäumen näherte, war die Luft erfüllt von ihrem Zwitschern, aber dann sind sie plötzlich verstummt.«

Bak und Imsiba warfen sich erneut einen wissenden Blick zu. Der plötzliche Schrei einer Person, die überfallen worden war, könnte die Vögel aufgeschreckt haben – es war jedoch auch möglich, daß ein Mann, dem man einen Mordversuch zur Last legte, sich herausreden wollte.

»Du hast ihn gesehen und …? Was geschah dann?« fragte Bak.

»Es war genau so, wie ich es euch bereits gesagt habe. Ich kniete mich neben ihn nieder, um ihm zu helfen. Ich entschloß mich, ihn nach Hause zu tragen. Aber als ich ihn vom Boden hochnehmen wollte, schrie jemand ganz in der Nähe laut auf. Es war Rennefer. Sie tauchte hinter mir auf und hörte nicht auf zu schreien, so als sei sie verrückt geworden. Auch ihre Leute kamen eilig angerannt. Sie deutete mit dem Finger auf mich und bezichtigte mich, auf ihren Mann eingestochen zu haben. Dann haben sie mich eingesperrt, und den Rest kennt ihr ja.«

Eine weitere Windbö, noch stärker als die vorhergehende, fegte über das Land und ließ dürres Laub, Spreu und Schmutz durch die Luft wirbeln. Die Palmen wurden durchgeschüttelt und die Büsche und Grashalme flach zu Boden gedrückt. Die Männer wandten sich ab, zogen die Köpfe ein und schlossen Augen und Mund. Nachdem die Bö abgeflaut war, warf Bak einen Blick gen Himmel. Die Sonne war nur noch ein blasser gelber Ball am düsteren Firmament. Er sah, wie sich von jenseits des Flusses eine tiefschwarze Wetterfront über die Wüste hin ihnen näherte. Der Sand wurde so hoch aufgewirbelt, daß er alles einhüllte. Schon waren die Festung und alles andere im Staubnebel verschwunden. Bak hielt für einen Augenblick den Atem an. Er hatte zwar mit heftigem Wind gerechnet, aber ein solch starker Sturm kam selten so spät im Jahr auf.

Netermose ließ den Blick in die gleiche Richtung wandern. »Meine Früherntes«, stöhnte er und vergaß für einen Augenblick alles andere. »Nichts davon wird diesen Tag überdauern.«

»Laßt uns gehen!« schrie Imsiba ihnen zu und rannte los.

Bak warf einen letzten schnellen Blick auf die Stelle, wo Penhet zu Boden gestürzt war, und prägte sie sich genau ein. Was war hier wirklich passiert? Die Antwort schien in greifbarer Nähe zu sein, dessen war er sich sicher, aber wie bekam er sie zu fassen?

Die schmalen Fenster hoch oben in der Mauer waren mit dichten geflochtenen Matten verhängt, und die Tür war auf die gleiche Weise verschlossen. Dennoch fand der Sand seine Schlupflöcher. Der Wind stob mit unglaublicher Gewalt über das Land, begleitet von furchteinflößendem Geheul. Sandkörner wehten durch die kleinsten Ritzen und bedeckten alle Oberflächen. Die Öllampen flackerten in der stikkigen Luft, Staubpartikel wurden aufgewirbelt und nahmen jede Sicht. Sie drangen in Nasen und Ohren, fanden ihren Weg unter jedes Kleidungsstück. Mund und Nase waren trocken, die Augen brannten. Bak wußte, daß es draußen noch viel schlimmer sein mußte, aber am liebsten wäre er dennoch von diesem Ort geflohen.

Der Raum war spärlich eingerichtet, doch jetzt war er mit allem möglichen vollgestopft. An den Wänden standen drei große, aus Schilf geflochtene Vorratskisten und eine kleine Truhe aus dunklem Holz. Den Webstuhl hatte man schnell nach innen gezerrt und in eine Ecke geschoben. Rennefer saß auf dem einzigen Stuhl, den es gab, Bak kauerte auf einem dreibeinigen Schemel, Netermose saß auf dem Boden, den Rücken an die Wand gelehnt und die Füße von sich gestreckt. In der Nähe der Tür stand der Klappstuhl, den sich Imsiba gesichert hatte, weil er es bequemer fand, darauf Platz zu nehmen, als auf einer Stufe der Lehmtreppe zu sitzen, die nach oben aufs Dach führte. Wie die Tür und die Fenster, war auch die Öffnung nach oben mit einer Matte abgedeckt. Penhet lag mit geschlossenen Augen in der weißverputzten Schlafnische und bekam von allem nichts mit, weil die Arznei noch wirkte. Hätte man nicht hin und wieder ein leises Stöhnen vernommen, dann hätte Bak fast glauben können, daß er nicht mehr unter den Lebenden weilte.

»Wie konntet ihr diesen Mann in mein Haus bringen?« beklagte sich Rennefer.

»Was hätten wir denn sonst tun sollen?« Bak schaute sie mit funkelnden Augen an. »Ihn vielleicht in den Sturm hinaustreiben?«

»Ihr habt ihn aus der Hütte geholt. Dorthin hättet ihr ihn zurückbringen können.«

»Frau Rennefer!« Bak erhob sich und wischte sich mit der Hand Sand vom Gesicht. Sein Schatten stand drohend über der Hausherrin. »Du beschuldigst ihn des Versuchs, deinen Ehemann umgebracht zu haben, und er schwört, daß er unschuldig ist. Welchen Grund sollte ich haben, dir mehr zu glauben als ihm?«

Rennefer reckte empört das Kinn vor. »Hätte ich dich rufen lassen, wenn mein Gewissen voller Schuld wäre?«

Netermose starrte auf seine großen schwieligen Hände, die er zwischen den Knien zusammenpreßte. Seit sie das Haus betreten hatten, hatte der Bauer Rennefer nicht ein einziges Mal direkt angesehen. Er hatte ihr hin und wieder einen kurzen verstohlenen Blick zugeworfen, aber das war auch schon alles. Wollte oder konnte er ihr nicht in die Augen schauen? Daß sein Gewissen ihn plagte, war ihm jedenfalls anzumerken.

»Ich habe Penhet nicht überfallen! Ich schwöre es!« Die Stimme von Netermose klang bitter. »Sie hat einfach das gesehen, was sie sehen wollte, und dann eins und eins zusammengezählt. Sie will einfach glauben, daß ich mit dem Dolch auf ihn losgegangen bin.«

Bak stieß einen langen tiefen Seufzer aus und ließ sich wieder auf seinen Schemel sinken, von dem er sich für kurze Zeit erhoben hatte. Er rutschte rückwärts an die Wand, ein gutes Stück weg von den dünnen Rauchwolken, die vom Docht der Öllampen spiralförmig nach oben stiegen. Drei helle Hundewelpen, die zusammengerollt in einem Strohnest lagen, beobachteten ihn, den Eindringling, voller Mißtrauen. Das zufriedene Piepsen der kleinen Entchen, die sich in einem Korb behaglich unter die Flügel ihrer Mutter schmiegten, war im ganzen Raum zu hören. Bak machte die Augen zu, um die Außenwelt auszuschließen. Er hätte gern etwas getrunken und den sandigen Geschmack von seiner Zunge gespült. Inbrünstig sehnte er das Ende des Sturms herbei, wünschte sich, endlich wieder reine Luft zu atmen und eine Lösung für den Fall zu finden, dem er hier gegenüberstand.

Er zwang sich, alles, was ihm die beiden erzählt hatten, noch einmal vor seinem geistigen Auge Revue passieren zu lassen. Er konnte keinen Fehler in Rennefers Aussage finden. Sie hatte die Wahrheit gesagt, dessen war er sich sicher, zumindest bis zu einem gewissen Punkt. Aber die kritische Zeit lag davor: Bevor sie auf Netermose stieß und Penhet am Boden lag. Ja, vielleicht selbst noch vor dem Zeitpunkt, zu dem Netermose den verwundeten Penhet entdeckt hatte.

Netermose hatte ausgesagt, daß Rennefer hinter ihm aufgetaucht, daß sie hinter den Palmen hervorgetreten sei. Falls das stimmte, könnte auch sie es gewesen sein. Sie hätte genügend Zeit gehabt, sich zwischen den Bäumen zu verstecken, als sie die Schritte des Bauern näher kommen hörte. Aber warum hätte sie dann einen Polizisten aus Buhen rufen sollen, da hatte sie schon recht, als sie darauf hinwies.

Ausgerechnet einen Mann, der viel Erfahrung darin besaß, über böse Taten im Sinne der Maat, der Göttin des Rechts und der Ordnung, zu richten?

Der Wind ächzte, raschelte mit der Türmatte und verschob den Lehmziegel, der die Matte am unteren Ende beschwerte. Selbst durch die winzigsten Öffnungen drang Sand in den Raum. Imsiba setzte sich nun auf eine der untersten Treppenstufen, um dem Sand zu entgehen, der durch die Matte in der Deckenöffnung auf ihn niedergerieselt war.

Warum hatte man auf Penhet eingestochen? überlegte Bak. Warum gerade an diesem Tag? Warum nicht gestern oder vorgestern? Er öffnete die Augen mit einem Ruck, und sein Blick fiel auf ein graugrünes Tongefäß, das in einer Gebetsnische neben der Statue des behäbigen, häßlichen Hausgottes Bes stand. »Was für ein Geschäft wolltest du mit Penhet abschließen, Netermose?«

»Ich brauche mehr Land und ...« Der Bauer warf einen kurzen Blick zu Rennefer. »Penhet hatte eingewilligt, mir ein Feld abzutreten.«

Rennefer öffnete den Mund, aber Bak bedeutete ihr mit einem strengen Blick, zu schweigen. »Worin bestanden eure Vereinbarungen?«

»Das übliche.« Netermose hielt die Augen auf seine Hände gesenkt, er saß weit nach vorn gebeugt da, als wolle er Rennefers Blick ausweichen. »Ich sollte ihm einen Teil von meinem Vieh abtreten und einige Gegenstände aus meinem Haushalt. Im Gegenzug sollte ich das Landstück gleich neben dem Palmenhain erhalten, wo der Hauptbewässerungskanal wieder zurück in den Fluß führt.«

»Nein!« Rennefer sprang auf. »Das ist unser bester Acker. Er hält das Wasser länger als alle anderen, und das Getreide wird darauf viel größer.« Ihre Augen wanderten zu Penhet, und ihre Stimme klang sehr scharf. »Mein Mann würde dieses Feld niemals verkaufen. Niemals!«

Bak hätte schwören können, daß sich Penhets Augenlider

bewegt hatten. Er starrte auf den verletzten Mann, um ihn buchstäblich mit purer Willenskraft zum Erwachen zu bringen. Doch er erntete nur ein schwaches Stöhnen. Er wandte sich wieder Netermose zu. »Wer hat diesen Handel zuerst vorgeschlagen?«

Der Bauer zog die Knie an seinen Körper und legte das Kinn darauf. »Penhet. Er wußte, daß ich mehr Land brauchte, und ich hatte ... Nun, ich besaß einige Dinge, die er gern haben wollte.« Er sah wie ein Mann aus, der befürchtet, mit verdorbenen Melonen beworfen zu werden – oder richtiger, der befürchtet, daß eine wütende Frau mit wildem Geschrei und scharfen Fingernägeln auf ihn losgeht.

»Wo ist dieser Vertrag jetzt?« fragte Imsiba.

»Ich habe keinen bei ihm gefunden.« Netermose blickte ihn überrascht an und schien ein bißchen verwirrt. »Er hatte ihn nicht bei sich. Dabei hatten wir vor ...« Seine Stimme verstummte, er wirkte einen Augenblick lang so verloren, wie es vermutlich dieses Dokument war.

Konnte es sein, daß Penhet es sich mit dem Vertrag anders überlegt hatte, fragte sich Bak, und ihn deswegen zu Hause gelassen hatte? Er ging hinüber zur Gebetsnische und nahm das Gefäß hoch. Dann kehrte er damit auf seinen Platz zurück und leerte es auf den Boden aus. Ein halbes Dutzend Papyrusrollen fielen mit leisem Rascheln heraus. Er schaute sie schnell durch. Jedes Schriftstück war versiegelt, aber das hatte nichts zu bedeuten. Für einen geschickten Mann oder eine geschickte Frau wäre es ein leichtes gewesen, etwas Lehm auf einen Knoten zu tun und ein neues Siegel aufzudrücken.

Ganz willkürlich griff er sich eine Schriftrolle heraus, brach das Siegel mit dem Daumennagel auf und entrollte sie auf seinem Schoß. Während er zu lesen begann, warf er einen Blick auf Rennefer. Er bemerkte ihren etwas überraschten und gleichzeitig bestürzten Gesichtsausdruck, bevor sie ihre Gedanken wieder hinter einer nichtssagenden Fassade verbergen konnte. Sie hatte nicht erwartet, in ihm einen gebildeten Mann vorzufinden. »Kannst du lesen und schreiben, Frau Rennefer?«

»Wofür hältst du mich?« spottete sie. »Etwa für die verwöhnte und verhätschelte Tochter von Edelleuten?«

»Und du, Netermose?«

»Ich kann zählen«, gestand der Bauer, »und ich habe gelernt zusammenzuzählen und abzuziehen. Mehr brauche ich auch nicht.«

Bak überflog die Urkunde. Es handelte sich um einen etwa ein Jahr alten Vertrag über den Verkauf von zwei Kühen an einen Bauern, der am anderen Ende der Oase lebte. Er ließ die Rolle wieder in das Gefäß fallen. »Hat der Dorfschreiber euren Vertrag vorbereitet? Oder kann Penhet selbst schreiben?«

»Penhet wollte den Vertrag selbst aufsetzen.« Netermose warf Rennefer einen ängstlichen Blick zu. »Aber um sicher zu sein, daß alles seine Ordnung hat, wollten wir den Schreiber bitten, ihn mit uns durchzugehen.«

»Du wirst niemals einen Pflug auf dieses Land setzen«, spöttelte Rennefer.

Wie um ihre Worte zu unterstreichen, begann der Wind heftig an den Matten vor der Tür, der Dachöffnung und den Fenstern zu rütteln. Noch mehr Sand drang in den Raum herein. Die Lampe in der Nähe der Tür erlosch, und beißender Geruch mischte sich mit dem Schmutz. Bak warf Imsiba einen Blick zu, der von jenem durch ein kaum sichtbares Nicken bestätigt wurde. Auch er hatte den triumphierenden Ausdruck auf Rennefers Gesicht wahrgenommen, den Jubel in ihrer Stimme bemerkt.

Bak griff nach einer anderen Rolle und brach das Siegel. Während er das Dokument auf seinen Schenkeln ausbreitete, blickte er auf den Mann in der Schlafnische. Im flackernden Schein der noch brennenden Öllampe konnte er sich nicht sicher sein, aber er hatte das Gefühl, als habe Penhet die Augen gerade wieder geschlossen. Mit ausdruckslosem Gesicht begann er zu lesen. Nach wenigen Augenblicken schaute er erneut zu dem Verletzten hinüber. Dieses Mal war er sich sicher: Penhet beobachtete sie alle aus zusammengekniffenen Augen, als wolle er der Wahrheit nicht ins Gesicht sehen – oder als habe er Angst, daß die Wahrheit ihn umbringen würde.

Bak täuschte Interesse an dem Schriftstück vor. Insgeheim aber ging er noch einmal alle Fakten durch und versuchte, einen Zusammenhang zwischen ihnen herzustellen. Er durchdachte alle Möglichkeiten, bis er schließlich glaubte, die einzig wirklich plausible Lösung gefunden zu haben. Die gefiel ihm jedoch ganz und gar nicht, und außerdem ließ sie noch einige Fragen offen. Konnte ein einziges Stück Land die Gefühle derart aufputschen? Oder gab es noch etwas, ein kleines, aber bedeutsames Detail, das den Überfall herausgefordert hatte? Entschlossen erhob er sich und stopfte die Rollen wieder in das Gefäß. »Ich muß mehr über diesen Vertrag wissen, Netermose. Kannst du mir die genauen Einzelheiten nennen?«

Wie viele Männer, die nie lesen gelernt hatten, verfügte der Bauer über ein außergewöhnliches Gedächtnis. Er konnte sämtliche Details des komplizierten Tauschhandels aufzählen, die in der Papyrusrolle dokumentiert waren: jedes kleinste Objekt, woher es ursprünglich stammte und wie hoch sein Wert war. Für das Feld, das er ausführlich beschrieb, hatte er sich bereit erklärt, Penhet Lebensmittel, Leinenstoffe, einige Gefäße und Werkzeuge aus Bronze, weibliche Kleidungsstücke und ein paar eher überflüssige Gegenstände wie kleine Schmuckstücke, einen Elfenbeinkamm und einen Spiegel aus Bronze zu überlassen. Die wichtigeren Dinge sparte sich der Bauer für den Schluß auf: Rinder, Ziegen und eine Hausmagd namens Meret, ein junges Mädchen von vierzehn Jahren.

Bak blieb still sitzen, aber er war sicher, nun endlich den Schlüssel für die Tat in der Hand zu halten. »Meret«, wiederholte er den Namen und sah Rennefer an.

Sie versteifte sich und reckte trotzig das Kinn hoch.

»Wer ist diese Meret?« fragte Bak Netermose.

»Sie hilft meiner Frau im Haushalt. Ihr Vater war ein Bauer, der sie mir überlassen hat, um damit seine Schulden zu begleichen. Das war lange, bevor wir in das Land von Wawat kamen.«

»Ist sie hübsch?«

Netermose zuckte mit den Schultern. »Einige finden das schon.«

Imsiba schien zu begreifen, worauf Bak hinauswollte. Ohne Rennefer anzusehen, sagte er: »Ich habe von einer Hausmagd namens Meret gehört. Ein süßes Früchtchen, hat man mir gesagt. Ein Mädchen, das reif zum Pflücken ist.«

»Wollte Penhet sie als Dienerin oder als Konkubine?« Bak stellte die Frage so direkt wie möglich, um Rennefer aus der Reserve zu locken.

Der verletzte Mann stöhnte.

»Er wünsche sich einen Erben, hat er mir gesagt, und er fände sie sehr hübsch.« Netermose starrte auf den Boden vor sich, er vermied es, Rennefer anzusehen. »Das Mädchen ist jung und gesund, und sie kann das Haus eines Mannes mit Kinderlachen erfüllen und später sein Alter verschönern.«

»Du redest Unsinn«, fauchte ihn Rennefer an. »Er hat mir viele Male gesagt, daß meine Unfähigkeit, Kinder zu bekommen, ein Geschenk der Götter ist. So würden wir uns näher sein, nichts könnte uns auseinanderbringen. Er würde niemals auch nur ein Fitzelchen Land für ein dümmliches Kalb ausgeben, nur um mit ihr das Bett zu teilen.«

Bak schaute die schlichte, abgearbeitete Frau an. Sie strahlte weder Wärme noch Liebreiz aus. Sie hatte ihre Jugend und ihre Schönheit, falls sie jemals etwas dergleichen besessen hatte, dafür geopfert, den Hof zur Blüte zu bringen. Möglicherweise hatte sie erfahren – unter Umständen hatte es ihr Penhet selbst gesagt –, daß ein Teil des Landes, für das sie so hart schuftete, gegen eine junge und hübsche Frau eingetauscht werden sollte. Wer konnte ihr da vorwerfen, daß sie vielleicht fürchtete, eines Tages selbst ausgetauscht zu werden?

Der Wind ließ allmählich nach, und die Flammen der Lampen brannten wieder hoch und ohne zu flackern. Die Schilfmatten an den Türen und Fenstern hingen gerade herab. Sand rieselte durch ein Loch in der Matte oberhalb der Treppe; das war das einzige vernehmbare Geräusch. Der Sturm war vorüber.

Bak durchquerte den Raum und baute sich vor der Frau auf. »Ich muß dich mit nach Buhen nehmen, Frau Rennefer. Und ich werde dich dem Kommandanten vorführen müssen. Dein Ehemann war nicht so treu und dir zugetan, wie du es nach so vielen gemeinsamen Jahren verdient hättest, aber du hattest kein Recht zu versuchen, ihm das Leben zu nehmen.«

Sie erhob sich und sah ihn mit flammenden Augen an. »Glaubst du, ich wäre so verrückt, ihn am hellichten Tag mit einem Dolch ermorden zu wollen? Wenn ich ihn hätte töten wollen, hätte ich Gift in sein Essen mischen können, und alle Welt hätte gedacht, er sei eines natürlichen Todes gestorben.«

Der verwundete Mann stöhnte erneut, dieses Mal lauter als zuvor, es war ein Schrei, der von tief innen zu kommen schien. Er hatte die Augen weit geöffnet, wie Bak feststellte. Und er starrte seine Frau mit dem gleichen entsetzten Blick an, mit der er eine aufgerichtete, zischende Kobra angestarrt hätte.

»Ich verstehe, daß du dich betrogen gefühlt hast, aber du bist zu weit gegangen. Du hast außerdem versucht, Netermose für die Treulosigkeit deines Mannes zu bestrafen, obwohl er daran nicht die Schuld trägt.« Baks Stimme klang jetzt hart und verärgert. »Und du hast mich von Buhen hierhergebeten. Wahrscheinlich hast du angenommen, daß ich einfältig sei und dein Spiel nicht zu durchschauen wüßte. Hast du geglaubt, daß ein Mann der Polizei nicht in das Herz einer Bauersfrau sehen könne?«

»Ich liebe meinen Mann, Leutnant.«

Bak lachte auf. »Einen Mann, der das Land, das du bestellt

hast, weggibt, um dafür in den Armen einer anderen zu liegen?«

Rennefer blickte zu Penhet und bemerkte zum ersten Mal, daß er wach war. Ihr wurde bewußt, daß er sie voller Entsetzen anschaute, und sie sah die Angst in seinen Augen. Ihr Widerstand war gebrochen. Sie wirkte ebenso verstört wie ihr Mann, Angst erfaßte sie. Sie vergrub das Gesicht in den Händen und begann zu schluchzen.

Bak erkannte plötzlich, daß sie nicht erwartet hatte, daß Penhet noch einmal aus seinem durch die Alraunwurzel herbeigeführten Schlaf erwachen würde. Penhet schien das ebenfalls klar zu sein. Nur wenig überrascht von dieser Erkenntnis, ließ Bak ihr etwas Zeit, sich wieder zu fassen. Imsiba, der Tränen nicht gut verkraften konnte, erhob sich von der Treppe und machte sich an seinem Speer und seinem Schild zu schaffen. Eifrig wischte er den Sandstaub ab. Netermose schien von Schuldbewußtsein geplagt, als trage er eine gewisse Mitverantwortung dafür, wie sich die Dinge entwickelt hatten. In gewisser Weise stimmte das ja auch.

Bak ging hinüber zur Tür. Er stieß mit dem Fuß den Lehmziegel von der Matte und schob sie beiseite. Eine kühle und sanfte Brise begrüßte ihn, ein wunderbares Geschenk nach einem so schlimmen Sturm. Die Luft war noch immer voller Staub, aber bald würde er sich legen. Und der Abend würde so schön sein wie ein Wintertag zu Hause in Kemet. Er starrte über die Felder hinweg auf den Fluß und freute sich schon auf ein kühles erfrischendes Bad.

»Leutnant Bak!« Ein hochgewachsener drahtiger Wachtposten kam den Kai entlangmarschiert, die bronzene Spitze seines Speers glänzte in den letzten rotgoldenen Strahlen der untergehenden Sonne. »Kommandant Thuty möchte dich sehen, Leutnant. Und zwar sofort.«

Bak stieg auf den Kai, zog das Boot so weit nach oben wie möglich und machte es an einem Haltepfahl fest. »Was ist passiert?«

»Ich weiß nicht, Herr. Ein Kurier aus dem Norden ist angekommen, und nur kurze Zeit später hat man uns aufgetragen, dich abzufangen.« Der Wachposten versuchte, Rennefer nicht anzustarren, die noch im Boot saß. Ihre Hände lagen im Schoß; man hatte ihr die Handgelenke zusammengebunden. »Sein Stellvertreter Nebwa ist jetzt bei ihm.«

Ein Kurier aus dem Norden, überlegte Bak. Wahrscheinlich handelte es sich um eine Nachricht vom Vizekönig. Nebwa war ebenfalls zu Thuty befohlen worden. Das deutete darauf hin, daß sich ein Sturm zusammenbraute, aber dieser war eher das Werk von Menschen und nicht das von Göttern.

2. Kapitel

»Hätte ihr Penhet beizeiten von Meret erzählt, vielleicht hätte sie sich allmählich mit der Situation abgefunden«, erklärte Bak. »Aber sie hat es zufällig erfahren. Von einem von Netermoses Feldarbeitern.«

»Ich hasse es, über Frauen zu richten. Vor allem in solchen Fällen wie diesem, wo die einzig richtige Bestrafung das Todesurteil wäre.« Kommandant Thuty stützte sich auf die etwa taillenhohe Brustwehr, von der aus man einen herrlichen Blick über die Zitadelle hatte, und verzog den Mund zu einer Grimasse angesichts der Aufgabe, die die Götter ihm da in den Schoß gelegt hatten. »Warum hat Rennefer das Mädchen nicht einfach akzeptiert? So eine vernünftige Frau, wie sie ist und als die sie jeder kennt?«

Thuty war ein recht kleiner Mann mit breiten Schultern und kräftigen Muskeln. Dichtes dunkles Haar, buschige Augenbrauen und ein entschlossener Mund zeichneten ihn aus. Wie Bak, der ein kurzes erfrischendes Bad im Fluß genommen hatte und danach noch rasch in seine Unterkunft gegangen war, um sich umzuziehen, trug er einen oberschenkellangen weißen Schurz, einen breiten bunten Halskragen mit passenden Armreifen und aus Schilf geflochtene

Sandalen. Er benutzte seinen Amtsstab wie eine Verlängerung seines Arms, deutete damit hierhin und dorthin, klopfte an sein Bein oder stocherte in einem merkwürdig aussehenden Haufen in einer Ecke herum.

Bak konnte ihm keinen Trost anbieten. »Ich vermute, daß sie derart außer sich war, daß sie einfach ohne zu überlegen zugestochen hat.«

»Immer und immer wieder?« Nebwa schnaubte abfällig. »Er hatte Glück, daß sein Nachbar zufällig vorbeikam. Und sie hatte Glück, daß Netermose sie nicht mit dem Dolch in der Hand erwischt hat, als sie wie der Metzger der Garnison auf ihren Mann einstach.«

Thutys Stellvertreter, ein Offizier mit etwas groben Gesichtszügen, war etwa einen halben Kopf größer als Bak und viel massiger. Seine ungebändigte Haarmähne brauchte dringend einmal wieder einen Schnitt, und der Saum seines Schurzes war an einer Seite hochgerutscht. Ein blaues Tonamulett mit dem Auge des Horus darauf hing an einer bronzenen Kette um seinen dicken Hals. Wie gewöhnlich führte er seinen Amtsstab nicht mit sich. Er zog es vor, beide Hände frei zu haben.

Bak kannte die blumige Ausdrucksweise seines Freundes Nebwa zu gut, um sich davon sonderlich beeindrucken zu lassen. »Sie ist bestimmt ganz spontan auf ihn losgegangen. Anders verhält es sich bei der Geschichte mit der Alraunwurzel. Anscheinend hatte sie wirklich vor, ihn zu töten. Entweder um ihn zu bestrafen oder um ihn zum Schweigen zu bringen oder um den Hof in ihren Besitz zu bekommen. Aber sie hat ihm eine zu geringe Menge Alraun verabreicht; sie genügte nicht, einen Mann zu töten.«

»Penhet steht hoch in der Gunst der Götter.« Nebwa grinste. »Und sie hat einfach nicht das Zeug zu einer Mörderin.«

»Er liegt darnieder und ist ziemlich hilflos. Und das wird er auch noch eine Woche oder länger sein. Früher oder später wäre es ihr gelungen, ihn zu töten.« Bak hatte allmählich genug von dem Fall Rennefer. Lob sei dem Gott Amun, daß er ihr nicht ins Lügennetz gegangen war, viel hatte nicht daran gefehlt. Das beunruhigte ihn ein wenig. Ob dieses wenig aufregende Unternehmen ihm den Respekt der Leute am Ort einbringen würde, blieb vorläufig offen.

Er lehnte sich gegen die Brüstung und starrte hinunter auf das alte Festungsareal, dessen Gebäude und Gassen in einem rechtwinkligen System angelegt waren. Die grauweißen Häuser verschwammen allmählich im Licht der untergehenden Sonne. Thuty hatte ihn und Nebwa aus einem bestimmten Grund auf die oberste Terrasse der Festungsmauer befohlen. Das war jener Platz in ganz Buhen, wo man am ungestörtesten war. Konnte er nicht endlich zur Sache kommen?

In einer Ecke unterhalb ihres jetzigen Standorts lag der Amts- und Wohnsitz des Kommandanten, von wo aus eine lange gerade Treppe hinauf zu dem massiven Eckturm führte, neben dem sie jetzt standen. Getreidesilos und Lagerhäuser konnte man aufgrund ihrer Größe schnell ausmachen. Der von Mauern umgebene Tempel, das Heim des Horus von Buhen, überragte die normalen Wohnhäuser allein schon dadurch, daß er auf einer von Menschenhand aufgeschütteten Anhöhe stand. Daneben befand sich das alte Wachhaus, das Bak und seine Medja-Polizisten als Gefängnis und eine Art Befehlszentrale nutzten. Ganze Straßenzüge von Unterkünften für die Wachsoldaten und ein Abschnitt mit untereinander verbundenen Wohnhäusern boten den Offizieren, Schreibern und ihren Familien Unterkunft. Sie nahmen die entferntere Seite der beinahe quadratisch angelegten Festung ein.

In der zunehmenden Dunkelheit wurden kleine Lichter über den Dächern der Stadt sichtbar. Überall saßen jetzt die Familien beim Abendessen. Rauch mischte sich mit dem Geruch von Öl, Zwiebeln, gedünstetem Fisch und Wild. Überdeckt wurde der Duft vom Dunggeruch aus den Ställen und von den eingezäunten Viehgehegen vor den Toren der Stadt. Ein Rudel Hunde raste die Straße entlang; sie schienen hinter irgendeinem kleinen Tier her zu sein, das man von hier oben nicht erkennen konnte. Hinter einer Ratte vermutlich. Die Schreie von Eseln schallten bis hier hoch und auch das Miauen eines liebestollen Katers. Bak erinnerte sich an seine ersten Tage in Buhen. Er hatte die Festung nicht gemocht und einen Widerwillen gegen die Aufgabe gehegt, die man ihm übertragen hatte. Doch inzwischen war er in Buhen heimisch geworden, es war ein Ort, an dem man gemütlich leben und Freundschaften schließen konnte. Er war stolz, Chef der Medja-Polizei zu sein.

Thuty beendete den Fall Rennefer mit einem Kopfschütteln und brach das lange Schweigen. »Ich nehme an, ihr wißt, daß ein Kurier vom Vizekönig kurz vor dem Sturm bei uns eingetroffen ist?« Er machte eine kurze Pause und wartete, daß die beiden zustimmend nickten, dann fuhr er fort: »Der Wesir, so lautet die Nachricht, glaubt, daß Handelsgüter von sehr weit flußaufwärts in die Hände der Könige im Norden – der Herrscher von Mitanni, Amurru, Keftiu, ja sogar ins weit entfernte Hatti – gelangt sind, ohne daß sie den normalen Weg über die Aufsicht durch die Schatzkammer von Waset genommen hätten.«

Bak runzelte die Stirn. Das war doch bestimmt nicht der Grund, aus dem er und Nebwa zum Kommandanten bestellt worden waren!

»Dieses Gerücht hat doch schon früher die Runde gemacht, aber nie hat es sich als wahr erwiesen. Zumindest betraf es keine so großen Mengen von Gütern, daß wir wirklich Anlaß zur Sorge hatten«, bemerkte Bak.

»Dieses Mal geht es um mehr als nur ein paar kleine Gegenstände, die auf dem Rücken eines Esels, versteckt zwischen Fellbündeln und Körben voller Straußeneier, über die Grenze gebracht wurden. Die Rede ist von Elfenbein. Von ganzen, unzerlegten Stoßzähnen von Elefanten. Nur Gott Amun weiß, was sonst noch alles ohne unser Wissen geschmuggelt worden ist.«

»Der Stoßzahn eines Elefanten ist so groß wie ich oder sogar noch größer. Und er wiegt beinahe genauso viel.« Bak versuchte, nicht so skeptisch zu klingen, wie er war. »Solche Stoßzähne kann man nicht so einfach schmuggeln.«

Nebwa schnaubte laut. »Es ist unmöglich, meiner Meinung nach.«

»Ich möchte es genausowenig glauben wie ihr.« Thuty blickte die beiden finster an. »Aber es ist eine Tatsache. Unser Abgesandter beim König von Tyrus hat dort im Palast einen Elefantenzahn gesehen. Voller Stolz hatte man dem neuen und wertvollen Besitz einen ganz besonderen Platz eingeräumt. Der Abgesandte war ein bißchen gekränkt, weil er vermutete, unsere Herrscherin, Maatkare Hatschepsut, hätte ohne sein Wissen einen anderen Mann mit dem Überbringen des Geschenkes beauftragt. Und noch am gleichen Tag schickte er einen Kurier zum Wesir nach Waset. Der Stoßzahn war weder ein Geschenk des königlichen Hauses, wie sich herausstellte, noch war er über das Schatzamt verkauft worden, wie dies hätte der Fall sein müssen.« Thutys Blick wanderte von Bak zu Nebwa. »Man hat uns den Befehl erteilt, alle Schiffe, die diesen Flußabschnitt passieren, zu durchsuchen, und auch alle Karawanen, die durch die Wüste kommen. Die Garnisonen südlich des ›Steingürtels‹ werden mit der gleichen Aufgabe betraut.«

»Wir werden keinen einzigen unbearbeiteten Stoßzahn bei einer der Karawanen finden«, erklärte Nebwa. »Vielleicht entdecken wir ein paar größere Stücke, wie es auch sonst manchmal der Fall ist. Aber nichts in der Größe, von der hier die Rede ist.«

»Was ist mit dem Land östlich von Tyrus?« fragte Bak, der wie Nebwa nur schwer zu überzeugen war. »Es heißt, daß es dort auch Elefanten gibt, und zwar jenseits der zwei mächtigen Flüsse, die nach Süden statt nach Norden fließen. Könnte das Elfenbein von dort stammen?«

Thuty hob seinen Amtsstab zum Gruß, als ein Wachposten auf seiner Runde auf sie zukam. Es war ein schlaksiger junger Mann in einem kurzen Schurz, der einen weißen Schild aus Rindsleder in der einen und einen langen Speer in der anderen Hand trug. »Der Vorsteher der Hofkanzlei von Tyrus, die rechte Hand des Königs, hat unserem Abgesandten versichert, daß der Stoßzahn aus einer Gegend weit südlich von Kemet stammt. Und daß er nicht das Geschenk eines Königshauses gewesen sei, sondern daß man ihn einem Händler für Gold abgekauft habe.«

Noch bevor Bak oder Nebwa etwas erwidern konnten, stellte Thuty ein für alle Male klar: »Jede weitere Erörterung ist überflüssig. Der Wesir hat einen Befehl erteilt, und wir müssen ihn befolgen.« Er wartete, bis der Posten an ihnen vorbeigegangen war, den Turm betreten hatte und die Leiter zum Dach emporgestiegen war, bevor er weitersprach. »Man hat uns angewiesen, den bereits erfolgten Schmuggel eines Elefantenzahns geheimzuhalten. Nicht ein Sterbenswörtchen soll nach außen dringen. Der Wesir will nicht, daß sich jenseits der Grenzen von Kemet das Gerücht verbreitet, unser Land werde nicht mehr mit derselben Macht regiert als noch zur Zeit von Acheperkare Tuthmosis, dem Vater unserer Herrscherin.«

»Jeder Kapitän, den wir aufhalten, wird in riesiges Geschrei ausbrechen", brummte Nebwa vor sich hin. Politik interessierte ihn nicht. »Ebenso jeder Händler, Karawanenführer oder Fischer. Jeder Mann, der mit einer Ladung Gemüse über den Fluß kommt.«

»Schickt sie zu mir. Ich werde sie schon zum Schweigen bringen.«

Bak erkannte, daß diese Aufgabe nicht abzuwenden war, aber auf etwas wollte er noch hinweisen. »Sobald sich herumspricht, daß wir nach Schmuggelgut suchen – und die Nachricht wird sich wie ein Lauffeuer verbreiten –, wird nicht mehr das winzigste Steinchen unverzollt über die Grenzen gelangen. Alles wird sorgfältig nachgezählt sein, und man wird den Zoll schon passend für uns bereithalten. Es wäre besser, wenn wir ab sofort einfach Stichproben vornähmen.«

»Du weißt, daß Gerüchte die Schmuggler übervorsichtig werden lassen, ich weiß das, und der Vizekönig weiß das auch. Aber versuch einmal, das denen in der Hauptstadt klarzumachen. Dem Wesir. Meinst du, er wird auf die Männer aus der Garnison hören, die Erfahrung mit solchen Dingen haben?«

Bak wußte nicht, was er antworten sollte, doch Thuty schien überhaupt keine Antwort zu erwarten. Mit stetiger Regelmäßigkeit vernahm er solche Klagen, jeder Kommandant an der Grenze wünschte sich, daß seine Worte in den Gemächern der Mächtigen gehört würden, doch meist wurden die Berichte der Kommandanten von bürokratischen Beamten achtlos beiseite gelegt.

Thuty ging zur anderen Seite hinüber, von wo aus man die äußere Stadt überblicken konnte, ein riesiges rechteckiges Gelände, das die drei Seiten der Zitadelle, die zur Wüste hin gerichtet waren, umgab, und das von hohen und dicken Wällen umschlossen wurde. Bak und Nebwa folgten ihm und warfen sich vielsagende Blicke zu. Sie dachten beide: Wie lange würde das wohl noch so weitergehen?

Unter ihnen befanden sich nun kreuz und quer führende Straßen, angelegt ohne genauen Plan, dicht gedrängte Häuser, erbaut in den verschiedensten Stilen. Die Werkstätten und Wohnhäuser der Handwerker und die Läden der Händler reihten sich eng aneinander. Weiter draußen gab es Stallungen und Zelte für durchreisende Soldaten und eine Reihe alter Grabstätten.

»Ich hatte zuerst vor, die Armee mit dieser Aufgabe zu betrauen, doch jetzt finde ich, daß die Polizei und nicht die Armee die Verantwortung für diese Angelegenheit hier in Buhen übernehmen sollte.« Thuty sah das Erstaunen auf Baks Gesicht und hob den Amtsstab, um damit alle Einwände wegzuwischen. »Ich weiß, die Medja-Truppe ist zu klein, um diese zusätzliche Aufgabe neben dem normalen Dienst zu bewältigen. Daher wird sie von außen unterstützt werden. Die gesamte Aktion untersteht allein deinem Befehl, Leutnant.«

Nebwa atmete erleichtert auf. »Ich kann mir keinen geeigneteren Mann für diese Aufgabe denken«, erklärte er großzügig. »Laß mich nur wissen, wie viele Männer gebraucht werden, und ich werde sie gern zur Verfügung stellen.«

Bak mußte mit Gewalt die Anwandlung unterdrücken, seinem Freund mit dem Ellbogen in die Rippen zu boxen. Er wußte, daß Nebwa das rauhe Soldatenleben den Alltagspflichten in einer Grenzgarnison vorzog, und er verstand ihn normalerweise ganz gut. Aber jetzt, mit einer solch lästigen Aufgabe vor Augen, war es schwierig, Mitgefühl zu haben.

»Keine Angst, ich übergehe dich als Anführer der Armee schon nicht.« Thuty lächelte matt. »Ich übergebe dir das Kommando in Kor. Deine Männer werden jede Tasche und jeden Korb der Wüstenkarawanen durchsuchen, genauso wie Bak alle Schiffe, die in diese Richtung aufbrechen, gründlich inspizieren wird.«

Bak unterdrückte mühsam ein Lachen. Die alte Festung von Kor, eine Außenstelle von Buhen, stand am unteren Ende des »Steingürtels«, am Ende eines Flußabschnitts mit zahlreichen Stromschnellen, der viele Monate im Jahr nicht schiffbar war. Das Fort diente als Umschlagplatz für Güter, die für den Norden bestimmt waren. Sie wurden dort von Eselskarawanen auf Schiffe umgeladen und umgekehrt. Es war ein nüchterner, langweiliger Ort, viel weniger angenehm als der Hafen von Buhen.

»Woher sollte ich wissen, daß er einen Durchreisepaß braucht?« Ramose, der rotbackige Kapitän des Handelsschiffes, pflanzte sich mit gespreizten Beinen vor Bak auf. Die Hände hatte er in die Hüften gestemmt. Sein Schiff lag unmittelbar hinter ihm am Kai vertäut. »Er hat mir erzählt, er käme aus dem Norden, nicht aus dem Süden. Du kannst mich nicht für die Lügen eines anderen Mannes verantwortlich machen!«

Bak ließ die Schimpfkanonade des Kapitäns mit ziemlicher Gleichgültigkeit über sich ergehen. Er hatte Übung in so etwas. Fast ein ganzer Tag war vergangen, seit der Kommandant die gründliche Jagd auf Schmuggelgut ausgerufen hatte. Und alle Schiffseigner im Hafen hatten ihrer Wut auf die eine oder andere Weise Luft gemacht. Je kleiner das Boot, desto lauter und mit desto mehr Aufhebens wurden die Beschwerden meist vorgebracht. Bak wandte sich dem schlanken, drahtigen Mann zu, dessen Arm im festen Griff eines kräftigen Medja-Polizisten steckte. »Also, was hast du zu sagen, Tjanuny?«

Der dunkelhäutige Beschuldigte straffte die Schultern und hob das Kinn. Er ließ sich nicht so einfach einschüchtern. »Mein Bruder lebt in Kemet, Herr. Er arbeitet dort auf den Feldern eines berühmten Edelmannes, dessen Besitz einen Tagesmarsch nördlich von Abu liegt. Ich wollte dorthin, um mir ein neues und besseres Leben aufzubauen.«

Bak wedelte mit der Hand, um eine Fliege, die um sein Gesicht schwirrte, zu verscheuchen. »Woher willst du wissen, daß du dort willkommen bist?«

Tjanuny zögerte, seine dunklen Augen verrieten, wie sehr er mit sich rang. Mit offensichtlichem Widerwillen schnürte er einen Lederbeutel auf, den er an der Taille hängen hatte, zog ein zerbrochenes Stück grauen Tons heraus und streckte es dem Polizisten entgegen. Die Schrift darauf war ziemlich klein, aber gut zu lesen. Der Schreiber des Edelmanns Amunhotep garantierte Tjanuny eine kostenlose Reise nördlich von Wawat. Die Scherbe müsse nur vorgelegt werden, dann würden ihm die Kosten umgehend erstattet werden.

Bak warf einen Blick auf Ramoses Schiff, das ziemlich tief im Wasser lag. Es war vollgeladen mit Gütern, die es von weit flußaufwärts in den Süden gebracht hatte. Eine gemischte Truppe aus Soldaten und Medja-Polizisten schwirrte überall umher und durchforstete den Inhalt von Körben, Stoffbündeln und Kisten, die mit kostbaren und exotischen

Dingen gefüllt waren. Ein älterer Schreiber, den sie sich aus dem Amtsraum der Garnison ausgeliehen hatten, verfolgte ihre Aktivitäten und verglich die geladenen Güter mit dem Ladungsverzeichnis, das ihm vorlag. Er überprüfte, ob der Kapitän eventuell doch Gegenstände an Bord hatte, für die Zoll fällig gewesen wäre. Die Farben des Deckhauses – rot, gelb und schwarz – waren ausgebleicht und die Wände voller Flecken, während das Vorderdeck frisch gestrichen aussah. Am Bug hatte man die verblaßten Hieroglyphen für den Namen des Schiffes bereits mit schwarzen Linien vorgezeichnet, so daß sie nur noch ausgemalt zu werden brauchten. Das Schiff ächzte schwer unter der Last, und ein schwarzer Hund, der am Deckhaus festgebunden war, jaulte kläglich und wollte freigelassen werden. Einem bauchigen Leinenbeutel entströmte ein merkwürdiger Geruch, der sich mit dem von frischer Farbe mischte.

Ungefähr fünfzehn Männer mit winzigen Schurzen standen in Grüppchen am Kai in Höhe des Hecks. Ihre Oberkörper waren sonnenverbrannt. Es waren Ruderer wie Tjanuny. Als sie bemerkten, daß sie Baks Aufmerksamkeit erregt hatten, schauten sie schnell weg. Ihr Versuch, völlig unbeteiligt zu wirken, machte ihr Verhalten um so verdächtiger.

Das Schiff sah einigermaßen gepflegt aus. Die Besatzung schien gut zusammenzupassen, und der Kapitän war ein gutmütiger Mensch, solange alles glattging. Kein schlechtes Geschäft, dachte Bak. Auf dem Schiff konnte sich Tjanuny seine Reise in den Norden verdienen, und später würde einfach ein anderer Mann, ein guter Freund, behaupten, der Kapitän eines Schiffes zu sein, Amunhoteps Schreiber die Scherbe vorlegen und sich die Reisekosten erstatten lassen.

Er unterdrückte ein Lächeln und fragte Ramose: »Wenn er einen Paß hätte, würdest du ihn dann bis Abu an Bord behalten?«

»Es ist schwer, gute Matrosen zu finden.« Ramose beäugte Tjanuny nachdenklich.

»Er hat bereits bewiesen, wie wertvoll er ist, vermute ich.«

Ramose überlegte kurz und nickte dann. »Ich nehme nicht an, daß er etwas Unrechtes tun wollte. Ja, ich würde ihn behalten.«

»Dann bring ihn in das zuständige Amt im Verwaltungsgebäude, Kasaya«, bat Bak einen seiner Medja, »und laß für ihn einen Paß für die Reise in den Norden ausstellen.«

Tjanuny sah ihn überrascht an, er freute sich, doch dann verzog sich sein Gesicht vor Entsetzen, als Bak ganz vor an den Kai trat und die Tonscherbe einfach ins Wasser fallen ließ.

Noch ein weiterer Tag mit dieser unangenehmen Aufgabe, dachte Bak, und ich bin der unbeliebteste Mann entlang der Grenze, einer, der von allen geschnitten wird. Da fiel ihm etwas ein, das ihn laut loslachen ließ. Überrascht schaute ein Fischer zu ihm hoch, der gerade dabei war, seine Netze im Bug des Bootes zu verstauen, um danach in sein Heimatdorf zurückzukehren. Nein, nicht er würde der unbeliebteste Mann sein. Wenn er den Leuten, die erst kürzlich aus Kor angekommen waren, Glauben schenken konnte, hatte sich Nebwa in seiner üblichen taktlosen Art diesen Ruf bereits gesichert.

Bak dankte Gott Amun, daß der Tag sich bald dem Ende zuneigte. Er blieb an einer Laufplanke stehen, die die Kluft zwischen dem Kai und einer langen, schmalen Reisebarke überbrückte. Imsiba stand an Deck und beaufsichtigte seine Inspektoren, die die Ladung kontrollierten. Sie waren beim Steuerruder angelangt und hatten ihre Arbeit fast schon beendet. Hori, der Schreiber, saß auf dem Dach des Deckhauses, ließ die Beine herunterbaumeln, Schreibzeug und ein Wasserglas neben sich. Das Ladungsverzeichnis lag auf seinem Schoß, so daß er einfach die Gegenstände abhaken konnte, wenn die Männer ihm etwas zuriefen. Der Kapitän, ein schmächtiger, drahtiger Mann mit fleckigem Gesicht, saß gelassen auf dem Vorderdeck, während die Mannschaft von der oberen Terrasse an Land, wo sie sich die Zeit mit Wurfspielen im Schatten der Festungsmauer vertrieb, das Geschehen verfolgte.

Das Schiff war hell und neu, der Holzrumpf noch nicht vom Zahn der Zeit angenagt, und die Bronzebeschläge glänzten und wiesen keinerlei Kratzer auf. Ein leichter hölzerner Anbau am Deckhaus, behangen mit weißem Leinenzeug, bot Schutz vor Sonne und Wind. Darunter saß eine zierliche Dame fortgeschrittenen Alters mit ihren drei Dienerinnen. Ein weißer Sarg in der Form eines Menschen war senkrecht gegen das Deckhaus gelehnt. Darin befände sich der Ehemann der alten Dame, hatte der Kapitän Bak erklärt, den man in den Norden nach Kemet bringe, wo er im Familiengrab beigesetzt werden solle.

Der Inhalt des letzten Korbs wurde aufgerufen. Hori hakte den allerletzten Artikel ab, sammelte seine Schreibutensilien ein und ließ sich vorsichtig vom Dach des Deckhauses herunter. Er landete mit einem dumpfen Geräusch auf dem Boden. Die Zollprüfer stapften einer nach dem anderen über die Landeplanke an Land. Bak entließ sie in den verdienten Feierabend, und gemächlich trotteten sie den Kai entlang zurück zur Festung. Die Schiffsmannschaft beendete kurzerhand das Spiel, um an Bord zu eilen. Man stritt noch heftig über den letzten Wurf. Imsiba sah zu, wie Hori das Ladungsverzeichnis zusammenrollte, es versiegelte und dem Kapitän übergab. Sie wechselten ein paar Worte, der Kapitän klopfte dem hochgewachsenen Medja auf die Schulter und beorderte mit lauten Rufen die Ruderer an ihre Plätze.

»Ich sehe hier niemanden umhereilen, der die Körbe voller Schmuggelgut zählt.« Nebwa war hinter Bak aufgetaucht.

Bak fuhr herum, er war völlig überrascht. »Beim Barte des Gottes Amun! Was machst du hier in Buhen?«

»Ich habe Ptahmose beauftragt, mich zu vertreten. Kein Mann in Wawat hat mehr Wüstenpatrouillen angeführt als er, und kein Karawanenführer kann ihn übers Ohr hauen.«

Ptahmose war Nebwas Sergeant, und die beiden verstanden sich genauso gut wie Imsiba und Bak.

»Laß dich nicht von Thuty erwischen. Du weißt, wie er über Männer denkt, die ihre Pflichten vernachlässigen.«

»Du erhebst Vorwürfe, für die es überhaupt keinen Grund gibt.« Nebwa legte die Stirn in Falten und bemühte sich, bemitleidenswert zu wirken. »Ich bin in einer offiziellen Mission hier. In einer, gegen die selbst Thuty nichts einwenden kann.«

Bak verdrehte die Augen. »Ich glaube dir nicht einen Augenblick, aber laß mal hören. Üb schon mal, Thuty mußt du die Geschichte ja auch noch erzählen.«

Nebwa grinste vergnügt wie ein Kind, dem es gelungen war, dem Schreibunterricht zu entgehen, dann wurde er wieder ernst. »Kapitän Mahu wird noch vor Einbruch der Dunkelheit von Kor lossegeln, sein Schiff ist voller Waren. Es war schon über die Hälfte beladen, als ich im Morgengrauen aufbrach, daher kann ich nicht für das garantieren, was er tagsüber noch an Bord genommen hat. Wenn er in Buhen ist, solltet ihr das Schiff von oben bis unten gründlich durchsuchen.«

»Das machen wir sowieso mit jedem Schiff.« Bak beäugte seinen Freund mißtrauisch. »Also, jetzt sag schon die Wahrheit! Ist das nur ein Vorwand, um dich aus Kor davonmachen zu können, oder hast du irgendwelche Anhaltspunkte, warum wir gerade bei diesem Schiff besondere Sorgfalt walten lassen sollten? Ich habe Mahu immer für einen sehr ehrlichen Mann gehalten.«

»Es ist ein Vorwand, um herzukommen, ich gebe es zu, aber ...« Nebwa kratzte sich am Kopf. »Ich habe ihn mit einem Mann sprechen sehen, dem ich nicht einmal meine ältesten Sandalen anvertrauen würde. Es ist ein Kapitän aus dem Süden und so raffiniert, wie mir noch keiner über den Weg gelaufen ist. Das ist nicht gerade ein zwingendes Verdachtsmoment, ich weiß, aber ...« Wieder verstummte er. Er sah verlegen drein. »Ich mag Mahu. Und ich würde mich ganz elend fühlen, wenn er nicht der Mann ist, für den ich ihn immer gehalten habe. Und ich möchte auch nicht seinen Ruf schädigen. Aber sie standen dicht beieinander und haben verstohlen getuschelt. Das sah ganz nach Geheimniskrämerei aus.«

»Wenn wir an Bord nichts finden«, versprach Bak, »wird Mahus Ruf nicht darunter zu leiden haben.«

Nebwa verzog den Mund zu einem Lächeln und hob die Hand, um Imsiba und Hori, die über die Laufplanke kamen, zu begrüßen. »In Ordnung.«

Ein Hafenarbeiter eilte den Kai entlang und löste die Trossen vom Pfosten. Auf einen knappen Befehl des Kapitäns hin zog ein Matrose die Laufplanke ein, und der Trommler gab den Rhythmus für die Ruderer vor. Die langen Ruder stachen gleichzeitig ins Wasser. Während das Schiff langsam ins Fahrwasser gelangte, begannen die Ruderer zu singen. Ihr Gesang war laut und nicht sehr melodisch, hatte aber dennoch etwas Schönes. Bak hob seinen Amtsstab, um den Abschiedsgruß des Kapitäns zu erwidern, während Nebwa und die anderen einfach winkten.

»Du vernachlässigst schon wieder deine Pflichten, wie ich sehe.« Imsiba ahmte den Tonfall von Thuty nach. »Und das als Anführer. Ein schönes Beispiel gibst du deinen Männern. Dabei solltest dein Verhalten stets untadelig sein.«

Der kleine Scherz brachte alle zum Lachen. »Ich habe Besseres zu tun, als mir das Geschwätz von all den Karawanenführern anzuhören.« Nebwa drehte den Kopf weg und spuckte auf den Boden, um seine Verachtung zu zeigen. »Wir haben nicht ein einziges Stück Schmuggelware gefunden. Und wir werden auch nichts finden. Jetzt, da alle Welt damit rechnen muß, genau durchsucht zu werden.«

Er entfernte sich mit Imsiba und Hori über den Kai. Bak blieb allein zurück, er wollte noch warten, bis seine Leute die Inspektion von Ramoses Schiff beendet hatten und dieser endlich in den Norden aufbrach. Er setzte sich auf einen der Holzpfosten und ließ seinen Gedanken freien Lauf. Die Sonne, eine blasse hellgelbe Scheibe am blau-weißen Himmel, schien für einen Augenblick den oberen Rand der Festungsmauer zu berühren, bevor sie dahinter verschwand. Ein Posten, der im Gegenlicht nur umrißhaft zu sehen war, marschierte die Brustwehr auf und ab. Ein halbes Dutzend Fischer stand am Ende des Kais neben ihren Booten, die sie auf die Futtermauer hochgezogen hatten. Sie debattierten eifrig über irgend etwas in einem Dialekt der Gegend, den Bak nicht verstand.

Er lauschte dem Gemurmel der Mannschaft auf einem etwas weiter entfernt liegenden Schiff und sog den fischigen, modrigen Geruch des Wassers ein. Genüßlich räkelte er sich in der leichten Brise. Er dachte an das Schiff, das bereits losgerudert war, und überlegte, wo es wohl für die Nacht haltmachen würde und welchen sicheren Hafen Ramose ansteuern könnte. Und ihm fiel wieder Mahus Frachtschiff ein, das bald aus Kor einlaufen würde. Nebwas Verdacht schien weit hergeholt und beruhte eher auf einer Vermutung als auf Tatsachen. Aber manchmal war es besser, seinem Instinkt zu vertrauen. Doch wie sollte er in diesem Fall reagieren? Mahu besaß einen ausgezeichneten Ruf und war bekannt für seine Ehrlichkeit.

Bak gähnte herzhaft, als er am nächsten Morgen, aus einem dunklen Gang kommend, durch das Tor mit dem Turm trat und in südlicher Richtung die obere Terrasse entlangspazierte. Ein breites Frachtschiff mit einer Abbildung des Flußgottes Hapi am Bug war am südlichen Kai vertäut. Die Mannschaft eilte geschäftig auf dem Deck hin und her, befestigte den herabgelassenen Mast und die Rahen für die lange Reise flußabwärts nach Kemet. Es war Mahus Schiff, das da tief im Wasser lag und unangenehm nach Bauernhof roch. Als es gestern bei Sonnenuntergang in Buhen eingelaufen war, war es zu spät, um es zu inspizieren. Die Rinder und Ziegen, die sich an Bord befunden hatten, hatte man an Land gebracht. Die restliche Ladung sei die Nacht über unberührt auf dem Schiff geblieben, versicherten die Wachposten Bak.

Ein Stück entfernt, am Hauptkai, lagen viele kleinere Boote, Fischerboote, Papyrusflöße und Barken, die Menschen, Vieh und Güter über den Fluß schifften. Sie schaukelten im Wind heftig auf und ab, und die Leinen zerrten an den Pfosten.

Bak inspizierte mit einem schnellen Blick den Kai, das bunte Durcheinander auf Mahus Schiff. Es schien schien alles in bester Ordnung zu sein, lief fast zu reibungslos. Wenn ich abergläubisch wäre, dachte Bak und lächelte, würde ich schnell über meine Schulter schauen, ob da nicht irgendwo ein Unheil lauert.

Imsiba kam durch das Tor marschiert, gefolgt von einer Truppe von bunt zusammengewürfelten Polizisten und Soldaten und dem Schreiber aus der Registratur. Imsiba machte halt und betrachtete eingehend zwei Männer, die etwa in der Mitte des Kais standen. »Dieser Morgen scheint mir mehr als gesegnet.«

Der hochgewachsene Medja, so wußte Bak, nahm auf den jüngeren der beiden, Userhet, den Aufseher der Lagerhäuser Bezug, der wie stets tadellos mit einem wadenlangen Schurz bekleidet war. Dazu trug er einen breiten Halskragen und passende Armreifen. Aus der Entfernung sah der große breitschultrige Mann eher wie ein Soldat als wie ein Schreiber aus. Er hatte dunkles, gelocktes Haar, eine Adlernase, seine Haut war mit Öl eingerieben und wirkte beinahe goldfarben. Userhet war charmant – zu charmant, hatte Imsiba gestöhnt – und genoß die große Bewunderung der Frauen und Mädchen in der Garnison.

Mahu, der andere Mann, war eher durchschnittlich groß, er hatte dunkle Haut, die von den vielen Jahren auf dem Schiffsdeck wie gegerbt wirkte. Er trug einen einfachen knielangen Schurz, dazu Bronzearmreifen und einen fein gearbeiteten Halskragen, dessen Ziselierung man aus der Entfernung allerdings nicht erkennen konnte.

»Userhet und Mahu sind Nachbarn«, sagte Bak. »Sie spielen oft Senet miteinander.«

Imsiba warf einen säuerlichen Blick auf das Paar. »Ich habe immer angenommen, Mahu sei ein viel zu aufrichtiger Mann, um so zweideutige Freundschaften zu pflegen, die den Anschein erwecken, er wäre nur auf seinen Vorteil bedacht.«

»Du weißt doch, wie eingenommen Userhet von sich ist. Er wäre nicht hier, wenn auch nur der Hauch eines Schattens auf ihn fallen und seinen wertvollen Ruf beeinträchtigen könnte.«

»Mahus Reputation ist genauso tadellos, mein Freund, aber wenn Userhet sich seiner Sache annimmt und darauf besteht, daß er ohne Inspektion aus Buhen lossegelt, dann stimmt da meines Erachtens etwas nicht.«

»Ich sehe, du verstehst, mit Worten umzugehen, Sergeant.« Ein hochgewachsener schlanker Mann von etwa dreißig Jahren tauchte aus dem Dunkel des Durchgangs hinter ihnen auf. Seine Augen blitzten vergnügt. Sein Gesicht war knöchern und von Pockennarben verunstaltet, aber seine Bewegungen waren elegant und von unglaublicher Grazie. Er trug einen breiten Halskragen und mehrere Armreifen. Jedes einzelne Schmuckstück war eine Augenweide, war mit Kügelchen aus Gold, Edel- oder Halbedelsteinen besetzt – aus Karneol, Türkis oder Lapislazuli – und nicht mit Kügelchen aus Bronze oder Steinzeug, wie die meisten anderen Leute in Buhen sie trugen.

»Hapuseneb!« Bak war sich nie ganz sicher, wie er sich diesem Mann gegenüber verhalten sollte. Er war der erfolgreichste Kaufmann südlich von Kemet, und deshalb hatte er vor langer Zeit beschlossen, ihn wie einen Gleichgestellten zu behandeln. »Ich habe nicht erwartet, dich hier in Buhen zu sehen!« Er warf einen Blick auf den Kai, wo aber kein Schiff des Kaufmanns vertäut lag. »Wie bist du hergekommen?«

»Siehst du das wunderschöne Schiff mit dem gelben Segel

dort drüben?« Hapuseneb deutete auf ein kleines, ziemlich gewöhnliches Fischerboot in der Nähe, das auf dem Wasser hin und her schaukelte. »Ich habe es mir gestern abend ausgeliehen und bin damit von Kor bis hierher gesegelt. Mein eigenes Schiff sitzt dort fest, dank deines Freundes Nebwa.«

»Erzähl mir bloß nicht, er hätte dich beim Schmuggeln erwischt!« erwiderte Bak belustigt.

Der Kaufmann lachte zynisch auf. »Einer meiner Karawanenführer, ein Mann ohne Ehre und Gewissen, hat versucht, drei junge Frauen ohne Pässe über die Grenze zu bringen. Nebwa hat alles beschlagnahmt, was die Karawane mit sich führte: die Frauen, die Esel und die Handelsgüter. Die Frauen kann er bis in alle Ewigkeit behalten, das schert mich wenig, aber ich möchte meine Esel zurückhaben und die Waren, die sie mit sich führten. Da ich ihn nicht überreden konnte, sie freizugeben, bin ich nach Buhen gekommen, damit Thuty das in die Wege leitet. Ich will endlich mein Schiff beladen und in den Norden nach Kemet aufbrechen!« Er schüttelte gereizt den Kopf. »Thuty hat sein Einverständnis erklärt, unter der Bedingung, daß ich direkt nach Buhen segle und einer zweiten Durchsuchung zustimme. Mir scheint, der Befehl des Vizekönigs hat hier mehr Gewicht als meine armseligen Bitten.«

Hapuseneb lächelte über seinen eigenen Scherz, kniete am Kai nieder, zog sein Boot näher heran und sprang hinein. Bak, Imsiba und ihre Leute setzten ihren Gang über den Kai fort.

»Hapuseneb scheint sehr verständnissvoll zu sein«, meinte Imsiba. »Ich wünschte, es gäbe mehr Leute wie ihn, die begreifen, daß wir diese Aufgabe zu erfüllen haben, ob wir wollen oder nicht, und sich nicht lange mit Beschwerden aufhalten.«

Bak verlangsamte den Schritt. Er sprach leise, so daß niemand sonst ihn hören konnte. »Wenn wir in dieser Woche kein Elfenbein finden und auch Nebwa in Kor nichts beschlagnahmen kann, werden wir mit Kommandant Thuty sprechen. Bis dahin dürften wir eine ausreichende Zahl von

Leuten verärgert haben, um den Vizekönig davon zu überzeugen, daß wir unsere Pflicht getan haben. Wenn wir Glück haben, wird er die ganze Sache ein für allemal abblasen.«

»Oh, ich mache euch gar keinen Vorwurf, Leutnant.« Userhet warf Imsiba und den Männern am Steg einen kurzen Blick zu. Sie warteten auf Baks Zeichen, an Bord zu gehen. »Ich bin mir sicher, daß ihr lieber irgend etwas anderes tun würdet.«

»Ja, Herr«, erwiderte Bak. Er versuchte durch Förmlichkeit Distanz aufzubauen und so von vornherein einem Streit aus dem Weg zu gehen.

»Soviel ich weiß, hat Kommandant Thuty die Anweisung vom Vizekönig erhalten, eine großangelegte Suchaktion nach Schmuggelware vorzunehmen.« Userhet hielt kurz inne, um Bak die Gelegenheit zu einer Erwiderung einzuräumen. Vielleicht würde er ja auch wertvolle Einzelheiten preisgeben.

»Der Kommandant leitet nur selten vertrauliche Mitteilungen an mich weiter, Herr.«

»Wie viele Schiffe hast du bisher inspizieren lassen? Zwei? Drei? Ihr müßt doch die meisten Fischerboote und Fähren an diesem Flußabschnitt bereits durchsucht haben. Und doch habt ihr nicht ein einziges Stück von Wert zum Schatzamt oder ins Hauptlagerhaus gebracht.«

»Nein, Herr.«

Gegen Ende des gestrigen Tages hatte Nebwas Sergeant einen Käfig voller junger Affen beschlagnahmt, die halb verhungert und verdurstet waren. Möglicherweise hatte der Aufseher noch nichts von den Tieren gehört, oder vielleicht hielt er sie nicht für wertvoll.

Userhet versuchte es noch einmal. »Jedes Schiff vom Bug bis zum Heck zu durchsuchen, ohne etwas zu finden, scheint mir eine absolute Zeitverschwendung zu sein. Für euch genauso wie für uns.«

Mahu legte ihm eine Hand auf die Schulter. »Wir leben nun einmal an der Grenze, mein Freund. Mit solch kleinen Unannehmlichkeiten müssen wir uns abfinden. Vor allem

Männer wie ich, die stetig den Fluß befahren und sehr häufig wertvolle und seltene Ladung transportieren.«

»Dein Ruf ist ohne jeden Makel.« Userhet bestand auf seiner Sicht der Dinge. »Dein Schiff sollte von einer so unwürdigen Durchsuchung ausgenommen werden. Wenn ich hier etwas zu sagen hätte, würde ich dich sofort aufbrechen lassen.«

»Du hast recht, ich danke dir.« Mahu lächelte. »Doch selbst wenn ich könnte, würde ich eine solche bevorzugte Behandlung nicht akzeptieren. Was würden denn die anderen Kapitäne sagen, wenn ich völlig unbehelligt davonkommen würde, während sie die Kontrolle über sich ergehen lassen müssen?«

Bak hatte Mahu immer für einen sehr angenehmen Menschen gehalten, mit diesen Worten hatte er sich jedoch seinen Respekt verdient. »Wir sind sicher noch vor dem Mittag fertig, Herr.«

»Leutnant Bak!« rief Hori laut und eindringlich.

Bak fuhr herum und sah den pausbackigen jungen Mann den Kai entlanglaufen, mit seinen Schreibutensilien unter dem Arm.

Hori blieb keuchend vor ihm stehen. »Herr, wir haben ein Schiffswrack gefunden, etwa einen Tagesmarsch nördlich von hier. Das Schiff muß während des Sturms gekentert sein.« Er hielt inne und wischte sich den Schweiß von der Stirn. »Kapitän Ramose hat es bei Sonnenaufgang entdeckt. Du mußt sofort aufbrechen. Die Mannschaft ist verschwunden, entweder ertrunken oder weggelaufen, und die Ladung hat sich buchstäblich in Luft aufgelöst.«

3. Kapitel

»Kurz vor Einbruch der Dämmerung fanden wir an der Mündung eines ausgetrockneten Wasserlaufs, eines Wüstenwadis, eine geschützte Stelle. Kapitän Ramose hielt sie für sicher, also vertäuten wir hier unser Schiff für die Nacht

– wir wußten nicht, was unmittelbar hinter dem Felsgrat lag und auf Entdeckung wartete.« Tjanuny, der Ruderer, den Bak am Tag zuvor gemaßregelt hatte, hielt inne, um die Dramatik seiner Erzählung zu erhöhen.

Imsiba, der hinter Tjanuny saß, hatte die Ruder eingezogen, denn die Strömung trug das kleine Boot flußabwärts. Er wandte den Blick vom Ostufer ab, das sie entlangfuhren, und schaute gen Himmel. Bak unterdrückte ein Lächeln und blickte den drahtigen Ruderer erwartungsvoll an. Schon kurz nach seiner Ankunft in Buhen hatte er festgestellt, daß die Menschen dieses kargen Landstrichs sehr gern ihre Spiele mit Höhergestellten trieben. Geduld, so hatte er herausgefunden, verlieh ihnen die Möglichkeit, sich auf Kosten anderer zu amüsieren, und sie würde ihm die nötigen Antworten bringen. Er durfte nur kein zu starkes Interesse zeigen.

»Das Wadi zieht sich ziemlich lang hin, aber es ist schmal, und das Wasser an seiner Mündung ist reichlich tief. Die Ufer sind steil und felsig, so daß man hier kein Getreide anbauen kann.« Tjanuny kratzte sich an der Seite und warf Bak einen verstohlenen Blick zu. »Ich hatte mit drei meiner Gefährten das Schiff verlassen, um am Ufer entlangzustreifen. Wir fanden die Stelle gut geeignet, um nach Holz und anderen Dingen von geringem Wert zu suchen, die der Sturm vielleicht angespült hatte.«

Bak betrachtete das Land, das zu beiden Seiten an ihnen vorbeiglitt, es war öde und ausgetrocknet und im wahrsten Sinne des Wortes »von geringem Wert«. Im Westen breitete sich eine Decke aus Sand, durch die Mittagssonne weiß-golden gebleicht, über den steilen Abhang; manchmal legte sich der Sand auch über ein seit langer Zeit ausgetrocknetes Wadi oder über die dunklen Klippen, bis er von dem angeschwollenen Fluß aufgesogen und weggetragen wurde. Da und dort wich die Landstufe zurück, dann wurden schmale, ringsum von Wasser umgebene Flächen fruchtbaren dunklen Bodens sichtbar, auf denen kleine Dörfer standen. Palmen, Tamarisken und Akazien, deren Wurzeln vom Wasser des Flusses versorgt wurden, säumten die Felder, die Gräben und den Fluß. Männer pflügten das höhergelegene, trockenere Land. Die umgebrochene Erde, die Würmer und Insekten freigab, lockte Schwärme von Vögeln an.

Auf der Ostseite des Flusses wirkte die goldene Wüste bräunlich, die Landschaft war rauher und felsiger. Zwischen dem höhergelegenen Land und dem Fluß traten einige dürftige Flecken fruchtbaren Bodens hervor. Nach vorn erstreckte sich ein Wadi, ein schmales Dreieck wassergenährten fruchtbaren Bodens, eingebettet zwischen den hohen, steinigen Ufern eines ehemaligen Flusses; dort hielten sich Ibisse, Kraniche und Silberreiher auf. Ein großer Teil der Oase war von Palmen gesäumt, während auf einer natürlichen Terrasse, geschützt vor Überschwemmungen, Weinstöcke gediehen. Ein Dutzend Gebäude aus Stein und Lehmziegeln thronte auf einem sandfarbenen Felsplateau, das über dem urbargemachten Land aufragte.

»Wir nähern uns dem Wrack«, sagte Tjanuny. »Es befindet sich im nächsten Wadi nach diesem Dorf.«

Bak musterte mit zunehmendem Interesse die kleine Ansammlung graubrauner Häuser. Hier, so vermutete er, würde er die Schiffsladung und die Mannschaft finden, sofern jemand überlebt hatte. Das Dorf unterschied sich nicht von all den anderen in diesem kargen Land. Auf schmalen Wegen scharrten Enten und Gänse in Schlammlöchern, Hunde bellten. Nackte Kinder beobachteten das vorüberziehende kleine Boot, während ihre Mütter am Rand des trüben Wassers Wäsche wuschen. Zwei Männer saßen im Schatten und spielten ein Brettspiel, warteten darauf, daß die Flut zurückging. Falls die Leute hier als erste auf das Wrack gestoßen waren, würden sie es ausgeschlachtet haben, wie es die meisten Bewohner entlang des Flusses getan hätten.

Baks Aufmerksamkeit spornte Tjanuny an, mit seiner Erzählung fortzufahren. »Wir gingen um den Grat herum und sahen von fern das gestrandete Schiff. Da es bereits spät am Tage war, konnte man es schwer erkennen, zumal es im

Schatten der Klippe lag. Einer von uns eilte zurück, um dem Kapitän den Fund zu melden, während der Rest zu dem Wrack lief. Es lag zerschmettert vor uns, und niemand bewachte es.«

»Hast du nicht bemerkt, daß die Ladung fehlte?« Imsibas Stimme klang schneidend, verriet weniger Geduld als die Stimme Baks.

Tjanuny drehte sich brüsk um und warf dem Medja einen flüchtigen Blick zu, wie um zu prüfen, wie weit er gehen konnte. Nicht allzuweit, wie er offensichtlich erkannte, denn er kam sogleich zur Sache. »Da noch ein paar Gegenstände an Deck zu finden waren, glaubten wir, daß die Ladung nicht üppig, aber unversehrt sei. Als der Kapitän eintraf, ist er an Bord gegangen, um sich umzusehen.« Erneut wandte er sich Bak zu. »Er fand das Deckhaus leer vor und keine Ladung darunter. Deshalb schickte er mich nach Buhen, um dich zu holen.«

Die Ladung unter Deck diente den Schiffen als Ballast. Kein verantwortungsvoller Kapitän würde ohne Ladung weit fahren – und wenn er Felsbrocken befördern müßte. Die Schiffe mit dem flachen Kiel und dem halbrunden Boden waren oben zu schwer und kenterten leicht, vor allem, wenn sie mit gebauschten Segeln stromaufwärts fuhren, aber auch wenn sie nach Norden segelten, getrieben durch die Strömung und die Ruderer. Da nur wenige Kapitäne ein so großes Risiko eingehen würden, stimmte wohl Ramoses Vermutung, daß die Ladung schon weggeschafft worden war. Es sei denn, Ramose selbst hatte sie geborgen und hoffte, genau wie Rennefer, Bak täuschen zu können.

Bak musterte das Dorf und den Pfad, der sich die natürlichen Terrassen emporwand, in die das Wadi eingeschlossen war. Darüber konnte er sich die Wüste vorstellen, den goldenen Sand, der zu heiß war, um ihn barfuß zu durchqueren, und hervorspringende Felsen, die den Tieren, die dort lebten, Schatten spendeten – Eidechsen, Skorpionen und Schlangen. »Führt der Weg zum Wrack?«

»Ja, er ist gut passierbar; er verläuft hinter dem Tal.«

Bak ergriff das Steuer und lenkte das Boot näher ans Ufer.

»Und du hast dieses Boot hier gestohlen?« Die Worte glitten so geschmeidig aus seinem Mund wie ein Dolch aus einer wohlgeformten Scheide.

Tjanuny wirkte einen Moment verkrampft, wurde aber sogleich wieder locker. Er machte große Augen, bemüht, ehrlich und sanftmütig auszusehen. »Ich habe es mir geliehen.«

Imsiba gab ein Geräusch von sich, das zwischen Lachen und Schnauben lag. Der Gesichtsausdruck des Ruderers gefror. Bak blickte finster drein, unterdrückte aber ein Lachen.

Tjanuny zeigte leichte Entrüstung. »Wenn ich zu Fuß gegangen wäre, Herr, wäre ich nicht vor Einbruch der Nacht nach Buhen gelangt. Ich hielt es für das klügste, ein Boot zu nehmen – eines zu leihen –, um rechtzeitig wieder zum Wrack zu gelangen. Kapitän Ramose wollte eigentlich nach Norden segeln, aber wie ich dir bereits erzählte: Er fühlt sich verpflichtet zu helfen, das heißt Überlebende nach Buhen zu bringen – sofern sie den Mut haben sollten, zu einem Schiff zurückzukommen, das geplündert wurde – und Güter, die zu bergen sind, zurückzuschaffen.«

»Wenn ich mit Ramose geredet habe, kannst du mich ins nächste Dorf zurückrudern. Dort kannst du dann erklären, warum du das Boot gestohlen – vielmehr ausgeborgt hast.«

Tjanunys Gesicht verriet Mißbilligung.

Bak wurde nachgiebiger. Tjanunys Vergehen war nur gering und leicht aus der Welt zu schaffen.

»Ich glaube nicht, daß du Grund zur Sorge hast. Wenn wir herausfinden, daß sie die Ladung an sich genommen haben, werden sie viel zu sehr damit beschäftigt sein, ihr eigenes Handeln zu rechtfertigen, als sich über deine Untat zu beklagen.«

»War das wirklich eine Havarie?« Bak watete näher an das umgekippte Schiff heran. Er achtete darauf, daß er den Morast unter seinen Füßen nicht aufwühlte, damit das Wasser nicht noch trüber wurde, als es ohnehin schon war. Er bückte sich tief, um den Schiffskörper besser in Augenschein nehmen zu können. »Oder könnte es sein, daß das Schiff mit Absicht auf Grund gesetzt wurde?«

Kapitän Ramose, dessen gerötetes Gesicht unterdrückten Zorn widerspiegelte, stand neben ihm. »Du bist mehr als mißtrauisch, Leutnant.«

Das bezog sich sowohl auf sein eigenes Schiff als auch auf das Wrack. Ramose hatte mit gespanntem Schweigen zugeschaut, wie Imsiba zu seinem Schiff hinausgeschwommen und an Bord gegangen war. Auch wenn sie kein Wort gewechselt hatten, hatte er sofort gewußt, was der Sergeant vorgehabt hatte: Falls er und seine Mannschaft die Ladung aus dem Schiffswrack geborgen und an einen geheimen Ort gebracht hatten, würde der Medja nun die Wahrheit herausbekommen.

Ramose deutete auf die zersplitterte Kielplanke. »Du kannst dich selbst davon überzeugen, sie ist zerbrochen.«

Das Schiff, vermutlich vom Bug bis zum Heck siebzig Schritte lang, war auf einen riesigen Sandsteinblock aufgelaufen, der in längst vergangener Zeit das Wadi heruntergespült worden war, als eines der seltenen, aber heftigen Gewitter in den östlichen Bergen das trockene Flußbett überflutet hatte. Nicht nur die Kielplanke, auch mehrere Bretter an der Backbordseite des Rumpfes waren zersplittert, als wären sie von einer riesigen Pfeilspitze getroffen worden. Das Schiff lag schräg, halb zur Seite geneigt; der Schiffskörper hing hüfthoch im Wasser.

»Ich verstehe zu wenig von Schiffen und vom Segeln, um mir ein Bild davon zu machen, was hier geschehen ist«, gab Bak zu, der bis zu den Knien im Wasser stand. »Erkläre es mir bitte.«

»Nur die Götter haben dieses Schiff so weit an Land treiben und so hart gegen den Felsblock schleudern können.« Ramose betrachtete den Schlamm, der hinter Bak aufwirbelte, schritt dann den Schiffskörper ab, strich mit der Hand über das noch helle, frische Holz. Am Bug bückte er sich tief unter die Kreuzblume und blickte hinaus zum Beginn des Wadis und auf sein eigenes Schiff. Seine Stimme klang gereizt. »Ich würde sagen, sie sind vom Sturm überrascht worden. Als Kapitän Roy dieses Wadi entdeckte, hat er es wohl für ein Geschenk der Götter gehalten. Aber das Schiff wurde zu den Untiefen getrieben und gegen den Felsblock geschleudert, es bestand keine Möglichkeit, es zu retten.«

Diese Theorie klang vernünftig, und doch ... »Glaubst du, daß die gesamte Mannschaft ertrunken ist?« Bak betrachtete das Schiff; das Deck war nach vorn gekippt, aber unbeschädigt. Ein Schwarm winziger Fische schwamm um seine Beine und kitzelte ihn. »Abgesehen von dem tödlichen Leck sind die Schäden gering, und das Wasser ist so seicht, daß mir das unmöglich erscheint.«

»Der Sturm war heftig, aber ...« Ramose blickte finster drein und überlegte. »Vermutlich haben es die meisten der Männer geschafft, an Land zu kommen, aber es würde mich nicht überraschen, wenn ein oder zwei über Bord geschleudert wurden, bevor sie das offene Wasser verließen. Ich habe mit eigenen Augen gesehen, wie die obere Terrasse in Buhen überflutet wurde. Und nach dem Sturm habe ich dort Fische entdeckt, die neben toten und verletzten Vögeln lagen.«

Bak dachte wieder an das Dorf, das so einladend war für Männer, die Obdach suchten, sich so gut eignete für Leute, die geborgene Gegenstände schleppten. Aber wo steckte der Kapitän? Er würde doch sein Schiff und dessen Ladung bestimmt nicht im Stich lassen.

Er watete an Land und kletterte das steile Ufer hoch. Am Beginn des Wadis wiegte sich Ramoses Schiff auf den sanften Wellen; das Deck und die Takelage knarrten, und die Wimpel flatterten in der sanften Brise. Taue längsschiffs verbanden das Schiff mit den Pfosten, die in den Abhang am Ufer getrieben waren. Imsiba stand an Deck und unterhielt sich mit der Mannschaft.

Bak, der darauf vertraute, daß der Medja allein zurechtkam, richtete seine Aufmerksamkeit auf das Wrack. Es besaß einen festen Mast, der sich aus der Mitte eines bescheidenen

Deckhauses erhob, und einen hölzernen Anbau am Deckhaus, behangen mit weißem Leinenzeug. Da das Schiff stromabwärts gefahren war, waren die Rahen oberhalb des Deckhausdaches festgezurrt und das Segel darunter verstaut worden. Das Heck war gegen die Wand des Wadis geschleudert und die Steuerung und das Steuerruder waren zusammengedrückt worden. Der unbeschädigte Bug ragte aus dem Wasser, reichte bis zum Grasfleck am gegenüberliegenden Ufer. Ein Stapel von zwanzig oder mehr Ebenholzstämmen, die mindestens sechs Schritt lang waren, hatte sich an einem Ende gelöst, war durch die Reling gebrochen und hing jetzt über der Schiffsseite. Ein weißer Sarg in der Form eines Menschen, von der Brust bis zu den Zehen mit einem gelben Streifen mit schwarzen Symbolen bemalt und immer wieder von Querstreifen unterbrochen, war am Deckhaus festgezurrt. Ein Dutzend oder mehr Körbe aus Schilf mit fest verschlossenen Deckeln lagen an der unteren Reling, gegen die sie beim Aufprall geschleudert worden waren.

Bak empfand den Anblick des zerstörten Schiffes als unerklärlich bedrückend. Es war ein gewöhnliches Handelsschiff mittlerer Größe, schmucklos bis auf das Auge des Horus am Bug. Aus der Ferne mußte es sehr schön ausgesehen haben, wenn es mit seinem hölzernen Schiffskörper den Fluß hinauffuhr, das rechteckige Segel wie die Flügel eines Riesenvogels ausgebreitet.

»Wird es je wieder schwimmen können?« rief er zu Ramose hinüber.

»Die Reparatur wird schwierig sein, denn der Felsblock hat das Herz des Schiffes herausgerissen.« Ramose trat einen Schritt zurück und betrachtete den Schaden. »Es muß zu einem Schiffsbauplatz gebracht werden, das steht fest.«

Bak erinnerte sich daran, wie das Schiff am Tag vor dem Sturm in Buhen festgemacht hatte. Einen großen Teil des Ebenholzes, das durch den »Steingürtel« nach Norden befördert worden war, hatte man für den Transport in kleine Längen zerlegt, was seine Aufmerksamkeit erregte. Da der

Kapitän, ein Mann, den er nie zuvor gesehen hatte, damit beschäftigt war, das Schiff vor der Abfahrt noch einmal zu inspizieren, hatte er sich mit dem Schreiber unterhalten, der damit beauftragt war, die Zollabgaben einzutreiben. Das Holz sei während der Überschwemmungszeit auf einem kleinen Schiff, das einem Kuschiten gehörte, der so kühn war, dem wilden, unberechenbaren Wasser sowohl aus Vergnügen als auch aus Gewinnsucht die Stirn zu bieten, die Stromschnellen hinunterbefördert worden, hatte er erfahren.

Im Gegensatz zu dem wertvollen Holz bestand die übrige Ladung aus nichts Ungewöhnlichem. Er erinnerte sich, daß auf dem Deck Bündel von Kuhhäuten gestapelt lagen und eine endlose Schlange von Männern von einem Lagerhaus Kupferbarren zum Schiff geschleppt und sie im Schiffsbauch verstaut hatte. Nur der Sarg, das Ebenholz und der Inhalt der Körbe waren an Deck verblieben. Er vermutete, daß die Körbe zu schwer waren, um sie ohne weiteres zu bewegen, oder daß es nicht die Mühe lohnte.

»Ist unter Deck noch irgendwas zurückgelassen worden?« fragte er.

»Nicht einmal das Segel.« Ramose stieg das Ufer hinauf und stellte sich neben ihn. Breitbeinig, die Daumen auf beiden Seiten seines wuchtigen Leibes in den Gürtel geklemmt, stand er da und starrte auf sein eigenes Schiff. Imsiba befand sich noch an Deck und überprüfte Körbe, Truhen und Bündel. Er unterhielt sich, lachte und erledigte seine Aufgabe voller Freude. Mit seinem Lächeln, seinem Humor und vor allem seiner Genauigkeit war es dem Medja bisher noch immer gelungen, Männern, die etwas zu verbergen hatten, die Wahrheit zu entlocken.

Ramose, der vor Zorn schäumte, wandte den Blick von seinem Schiff ab und betrachtete das Wrack. »Als ich dieses Schiff zuletzt gesehen habe, waren die Männer gerade damit beschäftigt, in Kor Korn zu entladen. Roy, sein Kapitän, sagte, als nächstes wolle er Buhen anlaufen, um eine für Abu bestimmte Ladung Kupfer an Bord zu nehmen. Ich kenne Roy, aber nicht sehr gut, also habe ich mich nicht länger mit ihm unterhalten.«

Bak war weit davon entfernt, Männer zu rühmen, die sich nahmen, was anderen gehörte, und damit die Göttin Maat beleidigten, aber er mußte den Dieben unwillkürlich Respekt zollen. Kupferbarren waren schwer und schlecht zu transportieren, ebenso gebündelte Tierhäute. Sie mußten bienenfleißig gewesen sein, um den Schiffsleib und den Großteil des Decks leerzuräumen und alles zu verstecken. Hätten sie noch einen weiteren Tag zur Verfügung gehabt, sie hätten wohl auch das Ebenholz mitgenommen, aus dem Schiff vielleicht Brennholz gemacht, die Leiche über Bord geworfen und den Sarg für spätere Zwecke aufbewahrt.

»Wir haben dieses Schiff gefunden, wie du siehst, Leutnant. Hapi möge uns alle verschlingen, wenn ich die Unwahrheit sage!« stellte Ramose bitter fest.

Nur wenige Männer des Flusses hätten es gewagt, solche Worte zu äußern. Jeder, der die Rache des Flußgottes auf solche Art und Weise herausforderte, war entweder grundehrlich oder so schuldig, daß er mit Bestimmtheit wußte, daß er den Tod in den Fluten verdiente.

Bak legte die Hand auf die Schulter des Kapitäns und grinste. »Du mußt leider mit mir mitkommen, Ramose. Ich muß mich von deiner Unschuld überzeugen. Wenn ich die Ladung dieses Schiffes wiederbeschaffen soll, brauche ich deine Hilfe und die deiner Männer.«

Ramose lachte schallend auf. »Ich fasse es nicht! Erst beleidigst du mich, indem du meine Ehrlichkeit anzweifelst, gleichzeitig aber bittest du mich um Hilfe.« Er schüttelte den Kopf. »Ich habe noch nie jemanden getroffen, der sich so für seine Aufgabe eignet wie du. Maat muß dich für ein perfektes Werkzeug halten.«

Bak war sich nicht sicher, ob das ein Kompliment war oder eine Beschimpfung. Er wollte lieber das erstere glauben, denn Maat war die Göttin der Wahrheit und der Ordnung, doch der Begriff »Werkzeug« störte ihn.

Um weiteren Diskussionen oder hitzigen Worten aus dem Weg zu gehen, setzte sich Bak in Bewegung. Bald war er an dem Pfad, der sich die Steigung hochschlängelte bis zur Spitze des steilen Abhangs. Füße und Hufe hatten ihn festgetreten, daher konnte er keine Spuren erkennen. Aber Männer in Eile nahmen oft Abkürzungen, und schwerbeladene Männer stolperten oft nach links oder nach rechts.

Bak ging weiter bis zur ersten Biegung, wo sich der Weg gabelte, und blieb stehen, um den Abhang zu beiden Seiten zu untersuchen. Er war uneben und steinig, verriet anfangs genausowenig wie der Pfad, aber bald fand er eine winzige Sanderhebung, die sich durch den jüngsten Sturm gebildet hatte, und darauf den deutlichen Abdruck eines nackten Fußes. Er stammte von einem Erwachsenen, war zu groß für eine Frau, ohne Narben, ganz gewöhnlich. Vielleicht der eines Matrosen, vielleicht auch nicht. Bak betete zum Gott Amun, daß seine Geduld mit einem aufschlußreicheren Anhaltspunkt belohnt werden möge, ging schnell weiter und blieb dann stehen, um im Sand nach weiteren Spuren zu suchen.

Der Weg schlängelte sich jetzt in eine andere Richtung. Bak entdeckte noch eine größere Sanderhebung, die durch einen vorspringenden Felsen vier oder fünf Schritte oberhalb des Weges geschützt war. Er glaubte, eine weitere Fußspur zu erkennen. Er hielt den Atem an und stieg höher. Aber sein Fuß rutschte von einem wackeligen Felsstück ab, er stürzte und schürfte sich das Knie auf. Er mißachtete jedoch das Blut, das aus der Wunde sickerte, und den Schmerz, und untersuchte den Abdruck im Sand.

Er war unzerstört und leicht zu deuten. Seine Stimmung besserte sich. Zur Linken erkannte er ein glattes Viereck zwischen einem Netzwerk von Dreiecken, den Abdruck des netzähnlichen Gewandes eines Ruderers, mit einem Lederflecken auf der Rückseite, um den Schurz zu schützen. Außerdem waren die winzigen Handabdrücke eines Affen zur Rechten auf der Sanderhebung erkennbar. Ein paar von ihnen waren verwischt, als sei das Tier nervös geworden.

Ein Affe? überlegte Bak. Er konnte sich überhaupt nicht vorstellen, daß ein so exotisches Tier in einem armseligen Dorf dieses Flußabschnitts lebte. Und weder Roys Schiff noch das von Ramose hatte wilde Tiere an Bord gehabt. Vielleicht war der Affe ein Haustier? Ein Matrose war irgendwie in seinen Besitz gelangt und hatte ihn behalten. Es konnte sich nicht um jemanden aus Ramoses Mannschaft handeln, denn als dessen Schiff in Buhen kontrolliert worden war, hatte man keinen Affen gefunden.

Nein, der Mann, der hier gesessen hatte, hatte zur Mannschaft des Schiffswracks gehört. Er und die anderen, die den Sturm überlebt hatten, waren nach Süden zum Dorf gegangen, wo sie Männer angeheuert hatten, die ihnen helfen sollten, die Ladung zu bergen. Aber was war mit Kapitän Roy geschehen? Warum ließ ein Kapitän sein Schiff abtakeln und die ganze Ladung entfernen?

Eine Bewegung lenkte Baks Aufmerksamkeit auf den Beginn des Wadis. Imsiba stand an der Reling von Ramoses Schiff und schwenkte die Arme, zum Zeichen, daß der Kapitän und seine Mannschaft unschuldig waren. Bak ging schnell wieder den Pfad hinunter und eilte zu Ramose, den er zu Unrecht verdächtigt hatte. Er sollte sich wohl besser entschuldigen.

»Wir hatten bisher keine Ahnung von dem Schiffswrack.« Pahuro, der Älteste des Dorfes flußaufwärts vom Wrack, schüttelte den Kopf mit dem schütteren weißen Haar. »Da wir nichts davon wußten, können wir auch die Ladung nicht genommen haben.«

Diese Logik war einwandfrei, überlegte Bak, aber dennoch war es eine glatte Lüge. Er lehnte sich gegen eine hüfthohe Mauer aus Lehmziegeln, die eine Koppel einfriedete, auf der sich zwei fette weiße Kühe und ein grauer Esel befanden, und blickte zu dem Pfad hoch, der am Ende eines steilen Abhangs dem Blick entschwand. Kein Zeichen von Imsiba, der sich auf die Suche nach einem Jungen begeben hatte, den er auf der

Klippe oben entdeckt hatte und der offenbar das Wrack im Auge behalten sollte. Vielleicht war der Junge ein Dorfbewohner, vielleicht gehörte er zur Mannschaft des Wracks.

Fliegen umschwirrten die Dunghaufen auf der Koppel, deren Geruch sich mit dem der Tiere und des Futters vermischte. Eine zahme Krähe hüpfte die Mauer entlang, ihr heiseres Krächzen verriet ihr Verlangen nach Futter oder Aufmerksamkeit. Von der Stelle aus, an der Bak saß, wirkte das Dorf ähnlich wie vom Fluß her: ein paar bescheidene Häuser, zu denen man über schmale, staubige Pfade gelangte. Das Innere dieser Häuser war dunkel und stickig. Drei kleine, nackte Kinder, von denen eines am Daumen lutschte, spähten von einem Dach herab.

Bak sah, wie Ramoses Männer von Haus zu Haus gingen, Tjanuny allen voran, und nach Gegenständen vom Schiff suchten. Er hatte den Ruderer zu ihrem Anführer ernannt, nachdem der das Boot zurückgegeben, sich gebührend entschuldigt und reuig gezeigt hatte. Die Dorfbewohner gingen den Männern aus dem Weg, sie beobachteten sie aus der Ferne und tuschelten miteinander. Sie wirkten eher verschlagen als verärgert, wie Menschen, die ein Geheimnis teilten, und nicht wie die entrüsteten Opfer einer zu Unrecht durchgeführten Suchaktion.

»Dein Dorf ist hübsch und sauber, Pahuro, und deine Felder sind gut in Schuß.« Bak wies mit einer Kopfbewegung zur etwas weiter unten liegenden Oase. »Um eure Dattelpalmen beneidet euch bestimmt jeder an diesem Flußabschnitt. Und du behauptest also, daß du, als sich der Sturm legte, nicht die Geistesgegenwart besessen hast, die Kinder auf die Suche nach nützlichen und erstrebenswerten Gegenständen zu schicken, die der Sturm an Land geweht haben könnte?«

Pahuro, der selbstgefällig über das Kompliment schmunzelte, aber bestürzt war von der Schlußfolgerung, rutschte auf dem einzigen Stuhl umher, den das Dorf besaß. Es war ein hoher Lehnstuhl aus Holz, dessen Sitz mit einem bestickten Kissen gepolstert war.

»Der Sturm hat sich erst am Ende des Tages gelegt.« Pahuro verlagerte das Gewicht von links nach rechts. »Ich mag es nicht, wenn die Kinder nach Einbruch der Dunkelheit weit von zu Hause entfernt sind.«

Bak bückte sich, um einen Strohhalm aufzuheben, steckte ihn in den Mund und lächelte mitfühlend. »Ich wäre genauso besorgt gewesen wie du, insbesondere, da ein Dutzend oder mehr Männer den Fluß hochgekommen waren und Nahrung und Obdach suchten.«

»Hat die Mannschaft überlebt?« Pahuro lächelte. »Ich danke Hapi, daß er sie verschont hat.«

»Du willst mir doch nicht weismachen, daß du sie nicht gesehen hast! Mein Medja-Sergeant hat sie vom Schiffswrack bis zu diesem Dorf verfolgt.« Das war eine glatte Lüge, aber die Einheimischen glaubten, daß sich ein Medja besser in der Wüste auskannte als jeder gewöhnliche Mann aus Wawat. Es kam ihnen nie in den Sinn, daß Baks Männer alle in Kemets Land aufgewachsen waren und die meisten ihre Jugend damit verbracht hatten, Felder zu bestellen.

Pahuro wand sich auf seinem Stuhl hin und her, dieses Mal nicht, weil er unbequem saß, vermutete Bak, sondern weil er befürchtete, er könne in eine Ecke gedrängt werden, aus der er nicht mehr entkommen konnte.

Ramoses Männer verließen das letzte Haus, das sie durchsucht hatten, und Tjanuny schüttelte den Kopf. Sie hatten nichts gefunden. Bak konnte auch Imsiba nicht entdecken, der den jungen Wächter mitbringen sollte. Während die Sonne weiter nach Westen wanderte, schwand seine Hoffnung, die Mannschaft und die Ladung so bald wieder aufzuspüren.

»Ich weiß, du hast wegschaffen lassen, was du konntest. Warum auch nicht? Das Leben in diesem armseligen Land ist hart.« Bak starrte ins Nichts, als versuche er, einen Entschluß zu fassen. Er erhob sich. »Ich mache dir einen Vorschlag, Pahuro. Wenn du mich zu der verschwundenen Ladung führst, werde ich dein Vergehen übersehen.«

Der alte Mann runzelte mißtrauisch die Stirn.

»Ich werde gegen niemanden in diesem Dorf eine Anschuldigung erheben«, versprach Bak, »ob es sich um Frau, Mann oder Kind handelt. Ich verschwinde von hier, und wir verlieren nie wieder ein Wort über die Angelegenheit.«

Pahuro schüttelte den Kopf und seufzte. »Du erhebst einen Vorwurf, wo keiner angebracht ist, Leutnant.« Sein Blick wirkte verschlagen, als er sich vom Stuhl erhob. »Komm, ich zeige es dir.« Ohne sich umzusehen, schritt er zwischen den Häusern hindurch. Bak, der sich beeilte, mit ihm Schritt zu halten, gab Tjanuny ein Zeichen, ihnen zu folgen.

Pahuro führte sie von einem Haus zum anderen, durch Anbauten und Schuppen, und forderte sie auf, nochmals einen Blick auf alles zu werfen, was Ramoses Leute bereits vorhin in Augenschein genommen hatten. Bestimmt versuchte der alte Mann ihn zu verwirren, deshalb hielt Bak die Augen offen und war auf alles gefaßt. Wie vorhin beobachteten auch jetzt die Dorfbewohner alles aus der Ferne und flüsterten miteinander. Sie wirkten nun wohlgemut, voller neuem Selbstvertrauen, und Bak sah sogar, wie ein Mann einen anderen in die Rippen knuffte. Er war davon überzeugt, daß sich die verschwundene Schiffsladung hier befand, aber wo? Lag sie direkt vor seinen Augen und er merkte es nur nicht?

Schließlich gelangten sie auf einen schmalen Weg, der zu einem Ziegelgebäude auf der Rückseite der natürlichen Terrasse führte. Die Art und Weise, wie die Steine angeordnet waren, und ihre unterschiedliche Größe verrieten Bak, daß das Haus vor vielen Generationen gebaut worden war und in der Vergangenheit verschiedentlich repariert oder verändert worden war. Die Frontseite schien erst vor kurzem renoviert worden zu sein, aber die Rückseite des Gebäudes stand kurz vor dem Einsturz. Eine Mauer war bereits zusammengesackt, die andere hielt nur noch notdürftig. Auch mehr als die Hälfte des Daches war eingebrochen.

Sechs große graue Töpfe, die als Bienenstöcke dienten, lenkten Baks Aufmerksamkeit auf einen Teil des nicht zerstörten Daches. Was hatten die hier zu suchen? überlegte er. Gewöhnlich wurden Bienenstöcke eher in der Nähe der Oase aufgestellt, nicht auf der entgegengesetzten Seite des Dorfes. Die Bienen waren so gezwungen, über das Dorf zu fliegen, wo die Frauen in den kühleren Stunden des Tages draußen arbeiteten und die Kinder spielten. Er bemerkte, daß die Bienen einen kleinen, zerbrochenen Krug umschwirrten, der inmitten einer Lache flüssigen Goldes auf dem Weg lag – Honig. Bak erkannte die List und lachte leise. »Hast du auch dieses Haus durchsucht, Tjanuny?«

»Ja, Herr«, erwiderte der Ruderer. »Wir haben auch hier nichts gefunden.«

»Bist du selbst oder einer deiner Männer auf das Dach geklettert?«

»Wo so viele Bienen sind?« Tjanuny schüttelte ungläubig den Kopf. »Wer will denn schon gestochen werden? Nun, dazu bestand auch keine Notwendigkeit. Wir konnten durch die eingestürzte Mauer hineinsehen.«

Bak bewegte sich langsam zwischen den Insekten, die den Honig umschwirrten, hindurch und achtete darauf, sie nicht zu reizen. An der Mauer angelangt, fuhr er mit dem Finger über die Oberfläche. Obwohl der Lehm trocken aussah, war er kühl und feucht und fühlte sich weich an. Die Steine waren erst vor kurzem zusammengefügt worden. Als er sich umwandte, betrachtete ihn Pahuro mit neuer Achtung, Tjanuny fast mit Ehrfurcht.

»Mach eine Öffnung in die Mauer«, befahl er dem alten Mann.

»Das ist nicht nötig«, erwiderte Pahuro resigniert. »Ich zeige dir, was du sehen willst.«

Er führte Bak ins Haus und über eine morsche Treppe hinauf zum Dach. Bienen umsummten sie. Neugierig begaben sich die Männer zum Rand des unbeschädigten Dachabschnitts und blickten hinunter in einen kleinen quadratischen Raum, der vermutlich schon lange nicht mehr benutzt wurde und erst vor kurzem in einen Lagerraum umgewandelt worden war. Dutzende von Kupferbarren waren an der Wand aufgeschichtet, aber die gebündelten Tierhäute befanden sich nicht hier.

»Wo habt ihr den Rest versteckt?« fragte Bak.

Der alte Mann blickte Bak ruhig in die Augen, und seine Stimme klang ehrlich, als er sagte: »Das ist alles, was wir gefunden haben.«

Es war an der Zeit, ihm ein paar Wahrheiten zu erklären.

»Pahuro, ich kann zwischen zwei Dingen wählen. Das eine ist die Garantie, die ich dir vorhin gegeben habe. Das zweite ist etwas weniger Angenehmes.« Er begab sich zum Rand des Daches und blickte über das Dorf zur Oase, zu den üppig grünen Palmen und dem fruchtbaren dunklen Boden.

»Ich kann alle Männer über vierzehn nach Buhen mitnehmen. Dort werden sie als Diebe dem Kommandanten vorgeführt. Wenn er sie für schuldig befindet – und das wird er –, werden sie einer Gefängniskolonne zugeteilt und in die Wüste geschickt, um in den Minen für unsere Herrscherin Maatkare Hatschepsut zu arbeiten. Eine passende Bestrafung, findest du nicht auch, für Männer, die sich genommen haben, was von Rechts wegen ihr zusteht?«

Pahuro stand steif und blaß da, eingeschüchert durch die Drohung. Wenn alle kräftigen Männer die Oase verließen, blieben nur noch Frauen und Kinder übrig, um die Felder zu bestellen und sich um das Getreide zu kümmern, eine Aufgabe, die sie kaum bewältigen konnten. Ja, noch schlimmer: Viele der Männer überlebten vielleicht die harte Strafe nicht und würden nie mehr zurückkehren.

»Du wirst über unser Vergehen hinwegsehen?« Die Frage war keine Bitte, kam ihr aber sehr nahe.

»Ich habe es versprochen, und ich halte mich daran.«

»Dann komm mit.«

»Das ist alles, was wir an Bord gefunden haben, mehr gibt es nicht.« Pahuro sah aus wie ein frisch verwitweter Mann, so bekümmert wirkte er darüber, daß er so viele wertvolle Dinge wieder verlieren sollte.

Bak, der neben ihm stand, versuchte nicht zu zeigen, wie überrascht er war, wie verblüfft. Er hatte gedacht, er bekomme Tierhäute zu sehen, ein Segel, ein paar andere Dinge – aber nicht das, was sich ihm hier darbot: ein regelrechtes Warenlager von Kostbarkeiten.

Der alte Mann hatte ihn zum Ende des fruchtbaren Tals geführt, einen steilen Pfad hinauf und zu einer tiefen Senke in der Klippe, die von einem Kreis von Felsblöcken umgeben war. An ihrer Rückwand waren Käfige aufgereiht, die durch eine überhängende Felsplatte vor Sonne und Wind geschützt waren. Sie enthielten zwei Löwenjunge und ein Paar kleinere Raubkatzen, deren Namen Bak nicht kannte, vier Wildhunde – eigentlich Welpen – und mehrere Affen, sowie zwei junge Paviane, heilige Tiere, die für das Haus eines Gottes in Kemet bestimmt waren. Wären da nicht die Bündel rötlicher, schwarzbrauner und schwarzweißer Tierhäute gewesen, die vor den Felsblöcken aufgeschichtet waren, hätte er angenommen, es handle sich um die Ladung eines anderen Schiffes als desjenigen, das er in Buhen gesehen hatte.

Ein hoher kreischender Laut lenkte seine Aufmerksamkeit auf die Wand hinter den Käfigen, wo ein kleiner grauer Affe auf der Schulter eines dreizehn- oder vierzehnjährigen Ruderers saß – zweifellos war es der Junge, der seine Spuren im Sand hinterlassen hatte. Der ältere Gefährte des Jungen, ein muskulöser Matrose mit einer krummen Nase, umspannte mit den Händen seine Knie und starrte Pahuro an. Über ihren Köpfen und den Käfigen waren Männer und Vieh auf die Felsen gemalt. Weitere Malereien in Blauschwarz und Rot schmückten die Wand hinter den Stapeln von Leoparden-, Zebra- und Giraffenhäuten und den Körben mit Straußeneiern und -federn, Krügen und Truhen, deren Etiketten ihren Inhalt auswiesen: aromatische Öle, Gewürze und Weihrauch.

So viele wertvolle, schöne und seltene Dinge boten sich

dem Auge dar! Bak war davon überzeugt, daß es sich um Schmuggelware handeln mußte. Er hielt die Hand ausgestreckt, die Innenfläche nach oben. Sie war schweißnaß, zitterte aber nicht und verriet somit nicht seine Aufregung. »Ich brauche das Ladungsverzeichnis des Schiffes.«

Pahuro würdigte den Matrosen mit der krummen Nase, dessen Gesicht hochrot vor Zorn war, keines Blickes, sondern ging auf einen grauen Tonkrug zu, der ein halbes Dutzend Papyrusrollen enthielt. »Niemand in meinem Dorf kann lesen, auch nicht die Matrosen, die nach dem Schiffbruch zu uns kamen, aber die Rolle, die du willst, muß wohl hier dabei sein.« Bak fand nicht ein versiegeltes Ladungsverzeichnis, sondern zwei. Das erste war kurz und bündig. Es waren Kuhhäute, Ebenholzstämme und der Sarg eines Mannes namens Amunemopet, der in Kor an Bord genommen worden war, sowie Kupferbarren aus Buhen darin aufgelistet. Die etwas gedrängte Handschrift war Bak vertraut und gehörte einem älteren Schreiber, den er gut kannte. Das zweite Verzeichnis war länger. Darin waren neben den gewöhnlicheren Gütern die exotischen Dinge und Tiere aufgeführt; ein irreführendes Verzeichnis, das einen neugierigen Inspektor davon überzeugen sollte, daß die ganze Ladung legal war. Es war in perfekt geformten Hieroglyphen geschrieben, als habe der Schreiber sich bemüht, jegliche Nachlässigkeit zu vermeiden, die ihn irgendwann einmal als Verfasser entlarven könnte.

Bak verglich die Liste mit den Gegenständen, die er vor sich sah. Ohne genau nachzuzählen, konnte er sich nicht ganz sicher sein, aber er meinte, daß alles erfaßt war. Die Warenmengen konnten später mit dem Verzeichnis verglichen werden, wenn sie auf Ramoses Schiff geladen waren, um nach Buhen gebracht zu werden.

Mit den Papyrusrollen in der Hand und halbwegs beruhigt, stellte Bak sich vor die beiden vom Schiff. »Wo ist Kapitän Roy?«

»Tot«, brummte der ältere von ihnen. »Wurde über Bord gespült.«

Bak blickte den Jungen an, erwartete eine Bestätigung.

»Es stimmt!« Der Affe legte den Arm um den Hals des Jungen, verunsichert durch die Anspannung in dessen Stimme. »Der Sturm setzte früher ein, als Kapitän Roy erwartet hatte. Wir waren noch damit beschäftigt, die Ladung zu sichern, und haben versucht, die Ebenholzstämme festzubinden. Die Luft war so voller Staub, daß wir nicht einmal mehr unsere Füße sehen konnten. Der Kapitän kannte diese Gewässer so gut wie ich die Sommersprossen auf meinen Händen. Er stand am Bug und hielt Ausschau nach einem sicheren Hafen. Da rollte eine große Welle auf uns zu, und er wurde über Bord gerissen. Genauso Woserhet und Maya, obwohl wir das erst später merkten.«

Die Geschichte enthielt sicher ein Körnchen Wahrheit, aber ... »Wie habt ihr das Wadi gefunden, wo euer Schiff jetzt vor Anker liegt?«

»Die Götter hatten Mitleid mit uns! Wir wurden hineingetrieben!«

Der Junge wirkte eingeschüchtert durch die Erinnerung. »Wir wußten nicht, wo wir waren. Sonst hätten wir das Schiff vielleicht retten können.«

»Wir dachten, wir seien in offenem Fahrwasser«, brummte sein Gefährte.

Der Junge nickte. »Erst als wir auf Grund liefen, haben wir unseren Irrtum erkannt.«

Der ältere Matrose grinste höhnisch. »Wäre der Kapitän noch bei uns gewesen, er hätte es gewußt.«

Bak konnte sich gut vorstellen, welches Chaos auf dem Schiff geherrscht haben mußte, als niemand mehr Befehle erteilte und niemand wußte, was zu tun war. »Wo habt ihr diese kostbare Ladung an Bord genommen?«

»In Kor,« sagte der Mann, bevor der Junge antworten konnte.

Bak bedachte ihn mit einem vernichtenden Blick. »Ich weiß genau, was ihr in Kor geladen habt: Tierhäute, Ebenholz und den Sarg. Drei Tage vorher habt ihr in Buhen das

Kupfer an Bord genommen, und etwas später am selben Nachmittag seid ihr nach Norden aufgebrochen.«

Der Junge, dessen Augen furchtsam blickten, öffnete den Mund, um zu reden. Sein Gefährte preßte die Hand fest um seinen Schenkel und bohrte ihm die Finger ins Fleisch, so daß er aufschrie und der Affe in seine Arme flüchtete.

»Mein Medja-Sergeant ist gerade auf der Suche nach deinen Gefährten. Er wird sie finden, das darfst du mir glauben.« Bak schlug leicht mit einer der Papyrusrollen auf das Knie des Älteren und fuhr mit düsterer Stimme fort: »Willst du mir sagen, was ich wissen will, oder willst du den anderen sprechen lassen? Willst du gut behandelt werden, weil du mir geholfen hast, oder soll einer eurer Gefährten Buhen verlassen, frei von aller Schuld, während du mit den anderen in die Minen in der Wüste geschickt wirst?«

Der Mann sah den Jungen an, dessen Blick Offenheit und Ehrlichkeit verriet. Er spuckte voller Verachtung zur Seite aus. Dann begann er zu sprechen; seine Miene war mürrisch und sein Ton widerwillig.

»In jener Nacht haben wir auf halbem Weg zwischen hier und Buhen am Westufer des Flusses haltgemacht. Ein einsamer Wüstenflecken, zu öde und zu trocken, als daß ein Mensch dort leben könnte. Ein Feuer leitete uns zum Ufer, wo wir all das fanden, was du hier siehst. Wir brachten eilends alles an Bord, konnten aber kaum etwas sehen und stolperten im schwachen Lichtschein zu unserem Schiff, wo Kapitän Roy eine Fackel hochhielt. Nachdem alles an Bord verstaut war, haben wir die Segel gesetzt.«

»Wen habt ihr dort angetroffen? Wer hat diese Dinge eurem Kapitän übergeben?«

»Wir haben niemanden gesehen.« Der Schiffer senkte den Blick, als bereite ihm die Frage Unbehagen. »Es war eine dunkle, mondlose Nacht. Sobald wir uns vom Feuer entfernten, konnten wir nicht einmal mehr die Hand vor Augen sehen. Vielleicht waren Wachen aufgestellt, aber wir konnten keine erkennen.«

Die Geschichte hörte sich recht abenteuerlich an, wie die Geschichten, die Baks Vater vor langer Zeit seinem kleinen Sohn vor dem Einschlafen erzählt hatte. »Kannst du mir diesen Platz zeigen?«

Der Mann zögerte, runzelte die Stirn. »Ich glaube schon, aber ...« Er warf dem Jungen, der genauso verunsichert aussah wie er, einen Blick zu. »Wir können es versuchen.«

Von fern hörte man ein langes, trillerndes Pfeifen. Ein Medja-Signal. Bak eilte aus der Senke und blickte das Wadi hoch zu dem Pfad, der den steilen Abhang emporführte. Imsiba kam den Weg herabgelaufen, gefolgt von einer kunterbunten Schar von Männern. Es waren die verschwundenen Matrosen. Mehrere von Ramoses Männern bildeten die Nachhut, für den Fall, daß jemand zu fliehen versuchte. Bak schaute nach Westen, zum orangeroten Sonnenball, der flammend am Horizont prangte. Es war zu spät, um Ramoses Schiff noch zu beladen, und zu spät, um Segel zu setzen. Trotzdem war es ein recht zufriedenstellender Tag gewesen, mehr als zufriedenstellend.

4. Kapitel

»Hört gut zu!« Kapitän Ramose stand am nächsten Tag breitbeinig am Eingang des Verstecks in den Felsen, die Hände in die Hüften gestemmt, was anscheinend seine bevorzugte Befehlshaltung war, wie Bak feststellte. »Ihr werdet während meiner Abwesenheit keinen Fuß aus dieser Senke setzen, es sei denn, um eure Notdurft zu verrichten. Versteht ihr mich?«

Die vier Ruderer, die auf seinen Befehl zurückgeblieben waren, nickten wenig begeistert, denn keiner von ihnen war begierig darauf, den nächsten Tag und vielleicht noch weitere auf einem Felsenriff zu verbringen und sich dabei vorzustellen, wie sich die Kameraden in Buhen amüsierten.

»Wenn auch nur ein Gegenstand oder Tier verschwinden

sollte, werdet ihr einer nach dem anderen zur Rechenschaft gezogen werden. Verstanden?«

Die Männer nickten, scharrten mit ihren bloßen Füßen und warfen verdrießliche Blicke auf die restliche Schmuggelware, die sie an diesen elenden Ort fesselte. Einer von ihnen wollte sich gerade über irgendwas beschweren, aber Ramoses finsterer Blick erstickte seine Worte im Keim.

»So sei es!« Der Kapitän wandte sich ab, winkte Bak zu und machte sich auf den Weg zum Dorf und zu seinem Schiff, das am Fuß des steilen Abhangs nördlich des bebauten Landes vertäut lag.

Das Schiff schlingerte in der Dünung, es war zu schwer beladen. Ein breites Brett, das als Laufplanke diente, verband das Deck mit dem ansteigenden Abhang. Zwei Matrosen trugen den Sarg über die schwankende Planke. Sie bewegten sich schnell, aber vorsichtig, damit sie nicht ausrutschten und im Wasser landeten. Abgesehen von der ursprünglichen Ladung, die nach Abu befördert werden sollte, war das Deck vollgestellt mit Tierkäfigen und Krügen mit aromatischen Ölen und Weihrauch – dem zerbrechlichsten Teil der Schmuggelware. Die schiffbrüchigen Männer ließen sich auf allen freien Stellen des Decks nieder und versuchten, so wenig wie möglich aufzufallen.

Bak musterte Pahuro, der steif und aufrecht mit zusammengekniffenen Lippen dastand, ein Mann, der zu stolz war, um seine Entrüstung zu zeigen, die er bestimmt darüber empfand, daß man ihm so schnell auf die Schliche gekommen war. Oder wie einer, der glaubte, sich den Zorn der Götter zugezogen zu haben – oder den des mächtigen Kemet.

»Sonst habt ihr nichts an Bord des Schiffes gefunden?« fragte Bak nicht das erste Mal. Er dachte dabei vor allem an Elefantenstoßzähne, denn unter der Schmuggelware hatte man keine entdeckt.

»Wir haben nichts zurückbehalten. Das schwöre ich bei Dedun.« Pahuros Stimme klang so steif wie er dastand, als er den alten Gott der Kuschiten beschwor.

Bak glaubte ihm, und das ausführliche Verzeichnis mit all den kostbaren Gegenständen schien seine Beteuerung zu untermauern. Darin waren kein Elfenbein aufgelistet.

Baks Blick wurde von Ramose angezogen, der inzwischen an dem Dorf vorbeieilte und mit jedem Schritt eine Staubwolke aufwirbelte. Im Dorf bellte ein hellbrauner Hund. Da niemand auf sein Bellen reagierte, stand er auf, ging einen sonnenbeschienenen Weg hinunter und schnüffelte an den Fersen mehrerer Frauen, die vor einem aus Lehmziegeln errichteten Schrein knieten, der einer Lokalgottheit geweiht war, die Bak aus der Ferne nicht erkennen konnte. Die Frauen beteten offenbar für die Sicherheit ihres Dorfes und ihrer Männer.

»Ich werde mein Wort halten, Pahuro«, sagte Bak, verärgert darüber, daß man ihm so wenig traute. »Ich habe nicht vor, eurem Dorf Schaden zuzufügen.«

»Es sind alte Frauen, Leutnant, schwache Geschöpfe, die sich an eine lange zurückliegende Zeit erinnern, als die Männer unseres Dorfes in den Krieg ziehen mußten und nicht einer von zehn zurückkehrte.«

Bak erinnerte sich an Berichte über den letzten großen Konflikt, der zwischen diesem Gebiet und dem Süden ausgetragen worden war. Seither waren viele Jahre vergangen, und jetzt wirkte das Dorf recht wohlhabend, mit fetten Rindern und wohlgenährtem Geflügel, üppigen Feldern, saftigen Dattelpalmen und Weinstöcken, die pralle Früchte trugen. Nicht sichtbar war der erforderliche Arbeitsaufwand. Er war so groß, daß nur wenig Zeit und Energie übrigblieben, um die armseligen Häuser zu reparieren oder den Kranken etwas Ruhe zu ermöglichen. Auch konnte man sich nicht erlauben, nach Buhen zu fahren und an den Festlichkeiten zu Ehren der Götter teilzunehmen.

Bak verdrängte einen Augenblick den Gedanken an seine Verantwortung gegenüber der Göttin Maat und seine Pflicht gegenüber dem Königshaus und seiner Herrscherin, Maatkare Hatschepsut.

»Übergebt dem Dorfältesten einen Kupferbarren und zwei Bündel Tierhäute.« Er schwieg und musterte die in der Senke zurückgebliebenen Gegenstände. »Überlaßt ihm auch den kleinsten der beiden Ballen schweren Leinens und einen Krug parfümierten Öls für die Frauen.«

Pahuro fiel auf die Knie und bedeckte das Gesicht; er war zu gerührt, um sprechen zu können. Bak eilte davon und schalt sich einen weichherzigen Narren. Kommandant Thuty, dessen scharfe Zunge selbst tapfere Männer zum Zittern brachte, würde nicht erfreut sein, wenn er vernahm, daß Bak ein Dorf belohnt hatte, das von Rechts wegen hätte bestraft werden müssen.

»Das ist die Stelle. Siehst du?« Der Matrose mit der krummen Nase kniete sich neben mehrere bräunliche, halb unter dem Sand vergrabene Klumpen, die die sengende Wüstenhitze getrocknet hatte. Ein paar Fliegen krabbelten darüber. »Sie haben wohl Wasser über die Käfige geschüttet, um den Kot herauszuspülen.« Er blickte zu dem Jungen hoch, an den sich noch immer der Affe klammerte. »Du erinnerst dich. Der Sand war feucht, als wir hierherkamen.«

Der Junge, der einfältig dreinblickte, deutete mit dem Finger auf etwas. »Ich bin in diesen Haufen getreten. Es war so dunkel, daß ich nichts sehen konnte.«

Tjanuny hockte neben einem unregelmäßigen Kreis aus Steinen, ein Dutzend Schritte entfernt, und blickte von der dünnen Schicht aus Asche und ein paar Stücken verkohlten Holzes hoch, die er vom Sand befreit hatte. »Wenn dieses erbärmliche Feuer euch als einziges Licht diente, wundere ich mich, daß ihr die Käfige entdeckt habt.«

Bak, der seine Augen mit der Hand abschirmte, betrachtete die Gegend, eine breite, offene Ebene zu beiden Seiten des Flusses. Die Sandwüste, in der es weder Pflanzen noch Tiere gab, erstreckte sich von den Ufern bis zum Horizont und verlor sich in rosig-rötlichem Dunst. Die flache, glatte goldene Fläche, die unterbrochen wurde von niedrigen

Sandhügeln, schien wie ein lebendiges Geschöpf unter der Hitze zu beben. Vom blauen Himmel blickte Re auf die Menschen da unten nieder, trocknete ihre Kehlen aus und versengte den Sand, auf dem sie gingen. Anders als das behelfsmäßige Feuer und der Tierkot hatte sich der Sturm verschworen, die Geheimnisse des Ortes nicht preiszugeben und alle Spuren der Menschen auszulöschen.

Diese kahle Ebene schien kaum ein passender Ort für eine Begegnung zu sein, überlegte Bak. Doch sie war ein Ort, wo nichts lebte oder sich regte. Ihre Unberührtheit, die grenzenlose Trostlosigkeit machten sie zu einem der wenigen Plätze entlang des Flusses, wo sich zwei Menschen ungesehen treffen konnten, insbesondere in einer dunklen Nacht.

»Unser Schiff ist nah ans Ufer herangetrieben. Wir nahmen die Ladung sehr schnell an Bord. Keiner von uns wollte sich lange hier aufhalten.« Der Mann stand auf und verzog den Mund. »Uns hat dieser Ort nicht gefallen. Ein Land des Todes, dachten wir, sogar in der Kühle der Nacht.«

»Wen habt ihr hier getroffen?« fragte Imsiba.

»Wir haben niemanden gesehen«, brummte der Mann. »Nur ...« Er verstummte und scharrte unbehaglich mit den Füßen.

»Wir haben Schatten in der Dunkelheit gesehen«, sagte der Junge geheimnistuerisch. »Der älteste Mann unter uns, einer, der es hätte wissen müssen, sagte, die Sandhügel seien ehemalige Grabstätten, so daß wir anfangs fürchteten, es seien Schatten der Toten. Später ...«

»Warum nicht gar ein Mann ohne Kopf?« murmelte Tjanuny kichernd, »oder ein anderes Wüstengespenst?«

Bak brachte ihn mit einem grimmigen Blick zum Schweigen.

Der Mann und der Junge schauten sich einen Moment an. Letzterer sagte: »Später, nachdem wir mit dem Laden fertig waren, wollte sich einer von uns aus irgendeinem Grund entfernen. Er war noch keine zehn Schritte gegangen, als ein Pfeil angeflogen kam und ihn nur um Haaresbreite verfehlte.«

»Tote Männer führen weder Pfeil noch Bogen mit sich.« Der Ton des älteren Matrosen klang bissig, als nage die Furcht vor dem Unbekannten an seinem gesunden Menschenverstand. »Ebensowenig nehmen sie fahrende Schiffe in die Unterwelt mit.«

Jetzt tauschte Bak einen Blick mit Imsiba. »Du hast ein anderes Schiff hier gesehen? Das die Schmuggelware mitbrachte?«

»Nein!« Die Stimme des Jungen klang so schneidend, daß der Affe in seine Haare griff und sich ängstlich an ihn schmiegte. »Wir wußten nicht, daß es sich ganz in der Nähe befand, bis wir so weit waren, wieder loszusegeln, und wir wissen nicht mit Sicherheit, ob es die Gegenstände zurückgelassen hat, die wir aufgeladen haben. Zuerst hörten wir über dem Wasser das Krächzen und Knarren von Rahen, die man hochzog, dann das Knattern schwerer Segel, in denen sich der Wind verfing. Kurz danach fuhr das Schiff an uns vorbei nach Süden, wir haben die geblähten Segel in der Dunkelheit vorüberziehen sehen. Sie waren kaum zu erkennen, aber auch nicht zu verfehlen.«

Und sind nun nicht mehr zu identifizieren, dachte Bak verdrießlich. Insbesondere, da die Furcht den Verstand lähmt.

»Ich sehe, daß Mahu immer noch hier ist.« Ramose stand am Bug seines Schiffes und erteilte den Ruderern und dem Mann am Steuerruder Befehle, während sie das Schiff zum Nordkai lenkten. »Ich dachte, er würde sich inzwischen auf dem Weg nach Abu befinden.«

»Ich hatte ganz vergessen, daß er hier immer noch auf seine Abfertigung wartet.« Bak blickte finster auf das Frachtschiff, das nicht mehr am südlichen Kai, wo er es zuletzt gesehen hatte, sondern am mittleren vertäut war. Er schaute zur Sonne empor und stöhnte. Es war bereits Nachmittag, und er sehnte sich danach, gemütlich im Fluß zu schwimmen. »Ich sollte das Schiff besser sofort kontrollieren, Imsiba. Das Vieh und die Ziegen, die sie an Bord hatten, sollen als Tribut in die Hauptstadt gebracht werden. Je schneller es nach Norden ablegt, desto besser.«

Matrosen warfen Trosse über die Pfosten und zogen das Schiff, auf dem sie standen, an den Kai. Bak sprang ans Ufer, Imsiba folgte ihm unmittelbar. Die Steine unter ihren Sandalen waren heiß, die Luft warm und stickig.

»Bevor ich das Schiff inspiziere, muß ich mich zu Kommandant Thuty begeben.« Bak zog den Medja zur Seite, damit er nicht den Männern im Weg stand, die das Schiff festmachten und die Landeplanke auslegten. »Selten hatte ich so gute Neuigkeiten zu berichten. Ich würde gerne der erste sein, der sie überbringt.«

Imsiba lachte. »Dann darfst du nicht zögern, mein Freund. Ich möchte wetten, die Gerüchte haben bereits die Runde gemacht.«

»Immer mit der Ruhe,« erwiderte Bak und grinste. »Ich habe mehrere Pflichten, die ich dir aufbürden möchte.«

Imsiba verzog den Mund. »Einen Augenblick lang hatte ich schon befürchtet, ich würde den Rest des Tages für mich haben.«

Bak lachte, wurde aber gleich wieder ernst. »Zuerst mußt du Paschenuro ausfindig machen.« Er meinte den Medja-Sergeanten, der rangmäßig unter Imsiba stand. »Richte ihm aus, er soll einen Platz finden – ein leeres Haus in der Außenstadt wäre am besten –, wo wir die Matrosen des gestrandeten Schiffs unterbringen können. Sie haben uns soviel wie gar nichts verraten. Sie werden sich hoffentlich, wenn sie ein paar Tage niemand anderen zu Gesicht bekommen als ihre Gefährten, an verschiedene Einzelheiten erinnern, die sie angeblich vergessen haben!«

»Leutnant!« Ramose bog um das Deckhaus, trat zu dem Sarg und klopfte mit der Hand darauf. »Was soll ich damit machen? Wenn ich in Pahuros Dorf zurückkehren soll, um alles hierherzuholen, was wir dort zurückgelassen haben, brauche ich jedes freie Fleckchen an Deck.«

Bak betrachtete unschlüssig den weißen Sarg. In einem

Lagerhaus konnte man ihn schlecht unterbringen, und die Priester im Totenhaus beklagten sich immer über Platzmangel. Er hatte in dem Verzeichnis noch nicht die Titel des Verstorbenen entdeckt, zweifelte aber daran, daß der Mann bedeutend genug gewesen war, den Horus-Priester von Buhen zu überzeugen, den Sarg in einem Raum im Haus des Gottes aufzubewahren. Er konnte sich dafür nur einen Ort vorstellen, der war jedoch alles andere als angenehm.

»Liefere ihn im alten Wachhaus ab, Imsiba. Wenn wir Glück haben, können wir ihn in ein paar Tagen nach Abu weiterschicken. Vielleicht auf deinem Schiff, Kapitän Ramose?«

»In Ordnung.« Ramose lachte.

Imsiba schüttelte in gespielter Verzweiflung den Kopf. »Als ich dich das erste Mal sah, mein Freund, hätte ich nicht gedacht, daß du mich einmal zum Hüter eines Sarges machen würdest.«

Bak faltete die Hände vor der Brust und sagte mit tiefer Stimme, den Oberpriester des Gottes Amun nachahmend: »Daß er viele Aufgaben beherrscht unterscheidet einen großen Mann von einem gewöhnlichen.«

Imsiba versuchte schmerzlich dreinzublicken, konnte sich aber ein Grinsen nicht verkneifen. Ramoses Lachen dagegen dröhnte durch den Hafen, erregte die Aufmerksamkeit von Matrosen, Fischern und Fährleuten und wirkte ansteckend.

Als das Gelächter abebbte, sagte Bak: »Wenn du mit Paschenuro fertig bist und den Sarg abgeliefert hast, kommst du umgehend zurück und bringst Hori mit. Du wirst den Transport der Ladung von diesem Schiff ins entsprechende Lagerhaus überwachen, und Hori wird alles aufschreiben. Kurzum, du wirst das Schiff so behandeln, wie du es mit jedem Schiff tust, das in Buhen anlegt, nur wird Ramose keine Abgaben entrichten.«

Kommandant Thuty lehnte sich in seinem Lehnstuhl zurück, ordnete das große Kissen in seinem Rücken und streckte die Beine aus. Die Art und Weise, wie er sich in der schmucklosen Halle mit den weißen Wänden, die er seinen Amtsraum nannte, umblickte, ließ keinen Zweifel daran, welches Vergnügen ihm seine Aufgabe bereitete. Bak stand ihm gegenüber, zwischen zwei der vier roten Säulen, die die Decke trugen. Außer dem Stuhl gab es keine weiteren Möbel. Thuty benutzte den Raum für offizielle Anlässe; seine eigentlichen Geschäfte wickelte er innerhalb seiner Privatgemächer im oberen Stock ab.

»Du hast gute Arbeit geleistet, Leutnant.« Thuty rieb die Handflächen gegeneinander und grinste vor Vergnügen. »Ja, sogar sehr gute. Ich muß dich wirklich loben. Du hast den Dorfältesten davon überzeugt, daß es in seinem Interesse und in dem des Dorfes liegt, das Versteck der Schmuggelwaren preiszugeben und dafür zu sorgen, daß sie nach Buhen gebracht werden.«

Bis jetzt hatte Thuty ihn nur gelobt und die wenigen Dinge, die Bak den Dorfbewohnern überlassen hatte, außer acht gelassen. Vielleicht würde er sie in Anbetracht der vielen wiedererlangten Waren gar nicht mehr erwähnen. »Ich war froh, daß Kapitän Ramose dort war. Nicht jeder hätte sich so hilfsbereit gezeigt und wäre willens gewesen, seine Fahrt nach Norden aufzuschieben.«

Thuty entfaltete das vollständige Ladungsverzeichnis und überflog es. »Wenn der Vizekönig erfährt, was ihr alles aufgespürt habt – und es ist ein wirklich beachtlicher Fund –, wird er gewiß den Wesir darüber unterrichten. Wer weiß? Und vielleicht flüstert dieser ehrenwerte Würdenträger die Nachricht unserer Herrscherin, Maatkare Hatschepsut, ins Ohr.«

Bak trat bei der Vorstellung unbehaglich von einem Fuß auf den anderen. Das eine Mal, als er die Aufmerksamkeit der Königin erregt hatte, war er seines Amtes als Wagenlenker enthoben und ins Exil nach Wawat geschickt worden. Zum Glück erwies sich, was als Bestrafung gedacht war, als ein Geschenk der Götter. Buhen gefiel ihm, und er wollte unter keinen Umständen, daß sein Aufenthalt an der Grenze gefährdet wurde. »Ich weiß nicht, was Pahuro mit all den vielen wertvollen Dingen anfangen wollte. Natürlich hätte er die Kuhhäute mühelos verschachern können und dann und wann auch einen Kupferbarren, aber der Rest hätte unzählige Beamte in sein Dorf gelockt, und jeder hätte Fragen gestellt, die zu beantworten ihm bestimmt schwergefallen wäre.«

»Wahrscheinlich hätte er ihnen eine wilde Geschichte aufgetischt, ihnen erzählt, daß seine Leute all die Sachen am Ufer des Nils verstreut gefunden hätten. Allerdings kann ich mir nicht vorstellen, womit er ihnen erklärt hätte, wie er in den Besitz der Kupferbarren gekommen ist.« Thuty blickte von dem Verzeichnis hoch. »Und in den der Tiere. Da sie in Käfigen stecken, kann er schlecht behaupten, daß sie, während das Schiff sank, an Deck waren.«

Bak vernahm Schritte. Jemand durchquerte die Empfangshalle und näherte sich der Tür hinter ihm. Er hoffte, daß es jemand war, der eine Unterredung mit Thuty suchte und ihm somit die Chance bot, sich zu verabschieden und zum Hafen zurückzukehren. »Als wir die Tiere fanden, waren sie gut genährt, aber ich glaube, die Dorfbewohner hätten die Käfige samt den Tieren früher oder später in den Fluß geworfen, so daß alle Tiere ertrunken wären und man ihnen die Felle hätte abziehen können. Die Leute konnten sie nicht freilassen, verfügen aber auch nicht über die Mittel, sie über längere Zeit zu füttern.«

Thuty vertiefte sich wieder in das Verzeichnis und fuhr mit dem Finger über die aufgelisteten Gegenstände. »Hier ist kein Elefantenstoßzahn erwähnt.«

»Nein, Herr.« Schweißperlen sammelten sich auf Baks Brust. »Als ich das Versteck in den Klippen entdeckte und all die kostbaren Gegenstände, betete ich zu Amun, daß ein Stoßzahn darunter sein möge. Aber er erhörte mein Gebet nicht.« Das stimmte soweit, doch gebetet hatte er vor allem, weil er sich wünschte, daß sein Leben und das von Nebwa wieder in den alten Bahnen verliefe und sie keine weiteren derartig verwickelten Inspektionen durchführen mußten.

Hätten sie herausgefunden, daß Kapitän Roy Elfenbein schmuggelte, wäre ihre Aufgabe abgeschlossen gewesen.

Thuty sah an Bak vorbei und hob die Hand, um der Person, die an der Tür stand, ein Zeichen zu geben, draußen zu warten, bis er Zeit für sie hatte. Er rollte das Verzeichnis wieder zusammen, stützte die Ellbogen auf die Armlehnen, faltete die Hände und betrachtete den jungen Offizier mit strengem Blick. Bak erstarrte.

»Du hast viele bewundernswerte Eigenschaften, Leutnant, aber dann und wann beweist du mangelndes Urteilsvermögen, was bei einem so kompetenten Mann wie dir überrascht – wie zum Beispiel heute morgen.«

»Herr ...«

»Pahuro und die Bewohner seines Dorfes haben viele kostbare Dinge an sich genommen, die von Rechts wegen dem Königshaus gehören. Ohne dein Eingreifen hätten sie diese nicht herausgeben, aber du hast sie mit einem Teil ihrer Beute belohnt.«

»Ja, Herr.«

Thutys Miene wurde noch strenger. »Ich muß an diesem Flußabschnitt für Gerechtigkeit sorgen, nicht du. Ist das klar, Leutnant?«

Bak spürte, wie ihm das Blut ins Gesicht schoß. »Ja, Herr.« Er hatte eine offizielle Mißbilligung erwartet, aber keinen Moment daran gedacht, sein Handeln könne eine Bedrohung der Autorität des Kommandanten darstellen.

Bak, immer noch unter Thutys Zurechtweisung leidend, eilte zum Hafen, um die Inspektion von Mahus Schiff zu veranlassen. Er fand den Kapitän in der Nähe des Hecks; er saß auf einem umgedrehten Flechtkorb und unterhielt sich mit Leutnant Kay, einem stämmigen, breitschultrigen Mann von etwa dreißig Jahren, der am Kai stand und sich gegen einen Pfosten lehnte. Kay war neu in Buhen, ein Offizier der Fußtruppen, der vor ungefähr einem Monat von der Festung Semna hierherbeordert worden war.

Bak hob seinen Amtsstab zum Gruß und ging mit seinen Männern an Bord. Während sie sich über das Deck verteilten, begab er sich zum Bug und kletterte auf das Vorderdeck. Von hier aus konnte er das Schiff gut überblicken – und er hatte die Ungestörtheit, die er jetzt brauchte, um sich zu beruhigen.

Er nahm Thuty die Anschuldigung übel, er habe seine Grenzen überschritten. Nun, vielleicht war es so, aber er hatte sie nur geringfügig und ohne böse Absicht überschritten. Eines wußte er genau: Er konnte nicht zurück und die Dinge ungeschehen machen. Ja, er war sich nicht einmal sicher, ob er es tun würde, wenn er es könnte. Was bedeuteten schon die paar Dinge, die er den Dorfbewohnern überlassen hatte, im Vergleich zu den Reichtümern des Königshauses? Und was Thuty anging …

Er bekämpfte seinen Zorn, der nichts anderes als Zeitverschwendung war, und musterte das Schiff, auf dem er stand. Das Deckhaus war ein leichtes Gebilde, verkleidet mit bräunlichen Schilfmatten, die sich je nach Bedarf anbringen oder entfernen ließen und deren Form und Größe entsprechend der Ladung verändert werden konnte. Fast über die Hälfte der Fläche war ein Dach aus Matten gespannt, und man hatte hier eine Umzäunung errichtet, um eine kleine, aber wertvolle Herde von Kurzhorn-Kühen zusammenzuhalten, prächtige rötlichbraune Tiere, die ein Dorfältester aus dem Süden dem königlichen Haus in Kemet als Tribut schickte. Kurz nachdem das Schiff angelegt hatte, waren sie auf eine Koppel innerhalb der Festung getrieben worden, wo sie bleiben würden, bis das Schiff wieder Segel setzen konnte.

Der größere Teil des Decks, auf dem sich Heubündel und Strohballen zum Füttern der Tiere stapelten, war den Elementen ausgesetzt. Die Fläche hinter dem Deckhaus war ähnlich hergerichtet, um eine Herde langhaariger weißer Ziegen zu befördern, die ebenfalls an Land gebracht worden waren. Sie waren fast ebenso wertvoll wie die Rinder und wurden ebenfalls als Tribut nach Norden geschickt. Doch jetzt war das Deck wie leergefegt. Der kräftige Geruch frischen Heus überlagerte den des Tierdungs.

Zwischen den Heubündeln und den Strohballen verfügte das Deck über unendlich viele Verstecke. Ebenso das Deckhaus und die weite Fläche unter Deck. Aber selbst in seinen kühnsten Phantasien konnte sich Bak nicht vorstellen, daß Mahu Schmuggelgut mit sich führte. Allein die Tiere, die schönsten, die er je gesehen hatte, zeugten von der Integrität des Kapitäns. Kein Dorfältester von Rang würde eine so wertvolle Herde einem Mann anvertrauen, an dessen Ehrlichkeit er Zweifel hegte. Doch auch wenn Nebwas Instinkte manchmal trogen, meistens war Verlaß auf sie.

Baks Blick wanderte nach achtern zu Kapitän Mahus stämmiger Gestalt. Wie gut hatte er Kapitän Roy gekannt? Bak hatte keine Ahnung, wie viele Schiffe zwischen Abu und Buhen hin und her fuhren, aber gewiß nicht so viele, daß Mahu den ertrunkenen Kapitän nicht gekannt hatte. Bak stieg wieder vom Vorderdeck herab, eilte zum Heck und entschuldigte sich bei Mahu dafür, daß das Schiff so lange festgehalten wurde.

Mahu machte eine abwehrende Handbewegung. »Die Verzögerung ist nicht deine Schuld, Leutnant. Wenn ich jemand einen Vorwurf machen könnte, dann eher dem Vizekönig oder den Göttern, die es zugelassen haben, daß der Sturm Kapitän Roys Schiff stranden ließ. Sofern es sich tatsächlich so abgespielt hat.«

»Seit die Nachricht vom Stranden des Schiffes nach Buhen gelangte, haben sich die Gerüchte überschlagen«, bemerkte Leutnant Kay. »Und nicht viele davon kommen der Wahrheit nahe.«

Mahu schnaubte. »Man hat uns sogar erzählt, es habe eine Meuterei gegeben.«

Kay deutete mit dem Amtsstab auf den Nordkai und Ramoses Schiff. »Roys Mannschaft können wir mit eigenen Augen sehen, aber von ihrem Kapitän fehlt jede Spur. Ist er von dem tosenden Wasser verschlungen oder, wie manche meinen, von diesen groben Gesellen über Bord geworfen worden?«

»Seine Männer schwören, er sei über Bord gespült worden«, sagte Bak und beobachtete, wie ein Soldat eine Wand von Mahus Deckhaus entfernte. »Ich neige dazu, ihnen zu glauben. Ohne seine Führung sind sie in dem heftigen Sturm gestrandet, und jetzt wirken sie irgendwie verloren.«

»Was nicht weiter verwundert.« Wenn Mahu durch die Inspektion beunruhigt war, ließ er es sich zumindest nicht anmerken. »Roy hat die meisten von ihnen mitgebracht, als er seinerzeit aus dem Süden nach Kemet kam. Sie standen jahrelang in seinen Diensten.«

»Wie gut hast du Roy gekannt?«

»So gut wie man jemanden kennen kann.« Mahu beobachtete, wie der untersetzte, pockennarbige Medja Psuro den Lukendeckel am Achterdeck öffnete und mit zwei anderen Männern, von denen jeder eine kleine Fackel trug, in den Schiffsbauch kletterte. »Er war ein ruhiger Mann, der seine Absichten für sich behielt, und so robust wie ein Felsen. Er kannte den Fluß besser als jeder andere und war ein guter Kapitän. Er steuerte sein Schiff so mühelos wie andere ein Fischerboot, das nur ein Viertel so groß ist.«

Bak blickte zu Ramoses Schiff, von dem gerade einige Männer die Käfige mit den Tieren über die Laufplanke und über den Nordkai zum Tor der Festung trugen. Die Käfige hingen an langen Stangen, so daß sich die Männer in gebührendem Abstand von den gefährlichen Klauen und Zähnen der Tiere befanden. »Hast du je gehört, daß er eine ungesetzliche Fracht beförderte?«

»Ich weiß, was geredet wird: Sein Deck soll übergequollen sein von Schmuggelware.« Mahu beobachtete die Männer, die das Vorderdeck untersuchten, in Heubündeln und Strohballen herumstocherten. »Soweit ich weiß, war er nicht anders als die meisten: Er war ehrlich, aber nicht allzusehr, und bereit, ein kleines Risiko einzugehen, aber zu standhaft, um daraus eine Gewohnheit werden zu lassen.«

Kay bedachte Bak mit einem flüchtigen Blick. »Am Tag vor dem Sturm legte er in Buhen ab, ohne Tiere in Käfigen an Bord zu haben. Ich weiß das ganz genau, denn ich habe beobachtet, wie das Schiff losruderte. Hast du seine Mannschaft gefragt, wo sie sie an Bord genommen haben und wer sie geliefert hat?«

»Herr!« Psuro, dessen Gesicht keine Regung verriet, war halb aus der Luke geklettert. »Wir haben etwas gefunden, was du sehen solltest.«

Bak bemerkte die verkrampfte Miene des Medjas, der sich sehr bemühte, im Augenblick nichts zu verraten. War es Schmuggelware? Bak schaute Mahu an, der eher verblüfft als ängstlich aussah – wie wohl die meisten Männer aussehen würden, wenn sie damit rechneten, mit einer ungesetzlichen Ladung erwischt zu werden. Leutnant Kay blickte neugierig von einem zum anderen.

Bak eilte zu der Luke, vorbei an Psuro, der ihm Platz machte, und ließ sich in den Laderaum hinunter. Der Lichtstrahl unterhalb der Öffnung beleuchtete ordentlich aufgeschichtete Stapel von Kupferbarren, die den größten Teil des Bodens ausfüllten und von der Luke aus gut erreichbar waren.

Da Bak an die Helligkeit an Deck gewöhnt war, konnte er dahinter nichts erkennen, außer den Fackeln, die seine Männer mitgebracht hatten; am anderen Ende des Hohlraums sah er einen Lichtstrahl, der aus der Luke des offenen Vorderdecks drang. Er duckte sich und schloß die Augen, um sich an die Dunkelheit zu gewöhnen. Er spürte, wie das Schiff im Wellengang schaukelte, wie Wasser gegen den Schiffskörper schlug, roch die brennenden Fackeln. Dann vernahm er das Geräusch winziger Füße mit Krallen, zweifellos eine Ratte.

Als er schließlich deutlicher sehen konnte, erhob er sich. Der Raum war zu niedrig, um aufrecht zu stehen, also ging er gebückt weiter und achtete darauf, mit dem Kopf nicht gegen die Querbalken zu stoßen. Hinter den Barren entdeckte er hundert oder mehr hüfthohe rötliche Tonkrüge, die festgebunden waren, damit sie nicht beschädigt wurden. Die beiden Männer, die mit Psuro nach unten gestiegen waren, knieten im Schein ihrer Fackeln und betrachteten einen Haufen groben weißen Stoffs – das Segel, das für die Fahrt stromabwärts abgenommen worden war. Der übrige Laderaum war ausgefüllt mit unbehauenen Steinblöcken, die den zusätzlichen Ballast bildeten, der schwerer sein mußte als das Gewicht der Barren und der Krüge. Die Steine verströmten einen staubigen Geruch, der sich mit dem des abgestandenen Wassers, des Korns und dem früherer Ladungen vermischte.

Psuro kauerte neben dem Segel, und Bak kniete sich neben ihn. Das dicke, schwere Segel war fein säuberlich zusammengelegt, damit es, wenn es wieder benötigt wurde, ohne großen Aufwand auf den Rahen angebracht werden konnte. Die sechs oder sieben oberen Falten waren zurückgeschlagen. Über der darunter befindlichen Falte lag ein gekrümmter, unbearbeiteter Elefantenstoßzahn, so lang wie das Bein eines Mannes.

»Ich wußte nichts von dem Stoßzahn hier!« Mahu wirkte völlig fassungslos und wischte sich den Schweiß von der Stirn. »Ich schwöre bei Amun und allen Göttern, daß er nicht auf diesem Schiff war, als wir das Segel verstauten.«

Bak betrachtete den Kapitän und war sich nicht mehr so sicher, den Schuldigen gefunden zu haben. Mahu war entweder ein begnadeter Schauspieler oder unschuldig. »Wie ist er dann an Bord gekommen? Und wann?«

Mahu starrte den Stoßzahn zu seinen Füßen an, als wäre er eine giftige Schlange. »Wenn ich es wüßte, glaubst du nicht, daß ich es dir sagen würde?«

Bak blickte auf die immer größer werdende Menge von Männern, die sich auf dem Kai vor dem Schiff versammelten und miteinander tuschelten, eifrig darauf bedacht, sich nichts entgehen zu lassen. Es waren meistens Matrosen und Fischer, die die Neugier hergetrieben hatte. Leutnant Kay war nicht unter ihnen; offensichtlich verlangte es ihn nicht danach, mitzuerleben, wie ein Mann eines Vergehens überführt wurde.

»Kapitän Mahu, ich muß dich verhaften und dein Schiff und deine Ladung beschlagnahmen.« Bak sprach leise, da er Mahu nicht vor den Gaffern am Kai bloßstellen wollte.

Mahu straffte sich und stand in voller Größe da. Er blickte sich auf seinem Schiff um; es war offensichtlich, daß er stolz darauf war. »Ich habe nichts Unrechtes getan. Wenn du die Wahrheit suchst, wirst du mit Sicherheit herausfinden, daß ich unschuldig bin.«

Bak winkte Psuro herbei und erteilte ihm neue Befehle. Die Inspektion sollte fortgeführt werden, und der Medja sollte die Aufsicht dabei übernehmen. Wachen mußten aufgestellt werden, damit niemand an Bord kam. Später, wenn die Untersuchung abgeschlossen war, sollte der Mannschaft, die auf dem Schiff lebte und keinen anderen Platz zum Schlafen und zum Essen hatte, der Zugang zum Schiff wieder gestattet werden. Bak war froh, daß Psuro ohne ihn weitermachte, und suchte sich aus der Mitte derer, die das Schiff inspizierten, einen hochgewachsenen muskulösen Medja heraus. Zu zweit drängten sie den Kapitän die Laufplanke hinunter zum Kai. Mahu hielt den Kopf aufrecht und versuchte vergeblich, seine Niedergeschlagenheit zu verbergen. Die Gaffer flüsterten miteinander und traten zur Seite, um sie vorbeizulassen, schlossen sich ihnen dann an und folgten ihnen bis zur Festung. Als sie aus dem Sonnenlicht in den Schatten traten, den das Tor mit zwei Türmen warf, hob Bak seinen Amtsstab, um den Wachposten zu grüßen. Dieser, ein kampferfahrener, leicht ergrauter Veteran, musterte Mahu neugierig und wandte dann seine Aufmerksamkeit den Leuten zu, die ihnen gefolgt waren, als wäre er nicht ganz sicher, wie er mit ihnen umgehen sollte. Der Medja löste das Problem für ihn. Er drehte sich um, umfaßte seinen langen Speer mit beiden Händen, hielt ihn horizontal vor sich, blieb breitbeinig stehen und versperrte den Gaffern den Weg.

Bak und Mahu traten durch das Tor in den schwach beleuchteten Durchgang. Die Dunkelheit löste das Licht so unvermittelt ab, daß sie einen Moment fast überhaupt nichts sahen.

»Du bist als ein Mann bekannt, der nach der Wahrheit sucht«, sagte Mahu. »Wirst du sie auch für mich herausfinden?«

»Und wenn ich herausfinde, daß du schuldig bist?«

»Ich habe nichts Unrechtes getan, das versichere ich dir.«

Bak hörte etwas aus Mahus Stimme heraus – vielleicht war es Aufrichtigkeit –, was ihn beinahe überzeugte. »Ich werde tun, was ich kann.«

Seite an Seite verließen sie den Gang. Die Sonne, ein roter Feuerball, der über den westlichen Zinnen stand, schien in die Zitadelle und setzte die weißen Mauern der Gebäude, die eine Gasse bildeten, in Flammen. Die plötzliche Helligkeit blendete sie. Bak fluchte und schloß schnell die Augen. Dabei vernahm er ein schwaches Zischen, dann einen dumpfen Schlag. Mahu prallte zurück und schrie auf. Bak riß die Augen auf, wirbelte herum und sah, daß der Kapitän entsetzt auf einen Pfeil starrte, der aus seinem Unterleib herausragte. Dann hörte er abermals ein zischendes Geräusch, auf das ein zweiter dumpfer Schlag folgte. Ein zweiter Pfeil hatte Mahu mitten ins Herz getroffen. Er torkelte nach hinten und brach zusammen. Sein Blut ergoß sich auf die Steine unter ihm und bildete eine immer größer werdende Lache. Er versuchte etwas zu sagen. Aber Blut quoll ihm aus dem Mund, und die Sinne schwanden ihm.

Bak brüllte nach dem Wachposten, blickte die Gasse hinauf und hinunter, suchte nach dem Angreifer. Das grelle Licht brannten in seinen Augen und machten ihn fast blind. Drei kleine Jungen, die hinter dem alten Wachhaus gespielt hatten, spähten um die Ecke, angelockt durch seine Rufe. Zwei ältere Frauen traten neugierig aus dem Schatten einer Weggabelung. Sie alle rissen die Münder auf, waren vor Entsetzen wie gelähmt und wagten nicht, näher zu kommen.

Wahrscheinlich hatte niemand gesehen, wie Mahu niedergestreckt wurde.

Eine plötzliche Bewegung fesselte Baks Aufmerksamkeit. Sein Blick wanderte nach links, zum Dach des Gebäudes auf der anderen Seite des Wachhauses. Es war ein Lagerhaus, in dem im Erdgeschoß Korn aufbewahrt wurde; das obere Geschoß war baufällig und deshalb leer. Er entdeckte einen dunklen Fleck, der im Sonnenlicht kaum wahrzunehmen war. Einen Moment später war er verschwunden.

Mahu stöhnte, versuchte, die Augen offenzuhalten. Sein Atem ging schwer und ächzend.

»Herr!« Der Wachposten stürzte aus dem Gang, erblickte den Verletzten und riß den Mund auf.

»Bleib bei ihm und schick jemanden nach dem Arzt.« Baks Stimme wurde scharf. »Der Täter darf mir nicht entkommen!«

Er raste zur Tür des Lagerhauses, riß sie auf und verschwand dahinter. Der diensthabende Posten, der friedlich in einer Ecke geschlummert hatte, wachte mit einem Ruck auf, rappelte sich hoch und griff nach seinem Speer, der mit dem Schild an der Wand lehnte. Dann erkannte er Bak. Der Speer glitt ihm aus der Hand und fiel krachend auf den festgetretenen Boden.

»Die Treppe!« brüllte Bak und deutete mit seinem Amtsstab auf den Mann. »Wo ist die Treppe zum Dach?«

Der Wachposten zeigte zu einer offenen Tür. »Da durch! Der erste Raum rechts!«

Bak eilte einen dunklen Flur entlang und betete zu Amun, daß er den Mann, den er suchte, bald überwältigen konnte. Er stieß auf eine weitere Tür und entdeckte dahinter eine Treppe aus Lehmziegeln, die zum zweiten Stock hinaufführte. Von oben beleuchtete ein schwacher Lichtschein die Treppe. Er eilte hoch und fand sich in einem offenen Raum wieder, der so klein war, daß die Hälfte von einer weiteren Treppe eingenommen wurde. Er wagte sich hinauf, trat aufs Dach und hielt inne. Von dem flachen weißen Boden, der so gleißend war, daß ihm die Augen tränten, stieg Hitze zu ihm auf. Die quadratische Fläche war leer, die Steine waren zu heiß, um sie zu betreten, und es stank nach Fisch. Irgendein tüchtiger Mensch hatte Dutzende von Flußbarschen ausgenommen und hier zum Trocknen ausgelegt. Die umliegenden Flachdächer waren genauso heiß, wenig einladend und wie ausgestorben. Auf einem lag Wäsche zum Trocknen aus; kleine dunkle Gegenstände, vielleicht Trauben, überlegte er, zierten als Punkte ein Laken, das über ein anderes Dach gebreitet war.

Er machte einen Bogen um die Fische, eilte zum Rand hin und rief den beiden alten Frauen unten etwas zu. Sie hatten keinen bewaffneten Mann gesehen. Er ging die kniehohe Brüstung an der Rückseite des Gebäudes entlang und rannte zur anderen Ecke. Von dort aus konnte er auf zwei Kreuzungen blicken. Abgesehen von ein paar braunen Welpen, die herumbalgten, und einer Gruppe von Speerträgern, die durch das Tor der Festung schritten, waren beide leer. Er mußte dem Angreifer zugestehen, daß er keine bessere Tageszeit hätte wählen können; die Sonne blendete, und nur wenige Leute hielten sich im Freien auf.

Er lief im Zickzack über das Dach zurück, spähte in mehrere offene Höfe hinunter, die einst für das Labyrinth von Räumen im zweiten Stock als Licht- und Luftquelle gedient hatten. Sie lagen seit langem verlassen da und hatten im Lauf der Jahre eine dicke Staubschicht angesetzt, waren mit Tonscherben, verfaultem Holz, heruntergefallenem Putz und einer Vielfalt von Gegenständen übersät, die zu nichts mehr nutze waren. In einem Hof überraschte er drei Ratten, die an irgendeinem nicht zu identifizierenden Gegenstand knabberten. In einem anderen scheuchte er einen Schwarm Schwalben auf, die in Löchern wohnten, die sie in einer baufälligen Mauer ausgehöhlt hatten. In keinem fand er Spuren eines Abstiegs vom Dach oder Fußspuren im Sand.

Als er den Haupthof erreichte, hatte er kaum noch Hoffnung. Die Vorderseite des Gebäudes, an dessen Eingang die

Wache postiert war, schien keine Fluchtmöglichkeit zu bieten. Dieser Hof, zweimal so groß wie die anderen, war den Elementen stärker ausgesetzt gewesen. Ein großer Mauerabschnitt war eingebrochen. Als er zu der Öffnung eilte, spürte er, wie das Dach unter seinen Füßen bebte, es war alt und einsturzgefährdet; an einer Stelle bemerkte er ein ganzes Netz winziger Risse. Er verlangsamte seine Schritte und näherte sich vorsichtig der Öffnung.

Als er sich an deren Rand niederkniete, knackte etwas unter ihm, und das Dach senkte sich mit einem kurzen, heftigen Ruck. Angst packte ihn. Er unterdrückte ein nervöses Lachen und blickte in den offenen Hof hinunter. Unten sah er einen Haufen zerbröckelter Lehmziegel, die mit Sand und Abfall bedeckt waren. Links war etwas Sand weggewischt, die darunterliegenden Ziegel waren hohl und kaputt. Als wäre ein schwerer Gegenstand darauf gefallen. Oder als wäre hier ein Mann von oben herabgesprungen.

Bak ließ sich vom Dach herab. Er landete geschmeidig auf dem Boden, aber seine Füße gaben unter ihm nach, und er rutschte mit dem Hinterteil über die Ziegel – wie es auch der Mann vor ihm getan hatte. Er erhob sich, klopfte sich den Staub von den Sachen und blickte sich um. Rechts führten zwei Fußspuren im Sand zu einer offenen Tür. Darunter lag ein langer Gang, von dem zu beiden Seiten Türdurchbrüche abgingen. Er eilte vom einen zum anderen, fand aber niemanden. Als er durch die letzte Türöffnung eilte, erstarrte er. In der Mitte des Raums stand eine Leiter. Ihre obersten Sprossen reichten durch eine kleine Öffnung bis zum Dach. In einer schattigen Nische entdeckte er einen Bogen, der fast so lang wie breit war, und einen schmucklosen Köcher, mit Pfeilen gefüllt.

Er stieß einen Fluch aus. Nur ein Mann, der fest davon überzeugt war, daß ihm die Flucht gelänge, würde seine Waffe zurücklassen, um keine Aufmerksamkeit auf sich zu ziehen.

Obwohl er wußte, daß es vergebliche Mühe war, stieg Bak

die Leiter hinauf und schaute aus der Öffnung im Dach. Wie erwartet, sah er nichts anderes als weißen Putz. Weit und breit war kein menschliches Wesen zu erblicken. Während er von Raum zu Raum gejagt war und kostbare Zeit verloren hatte, war seinem Wild die Flucht gelungen.

Auch wenn er es nur äußerst ungern zugab: man hatte ihn überlistet.

Zutiefst verärgert, nahm er Bogen und Köcher und untersuchte sie. Sie unterschieden sich nicht von Hunderten anderen, die in der Waffenkammer aufbewahrt und von den Bogenschützen von Buhen benutzt wurden. Sie hätten nicht gewöhnlicher sein können.

»Er hat in meinen Armen seinen letzten Atemzug getan.« Der Wachposten, der neben Mahus Leiche kniete, starrte auf seine blutigen Hände. »Warum geht mir das so nahe? Ich habe schon viele Männer sterben sehen, Männer, die ich gut kannte und die auf dem Schlachtfeld niedergemetzelt wurden.«

Bak blickte auf Mahu, der grundlos und ohne Vorwarnung getötet worden war. Er lag flach auf dem Rücken. Einen Arm hatte er ausgestreckt, der andere lag angewinkelt über seiner Brust und wurde von dem Pfeil festgehalten, der ihm das Leben geraubt hatte. Seine Haut wirkte wächsern. Kleine blutrote Rinnsale waren aus seinen Wunden gesikkert und auf den Steinen unter ihm geronnen.

»Hat er vor seinem Tod noch etwas gesagt?«

»Er hat gesagt …« Der Wachposten stand auf und verschränkte die Hände auf dem Rücken, als könne er ihren Anblick nicht länger ertragen. »Er hat es mehrere Male versucht, aber jedes Mal kam Blut und hat seine Worte erstickt. Aber irgendwie fand er, kurz bevor er starb, noch die Kraft, um zu sagen: ›Ich habe nichts Unrechtes getan.‹«

Bak war betrübt über Mahus Tod und zugleich zornig. Welcher gemeine Verbrecher hatte im Hinterhalt gelauert, um ihn zu töten? Einen Mann, der sowieso gestorben wäre, wenn sich nicht seine Unschuld an dem ihm zur Last gelegten Verbrechen erwiesen hätte. Wer würde einen Mann töten, in dessen Begleitung sich ein Polizist befand, der ihn wegen dieses Verbrechens in Gewahrsam genommen hatte?

»Ich werde tun, was ich kann«, hörte er sich sagen und wiederholte damit das Versprechen, das er Mahu gegeben hatte.

5. Kapitel

»Unsere Aufgabe ist es, dafür zu sorgen, daß der Handel floriert, und nicht, ihn zum völligen Erliegen zu bringen.«

Kommandant Thuty schlenderte von seinem Lehnstuhl zur Tür, blieb stehen und starrte auf den Hof hinaus, den er vermutlich gar nicht wahrnahm. Dann schlug er mit der flachen Hand gegen die Wand und drehte sich um.

»Gut, Leutnant, ich werde im Morgengrauen einen Befehl erlassen. Alle Schiffe und Karawanen werden in Buhen und Kor bleiben, bis Mahus Tod aufgeklärt ist.« Mit leisem, verdrießlichem Brummen ging er zu seinem Stuhl zurück und ließ sich darauf nieder. »Ich bin davon überzeugt, daß du seinen Mörder erwischen wirst, bevor der Handel und die Schiffahrt zusammenbrechen.«

Bak bemühte sich, seine Stimme neutral klingen zu lassen, damit sich sein Versprechen realistisch anhörte. »Ich werde mein Bestes tun, Herr.«

»Dein Bestes.« Thuty musterte ihn mit einem abschätzenden Blick. »Ich würde dem grenzüberschreitenden Handel nicht Einhalt gebieten, wenn ich nicht an deinen Erfolg glaubte.«

»Ja, Herr.« Bak wußte nicht, was schlimmer war: der Verweis des Kommandanten, ob verdient oder nicht, oder dessen Weigerung, auch nur die Möglichkeit eines Scheiterns ins Auge zu fassen.

Zufrieden, daß er seinen Standpunkt dargelegt hatte, lehnte sich Thuty auf seinem Stuhl zurück und griff nach seiner Trinkschale auf dem Tisch neben sich.

Durch die Tür drang verlockend der Geruch von gebratenem Lamm herein, der Vorgeschmack auf ein köstliches Abendessen, an dem Bak leider nicht teilnehmen würde.

Sobald er Mahus Leiche ins Haus des Todes hatte bringen lassen, war Bak zum Amtssitz des Kommandanten geeilt. Er hatte Thuty in seinem privaten Empfangsraum angetroffen; er war gerade damit beschäftigt, die Depeschen des Tages von den anderen Festungen entlang des »Steingürtels« zu lesen. Der Raum, der im zweiten Stock des Gebäudes lag, in dem die Familie des Kommandanten wohnte, war nur dem Namen nach privat. Abgesehen von der Tatsache, daß sich Thuty hier weitaus häufiger aufhielt als in seinem offiziellen Amtsraum, hatten die Angehörigen seines Haushalts – seine Hauptfrau, seine Nebenfrau, ein halbes Dutzend Kinder und genauso viele Diener – die seltsame Angewohnheit, jeden verfügbaren Platz in Beschlag zu nehmen.

Die Bogen, Pfeile, Speere und Schilde der Kinder waren, zusammen mit den Waffen ihres Vaters, an der Wand aufgereiht. Die Schublade eines Brettspiels war aufgerissen, und die grünen und weißen Spielfiguren lagen auf einer Schilfmatte verstreut. Ein aus Schilf geflochtener Behälter, der von Schriftrollen überquoll, stand auf einem Korb mit Leinen. Zwischen zwei Holztruhen lag ein umgekippter Schemel. Eine Seitentür, die offenstand, um frische Luft hereinzulassen, gewährte einen Blick auf die lange Treppe, die vom Erdgeschoß bis zu den Zinnen reichte. Im Halbdunkel erblickte Bak auf einer ihrer Stufen einen Ball und Spielzeug. Er schauderte bei der Vorstellung, was geschehen würde, wenn die Festung angegriffen würde und Bogenschützen die Mauern hochkletterten.

»Du bist davon überzeugt, daß Mahu nichts von dem Elfenbein wußte?«

Diese Bemerkung holte Bak unsanft in die Gegenwart zurück. »Kurz bevor er hinterrücks ermordet wurde, flehte er mich an, ich solle seine Unschuld beweisen. Und das habe ich ihm versprochen!«

Thuty blickte den jungen Offizier finster an. »Ohne sein Einverständnis konnte ein so großer, unhandlicher Gegenstand unmöglich unbemerkt an Bord gebracht werden.«

Bak unterdrückte das Verlangen, den Kommandanten an den Stoßzahn zu erinnern, der ins weit entfernte Tyrus gelangt war. Wie war es möglich, daß er auf einer so langen Reise keine Aufmerksamkeit erregt hatte? »Imsiba befragt gerade die Mannschaft«, sagte er.

»Ich habe Mahu immer gemocht«, bemerkte Thuty, dann nahm seine Stimme einen warnenden Ton an: »Ich hoffe doch nicht, daß Kapitän Roy etwas damit zu tun hat?«

»Wenn ja, dann hatte er einen Mittelsmann.« Ein saurer Geruch lenkte Baks Aufmerkamkeit auf die Tür, wo ein nacktes Baby über den Boden krabbelte. Sein pausbackiges Gesicht, seine Hände und seine Brust starrten vor Schmutz. »Mahu ist vor sechs Tagen nach Kor gesegelt. Der Rudergänger berichtete mir, sie hätten das Segel abgenommen, als sie erfuhren, daß sie Vieh befördern würden. Das läßt sich leichter bewerkstelligen, wenn das Deck frei ist und man Buchten anlegen kann. Also falteten sie das Segel zusammen und verstauten es im Laderaum, der bei Nacht verschlossen ist. Den ganzen Tag über war Roys Schiff hier in Buhen vertäut. Er brach nach Norden auf, bevor Mahu zurückkam.«

Thuty mußte bemerkt haben, wie das Baby Kurs auf Bak nahm, schenkte dem Kind aber weiter keine Beachtung.

Bak trat zur Seite, um Abstand zu halten zu dessen schmutzigen, vermutlich klebrigen Fingern. »Ein großer Teil von Roys Ladung bestand aus Schmuggelware, die durch das zweite Verzeichnis beglaubigt wurde. Sobald er Buhen und Kor hinter sich gelassen hatte, hätte das falsche Dokument sogar den kritischsten Inspektor getäuscht. Es gab gar keinen Grund dafür, den Stoßzahn auf das Schiff eines anderen Kapitäns zu schmuggeln. Roy hätte dann keine Kontrolle mehr darüber gehabt.«

»Haben wir es vielleicht mit zwei Schmugglerbanden zu

tun, die beide in großem Rahmen verbotene Ware über die Grenze bringen?«

»Thuty!« Tiya, eine kleine, stämmige Frau, die ihr viertes Kind erwartete, stürzte durch die Tür herein und entdeckte das Baby. »Ah, da bist du ja, mein Kleiner!« Ohne den Blick von ihrem Gemahl zu wenden, hob sie das Kind hoch und setzte es auf ihre Hüfte. »Stimmt es, daß Kapitän Mahu ermordet wurde?«

Thuty warf ihr einen Blick zu, in dem sich Zärtlichkeit mit kaum verhüllter Ungeduld mischte. »Wie hast du das so schnell erfahren?«

»Es stimmt, nicht wahr?« fragte sie Bak.

Der schaute Thuty an, welcher ihm mit resigniertem Schulterzucken erlaubte, seiner Frau den Tod des Kapitäns in Kurzfassung zu schildern. Tiya sagte kein Wort, doch Bak sah, daß sie die Nachricht erschütterte. Als er fertig war, richtete sie den umgekippten Schemel auf, bückte sich und ließ das Baby herunter.

»Hat es irgend jemand schon Sitamun gesagt?« fragte sie.

Bak blickte Thuty an. »Sitamun?«

Thuty starrte seine Frau an.

»Mahus Schwester.« Tiya, die sah, wie verwirrt die beiden waren, biß sich auf die Lippen. »Vor knapp einer Woche ist sie nach Buhen gekommen. Sie ist noch nicht lange Witwe und hat ein Kind. Da Mahu keine Frau hatte und sie keine Sympathie für die Familie ihres Mannes empfand, was auf Gegenseitigkeit beruhte ...« Sie zuckte mit den Schultern. »Du weißt, wie das läuft. Also ließ er sie kommen und bat sie, bei ihm zu wohnen, sich um seinen Haushalt zu kümmern.«

Thuty schien sich unbehaglich in seiner Haut zu fühlen, weil es offensichtlich war, daß er nicht auf Sitamuns Namen im Festungstagebuch geachtet hatte, in das alle Neuankömmlinge eingetragen wurden. »Sie ist noch nicht unterrichtet.«

»O je!« Tiya griff nach dem Baby, das erneut auf Bak zu

krabbelte, und drehte es zur Tür. »Sie soll es nicht zufällig erfahren ...«

»Ich werde zu ihr gehen,« bot sich Bak an.

»... oder von jemandem, den sie nicht kennt.« Tiya hätte genausogut ein Selbstgespräch führen können. »Die arme Frau. Allein in einer fremden Stadt. Was wird sie jetzt tun?«

Bak wußte, Tiya war freundlich und sanft, aber oft fragte er sich, wie Thuty die Geduld mit ihr bewahrte. »Ist sie mit jemandem befreundet, der ihr vielleicht die Nachricht überbringen könnte?«

»Ich werde gehen«, schlug Tiya vor. »Wir hatten noch nicht die Gelegenheit, uns anzufreunden, haben uns aber in den letzten paar Tagen oft miteinander unterhalten.« Sie blickte Bak an. »Und nun sag mir, was ich ihr erzählen soll. Ich weiß, sie wird die Wahrheit wissen wollen.«

Bak dankte Amun insgeheim. Er haßte es, schlechte Nachrichten zu überbringen, und was konnte schlimmer sein, als die Nachricht von einem unerwarteten Tod?

»Tiya machte sich sofort auf den Weg, denn sie hatte Angst, jemand anderes könnte ihr zuvorkommen.« Bak brach ein Stück vom Brotlaib ab und tauchte ihn es die Schale mit der Fischsuppe. Das fünfte Mal in dieser Woche Fischsuppe. Er konnte das gebratene Lamm in der Wohnung des Kommandanten förmlich riechen. »Heute abend wollen wir Sitamuns Qual nicht noch vergrößern, aber morgen früh müssen wir sie unverzüglich aufsuchen.«

Imsiba leckte sich die Fischsuppe von den Fingern. »Glaubst du, daß sie sich in den Geschäften ihres Bruders auskennt?«

»Ich hoffe es. Wo könnten wir sonst noch suchen?«

»An Bord seines Schiffes wohl nicht.«

Bak stellte seine Schale auf den Boden des Dachabschnitts, auf dem sie saßen. Ein großer weißer Hund mit hängenden Ohren – Horis Hund – kroch näher, schleppte seinen Bauch über den Boden. Bak brachte die Suppe vor dem Hund in Sicherheit. Dieser legte die Schnauze auf die Vorderpfoten und blickte mit dunklen, sehnsüchtigen Augen auf die Schale.

Am westlichen Himmel flammten rot-orangene Streifen auf. Re in seiner Barke klammerte sich an den zur Neige gehenden Tag, bevor er in die Unterwelt fuhr. Die meisten Gebäude innerhalb der Zitadelle lagen tief im Schatten. Die einzige Ausnahme bildete die Mauer, die das Heiligtum des Horus von Buhen einschloß. Die Mauer, die auf einem hohen Erdhügel erbaut worden war und das einstöckige Wachhaus überragte, fing das rosagoldene Licht des Sonnenuntergangs auf und hüllte die beiden Männer und den Hund darin ein.

»Wie hat Mahus Mannschaft das Ganze erklärt« fragte Bak und angelte nach Fischstücken in seiner Schale.

Imsiba antwortete im monotonen Tonfall eines Boten, der eine mündliche Botschaft wiederholt. »Wann und wo der Stoßzahn an Bord gebracht wurde, ist ihnen rätselhaft, behaupten sie. Sie sind von Abu aus stromaufwärts gefahren. In Ma'am wurde ihre Kornladung gelöscht. Die Kupferbarren und Ölkrüge wurden dort an Bord gebracht, ebenso die als Ballast dienenden Steine. In Kor nahmen sie das Vieh an Bord, außerdem Nahrung und Heu. Weder in Ma'am, Kor oder hier in Buhen fiel den Männern etwas Ungewöhnliches auf. Soweit sie wissen, bestieg auch kein Fremder das Schiff, und kein Mann, der in Kor oder Buhen über die Laufplanke an Bord kam, begab sich unter Deck.«

»Hat die Mannschaft das Schiff gleichzeitig verlassen?«

»Mahu soll immer einen Posten aufgestellt haben, heißt es.«

Da Bak kein großes Fischstück mehr in der Schale fand, führte er sie zum Mund und trank den Rest der Suppe, wobei kleinere Fischstückchen, Sellerie, Kichererbsen und Zwiebeln in seinem Mund landeten. Eine kalte, feuchte Schnauze stieß gegen seinen Schenkel, eine breite Zunge leckte ihn. Er bedachte den Hund mit einem verschmitzten Lächeln, stellte die Schale auf den Boden, kraulte das dichte Fell des Tieres und erhob sich.

»Sie hatten nichts an Bord, was man so leicht wegschleppen konnte, mit Ausnahme einiger Dinge im Deckhaus. Ich möchte wetten, die Wachen haben es sich im Innern bequem gemacht und geschlafen.«

»Ich will nicht mit dir streiten, mein Freund, aber sie leugnen es ab.«

Der Hund schleckte Baks Schale mit lautem Schmatzen aus. Er gönnte sich kaum eine Pause, um Luft zu holen, drehte sich halb herum und ließ sich vor Imsiba auf den Boden fallen. Auch eine Katze, die auf dem Pflaster unter ihnen miaute, konnte ihn nicht ablenken.

Bak nahm seinen Bierkrug hoch, begab sich zum Rand des Daches und blickte über die Gasse zu dem Gebäude hinüber, wo Mahus Mörder verschwunden war, ohne Spuren zu hinterlassen. Er sah nur eine feste Mauer, zwei Stockwerke weiß verputzter Lehmziegel, die keine Geheimnisse preisgaben. Genau wie Mahus Mannschaft. »Sorge dafür, daß sie das Schiff nicht verlassen. Ein bis zwei Tage Langeweile dürften ihrem Gedächtnis aufhelfen.«

Imsiba lachte. »Du hast nicht viel übrig für ein faires Spiel, mein Freund.«

Baks Lächeln verschwand. »Hast du je erlebt, daß ein Mann gerade noch neben dir herging und dann plötzlich tot war? Ein Mann, der dein Gefangener war? Ich konnte die Berührung von Mahus Arm auf meinem fühlen, Imsiba, die Wärme seiner Haut spüren. Und dann brach er zusammen.« Bak warf noch einen letzten Blick über die Straße, wandte der Mauer den Rücken zu und verdrängte die tiefe Enttäuschung, die er empfunden hatte, als er feststellen mußte, daß der Mörder ihm entkommen war. »Wird Ramose morgen in Pahuros Dorf zurückfahren?«

»Er hofft, daß er im Morgengrauen lossegeln kann.« Imsiba betrachtete Bak einen Augenblick lang, als wolle er sich vergewissern, ob es seinem Freund gutging. »Er wollte ablegen, sobald sein Schiff entladen war.« Der Medja stellte seine Schale ebenfalls vor den Hund, der sie im Nu ausgeschleckt hatte, und entnahm einem behelfsmäßigen Behältnis aus Blättern ein halbes Dutzend Datteln. »Kommandant Thuty hat angeordnet, das gestrandete Schiff zu bergen. Ich habe gesehen, wie Ramose dem Oberschreiber hinterherlief und ihn drängte, er solle so bald wie möglich Zimmerleute finden, die mit ihm nach Norden fahren.«

»Er tut gut daran, sich nicht allzulange hier aufzuhalten, sonst ist das beschädigte Schiff schon auseinandergenommen, wenn er dort ankommt. Ich bezweifle, daß Pahuro den Mut dazu haben würde, zumal die Behörden ihm im Nacken sitzen, aber sein Dorf ist nicht das einzige in der Gegend.«

»Wenn sie im Morgengrauen Segel setzen, werden sie mit Glück und der Hilfe der Götter das Dorf noch vor Mittag erreichen.« Imsiba steckte sich eine Dattel in den Mund. »Die Zimmerleute werden dort bleiben, ebenso die Soldaten, die sich um ihre Sicherheit kümmern, aber Ramose wird am nächsten Tag mit der restlichen Schmuggelware nach Buhen zurückkehren.«

»Und sein Schiff muß hierbleiben, bis ich Mahus Mörder gefaßt habe«, sagte Bak, dessen Stimme jetzt scharf klang.

»Du wirst ihn finden, Bak. Das tust du doch immer.«

Bak mußte unwillkürlich lächeln. »Wenn du so etwas sagst, weiß ich, daß du es ernst meinst. Wenn Thuty so etwas äußert, betrachte ich es als Drohung.«

Lachend sammelte Imsiba die Reste ihres Mahls ein. Die Farben am Himmel verblichen, ebenso der helle Widerschein an der Mauer, und das Dach war jetzt in Dunkelheit gehüllt. Die beiden Männer, den Hund im Schlepptau, begaben sich zu einem hellen Quadrat und stiegen die Treppe zur Eingangshalle hinunter. Eine Fackel, die an der Mauer neben der Tür zur Straße befestigt war, beleuchtete die Treppe und die große leere Halle. Die beiden Medjas, die dort Nachtwache hielten, saßen auf dem Boden und vertrieben sich die Zeit mit einem Knöchelspiel, das nie zu enden schien und von einer Wache zur anderen fortgesetzt wurde, tagein, tagaus. Bak hatte anfangs befürchtet, die Wetten, die man dabei abschloß, würden zu Zwistigkeiten führen, aber die Wetteinsätze blieben bescheiden, die Begeisterung und die gute Laune dagegen stiegen.

Imsiba machte sich auf den Weg, um die Männer für die Schiffsinspektionen am nächsten Tag einzuteilen. Bak schaute eine Weile dem Spiel zu. Dann holte er aus einem Korb mit Brennholz einen trockenen Zweig, hielt ihn an die Fackel und trug ihn in den angrenzenden Raum, den er für seine Amtsgeschäfte benutzte. Das Feuer rückte zu seinen Fingern vor, als er die Dochte in zwei Tonlampen entzündete, kleine mit Öl gefüllte Teller auf hüfthohen Dreibeinen aus Schilfstengeln. Er eilte in die Eingangshalle zurück, und gerade als die Flamme nach seinen Fingern züngelte, ließ er den Zweig in eine unter der Fackel stehende Sandschale fallen.

In seinen Amtsraum zurückgekehrt, ließ er sich auf die geflochtene Matte fallen, die Hori einem Schemel vorzog, und betrachtete das Durcheinander um sich herum: Schreibbretter, Schreibkiele, Tinten und Papyrus waren zur Seite geschoben worden, um frischem Papyrus, Messern, einem Schlagholz und Leim Platz zu machen. Da im Gebäude der Amtsstuben stets eine Menge alter Schriftstücke zur Wiederverwendung zur Verfügung standen, konnte er sich nicht vorstellen, weshalb Hori seine eigenen Schriftrollen anzufertigen versuchte.

Auf einer Bank aus Lehmziegeln an der hinteren Wand standen ein Korb voller versiegelter Dokumente und ein Dutzend graue Tonkrüge, in denen weitere Rollen steckten. Baks Langspeer und Kuhhautschild lehnten, zusammen mit Imsibas Waffen, an der linken Wand. Der weiße Sarg, den sie auf Kapitän Roys Schiff entdeckt hatten, befand sich an der Wand zur Rechten. Er war erst vor kurzem gezimmert worden; Bak konnte noch den durchdringenden Geruch frischen Holzes riechen. Zwei dreibeinige Schemel, von denen der eine mit der Oberseite nach unten auf den anderen gestellt war, standen in der Nähe der Tür. Wenn das so weitergeht, habe ich selbst hier bald keinen Platz mehr, dachte Bak.

Imsiba kam mit zwei frischen Krügen Bier. Er betrachtete die Unordnung auf dem Boden und der Bank und bemerkte hämisch: »Als ich dir das erste Mal begegnete, habe ich dich für einen Mann von erlesenem Geschmack und größter Ordnung gehalten.«

Bak grinste nur. »Du hast doch auf dem Weg von Pahuros Dorf hierher einige Zeit mit Roys Mannschaft verbracht, nicht wahr?«

Gelassen reichte ihm Imsiba einen Krug und stellte den oberen Schemel auf den Boden.Von draußen drangen die Geräusche der spielenden Männer herein.

»Weißt du, es sind bedauernswerte Geschöpfe – reizbar und derb.« Imsiba zog den Stöpsel aus seinem Krug, warf ihn auf einen Stapel mit Papyrusabfall und nahm Platz. »Aber zwei Fehler scheinen sie nicht zu haben: Trägheit und Treulosigkeit. Sie haben lange miteinander geschuftet und sind eine verschworene Gemeinschaft, deren Mittelpunkt Kapitän Roy bildete. Sein Tod wird sie mit der Zeit auseinanderreißen, aber im Moment halten sie noch zusammen.«

»Er muß recht großzügig gewesen sein, daß sie ihm so treu ergeben waren.«

»Sie wirken nicht gerade wohlhabend.«

Bak überging den Einwand. »Pech im Spiel, Frauen, eine große Familie. Ich habe selten einen Matrosen getroffen, der auch nur eine Handvoll Korn besessen hätte.« Bak ließ sich auf der Bank nieder und stellte seinen Bierkrug neben sich; er war noch ungeöffnet. »Was haben sie über ihre Ladung gesagt?«

»Sie behaupten, es sei das erste Mal gewesen, daß sie Schmuggelware an Bord hatten.«

Bak hob zweifelnd die Brauen.

»Ich weiß«, sagte Imsiba, »einmal Schmuggler, immer

Schmuggler. In diesem Fall jedoch klingt der Grund, den sie für Kapitän Roys Bereitschaft, das Risiko auf sich zu nehmen, angaben, ganz plausibel.«

»Ich brenne darauf, ihn zu erfahren.«

»Ich kann nur wiederholen, was mir berichtet wurde.« Imsiba betrachtete angewidert den Sarg. »Kapitän Roy hatte sich entschlossen, Wawat für immer zu verlassen, um zu seiner Frau und seiner Familie nach Kemet zurückzukehren. Die Mannschaft ging geschlossen mit ihm. Es sollte ihre letzte Fahrt nach Norden, über den ›Steingürtel‹ hinaus sein. Die kostbaren Dinge, die sie an Bord nahmen, hätten Roy die Möglichkeit geboten, in Abu ein weiteres, größeres Schiff zu erwerben und seinen Männern eine neue Heimat zu bieten, die ganz nach ihrem Geschmack gewesen wäre.«

»Eine treffliche Entschuldigung für einen Gesetzesbruch«, meinte Bak. »Welchen Ort hat Paschenuro gewählt, um sie festzusetzen?«

Imsiba lächelte. »Einen, der mir nicht gefallen würde. Ein Haus in der Außenstadt, nicht weit von den Viehkoppeln entfernt, wo nur wenige Menschen leben.«

»Er hätte keine bessere Wahl treffen können«, erwiderte Bak und lachte. »Einander ausgeliefert, umgeben vom Gestank nach Dung und Buhens Freudenhäuser außer Reichweite, kommen sie vielleicht zu dem Schluß, daß es besser wäre, die Wahrheit zu sagen, statt weiterhin zu schweigen.«

»Das dachte Paschenuro auch.«

Bak stand auf und streckte sich. »Es war ein langer Tag, Imsiba, ein Tag, der sich hoffentlich nicht wiederholt.« Er blickte finster auf die Unordnung zu seinen Füßen. »Hori wird sich einen anderen Raum suchen müssen. Ich werde noch heute abend mit ihm reden.«

Ein scharfes Zischen lenkte Baks Aufmerksamkeit auf die Eingangshalle. Die beiden Wachleute, von denen einer die Hand wie erstarrt hochhielt, als wäre er mitten im Spiel unterbrochen worden, tauschten einen bedeutungsvollen Blick und schauten kurz zu Bak. Als sie bemerkten, daß er sie beobachtete, wandten sie den Blick schnell ab, wie es Männer tun, die ein Geheimnis miteinander teilen.

»Was geht da vor?« fragte Bak Imsiba.

»Sie haben eine Wette abgeschlossen, die von dir abhängt.«

»Darf ich Einzelheiten erfahren?«

»Es ist ganz einfach«, erwiderte Imsiba und lachte. »Einer von ihnen hat gewettet, du würdest Hori nach weniger als einer Woche vor die Tür setzen, und der andere meinte, du würdest ihn länger in deinem Amtsraum dulden. Jetzt hast du ihnen deine Entscheidung verraten.«

Bak schüttelte verblüfft den Kopf. »Die schließen aber auch auf alles Wetten ab.«

»Ja, das stimmt.« Imsibas Lächeln schwand, und er deutete mit dem Kopf in Richtung des Sarges. »Können wir dafür keinen besseren Platz finden?«

»Die Eingangshalle ist ungeeignet dafür. Und wir können ihn nicht ins Quartier unserer Männer stellen. Sie würden einen Aufstand machen. In den Gefängnisbereich kann er auch nicht, jedenfalls nicht, solange Rennefer dort ist. Sie ist schon gereizt genug, da brauchen wir ihr nicht noch einen weiteren Grund zu liefern.«

»Sie hat sich bei den Wachen nicht beliebt gemacht, das kann ich dir versichern.« Imsiba trank sein Bier aus und stellte den Krug auf den Boden. »Die Männer sehnen den Tag herbei, an dem du sie vor Kommandant Thuty führst und sie sie los sind.«

»Das soll so bald wie möglich geschehen. Aber ich habe noch keine Zeit gefunden, über ihr Vergehen einen Bericht zu verfassen.« Bak stolperte über Horis Unordnung und warf einen Blick auf den Sarg. »Laß ihn hier. Nicht für immer, aber ein paar Tage dürften nichts ausmachen.«

»Wer liegt denn in dem Sarg?« fragte Imsiba und stellte sich daneben.

Bak trat mit einer Lampe näher heran und betrachtete die Hieroglyphen, die den Sarg von oben bis unten schmückten. Er hatte sich schon vorher mit der Inschrift beschäftigt, so daß er dieses Mal die nicht sonderlich kunstvoll gemalten Schriftzeichen schneller entziffern konnte. Am Ende einer einfachen Opferformel stand ein Name, den er laut vorlas. »Amunemopet, Priester vor dem Herrn Chnum, Sohn von Antef, Schreiber im Palast der Wahrheit, Sohn der Hausherrin Hapu.«

»Ein gewöhnlicher Mann.« Imsiba atmete tief durch. »Ich danke Amun dafür, daß er uns gnädig war. Ich habe schon befürchtet, er könnte von vornehmer Geburt sein, was uns wohl endlosen Ärger eingebracht hätte.«

Als Bak am nächsten Morgen kurz vor Sonnenaufgang erwachte, galt sein erster Gedanke Rennefer. Er scheuchte Hori von seiner Schlafmatte hoch; sie nahmen Brot, Datteln und Schreibutensilien mit aufs Dach und ließen sich in der Kühle des frühen Morgens nieder, um Rennefers Vergehen schriftlich festzuhalten. Da Bak dem Schreiber diktierte, war der Bericht bald fertig, und sie wandten sich dem nächsten Fall zu, einem Protokoll über das gestrandete Schiff und die Schmuggelware, die man darauf gefunden hatte. Der halbe Vormittag war verstrichen, und sie waren im Begriff, einen dritten Bericht fertigzustellen, den über Mahus Tod, als Imsiba auftauchte, um zu fragen, wann sie Sitamun aufsuchen würden. Bak beendete seine Arbeit und machte sich mit Imsiba auf den Weg zu einer Unterredung, auf die sich keiner von beiden freute.

»Ich weiß nichts über Mahus Geschäfte. Wenn ich länger hier gewesen wäre, hätte er mir vielleicht etwas darüber erzählt.« Sitamun, die auf dem Boden neben einem Webstuhl saß, machte winzige Falten in den Saum ihres langen Gewandes. »Wißt ihr, wir waren wie zwei Fremde, die gerade anfingen, sich nach Jahren des Getrenntseins kennenzulernen.«

»Ich verstehe«, sagte Bak, und das stimmte auch. Er erhob sich von dem Stuhl, den sie herbeigeschleppt hatte, und ging in dem kleinen Hof umher.

Sitamun war dank Tiya auf ihren Besuch vorbereitet. Sie bewohnte ein Haus, das aus drei Räumen bestand, die um einen offenen Hof herum lagen. Es war alles hübsch und sauber, die Räume hell, und die wenigen Möbelstücke von guter Qualität. Da die Luft draußen kühler war und der Wind zunahm, schlug Sitamun vor, sich im Hof zu unterhalten. Dort fanden sie ein blasses, mageres Kind von vielleicht vier Jahren vor, das vor einem runden Ofen aus Ziegelsteinen spielte und kleine Boote über einen fiktiven Fluß steuerte. Immer wenn sich der Junge unbeobachtet fühlte, starrte er die beiden Männer an, die seine Mutter aufgesucht hatten – Soldaten, nahm er wohl an, Krieger.

»Hat sich dein Bruder wegen der bevorstehenden Reise Sorgen gemacht?« fragte Bak. »Wollte er möglichst schnell losfahren? War er beunruhigt über die Verzögerung und darüber, daß wir seine Ladung inspizierten?«

»Ja, das kann man wohl sagen.«

Bak wechselte einen flüchtigen Blick mit Imsiba, der neben einem langen dünnen Pfosten stand, welcher ein Dach aus lose verflochtenen Palmwedeln stützte, die trocken im Wind raschelten.

»Wärst du nicht besorgt, wenn der größte Teil deiner Ladung aus Vieh bestände?« fragte sie. »Kühe und Ziegen allerbester Qualität, die für die königliche Familie in Waset bestimmt sind? Er hat mir erzählt, daß er schon viele Male Tributabgaben überbracht hat, oft auch Vieh, und sich jedesmal große Sorgen darum gemacht hat. Was sollte er tun, wenn die Tiere krank wurden und starben? Er hatte noch sein Schiff, aber würde sich Maatkare Hatschepsut damit als Ersatz begnügen?«

»Unsere Herrscherin ist nicht gerade eine Frau, die gerne vergibt«, bemerkte Imsiba.

Sitamun schenkte ihm ein Lächeln und dankte ihm für sein Verständnis. Sie war eine kleine Frau, zart gebaut, mit schulterlangen dunklen Haaren, die nach innen gerollt waren. Ihr Gesicht war blaß vor Kummer; dunkle Ringe unter ihren Augen verrieten, daß sie eine schlaflose Nacht hinter sich hatte. Imsiba, stellte Bak fest, konnte den Blick nicht von ihr wenden.

»Hat Mahu je etwas von Schmuggelgut erwähnt?« fragte Bak hartnäckig weiter.

»Tiya hat mir von dem Elefantenstoßzahn erzählt, den ihr gefunden habt.« Sie hörte auf, mit dem Saum ihres Kleides zu spielen, und faltete die Hände im Schoß. »Ich kann seine Existenz nicht leugnen, denn ihr habt ihn ja mit eigenen Augen gesehen. Aber eines weiß ich ganz genau: Mein Bruder hätte nie und nimmer erlaubt, daß das Elfenbein auf seinem Schiff befördert wurde; er war ein ehrenhafter Mann.«

»Er hat geschworen, daß er nichts davon wußte«, gab Bak zu, »und konnte sich sein Vorhandensein nicht erklären.«

»Glaubt ihr, daß er wegen dieses Stoßzahns ermordet wurde?«

»Vermutlich, aber wenn er nichts davon wußte, weshalb mußte er dann sterben?« Bak trat zum Stuhl, stellte sich dahinter und legte die Hände auf die Lehne. Er hielt es für das Beste, offen zu reden. »Bis jetzt wissen wir gar nichts. Wir haben auch keine Spur, wissen nicht, welche Richtung wir einschlagen sollen. Wir haben gehofft, du könntest uns weiterhelfen.«

Imsiba stand auf, als wolle er damit Baks Worte unterstreichen. »Kannst du dich an irgend etwas erinnern? Irgend etwas, das uns helfen könnte?«

Das Kind starrte den großen Medja mit unverhohlener Furcht an.

»Vielleicht …« Sitamun hielt inne, schüttelte den Kopf. »Er hat etwas gesagt, aber …« Ihr versagte die Stimme.

Bak setzte sich wieder. In seinem Innern glomm ein Hoffnungsschimmer auf. Imsiba stand stocksteif da, sein Gesicht verriet Neugier.

»Ich konnte letzte Nacht nicht schlafen«, sagte Sitamun. »In meinem Kopf wirbelte alles durcheinander. Ich habe darüber nachgegrübelt, worüber wir seit meiner Ankunft in

Buhen alles gesprochen haben. Ich bin ja erst sieben Tage hier. Nicht lange genug, um zu wissen, ob ein Mann lacht, weil ein Witz wirklich lustig ist, oder ob er einen Scherz macht, weil er die Wahrheit nicht sehen will.«

»Was hat er gesagt? Wir müssen es wissen«, sagte Bak.

Sitamuns Augen wanderten zu Imsiba, dessen Lächeln sie zu beruhigen schien. »Es geschah an dem Tag, bevor er nach Kor aufbrach. Es war mein erster Tag in Buhen, und wir hatten uns noch nicht aneinander gewöhnt. Mahu hat viele Jahre allein gelebt, und ich vermute, drei Menschen in diesem Haus waren ihm schon zuviel. Zu allem Übel war mein Sohn Tety müde und quengelig. So ging Mahu kurz nach unserem Abendessen eine Weile aus dem Haus. Um Freunde zu treffen, wie er sagte, und ein oder zwei Glücksspiele zu wagen.« Sie lächelte. »Um unter Männern zu sein, dachte ich bei mir, und um eine Weile der häuslichen Gemütlichkeit zu entfliehen, auf die er sich unbewußt eingelassen hatte.« Ihr Lächeln wirkte gezwungen, Tränen hingen an ihren Wimpern.

»Am nächsten Morgen, bevor er ablegte, sagte er, ein Bekannter habe ihm am Abend vorgeschlagen, unerlaubte Ladung an Bord zu nehmen, und habe ihm großen Reichtum versprochen. Dann lachte er und sagte, es sei alles nur ein Scherz. Ich habe mich damit abspeisen lassen, aber jetzt ...« Sie verstummte. Dann räusperte sie sich und fuhr fort: »Jetzt glaube ich, er ist auf Abwege geraten.«

Bak war derselben Ansicht. Der Mann, der Mahu angesprochen hatte, mußte wohl den Stoßzahn im Segel versteckt haben. Solange der Kapitän lebte, konnte er ihn verraten und hätte es wohl auch getan. Gab es ein besseres Motiv für einen Mord? Als könne Imsiba seine Gedanken lesen, suchte dieser seinen Blick und nickte.

»Wie hieß der Mann?« fragte Bak mit freundlicher, mitfühlender Stimme. »Hat Mahu dir seinen Namen verraten?«

Sie schüttelte den Kopf. »Nein.«

»Hat er gesagt, wo er seine Freunde traf und wer sie waren?«

»Er nannte keinen beim Namen; ich hätte sie ja sowieso

nicht gekannt.« Sie rieb sich mit dem Handrücken über die Augen. »Ich weiß, er ist in ein Freudenhaus gegangen, das von einer Frau betrieben wird. Sie hat ein Löwenjunges, erzählte er mir, und einen jungen Sklaven, der sich um das Tier kümmert.«

»Nofery!« rief Bak. »Endlich sind uns die Götter gewogen!«

Nofery war seine Informantin, seine Spionin, eine alte Frau, die in Buhen jeden kannte und der nichts entging. Schon wenn zwei Männer miteinander tuschelten, wurde sie aufmerksam, so wie ein umgestürzter Honigtopf die Ameisen anzieht.

Bak und Imsiba eilten den schmalen Pfad hinunter; sie konnten ihr Glück kaum fassen. Sie überholten zwei Soldaten, die langsamer gingen, und einen Mann, der ein Händler zu sein schien. In Gedanken sahen sie vor sich die offene Tür von Noferys Freudenhaus, auf deren Schwelle der junge Löwe saß.

»Herr!« Ein grobknochiger junger Medja, der für die Tagwache im Wachhaus eingeteilt war, lief ihnen nach. »Herr, du mußt sofort kommen! Es ist ein weiterer Mord geschehen!«

6. Kapitel

»Bist du sicher, daß er ermordet wurde?« Baks Stimme verriet Zweifel, nicht, weil er dem Soldaten, der die Nachricht überbracht hatte, nicht traute, sondern weil er einfach nicht glauben konnte, daß so kurz nach Mahus Tod ein weiterer Mord geschehen sein sollte. Zwei Morde und Rennefers Mordversuch innerhalb von fünf Tagen! Buhen war eine Garnison, in der gewöhnlich keine schweren Verbrechen verübt wurden.

Amunmose, ein schlanker, muskulöser Mann von ungefähr zwanzig, störte sich nicht an Baks Fassungslosigkeit. »Er hatte drei Pfeile im Rücken, Herr. Jeder einzelne davon hätte genügt, ihn zu töten.«

Bak und der Speerträger, ein Mitglied der aus sechs Mann bestehenden Wüstenpatrouille, die auf die Leiche gestoßen war, standen im Innern des Wachhauses. Die beiden diensthabenden Männer, die genauso wie ihr Leutnant über die Nachricht entsetzt waren, hatten vorübergehend ihr Knöchelspiel aufgegeben, um zuzuhören.

»Wir haben ihn gefunden ...« Amunmose blickte auf den Schatten draußen, der aufgrund der hochstehenden Sonne immer schmaler wurde. »Vor über einer Stunde oder so. Etwa in der Mitte des Vormittags. Er wurde ermordet, daran hatten wir keinen Zweifel. Also machte ich mich auf den Weg, um dich zu benachrichtigen.«

»Ich hoffe, die anderen Männer sind bei ihm geblieben.«

»Er wird weder Schakalen noch Geiern zum Fraß dargeboten.« Amunmose nahm seinen Schild in die Hand, die den Speer hielt, und wischte sich das Gesicht ab. Seine Haut war wettergegerbt, und er war von Kopf bis Fuß mit einer leichten Staubschicht bedeckt, die mit Schweiß vermischt war. »Wenn wir nicht zufällig vorbeigekommen wären ... Ein Schakal hat unseren Hund zu ihm hingelockt.«

Auch wenn der Atem des Soldaten wieder gleichmäßiger ging, bemerkte Bak, daß der lange, anstrengende Weg durch die Wüste dessen Kräfte stark erschöpft hatte. Er drängte ihn in die Amtsstube, holte einen Schemel hervor und bedeutete ihm, Platz zu nehmen. Er freute sich, als er sah, daß Horis Utensilien nicht mehr auf dem Boden herumlagen. Der Schreiber hatte alles in Körbe verstaut, die er auf die Bank zwischen die mit Papyrusrollen gefüllten Krüge gestellt hatte.

Auf einem Stapel von rohem Papyrus entdeckte Bak den Bierkrug, den er am letzten Abend ungeöffnet zurückgelassen hatte. Er zog den Stöpsel heraus und reichte dem Soldaten den Krug. »Mein Schreiber dürfte bald mit Verpflegung und Imsiba mit ein paar Männern und einer Trage zurückkommen. Sobald du gegessen hast, gehen wir.«

»Ja, Herr.« Amunmose legte seine Waffe und seinen

Schild auf den Boden, lehnte sich mit dem Rücken gegen die Wand, führte den Krug an die Lippen und nahm einen kräftigen Schluck. Ein langer, zufriedener Seufzer, ein Rülpser und ein breites Lächeln zeigten seine Dankbarkeit.

»Wann ist er deiner Meinung nach gestorben?«

»Ich vermute, kurz vor Tagesanbruch.« Amunmose fuhr sich mit der Handfläche über den Mund. »Es gab dort jede Menge Fliegen.«

»Er hat fünf bis sechs Stunden tot dagelegen?« Baks Überraschung verwandelte sich in Mißtrauen. »Hatten ihn denn, außer dem Schakal, die Aasfresser noch nicht gefunden?«

»Er war mit Sand zugeweht, nicht genug, um seinen Geruch ganz zu bannen, aber ausreichend, daß die Geier ihn nicht entdeckten.« Der Mann nahm einen weiteren Schluck. »In diesem Teil der Wüste treffen wir oft auf Rudel von Wildhunden, aber in den letzten Tagen waren sie unten am Fluß und verfolgten ein junges Flußpferd, das im Stauwasser gefangen war. Dort haben wir auch Schakale gesehen, die auf Beute warteten.«

»Ich verstehe.« Bak suchte nach einem weiteren Schemel. Da er keinen fand, setzte er sich auf den weißen Sarg. Der schwache Geruch frischen Holzes stieg ihm in die Nase. »Habt ihr Fußspuren des Mörders gefunden? Oder andere Spuren?«

»Drei Männer haben sich auf die Suche begeben. Ich war hierher unterwegs, so daß ich nicht sagen kann, ob sie etwas entdeckt haben.«

Baks behelfsmäßiger Sitzplatz schien Amunmose nicht mehr Unbehagen zu bereiten als dessen Skepsis. Amunmose ist ein Mann mit gesundem Menschenverstand, überlegte Bak, ein guter Soldat, in unruhigen Zeiten eine verläßliche Stütze. »Hast du den Toten erkannt?«

»Er lag mit dem Gesicht nach unten. Wir zögerten, seinen Kopf hochzuheben, weil wir dachten, du würdest ihn unberührt sehen wollen, aber schließlich haben wir es doch getan.«

Amunmose drehte den Krug zwischen seinen Handflächen hin und her. »Die meisten von uns kannten ihn. Niemand zählte ihn zu seinen engen Freunden, aber wir mochten ihn.«

Baks Lippen entrang sich ein langer, resignierter Seufzer. »Dann stammt der Mann aus Buhen?«

»Intef, der Jäger. Du hast ihn bestimmt gekannt oder von ihm gehört. Er jagte wilde Gazellen und andere Tiere der Wüste und des Nils und verkaufte dann das Fleisch hier in der Festung.«

Bak fluchte. Er hatte den Toten nur vom Sehen gekannt. Er hatte auf ihn stets den Eindruck eines ruhigen, hart arbeitenden Mannes gemacht.

»Er liegt dort drüben.« Amunmose deutete auf eine, wie es Bak schien, endlose Landschaft aus Sand, Felsformationen und noch mehr Sand. »Zum Glück lag er in einer flachen Mulde, die vom Wind ausgehöhlt wurde, der zwischen den beiden Felseinschnitten dort weht.«

Der Wind wirbelte den feinen Sand in die Luft und rollte die gröberen Körner über die wellenförmige Oberfläche der Wüste. Ein goldbeiger Teppich erwachte zum Leben. Das Flüstern des Sandes klang so überirdisch, daß es dem Munde einer Gottheit hätte entsprungen sein können. Einer wunderlichen Gottheit, dachte Bak grimmig, einer, die jede Spur von Intefs Tun und dem jenes Mannes, der ihn ermordet hatte, verweht hatte.

Er war froh, nicht allein zu sein, und aus dem Blick, mit dem Imsiba den umherwirbelnden Sand musterte, schloß er, daß dieser sich ebenfalls unwohl fühlte. Die zwei Medjas, die sie begleitet hatten – einer schleppte eine Trage, der andere einen Leinenbeutel mit frischem Brot, Obst und Bier für die Männer der Patrouille –, betrachteten den umherwirbelnden Staub ebenfalls voller Mißtrauen. Der Fluß lag außer Sicht hinter dem langen Nord-Süd-Grat, der jenseits von Buhen verlief, und die Sonne brannte gnadenlos vom

Himmel herab. Ohne den Grat, dem sie über eine Stunde in südlicher Richtung gefolgt waren, hätten sie jede Orientierung verloren. Da sie an dessen Rückseite entlangliefen, waren sie unbemerkt in die Nähe der Festung von Kor und einem Wachturm über einem hohen, kegelförmigen Hügel weiter südlich gekommen. Ihr Führer ging unerschrocken weiter; er war schon so oft hier vorbeipatrouilliert, daß er jedes Zeichen, das eigentlich zu winzig oder zu unscheinbar für das ungeübte Auge war, wahrnahm. Die beiden Hügel zum Beispiel. Bak hätte nie gedacht, daß sie sich voneinander unterschieden.

»Du hast gesagt, einer deiner Hunde habe ihn gefunden?« fragte er.

»Unsere beste Hündin«, erwiderte Amunmose und nickte. »Sie folgte nicht seinem Geruch – sie hat irgend etwas anderes gewittert. Ich vermute, den Schakal.«

»War zu diesem Zeitpunkt bereits der Wind aufgekommen?« fragte Imsiba.

»Es wehte ein leichter Wind, kein so heftiger wie jetzt.« Amunmose trat nach links. »Die Hündin gebärdete sich wie wild, so daß wir sie von der Leine ließen. Nach einer Weile fing sie an zu bellen. Wir riefen nach ihr, weil wir vermuteten, sie habe eine Schlange oder eine Eidechse entdeckt. Gewöhnlich gehorcht sie, aber dieses Mal tat sie es nicht. Also sind wir losgegangen, um nachzusehen, was es war. So stießen wir auf Intef. Und den Schakal.«

»Aus welcher Richtung ist er gekommen?« fragte Bak.

»Aus Osten, vom Felshügel.«

»Er ist nie allein in die Wüste gegangen«, bemerkte Imsiba. »Er hat immer einen Esel mitgenommen, der Lebensmittel und Wasser schleppte, und einen oder zwei weitere für das Wild, das er erlegte.«

Amunmose zuckte mit den Schultern. »Wir haben keine Tiere gefunden, nur die Spuren von Intef.«

Der Wind ließ etwas nach, und der Sand hörte auf zu flüstern. Sie umrundeten den nächsten Hügel und erblickten die fünf Männer, die Amunmose zurückgelassen hatte, und drei stämmige, kräftige Hunde, eine schwarze Hündin und zwei scheckige Rüden. Männer und Hunde umringten das Opfer, das auf dem Boden lag. Aus seinem Rücken ragten Pfeile. Um sich und die Leiche vor dem Sand zu schützen, hatten sie auf der Windseite eine Schutzwand aus Schilden errichtet. Davor hatte der Wind schon einen kleinen Hügel angeweht. Die Höhe der Verwehung machte Baks sämtliche Hoffnung zunichte, noch Spuren von Intefs Mörder zu finden.

Die Soldaten, genauso staubig und schweißgebadet wie Amunmose, erhoben sich. Der älteste von ihnen, ein Riese mit spärlichen braunen Haaren, hob die Hand zum Gruß. »Leutnant Bak. Gut, dich zu sehen, Herr. Wenn es auch nicht gerade unter erfreulichen Umständen ist. Aber wenn alles ordnungsgemäß verlaufen wäre, hätte ich dich nicht holen lassen.«

»Heribsen.« Bak lächelte. Er kannte ihn aus Noferys Freudenhaus, wo er sich gern aufhielt. »Du führst also die Patrouille an. Amunmose hat mir nichts davon gesagt.«

Heribsen schlug Imsiba auf die Schulter. Amunmose begrüßte er wie einen verlorenen Sohn. Einer der Medjas übergab den Beutel mit den Lebensmitteln den Soldaten, die wie entzückte Kinder hineinspähten, der andere stellte die Trage an den Rand der Sandmulde.

Bak und Imsiba knieten neben der Leiche nieder. Ein mittelgroßer Mann mit breiten Schultern und schmaler Taille, ungefähr dreißig Jahre alt, lag flach auf dem Boden, die Arme ausgestreckt, als wolle er seinen Sturz aufhalten; Brust und Gesicht waren im Sand vergraben. Sein Schurz war schmutzig und der Saum ausgerissen. Er führte einen schlichten Bronzedolch bei sich, der in einer Scheide an seinem Gürtel steckte. Ein paar Stellen auf dem Rücken und an den Beinen ließen darauf schließen, daß die Patrouille den Versuch unternommen hatte, den Leichnam von Sand zu säubern.

In der Nähe seiner Füße lag eine prall gefüllte Ziegenhaut und neben ihm ein gewaltiger Bogen, der vor allem zur Großwildjagd benutzt wurde. Oberhalb seiner linken Schulter befand sich ein Lederköcher; die Pfeile waren in den Sand gefallen. Der Bogen, der Köcher und die Pfeile bildeten die Grundausrüstung eines Soldaten; der Jäger hatte sie vermutlich aus dem Garnisonsarsenal im Austausch gegen frisches Wild erhalten. Die Ziegenhaut war bis obenhin mit Wasser gefüllt, was darauf schließen ließ, daß Intef kurz vor seiner Ermordung noch am Fluß gewesen war.

Drei Pfeile waren tief in die obere Hälfte seines Rückens eingedrungen, auf einer Fläche, so groß wie eine geöffnete Hand. Wie Amunmose gesagt hatte: Jeder einzelne hätte genügt, Intef zu töten. Nur wenig Blut war aus den Wunden geflossen. Bak vermutete, der Balsamierer würde mehr Blut in den Lungen finden. Die Pfeile entsprachen denen im Köcher.

Behutsam, als handle es sich um einen Schlafenden und nicht um einen Toten, drehte Bak ihn auf die Seite. »Intef«, sagte er laut, blickte Amunmose an und nickte. Die breite Brust des Jägers bot keine Anhaltspunkte, auch nicht der Sand unter und um die Leiche. Intef lag dort, wo er hingefallen war, und nichts deutete auf seinen Mörder hin. Bak erhob sich und wandte sich Heribsen zu. »Amunmose berichtete mir, du hast Männer ausgeschickt, bevor der Sand in Bewegung geriet.«

»Ich bin selbst an ihrer Spitze gegangen.« Heribsen betrachtete die Leiche, sein Gesicht und seine Stimme drückten Zorn aus. »Intef war ein guter Mann. Ich habe gehofft, ich könnte seinen Mörder erwischen.«

Imsiba erhob sich und klatschte in die Hände, um den Sand abzuschütteln. »Was habt ihr gefunden?«

»Nichts.«

»Nichts?« Bak gab den Medjas ein Zeichen, die Trage näher heranzubringen und den Toten darauf zu legen. »Der Horus kann vom Himmel herabstürzen und seine

Beute ergreifen, ohne daß er die Erde berührt. Ich muß jemanden finden, der ein ähnliches Kunststück zu vollbringen vermag.«

Heribsen lächelte über Baks zynische Worte. »Wir haben alles abgesucht, bis wir schließlich Spuren des Mörders fanden.« Er deutete auf eine lange, schmale Felsformation, etwa neunzig Schritt entfernt. »Da oben haben wir sie entdeckt, in einem Sandloch. Er hat sich nicht die Mühe gemacht, seine Spuren zu verwischen, und das aus gutem Grund. Der Sand ist weich, füllt sofort wieder jede Fußspur, so daß kein Abdruck mehr zu sehen ist.«

Bak starrte auf den Sandstreifen und nickte. »Von dort aus konnte er Intef deutlich erkennen.«

»Die Entfernung würde die meisten vom Schießen abhalten«, bemerkte Imsiba.

»Diesen offenbar nicht.« Heribsen deutete auf die Leiche, die die Medjas gerade auf die Trage hoben. »Schau dir die Abstände zwischen den Pfeilen an. Er schießt gut, sehr gut.«

Der Wind zauberte einen feinen Sandschleier. Bak drehte sich um und schloß die Augen. »Konntet ihr seine Spur zurückverfolgen?«

Heribsen schnaubte empört. »Wenn wir sie früher entdeckt hätten, wer weiß, wohin sie uns geführt hätte. Wir verfolgten die Spur bis zum Grat, und dort stießen wir auf den Mann, den ich angewiesen hatte, Intefs Spur nachzugehen.«

»Der Mörder ist also seinem Opfer gefolgt.« Bak war nicht überrascht.

»Das glauben wir auch.« Heribsen kratzte sich am Kopf. »Dann wurde der Wind stärker, Sand wirbelte auf. Die Spur führte nach Süden, den Grat entlang ... Schätzungsweise zweihundert Schritt. Dort verschwand sie, war vom Wind verweht worden.«

Bak ging in Gedanken den Grat entlang und stellte sich das Land zu beiden Seiten vor. Trockenes Ödland im Westen, das sich im Unbekannten verlor, und nach Osten ein breiter Sandstreifen, unterbrochen von Felshügeln, Dünen und niedrigen Plateaus, die zum Fluß hin abfielen. Je weiter man nach Süden gelangte, desto felsiger und steiniger wurde die Landschaft.

»Habt ihr nach seinen Eseln gesucht?« fragte Imsiba.

»Ich habe einen Mann losgeschickt.Vielleicht findet er sie.« Heribsen betrachtete den goldenen Sand und den fernen Horizont, der sich in einem Dunstschleier verlor. »Wenn Intef sie irgendwo zurückgelassen hat, und sie bekommen weder Fressen noch Wasser ...« Heribsen schüttelte betrübt den Kopf. »Nun, wir halten die Augen offen, aber ich habe nicht viel Hoffnung.«

»Hältst du es für möglich, daß Intef auf Nomaden gestoßen ist?« fragte Imsiba. »Vielleicht hat ihn einer von ihnen entdeckt und konnte der Versuchung nicht widerstehen, vor allem, wenn seine Esel mit frischem Fleisch beladen waren.«

»Wir sind fast eine Woche entlang dieses Wüstenstreifens patrouilliert«, erwiderte Heribsen, »konnten aber keine Eindringlinge entdecken.«

Bak wünschte sich im stillen, mit dem Mord verhielte es sich so einfach: eine hungernde Gruppe von Männern und Frauen, die verzweifelt Nahrung suchte, hatte den Jäger überfallen. »Nein«, sagte er laut. »Intef hat die Esel zurückgelassen, an einer Stelle, die man von hier aus nicht sehen kann. Die Tiere und ihre Last hätte man ihm klammheimlich stehlen und tief in die Wüste führen können, wenn es nur um sie gegangen wäre. Und er hätte sie sich vielleicht zurückgeholt. Es wäre nicht nötig gewesen, ihn umzubringen. Wenn es lediglich um die Dinge gegangen wäre, die er mit sich führte, wären ihm auch sein Wasser und Pfeil und Bogen gestohlen worden.«

Imsiba runzelte die Stirn. »Du meinst, man hatte es auf sein Leben abgesehen? Warum? Er war ein armer Mann, ein Jäger.«

Bak warf seinem Freund ein mattes Lächeln zu. »Ich fürchte, die Götter stellen uns auf die Probe, Imsiba, die Probleme werden immer komplizierter. Zuerst wurde

Penhet niedergestochen. Schon nach kurzer Zeit entdeckten wir ein Motiv und genügend Spuren, um Rennefer festzunehmen. Dann wurde Mahu ermordet, und obwohl wir den Grund kennen – den Elefantenstoßzahn –, konnten wir noch keine Spur von dem Mörder finden. Nun ist dieser Mann hier tot, und wir haben weder eine Spur, die wir verfolgen können, noch ein Motiv.«

Bak überquerte mühsam eine flache Düne, stieß mit dem Zeh gegen einen im Sand verborgenen Stein und fluchte. Sein Mund war trocken; seine Haut sandig und ausgetrocknet. Das Öl, mit dem er sie bei Tagesanbruch eingerieben hatte, war längst verdunstet. Er blieb oben stehen, schirmte die Augen mit der Hand ab und schaute nach Osten, wo er hier und da im Dunst bräunliches Wasser erspähen konnte, das dunkle felsige Inseln umfloß, von denen einige mit Grün bedeckt waren. Der Fluß war sein Ziel; er wollte es unbedingt erreichen. Seine Hoffnung, Intefs Esel in der öden Landschaft zwischen dem Felsgrat und dem Wasser zu finden, war absurd. Aber Heribsens Versprechen, die Wüste auf der anderen Seite des Grats zu durchsuchen, war noch widersinniger.

Amunmose, der einen kleinen Pfad fünfzig Schritt zu seiner Rechten entlangging, tauchte hin und wieder auf und verschwand, wie es der wirbelnde Sand und die Landschaft erlaubten. Imsiba befand sich irgendwo dahinter, zu weit südlich, um ihn erkennen zu können. Bak konnte auch die schwarze Hündin nicht sehen, die Intef aufgespürt hatte. Amunmose ließ sie frei laufen, in der Hoffnung, daß sie die Esel finden würde – oder Schakale, die von dem Wild, das die Esel transportierten, angelockt wurden. In einiger Entfernung zu seiner Linken erspähte Bak die beiden Medjas mit der Trage, dann wurden sie vom Staub verschluckt. Er hatte ihnen befohlen, den nördlichsten Weg zum Fluß zu nehmen und den kürzesten zur Festung Kor, die noch nicht zu sehen war.

Bak hing seinen Gedanken nach, und er hatte Durst. So stapfte er vorwärts. Seine Füße versanken bis zu den Knöcheln im warmen Sand. Wer ermordete einen Mann wie Intef, und weshalb? überlegte er. Er erwog den einen oder anderen Grund, aber immer wieder kam er auf den einen Punkt zurück: Intef hatte nichts besessen. Er war ein armer Mann, der Wild jagte, um leben zu können; ein unsicheres Leben.

Ein Hund fing an zu bellen; es war ein rauher, zorniger Laut, der über die Dünen getragen wurde. Andere Hunde anworteten – oder waren es Schakale? Sie kläfften und knurrten. Bak stand ganz still, versuchte durch den Dunst etwas zu erkennen, bemühte sich, die Richtung auszumachen, aus der das Gebell kam. Süden, entschied er, und schlug diese Richtung ein. Er sah, wie Amunmose einen kleinen Hügel hinauflief, oben stehenblieb, lauschte und auf eine Stelle irgendwo weiter vorn deutete.

Bak erklomm einen niedrigen Sandhügel und umging eine ausgezackte Felsgruppe. Der erschreckte Schrei eines Esels lenkte seinen Blick auf das Wadi unterhalb von ihm und verlieh seinen Füßen Schwingen. Die schwarze Hündin stand vor drei beladenen Eseln, fletschte die Zähne, knurrte ein paar wilde Hunde an und tat ihr Bestes, sie von den Eseln fernzuhalten. Die Esel, denen man die Vorderbeine zusammengebunden hatte, tänzelten nervös um die Hündin herum. Bak brüllte, um die angreifenden fremden Hunde abzuwehren, und hoffte gleichzeitig, daß Imsiba ihn hörte. Er zog seinen Dolch, was nahezu nutzlos war angesichts der Meute. Vorsichtig bewegte er sich vorwärts.

Ein gelber Köter griff die schwarze Hündin an, versuchte sie abzulenken. Ein brauner Hund raste links an ihr vorbei und sprang nach einer toten Gazelle, die auf dem Rücken eines der Esel festgebunden war. Der Esel schrie entsetzt auf und schlug mit den Hinterläufen aus. Ein gescheckter Kläffer schlüpfte zwischen den Esel und seine Gefährten, schnappte nach seinem Vorderbein und seiner Schulter und zwang ihn, die Sicherheit der Gruppe zu verlassen. Ein langbeiniger grauer Hund landete auf seinem Hals und versuchte die Gazelle hinunterzuzerren. Der Esel schüttelte ihn ab, bekam aber dabei mehrere Rißwunden an der Schulter ab. Ein geschmeidiger gelb-weißer Hund mit gesträubten Nackenhaaren schlich angriffslustig auf die schwarze Hündin zu.

Bak brüllte erneut. Ein riesiger weißer Hund stellte sich vor ihn, fletschte die Zähne und knurrte bedrohlich. Amunmose sprang hinter Bak hervor, den Schild als Schutz vor sich, den Speer bereit zum Angriff. Imsiba tauchte auf der anderen Seite des Wadis auf; auch er hatte den Speer wurfbereit. Der gelb-weiße Hund duckte sich, um die Hündin anzuspringen. Mit ohrenbetäubendem Gebrüll schleuderte Imsiba seinen Speer los, der den Hund beinahe in zwei Hälften teilte. Blut spritzte hoch. Die Hunde waren wie erstarrt. Amunmose stürzte vor, rammte dem weißen Hund die Speerspitze in die Brust und versetzte ihm damit den Todesstoß. Ein Hund am Ende der Meute schlich sich weg, zwei weitere folgten mit eingezogenen Schwänzen. Imsiba glitt in das Wadi, befreite seinen Speer und versetzte dem Köter, der die schwarze Hündin bedrohte, einen Stoß. Sein Knurren verwandelte sich in lautes Gekläff. Er lief davon, wobei er ein Hinterbein nachzog. Während Amunmose seinen Speer aus dem Hundekadaver herauszog, rannte Bak vor und schnitt dem langbeinigen grauen Hund die Kehle durch. Daraufhin ergriffen die übrigen eilends die Flucht.

Die drei Männer schauten sich an und grinsten. Aber sie hatten keine Gelegenheit, sich an ihrem Triumph zu freuen, denn die schwarze Hündin jagte der Meute hinterher, und Amunmose, der ihr kräftige Flüche hinterherschrie, eilte ihr nach. Bak und Imsiba liefen zu den verängstigten Eseln. Auf zwei der Tiere hatte Intef das Wild aufgeladen, das er erlegt hatte: mehrere Hasen und zwei ausgewachsene Gazellen. Der dritte Esel war mit Nahrungsmitteln bepackt. Der Jäger war ein umsichtiger Mann gewesen, stellten sie fest, denn er hatte jede Menge Futter für seine Tiere und zwei große Tonkrüge mit Wasser mit sich geführt. Als Amunmose mit dem Hund zurückkehrte, hatten Bak und Imsiba ihren Durst gestillt, den verletzten Esel so gut wie möglich versorgt und den Tieren Wasser gegeben. Dazu hatten sie eine rötliche Schale verwendet, die auf der Unterseite vom Feuer geschwärzt war.

Imsiba brachte den leeren Wasserkrug zu dem Esel mit dem Proviant. »Willst du das Tier erst überprüfen, bevor ich den Krug festbinde?«

Bak blickte zur Sonne hoch, die als dunstige Goldkugel am fahlen Himmel hing. »Später. Wir müssen schnellstens nach Kor, damit das Wild ausgenommen wird, bevor das Fleisch verdirbt. Anschließend können wir uns im Fluß den Sand abwaschen und uns den Bauch mit Essen und Bier vollschlagen.«

Er wandte sich Amunmose zu, der am Boden kniete und das Blut von ihren Waffen rieb. »Ich nehme doch an, du kommst mit?«

»Ist das ein Befehl, Herr?«

Bak lachte. Wer würde nicht die Bequemlichkeit einer Festung einer Nacht in der offenen Wüste in Gesellschaft von Heribsen und seine Gefährten vorziehen? »Ja.«

»Wer bringt einen Mann wie Intef um?« Nebwa schüttelte den Kopf; er konnte es nicht glauben. »Er hat nie jemandem etwas getan. Niemals.«

Bak ließ den Blick über die Besitztümer des Jägers wandern, die vor ihm im Sand ausgebreitet waren. Außer den Waffen, die er beiseite gelegt hatte, unterschieden sich die Gegenstände nicht von denen, die von jedem mitgeführt wurden, der eine lange Reise vor sich hatte und auf sich allein gestellt war. Doch vielleicht förderte eine sorgfältige Untersuchung etwas Unerwartetes zutage, das das Motiv für Intefs Tod deutlicher werden ließ. »Vielleicht ist er jemandem auf die Zehen getreten. Warum sonst hätte ihn jemand töten sollen?«

Nebwa setzte einen Fuß auf eine eingestürzte Mauer aus Lehmziegeln. »Wenn ja, geschah es unabsichtlich. Er war ein guter Mann.«

Der Proviant-Esel, der jetzt keine Last mehr auf dem Rücken trug und gesättigt war, stieß den Kopf gegen Baks Hüfte. Bak strich dem Tier über die Nase und blickte zum südlichen Teil von Nebwas vorübergehendem Befehlsbereich: die lange, schmale Befestigungsanlage Kor, gebaut aus Lehmziegeln. Ein großer Teil der alten Festung war den Karawanen zur Verfügung gestellt worden, die Thuty hierher befohlen hatte. Eilends hatte man ein Gehege für die Esel errichtet. Ihre Besitzer, umgeben von den Waren, die die Tiere beförderten, lagerten zwischen den eingestürzten Mauern der Gebäude, die vor vielen Generationen gebaut worden waren und nicht mehr benötigt wurden. Die beiden Offiziere standen in einer ruhigen Ecke, vor neugierigen Blicken geschützt. Der Geruch des Dungs war stark, und obwohl der Wind sich gelegt hatte, war die Luft stickig.

»Er muß sich wohl auf dem Heimweg befunden haben, als er überfallen wurde«, sagte Nebwa und betrachtete den zu einem Viertel vollen Kornsack, der neben einem Heuballen im Sand lag. »Für Mensch und Tiere ist nicht mehr viel Nahrung übrig.«

Bak nickte. »Die beiden anderen Esel waren bis obenhin mit Wild beladen.«

»Das war eine angenehme Überraschung«, meinte Nebwa grinsend. »Heute abend veranstalten wir ein großes Festmahl, stopfen diese armen Kaufleute so voll mit Hasen und Gazellen, daß ihnen die Luft wegbleibt und sie meine Ohren nicht mehr mit weiterem Gejammer belästigen.«

Bak hob lachend den schweren Wasserkrug hoch und leerte ihn in einen Wassertrog aus Lehmziegeln. Der Krug enthielt nichts Geheimnisvolles. »Intef hat die Esel zurückgelassen, ist allein in die Wüste gegangen und hat nur eine Ziegenhaut voll Wasser mitgenommen. Er verfolgte in dem Augenblick kein Wild, denn die Männer der Wüstenpatrouille haben keine Tierfährten entdeckt. Also hatte er ein Ziel, und es konnte nicht weit von der Stelle weg sein, wo sie ihn gefunden haben.«

»Da draußen gibt es außer Wüste nichts.« Nebwa kratzte sich am Kopf und dachte nach. »Ich wette, er wußte, daß jemand hinter ihm her war, und er entfernte sich vom Fluß und hoffte, er würde ihn in den Dünen weiter westlich abhängen können.«

»Ich bezweifle, daß er seine Esel sich selbst überlassen hätte, wenn er vorgehabt hätte, weiter wegzugehen.« Bak stellte den Krug und den ebenfalls leeren zweiten auf den Boden, nahm die Ziegenhaut hoch und goß das Wasser in den Trog. »Du hast ihn gekannt. Hat er vielleicht Schmuggelware über die Grenze gebracht?«

»Intef?« Nebwa schnaubte. »Er war ein Arbeitstier, niemand, der gegen das Gesetz verstoßen würde.«

Bak ging in die Knie und durchwühlte einen Korb, der einen kleinen Steinbohrer enthielt, der zum Feuermachen benutzt wurde, ein Bündel Reisig und trockenes Stroh, das man als Zunder benötigte. Da er diese Dinge nicht für interessant hielt, legte er sie zur Seite. Dann förderte er zwei runde Brotlaibe zutage, die so hart wie Stein waren, und verteilte die Krumen an die Tauben, die immer gleich zur Stelle zu sein schienen. Er schob dem Esel ein Bündel grüner Zwiebeln zu sowie zwei überreife Melonen, die er teilte, weil er hoffte, es könnte etwas im Innern verborgen sein. Neben dem Steinbohrer steckten Blätter, in die ein paar getrocknete Fische eingewickelt waren, und eine Handvoll Datteln.

Außerdem war da ein kleiner Krug, der nur noch ein paar getrocknete Linsen und Bohnen enthielt, die sich miteinander vermischt hatten, und ein Krug mit Körperöl minderer Qualität.

»Nebwa!« Imsiba, der die Esel, die vorher mit Wild bepackt gewesen waren, an der Leine führte, kam einen schmalen Pfad zwischen zwei teilweise eingestürzten

Mauern entlang. »Dachte ich mir, daß du hier bist und nachsiehst, ob wir was finden.«

»Ich hätte wohl lieber den Metzgern zuschauen sollen.«

Bak hob den viertelvollen Sack mit Weizen hoch; er war sich wohl bewußt, wie oft die Zolleintreiber Gegenstände zwischen den Körnern versteckt fanden. Er zog die rote Schüssel zu sich heran und leerte sie langsam. Doch außer den üblichen kleinen Steinen und der Spreu entdeckte er nichts. Nebwa stieß einen Fluch aus, er war genauso enttäuscht wie Bak. Imsiba schnaubte oder lachte, es war nicht ganz klar, wie man das Geräusch deuten sollte.

Bak wandte sich nun dem Heubündel zu. Erneut schöpfte er Hoffnung, zog seinen Dolch, zerschnitt die Schnur, die das Bündel zusammenhielt, und zerrte es auseinander. In der Mitte lag gleich einem übergroßen Ei ein Alabasterkrug etwa von der Größe seiner offenen Hand. Die cremefarbene Oberfläche war goldbraun gemasert. In Baks Kopf wirbelte es. Das Gefäß war zu wertvoll und paßte so gar nicht zu Intefs dürftigen Habseligkeiten. Bak wagte kaum zu atmen, als er es hochnahm. In seinem Innern klapperte etwas. Bak warf Imsiba und Nebwa einen Blick zu. Die Augen des Medjas funkelten vor Erwartung. Nebwa schien ein Gebet zu murmeln.

Bak sprach ebenfalls ein stilles Gebet, drehte den Deckel, erbrach ein dünnes Siegel aus getrocknetem Lehm und stellte den Krug auf den Kopf. Ein Armband sowie sieben Goldkügelchen fielen ihm in die Hand. Es folgten ein kleines, in Papyrus gewickeltes Bündel und ein zweites Armband. Bak war zu überrascht, um etwas zu sagen. Er erhob sich, seine Freunde umringten ihn und beugten sich über den Schatz, denn um einen solchen handelte es sich. Beide Armbänder, die aus einer Unzahl von Gold-, Karneol- und Türkisperlen gefertigt waren, von denen ein Dutzend oder mehr die Form von Kaurischalen hatten, waren sehr alt und etwas ganz Besonderes. Vielleicht stammten sie aus dem Grab eines längst verstorbenen Edelmannes, das geplündert worden war.

Er reichte Nebwa den Schmuck und wickelte das Päckchen aus. Das Stück Papyrus war steif, aber nicht brüchig, was darauf hindeutete, daß es noch nicht sehr alt war. Im Innern fand er ein Stück Elfenbein, groß genug für ein Amulett oder einen Ring. Auf dem Papyrus standen ein paar Worte, die offenbar Teil der Frachtliste eines Schiffes waren. Als Frachtgut war Korn aufgeführt, der gewöhnlichste Artikel, der flußaufwärts befördert wurde, und das Lieferdatum lag zwei Monate zurück.

Nachts lag Bak lange wach. Er versuchte auf einer entliehenen Schlafmatratze, die er auf dem Dach des Offiziersquartiers in Kor ausgebreitet hatte, Ruhe zu finden. Die Sterne funkelten hell am Himmel. Die vielen Tiere, die sich innerhalb der Mauern aufhielten, gaben die leisen Geräusche von sich, die üblich sind bei Tieren, die sich unter Fremden befinden: leichtes Schnauben, leises Knurren und gedämpftes Scharren mit den Hufen.

Die Erregung, die ihn nach dem Fund des alten Schmucks ergriffen hatte, war längst abgeebbt. Der kleine Schatz hatte keine Antworten gegeben. Statt dessen hatte er ihm einen anderen Weg gezeigt, einen, der vielleicht zu Intefs Mörder führte, aber genausogut im Nirgendwo enden konnte.

Er bemühte sich, nicht den Mut zu verlieren, aber das Gefühl der Hoffnungslosigkeit hielt an. Zwei Morde in zwei Tagen. Zwei tote Männer, deren Wege sich vermutlich nicht gekreuzt hatten. Und nur äußerst dürftige Anhaltspunkte: Ein Stoßzahn auf Mahus Schiff, der mit fast an Sicherheit grenzender Wahrscheinlichkeit zu seinem Tod geführt hatte. Ein paar Schmuckstücke, die vielleicht, vielleicht auch nicht, Anlaß für Intefs Tod waren. Und ein kleines Stück Elfenbein, das vielleicht eine Verbindung zwischen den beiden Männern herstellte, möglicherweise aber auch nicht.

7. Kapitel

»Tut mir leid, Leutnant, aber ich kann dir nicht helfen.« Der Junge Amunaya sah nicht im geringsten so aus, als ob es ihm leid täte. »Frau Nofery hat mir aufgetragen, sie niemals so früh am Morgen zu wecken.«

Bak sah den schlanken elf oder zwölf Jahre alten Jungen, dessen eingeölte Haut leicht schimmerte, finster an. Seine großen dunklen Augen blickten ruhig, seine Miene war ausdruckslos oder eher selbstgefällig. »Du weißt genau, daß ich ein besonderer Freund von ihr bin. Ich komme oft hierher.«

»Sie nimmt keinen Mann mit in ihr Bett, Herr, es sei denn, sie bittet ihn selbst darum. Ich kann eine andere junge Frau aufwecken, wenn dein Bedürfnis so groß ist.« Diese Worte gingen Amunaya so leicht von der Zunge, wie Honig von der Brotkruste floß.

Bak trat schnell über die Schwelle, packte den Jungen beim Nacken und drückte zu. Nach einer schlaflosen Nacht hatte er keine Lust, sich hinhalten zu lassen, insbesondere nicht von einem, der sich für etwas Besseres hielt, nur weil er einst Diener eines Königs gewesen war. Seine Stimme klang drohend, als er sagte: »Entweder du führst mich jetzt zu deiner Herrin, Amunaya, oder du bringst sie her zu mir.«

Aus einer dunklen Ecke des Raumes vernahm er das dumpfe Knurren des jungen Löwen, den der Junge nach Buhen begleitet hatte. Bak hatte sich schon vor einiger Zeit mit dem Tier angefreundet, aber wenn die Raubkatze die Wahl zu treffen hatte zwischen einem zufälligen Freund und demjenigen, der sie fütterte, war wohl klar, für wen sie sich entschied. Bak verstärkte seinen Druck auf den Nacken des Jungen, er war bereit, das Risiko auf sich zu nehmen. »Tu, was ich dir sage. Los!«

Noferys Schlafgemach war dunkel, die hohen, schmalen Fenster waren mit Matten zugehängt. Weißes Bettzeug und ein weites weißes Gewand, das über einen Vorratskorb gebreitet war, fingen das Licht auf, das durch die offene Tür hereinflutete, und lenkten die Aufmerksamkeit auf eine beleibte alte Frau, die wie eine Königin auf einem Bett ruhte, dessen Kopf- und Fußteil aus Ebenholz angefertigt war. In Buhen waren Betten eine Seltenheit. Bak hatte keine Ahnung, wie Nofery zu dem ihren gekommen war, hielt es aber für klüger, nicht zu fragen.

»Nimmst du denn auf niemanden Rücksicht?« Sie schob ihren wuchtigen Rücken zum niedrigen Kopfende hoch, und Amunaya eilte herbei, um ihr noch mehr Kissen unterzuschieben. Das Bett ächzte unter ihrem Gewicht. »Konntest du nicht warten? Zumindest bis zum Sonnenaufgang?«

»Chepre hat sich am östlichen Himmel erhoben, während ich am Kai von Kor stand. Von dort aus bin ich nach Buhen gefahren ...« Bak griff über das Bett und kniff sie in ihre fette Wange. »... nur um dich zu sehen.«

Sie stieß seine Hand zurück. »Was auch immer du willst, du mußt dich gedulden, bis ich dich empfange.«

»Komm, altes Weib. Erhebe dich aus deinen Laken und strenge deinen Verstand an. Ich brauche dringend eine Auskunft.«

Sie kniff die Augen verschlagen zusammen. »Ich habe gehört, du mußt einen Mord aufklären. An Kapitän Mahu.«

Bak kannte diesen Blick gut und die Habgier, die sich dahinter verbarg. »Rechne nicht damit, daß hier dein Wahlspruch ›eine Hand wäscht die andere‹ aufgeht. Dieses Mal nicht. Ich habe bei Kommandant Thuty ein gutes Wort für dich eingelegt, und er hat dir erlaubt, in dieses Haus zu ziehen und hier deine Geschäfte zu betreiben. Du hast geschworen, deine Dankbarkeit mir gegenüber werde niemals enden.«

»Ich bin eine arme Frau«, winselte Nofery. »Ich arbeite Tag und Nacht ...«

»Genug!« Bak hob die Hand, um ihren Redefluß zu unterbrechen, und warf ihr den Köder vor, von dem er hoffte, daß er ihre Zunge lösen würde.

»Ich habe zwei Mordfälle aufzuklären, nicht nur einen. Und ich habe nicht die Absicht, um das, was du weißt, zu feilschen wie um eine fette Gans auf dem Markt.«

»Zwei Morde?« In Noferys Augen blitzte es. Sie drückte die Bettdecke gegen ihre schlaffen Brüste und schwang die Beine aus dem Bett.

Bak lächelte. Ihre Neugier war grenzenlos, was ihren Wert als Informantin erhöhte. »Der Jäger Intef. Bestimmt hast du schon von seinem Tod erfahren.«

»Ich glaubte, es sei ein Unfall gewesen«, erwiderte sie ungewöhnlich sanft. Ihr Blick fiel auf den Jungen, der neben ihrem Bett wartete. »Los, Amunaya, hol uns etwas zu essen und zu trinken. Ich werde mich schnell ankleiden.«

Bak, der kein Verlangen verspürte, ihr schwabbeliges Fleisch zu betrachten, verließ hinter dem Diener den Raum. Der Junge eilte über den offenen Hof und schlüpfte durch eine Hintertür. Noferys neues Freudenhaus war im Vergleich zu ihrem früheren ein Palast. Es gab hier vier Räume, einen Hof und sogar eine Küche, die in einem kleinen, aus zwei Räumen bestehenden separaten Häuschen untergebracht war. Ein makelloses Gebäude, die Wände weder abgenutzt noch rauchgeschwärzt, mit festgetretenem, mit Matten belegtem Fußboden.

Er hatte gehört, daß Soldaten und die Männer von den Schiffen klagten, das Haus sei viel zu vornehm, um sich hier zu amüsieren, aber sie suchten es nach wie vor auf. Vielleicht deshalb, weil sich nur das Äußere verändert hatte. Das Bier war noch genauso gut wie vorher, die Glücksspiele noch ebenso riskant, und manchmal wurde sogar falsch gespielt. Die bei seltenen Gelegenheiten dargebotene Musik war genauso laut und unmelodisch wie in der Vergangenheit, aber die Mädchen waren noch immer sehr freigebig mit ihrer Gunst.

Da Bak keinen Wert darauf legte, daß alle Welt über den Grund seines Kommens Bescheid wußte, warf er einen Blick in den Hauptraum, der neben dem Eingang lag und durch den er eingetreten war, um nachzusehen, ob sonst noch jemand anwesend war. Ein hagerer weißhaariger Mann, der stark hinkte, hantierte mit einem Besen und wirbelte Staubwolken auf. Ein paar Schemel und niedrige Tische sowie eine offene Truhe, die halb gefüllt war mit Trinkschalen, hatte er an die Wand gerückt. Lautes Schnarchen zog Baks Blick zu einem kleinen offenen, fensterlosen Nebenraum, der nachträglich an den Hauptraum angebaut worden war. In dieser Art Nische lagen zwei Soldaten auf dem Boden und schliefen fest. Der saure Geruch von Erbrochenem und Schweiß deutete darauf hin, daß sie eine Nacht hinter sich hatten, in der sie wohl ein bißchen zuviel dem Bier und der Liebe gefrönt hatten.

Bak verließ den Raum, überquerte den Hof und steuerte auf eine andere Tür zu. Er schob einen Leinenvorhang zur Seite und sah drei junge Frauen vor sich, die auf einer zerwühlten Schlafmatratze ruhten. Eine anmutige Schönheit mit einem dicken dunklen Zopf über der Schulter schlug langsam die Augen auf und schenkte ihm ein schmachtendes Lächeln. Die anderen Mädchen schliefen weiter. Die Versuchung war groß, aber er hatte keine Zeit für eine Tändelei. Er hauchte der Verführerin einen Kuß zu und ließ den Vorhang fallen.

Zufrieden, daß alles, was er sagte, von niemandem belauscht werden könnte, setzte er sich auf eine Bank aus Lehmziegeln im Schatten vor Noferys Tür und beobachtete den Löwen, der in der Sonne ausgestreckt lag und an etwas knabberte, was einmal eine Sandale aus Schilf gewesen war. Sechs oder acht dreibeinige Schemel waren gegen ein paar niedrige Tische gerückt worden, auf denen sich Trinkschalen stapelten. An einer anderen Wand standen hüfthohe Krüge mit Bier, die von der gleichen Dachschräge beschattet wurden, die auch ihn vor der Sonne schützte. »Man hat mir erzählt, Mahu habe sich in der Nacht, bevor er nach Kor fuhr, hier die Zeit mit dem Knöchelspiel vertrieben. Erinnerst du dich?«

»Hmmm.« Bak hörte das Rascheln von Stoff, heftiges Atmen und einen Fluch. »Das war das letzte Mal, daß ich ihn gesehen habe.« Füße schlurften, wieder raschelte Stoff, und Grunzlaute waren vernehmbar. »Er freute sich, weil er mehr gewann als verlor, aber er spielte sowieso mehr aus Vergnügen als aus Gewinnsucht.«

»Ich muß wissen, mit wem er gesprochen hat.«

»Du weißt doch, wie Mahu war. Immer freundlich. Kein Mann kam herein, ohne daß er ein nettes Wort für ihn fand.«

»Ein Mann, den alle mochten«, murmelte Bak. Laut fragte er: »Wer hat mit ihm gespielt? Erinnerst du dich?«

»Ich vermisse eine Sandale. Siehst du irgendwo eine?«

Bak schaute zu dem Löwen. Aber die Aufmerksamkeit des Tieres war gerade auf einen Schwarm Schwalben gerichtet, die über den Hof flogen und sich an Insekten gütlich taten, die zu klein waren, um sie aus der Ferne deutlich erkennen zu können. Die große Pranke des Löwen lag fest auf der zerfetzten Sandale.

Bak hatte keine Lust, sich eine langatmige Tirade anzuhören. »Waren den ganzen Abend die gleichen Männer hier, oder war da ein ständiges Kommen und Gehen?«

»Es waren immer die gleichen Spieler.« Nofery schlurfte aus der Tür; ihr Gesicht war hochrot vor Anstrengung. Ein weißes Gewand umhüllte ihren üppigen Körper. Sie trug nur eine Sandale. »Alles gute Männer, ehrbare Bürger aus Buhen.«

Ihre Beschreibung, auch wenn sie recht knapp war, vermittelte Bak einen Eindruck von dem Spiel. Vermögende Männer hatten Einsätze gewagt, die so hoch waren, daß der durchschnittliche Soldat oder Matrose, der auch gern gespielt hätte, abgeschreckt wurde. »Wie lauten ihre Namen, gute Frau?«

»Der Händler Nebamun war dabei, der geizigste Mensch, den ich kenne. Er ist viel zu knauserig, um die Freuden des Lebens genießen zu können.« Sie beachtete den Löwen kaum, ging über den Hof und griff nach einem Schemel. »Und der Händler Hapuseneb, ein Mann ganz nach meinem Geschmack. Er sieht nicht unbedingt gut aus, hat aber das gewisse Etwas, das das Blut in Wallung bringt – und er geht großzügig mit seinem Reichtum um.«

»Ach deshalb hat Amunaya angedeutet, daß ich nicht gut genug bin, das Lager mit dir zu teilen.« Baks Stimme versagte in gespielter Verzweiflung. »Dein Herz gehört einem anderen, einem reichen Mann, mit dem ich mich nicht messen kann.«

»Was hat Amunaya behauptet?« Sie kniff die Lippen zusammen, aber bevor Bak es erklären konnte, unterbrach sie ihn. »Kein Wort mehr. Ich muß dem Jungen mal tüchtig die Meinung sagen.« Sie trug den Schemel zu der schattigen Stelle, wo Bak Platz genommen hatte, und ließ sich schwerfällig darauf nieder. »Auch Kapitän Ramose hat in dieser Nacht gespielt.« Ihre Verdrießlichkeit war jetzt wie weggeblasen, und sie blickte Bak erwartungsvoll an, wollte unbedingt mehr erfahren. »Es heißt, er habe dich zu einem Schiffswrack geführt, wo du kostbare Dinge gefunden haben sollst.«

Bak beugte sich zu Nofery und tätschelte ihr pralles Knie. »Später, gute Frau. Wenn du mir alles erzählt hast, was ich wissen möchte.«

Nofery blickte erst ihn an, dann ihren nackten Fuß, anschließend den Löwen, dessen Schweif hin und her wedelte, während er ein paar Vögel beobachtete. Offensichtlich hatte sie ihre Sandale nicht wiedererkannt. »Userhet, der Aufseher über die Lagerhäuser, saß auch am Spieltisch. Er ist schön wie ein Gott, aber ungeheuer von sich eingenommen.«

»Das hat Imsiba auch gesagt.«

»Und Leutnant Kay. Der neue Offizier, der aus Semna gekommen ist. Ich weiß noch nicht viel über ihn, aber er scheint ein eher bescheidener Mann zu sein – er ist weder freigebig noch kleinlich. Er stellt keine großen Ansprüche an die Mädchen und behandelt sie freundlich.«

Alles ehrbare Bürger, wie sie gesagt hatte. »Hast du zufällig gehört, worüber sie redeten?«

Nofery zeigte sich entrüstet. »Glaubst du, ich belausche meine Gäste? Nun, da irrst du dich. Gewiß, ich schnappe das eine oder andere auf. Wäre ja auch komisch, wenn es nicht so wäre. Aber nicht alles kommt mir zu Ohren.« Sie schwieg und fügte bedauernd hinzu: »Sie haben in dem kleinen Nebenraum gespielt, der neben dem Hauptraum liegt. Es war unmöglich, sie zu belauschen.«

Bak stellte sich die Nische vor, in der er vor kurzem die schlafenden Soldaten gesehen hatte. Sechs Spieler hatten dort Platz, mehr nicht. »Du hast gesagt, Mahu habe mit jedem geredet, der hierhergekommen ist. Hat er sich mit jemandem länger unterhalten?«

»Nein.« Nofery betrachtete ihn nachdenklich. »Er saß mit dem Rücken zur Seitenwand; von dort aus konnte er alle sehen, die in den größeren Raum kamen. Er rief jedem etwas zu, hob dabei die Stimme. Nur wenige Männer traten näher, um dem Spiel zuzusehen. Speerträger und Bogenschützen, drei Männer, die nach Kupfer rochen, und ein Töpfer. Männer, die er vermutlich nur vom Sehen kannte.«

Männer, die wahrscheinlich auch keine Gelegenheit hatten, groß etwas zu schmuggeln, überlegte Bak, und auch nicht genug Phantasie, um ein so gewagtes Unterfangen durchzuführen. »Hat er die Nische irgendwann einmal verlassen?«

Nofery starrte auf den Löwen, der immer noch an ihrer Sandale knabberte, aber ihre Gedanken waren bei dem fraglichen Abend. »Er ist zwei Stunden geblieben. Die anderen Spieler gingen rein und raus, je nachdem, wie es um ihr Glück stand und ihre Blase ihr Recht verlangte. Aber nicht Mahu. Er hat sich nicht von der Stelle gerührt.«

»Mit wem hat er sonst noch gesprochen?«

»Nur mit mir. Er hat zweimal nach Benbu gefragt, aber jedesmal war sie mit einem anderen Mann beschäftigt.«

Bak lehnte sich auf der Bank zurück, zufrieden mit dem, was er vernommen hatte, aber auch ein bißchen verwirrt.

Wenn Mahu Sitamun die Wahrheit gesagt hatte, dann mußte die Person, die ihn gebeten hatte, Schmuggelware zu befördern, jemand gewesen sein, der sich am Spiel in der Nische beteiligt hatte. Dadurch reduzierte sich die Zahl der Verdächtigen in Buhen auf fünf. Doch jeder von ihnen hatte eine einträgliche Beschäftigung und eine achtbare Position. Er konnte sich nicht vorstellen, daß irgendeiner dieser Männer etwas Kostbareres über die Grenze schmuggelte als einen Krug Dattelwein. Sie hatten alle zuviel zu verlieren.

Noferys Augen glitzerten. »Du glaubst doch nicht ...«

Der Löwe drehte den Kopf zur Hintertür. Bak gebot der Alten mit einem warnenden Blick zu schweigen. Amunaya trat herein. Er trug einen Korb mit Brot, zwei Bierkrüge und eine tiefe Schüssel, von der verführerischer Duft von Gänsebraten hochstieg. Er neigte den Kopf und murmelte: »Ich habe ein Festmahl gebracht, das einer Königin würdig ist.«

Nofery war hoch entzückt über seine Schmeichelei. Und Bak fiel es ungeheuer schwer, nicht laut loszulachen.

Während des Essens erzählte Bak Nofery von dem Elefantenstoßzahn, der auf Mahus Schiff gefunden worden war, und beschrieb den Tod des Kapitäns. Längst hatte er begriffen, daß er offen zu ihr sein mußte, wenn er wollte, daß sie ihm half. Auch wenn sie es sich gegenseitig nicht eingestehen würden, sie betrachteten sich als Freunde.

Um die Sache zu Ende zu bringen, fragte er: »Nun, Alte, was kannst du mir über Kapitän Roy erzählen?«

»Nicht viel.« Sie warf dem Löwen einen Knochen zu, und der fiel mit leisem Knurren darüber her. »Er war ein schweigsamer Mann, dessen Leben sich auf einem so eng begrenzten Raum abspielte, wie das Deck seines Schiffes einer ist. Er erlebte nicht viel.«

Bak betrachtete sie über den Rest einer Gänsebrust hinweg. »Den meisten Männern entschlüpft irgendwann etwas, das von Interesse ist.«

Nofery schnaubte. »Er redete dauernd nur von seinem Schiff, als wäre es eine Frau, die ununterbrochen Aufmerksamkeit verlangt. Er redete davon, wie eine Unzahl von langweiligen Dingen in gleichermaßen langweiligen Häfen an Bord gebracht oder entladen wurde. Mir ist noch nie ein uninteressanterer Mann über den Weg gelaufen.«

»Und die Mitglieder seiner Mannschaft?«

»Ich fand sie nicht unterhaltsamer als Kapitän Roy«, antwortete sie und warf dem Löwen einen Teil des Flügels zu. »Ebenso wie ihr Kapitän erzählen sie immer nur von dem, was sie tun müssen, um das Schiff auf Kurs zu halten. Manchmal dachte ich, er hat ihnen das so beigebracht.«

Vermutlich stimmt das sogar, überlegte Bak. »Hast du je Gerüchte gehört, daß Roy Schmuggelware befördert?«

»Er ist ein Mann, der stur seinen eigenen Weg geht.« Sie sah ihn durchdringend an. »Leute, die so verschlossen sind, sind immer verdächtig, wie du genau weißt.«

Kapitän Roy fing an, Bak zu faszinieren. Er wußte nur sehr wenig über diesen Mann, der viele Jahre auf den Gewässern von Wawat gesegelt war. Sein Charakter lag genauso im Dunkeln wie das Schiff, das seine Mannschaft in jener Nacht gesehen hatte, als sie die Schmuggelware an Bord brachte. »Uns ist nicht bekannt, ob er geschmuggelt hat«, gab er zu, »und daß er Schmuggelgut beförderte, hat uns völlig überrascht.«

Nofery hielt mit dem Kauen inne, ihr Interesse an der gebratenen Gans ließ nach. »Es heißt, du hättest viele teure und exotische Dinge gefunden.«

Bak warf dem Löwen das Brustbein zu und griff nach einem feuchten Tuch, das Amunaya gebracht hatte, damit sie sich ihre fettigen Finger abwischen konnten. Er mußte lächeln. Während Nofery den Jungen in die praktischen Dinge eines Freudenhauses einweihte, schien der Junge ihr ein paar Feinheiten des guten Benehmens beibringen zu wollen.

Bak schaute zur Sonne hoch, die am hellen Morgenhimmel stand, der so blau wie Lapislazuli war. Bald mußte er sich wieder gezielt mit der Suche nach Mahus und Intefs Mörder befassen, aber wenn er sich jetzt etwas Zeit ließ, ersparte ihm das vielleicht später viele Stunden. Also beschloß er, Noferys Neugier zu befriedigen.

Als er mit seinem Bericht zu Ende war, fragte er: »Weißt du etwas über den Jäger Intef?«

Nofery warf dem Löwen einen weiteren Teil des Gänseflügels zu. Als er hochsprang, um nach dem Knochen zu schnappen, geriet die malträtierte Sandale, an der er herumgeknabbert hatte, ins Blickfeld. Die Alte stieß einen Fluch aus, stand blitzschnell auf, schob das Tier zur Seite und griff nach ihrer ruinierten Fußbekleidung. Dann hielt sie die Sandale hoch und schüttelte sie vor den Augen des Löwen hin und her. »Meine neuen Sandalen! Du Ausgeburt von Seth! Wie konntest du nur!«

»Nofery!« Bak überquerte mit fünf großen Schritten den Hof, griff nach ihrem Arm und drängte sie zurück zu ihrem Schemel. »Vergiß diese verdammte Sandale, Alte, und berichte mir, was du über Intef weißt.«

»Du hast gesehen, wie er auf ihr herumgekaut hat, und hast kein Wort gesagt.«

»Intef«, wiederholte Bak, »ein Mann, der wie ein Tier in der Wüste gejagt und ohne Warnung hinterrücks ermordet wurde.« Er wußte nicht, ob das Bild, das er da gemalt hatte, der Wirklichkeit entsprach, aber er hielt es für möglich.

Nofery seufzte tief auf, ließ sich auf der Bank nieder und legte die Sandale neben sich. »Er war ein guter Mann, der ohne Klagen Tag und Nacht schuftete.«

»Das habe ich auch gehört.«

»Er kam nicht oft zu mir. Er hatte eine Familie – eine Frau und Kinder, die recht kärglich lebten. Nur selten gönnte er sich dank des Verkaufs eines Hasen ein Bier oder ein Glücksspiel.«

Intef hatte also eine Frau gehabt. Noch eine Frau, die man unterrichten mußte, daß sie den Ernährer verloren hatte. »Wo hat er gewohnt, Alte?«

»In der Oase auf der anderen Seite des Flusses. Er hat mir einmal erzählt, daß er ein Stück Land besitzt. Wenn er auf der Jagd war, hat sich seine Frau um die Felder gekümmert.«

Bak, der jetzt auf dem Schemel hockte, auf dem vorher Nofery gesessen hatte, beschrieb den Alabasterkrug, den er gefunden hatte, und den Schmuck, der darin versteckt war. Er tat das so ausführlich, daß sie das Essen vergaß. »Die Armbänder sind alt, sehr alt. Ihrem Aussehen und ihrer Machart nach wurden sie vor langer Zeit nach Wawat gebracht, vermutlich durch einen Beamten, der dem großen Herrscher Cheperkare Senwosre oder einem seiner Nachfolger diente.«

»Als Buhen neu aufgebaut wurde«, fügte sie hinzu, »waren seine Mauern noch gut erhalten.«

»Ja.« Bak nahm einen Schluck Bier. »Hat Intef je erwähnt, daß er auf ein altes Grab gestoßen ist? Oder hast du etwas gehört, daß er oder jemand anders versuchte, alten Schmuck auf dem Markt umzusetzen?«

»Wenn er etwas Wertvolles gefunden hätte, hätte er es für sich behalten. Und was den Markt angeht: Nur ein ausgesprochener Dummkopf würde sich Buhen aussuchen, um hier Dinge anzubieten, die er aus einem Grab geraubt hat. Der Erlös würde zu gering ausfallen, und außerdem würdest du dort auftauchen, bevor der Handel abgeschlossen ist, was gefährlich wäre.«

»Die Gier macht manchmal blind.«

Nofery schlüpfte aus der unversehrten Sandale, erhob sich und warf sie dem Löwen zu, der nach seinem neuen Spielzeug schnappte, bevor es den Boden berührte. »In den vielen Jahren, die ich hier in Buhen lebe, ist mir nie zu Ohren gekommen, daß irgendwo alter Schmuck entdeckt worden wäre. Ich dachte, daß all die alten Gräber schon längst ausgeplündert seien.« Sie nahm Baks Arm und führte ihn zur Tür, wobei sie ein Lächeln vortäuschte.

»Begleite mich jetzt zum Markt. Ich brauche ein paar neue Sandalen, und du bist der Mann, der sie mir kauft.

Dann bring mich dorthin, wo du die Armbänder aufbewahrst. Ich möchte sie mit eigenen Augen sehen.«

»Gib das Signal zum Angriff!« befahl Leutnant Kay.

Der Herold hob die Trompete an die Lippen; das Instrument blitzte in der Sonne, und der Befehl ertönte. Die Speerträger in Kays Kompanie, fünfzig in zwei Einheiten aufgeteilte Männer, die einander gegenüberstanden, eilten vorwärts über die Dünen und scherten dabei aus der Reihe aus. Rötliche Kuhhautschilde verdeckten alles außer ihre mit Leder geschützten Köpfe und ihre in Sandalen steckenden Füße, die den Speeren mit den blinkenden Bronzespitzen hinterherjagten. Die beiden Einheiten versuchten sich im gefährlichsten Spiel auf dem Übungsfeld, dem Nahkampf. Soldaten schrien, Speere klirrten, Streitäxte prallten auf Lederrüstungen. Füße wirbelten Staub auf, der geisterhafte Schleier bildete, so daß die Luft um die Kämpfenden dick und gelb wurde.

Bak stand mit Kay, dem Herold und dem Sergeanten der Truppe auf einem niedrigen Erdhügel und beobachtete, wie die Männer sich in der Kriegskunst übten. Jedesmal wenn er zuschaute, wie eine Einheit der Fußtruppen sich abmühte, ihre Fertigkeiten zu verbessern, dankte er Amun, daß er ihm einst den klugen Einfall gegeben hatte, Wagenlenker zu werden, eine Position, die er in längst vergangenen Zeiten in der Armee bekleidet hatte.

Er hatte Nofery zuerst zum Wachhaus geführt. Während sie voller Verlangen den Schmuck bewunderte, hatte er einen Medja zu der Oase jenseits des Flusses gesandt, wo er Intefs Frau aufsuchen und sie über den Tod ihres Mannes unterrichten sollte. Dann hatte er Hori mit Nofery zum Markt geschickt, mit der Anweisung, ein paar neue Sandalen für sie zu besorgen.

»Stillgestanden!« befahl Kay.

Der Herold hob die Trompete, um das Signal zu blasen. Die brodelnde Menge wurde ruhig. Der Sergeant eilte den

Hügel hinunter, um die Inspektion vorzunehmen. Der Herold blickte Kay an, der ihm mit einer Geste bedeutete, wegzutreten, und eilte dem Sergeanten hinterher.

»Jetzt können wir reden«, sagte Kay und sah zu den in Staub gehüllten Männern hinunter. »Ich kann mir nicht vorstellen, was ich dir berichten könnte. Ja, ich habe Mahu gekannt, aber du weißt ja, wie das so ist mit den Kaufleuten und Kapitänen: sie kommen und gehen. Man schließt leicht mit ihnen Freundschaft, aber immer nur oberflächlich.«

Bak hatte lange und gründlich darüber nachgedacht, wieviel er preisgeben sollte. Wenn er ehrlich war, hatte er das meiste von dem, was er wußte, erfahren, indem er jene, die er befragte, ihre eigenen Schlußfolgerungen ziehen ließ. »Vor etwa einem Jahr war Mahu oberhalb von Semna unterwegs. Hast du ihn während deines Aufenthalts dort kennengelernt?«

»Ja.« Kay wandte seine Aufmerkamkeit von seinen Männern ab und bedachte Bak mit einem matten Lächeln. »Ich war verantwortlich für das Eintreiben der Abgaben und die Inspektionen. Eine undankbare Sache, das kannst du mir glauben.«

»Verständlich, daß du nach Buhen gegangen bist.«

»Die Garnison hier gefällt mir recht gut«, erwiderte Kay mit einem gleichgültigen Achselzucken, »aber ich hätte es vorgezogen, in meine Heimat Kemet zurückzukehren.«

Bak hatte Verständnis dafür, auch wenn er das Ganze anders sah. Selbst wenn Buhen trostlos war, so war es doch ein Ort der Freundschaft und einer bescheidenen Behaglichkeit. »Als Inspektionsoffizier in Semna, wo man von den Zinnen aus nach Süden bis ins Land Kusch blicken kann, mußt du doch täglich mit Schmugglern zu tun gehabt haben.«

»Jeder, der die Grenze überschreitet, hat irgendwo mindestens einen Gegenstand versteckt, um die Zollabgaben zu umgehen. Und wer kann ihm das verargen? Die Garnisonen entlang des ›Steingürtels‹ sind unterbesetzt. Die Wüstenpatrouillen sind klein, das Gelände ist weitläufig.« Kays Stimme wurde schärfer. »Diese Schwierigkeiten haben wir einzig unserer Herrscherin, Maatkare Hatschepsut, zu verdanken, deren Gleichgültigkeit wirklich zum Himmel schreit.«

Sein Zorn war unverkennbar, sein unverhüllter Angriff auf die Königin rührte offenbar von der Enttäuschung über eine Aufgabe her, die er noch nicht verwunden hatte. Kay mußte wohl bemerkt haben, daß er sich im Ton vergriffen hatte, denn er wurde rot. »Ich weiß, es ist wohl einfacher, das Wasser der Flut im Zaum als den Fluß von Schmuggelware frei zu halten.« Er schnaubte und heuchelte Abgebrühtheit. »Aber welchen Unterschied macht das schon? Es sind alles kleine Dinge, Gegenstände von geringem Wert. Bestimmt nichts von der Größe oder im Wert eines Elefantenstoßzahnes.«

Bak, der noch nicht über das Elfenbein reden wollte, ignorierte diese Bemerkung, die er für eine Aufforderung hielt, davon zu sprechen. »Haben deine Männer je Schmuggelgut auf Mahus Schiff beschlagnahmt?«

»Nie.« Kay blickte zum Hafen, der durch die hohe, mit einem Turm versehene Mauer größtenteils den Blicken entzogen war. »Er war ein ehrlicher Mann, Leutnant. Man trifft schon noch Leute, die ohne Täuschungsabsicht die Grenze überqueren. Gewiß sind es nur sehr wenige. Aber Mahu gehörte dazu.«

»Als meine Männer und ich sein Schiff inspizierten, warst du am Kai und hast dich mit ihm unterhalten. Worum ging es denn da?«

Kays Aufmerksamkeit war wieder auf das Übungsfeld gerichtet. Fünf Männer, die Anführer der Zehn-Mann-Einheiten, standen mit dem Sergeanten zusammen und besprachen die Übung, während die Speerträger sich um ihre Prellungen kümmerten und sich erneut sammelten. »Wir unterhielten uns über die vielfältigen Handelsgüter, die aus fernen Ländern nach Süden verschifft werden. Dabei habe ich ihn geneckt und gesagt, er und die anderen Kaufleute würden bald reich sein.« Seine Augen wanderten zu Bak, und er lächelte hämisch. »Ich versichere dir, von Schmuggel war nicht die Rede.«

Bak ignorierte die Stichelei. »Ihr beide – und andere – habt in Noferys Freudenhaus ein Glücksspiel gewagt, wenn ich richtig informiert bin. Es war an dem Abend, bevor er nach Kor aufbrach.«

Kay schaute ihn abschätzend an. »Du glaubst doch wohl nicht, daß ein Abend bescheidener Vergnügungen jemand dazu bringt, einem anderen nach dem Leben zu trachten!«

»Man weiß nie, welche winzige Einzelheit von Bedeutung sein kann!« Bak sprach, als habe er seine Lektion auswendig gelernt.

Ein schwaches Lächeln umspielte Kays Mundwinkel. »Ja, wir haben gespielt. Wie konnte ich es vergessen? Ich habe fast kein Bier getrunken und habe meine Einsätze gut abgewogen, dennoch habe ich haushoch verloren.«

»Wer hat am meisten gewonnen?« fragte Bak, nicht weil er es für wichtig hielt, wer der Gewinner war, sondern aus reiner Neugier.

Kay blickte zum Übungsfeld hinunter und erstarrte. »Einer meiner Männer ist verletzt worden.«

Der Sergeant und der Speerträger knieten neben einem Mann, der im Sand saß und sich die Arme an die Brust preßte. Die Anführer der Einheiten standen daneben, während die übrigen Männer abseits in Gruppen das Geschehen verfolgten. Der Speerträger umfaßte den Arm des Verletzten und half ihm hoch. Recht unsicher auf den Beinen, begab er sich mit seinem Begleiter zum Festungstor.

Offensichtlich erleichert, machte Kay dem Sergeanten ein Zeichen, die Männer für eine weitere Übung aufzustellen. »Mahu war ein guter, solider Spieler. Seine Einsätze hielten sich im Rahmen, waren keineswegs übertrieben, aber er gewann ständig.« Der Offizier kniff die Augen zusammen. »Die Gewinne waren allerdings bescheiden, gewiß zu gering, um dafür zu sterben, also warum …?«

»Er behauptete, jemand habe ihn in jener Nacht gefragt,

ob er bereit sei, Schmuggelware zu befördern, und ihm dafür großen Reichtum in Aussicht gestellt.«

Bak sprach bedächtig, beobachtete den Offizier aufmerksam und versuchte ein Zeichen von Schuld oder Furcht bei ihm auszumachen.

Kay stand ruhig da, sein Gesicht verriet Überraschung, Sorge, Unglauben. »Mahu hat sich von jemandem überreden lassen, diesen Stoßzahn zu schmuggeln? Das kann ich nicht glauben! Er war zu ehrlich, um sich auf so etwas einzulassen.«

Bak hatte es allmählich satt, so viel Schmeichelhaftes über Mahus Charakter zu hören. »Er hat geschworen, er habe nichts davon gewußt, und ich hatte das Gefühl, daß er die Wahrheit sagte. Aber jemand hat ihn dort angesprochen.«

»Und wer?«

»Ich weiß es nicht.« Es hätte keinen Sinn gehabt, so zu tun, als wüßte er es. Wenn Bak eine Spur gehabt hätte, wäre derjenige wohl bereits mit Rennefer im Wachhaus gefangengesetzt. »Passierte etwas Besonderes an diesem Abend?«

Kay beschrieb ihn ähnlich wie Nofery und fügte hinzu: »Soweit ich mich erinnere, sind mehrere Gäste, die gerade das Haus betraten, bei den Spielern stehengeblieben, um zuzuschauen, aber nicht lange. Jeder hätte dabei Mahu ansprechen können, aber mir ist nichts aufgefallen.« Entweder hatte er nicht bemerkt, wie Mahu sich unter Kontrolle hatte und unauffällig benahm, oder er hatte es nicht sehen wollen.

Bak erkannte, daß er so nicht weiterkam. Also dankte er Kay für seine Hilfe und ging zurück zum Nordtor. Er dachte noch eine Weile über das nach, was er erfahren hatte. Kay war Inspektionsoffizier in der südlichsten Festung in Wawat gewesen, eine Position, die viele Möglichkeiten zum Schmuggeln geboten hätte. Er konnte mit Pfeil und Bogen umgehen – jeder Soldat war darin ausgebildet –, aber wäre er zu dem Mord an Mahu oder Intef fähig gewesen? Dies führte zu mehreren entscheidenden Fragen: Gab es zwischen den Morden einen Zusammenhang oder hatten sie sich unabhängig voneinander zugetragen? Da die Waffen ähnlich waren und Intef ein Stück Elfenbein zusammen mit dem alten Schmuck versteckt hatte, neigte Bak zu ersterer Annahme, aber was die einzelne Mordtat anging, konnte er keine Gemeinsamkeiten zwischen den beiden Opfern erkennen.

Und was den Schmuck betraf: War Intef auf ein altes Grab gestoßen und hatte er es ausgeraubt? Oder handelte es sich bei den Armbändern – ebenso wie bei dem Elefantenstoßzahn, den man auf Mahus Schiff entdeckte – um Schmuggelgut, das in den Norden gelangen sollte? Bak hatte darauf bisher keine Antworten erhalten, hoffte aber auf eine baldige Lösung.

Bak fand Userhet in einer Seitenstraße in der Eingangshalle des Gebäudes, in dem Mahus Mörder verschwunden war und das als Kornspeicher diente. Der lange, schmale Raum, der durch die offene Tür und das hohe Fenster auf der einen Seite erhellt wurde, war so schmucklos wie die Lagerräume dahinter. Breite Lichtstreifen fingen den Staub ein, und Spreuteilchen wirbelten durch die Luft. Der dumpfe Geruch von Korn legte sich auf seine Kehle, kitzelte ihn in der Nase und brannte in den Augen. Zwei Schreiber saßen mit gekreuzten Beinen auf dem Boden, ihnen schien die stickige Luft nichts auszumachen.

Der Aufseher der Lagerhäuser stritt mit dem stämmigen Quartiermeister über die Verteilung der Rationen an die Garnisonsmannschaften. Letzterer, so vermutete Bak, hatte Userhet vorgeworfen, er verschließe die Augen vor der Tatsache, daß einige seiner Schreiber manchmal kleine Mengen Korn für sich abzweigten, bevor sie die Säcke der Bäckerei übergaben.

Userhet war aschgrau vor Ärger. »Da ist Leutnant Bak«, schnauzte er. »Wenn du aus einer Mücke einen Elefanten machen willst, rede mit ihm. Wir werden gleich sehen, ob der Kommandant wegen einer Handvoll Korn seine Zeit vergeudet.«

»Ich werde mit Stellvertreter Nebwa reden. Er nimmt den Soldatenberuf ernst, und er wird nicht ruhig zusehen, wenn die Männer unter seinem Kommando Kürzungen ihrer Rationen hinnehmen müssen.« Der Offizier machte kehrt und stapfte zur Tür hinaus.

»Tu das ruhig!« murmelte Userhet in seinen Bart. Sein Blick ruhte wieder auf Bak. »Was gibt es, Leutnant?«

Im allgemeinen hätte sich Bak angeboten, zu vermitteln, aber die Kälte in der Stimme des Aufsehers wurmte ihn. »Komme ich hier ungelegen?«

Userhet lachte lauthals. »Wir haben nichts anderes zu tun, als die monatlichen Rationen zu verteilen und ein paar Körbe mit Erzeugnissen der hiesigen Bauern einzusammeln. Wenn Thuty nicht bald erlaubt, daß der Handel über die Grenze wieder läuft, können wir hier einpacken und nach Kemet zurückkehren.«

»Ich glaube nicht, daß das Verbot noch lange in Kraft bleibt.«

Userhet warf ihm einen vernichtenden Blick zu. »Du bist dafür verantwortlich, habe ich gehört, du und dieser verfluchte Stoßzahn, den du auf Mahus Schiff gefunden hast.«

»Du warst ein Nachbar und Freund von Mahu.« Bak hielt seine Stimme im Zaum, wollte nicht, daß Userhet merkte, wie verärgert er war. »Hat er dir je etwas anvertraut?«

»Du meinst wohl, ob er mir gebeichtet hat, daß er Schmuggel betreibt? Nein, das hat er nicht getan.« Userhet begab sich zu der ganz links liegenden Reihe von Nischen, die in die Mauer eingelassen waren, las die Beschriftungen von mehreren versiegelten Krügen mit großen weißen Schnäbeln und zog einen davon hervor. »Er hat sich auch nicht zu anderen kleinen oder großen Verbrechen bekannt. Vermutlich, weil er keines begangen hat. Er war ein freundlicher, bescheidener und ehrlicher Mann«

»An dem Abend, bevor er nach Kor aufbrach«, fuhr Bak hartnäckig fort, »war er in Noferys Freudenhaus, wo er mit dir und anderen spielte.« Er musterte den Aufseher eindringlich. »Irgendwann während des Spiels hat ihn ein Mann angesprochen, der hoffte, ihn dazu zu überreden, Schmuggelware zu befördern.«

Userhet legte die Stirn in Falten. »Und wer soll das gewesen sein?«

»Ich weiß keinen Namen«, gab Bak zu. »Ich dachte, vielleicht warst du Zeuge, wie ihm jemand etwas ins Ohr flüsterte, oder wie Mahu entrüstet antwortete, oder du kannst mir sagen, ob sonst etwas Seltsames vorgefallen ist.«

»Ich wünschte, ich könnte dir helfen, Leutnant.« Userhets Miene und sein Ton verrieten ehrliches Bedauern. Er nahm einen Stein vom Boden und versetzte dem Siegel einen harten Schlag. Teile getrockneten Schlamms fielen aus dem Schnabel des Krugs.

»Gewöhnlich entgeht mir nichts, was um mich herum geschieht, aber beim Glücksspiel könnte Regen in der Wüste fallen, und ich würde es nicht bemerken.«

Bak sah sein Gegenüber scharf an. Mit seinen breiten Schultern und kräftigen Muskeln wirkte er eher wie ein Soldat als wie ein Schreiber. Sein gebräunter Oberkörper und seine Gliedmaßen verrieten, daß er sich viel im Freien aufhielt. »Hast du je vom Schmuggel von Elfenbein den Fluß hinunter gehört?«

Userhet zog eine Rolle aus dem Krug, überflog die Bemerkungen am Rande und steckte sie wieder zurück. »Zwei Jahre vor deiner Ankunft in Buhen hat ein Inspektor bei einer Karawane einen Elefantenstoßzahn gefunden, der zerteilt worden war, um ihn besser befördern zu können.« Er zog eine weitere Rolle heraus, las die Aufschrift und steckte sie zurück. »Es ist zu schwierig, ganze Stoßzähne zu transportieren, da sie zu leicht entdeckt werden – wie du ja selbst gesehen hast.« Dann nahm er eine neue Rolle zur Hand und studierte die Aufschrift.

»Gehst du davon aus, daß Mahu von demselben Mann ermordet wurde, der ihn wegen des Schmuggels angesprochen hatte?«

»Wie gut hast du Kapitän Roy gekannt?« fragte Bak und ignorierte die Frage des Aufsehers.

Userhet legte die Papyrusrolle etwas zu heftig zurück, wobei er die Enden zerknitterte. »Er war auf jeden Fall ein Mann, der mich überrascht hat, nicht weil ich ihn für die personifizierte Ehrlichkeit hielt – wie ich feststellen mußte, war er auch nicht besser als die anderen –, sondern weil er sein Schiff, die Mannschaft und die Ladung in einem Sturm aufs Spiel setzte. Er schien allem gegenüber immer recht gleichgültig zu sein, aber in Wirklichkeit war er ein sehr vorsichtiger Mann.«

»Ein vorsichtiger Mann befördert keine Schmuggelware.«

Userhet griff nach einer weiteren Rolle, las die Aufschrift, ließ den Finger unter das Siegel gleiten und erbrach es. »Ich habe die Dinge gesehen, die Ramose vom Wrack ins Lagerhaus schleppte. Bei allen Göttern, ich kann mir nicht vorstellen, wo Roy all dieses Schmuggelgut aufgetrieben hat.« Er entrollte das Papyrus ein Stück weit und sah Bak darüber hinweg an. »Wie konnte dies der Aufmerksamkeit unserer Inspektoren in Kor und Buhen entgehen? Wie glaubte er, die Waren an den Inspektoren in Abu vorbeischmuggeln zu können? Man braucht Dokumente dafür, Genehmigungen.«

Der Aufseher wirkte lässig, aber seine heftige Neugier war unverkennbar. Bak lächelte innerlich. Der Mann schien zumindest eine menschliche Schwäche zu besitzen. »Hast du den Jäger Intef gekannt?«

»Meine Schreiber befassen sich mit der Bevölkerung des Ortes.« Userhet blickte von der Rolle hoch und runzelte die Stirn. »Du willst doch nicht andeuten, daß sein Tod irgend etwas mit Mahus Ermordung zu tun hat?«

»Ich weiß zu wenig über den Mann, um irgend etwas zu vermuten.«

Später, als Bak das Lagerhaus verlassen hatte, ging er in Gedanken nochmals sein Gespräch mit Userhet durch. Er schien ungeheuer willensstark und befähigt zu sein, aber konnte er auch mit einem Bogen umgehen? Als Aufseher der Lagerhäuser beschränkte sich seine Aktivität auf Buhen und Kor, er hatte aber durchaus Gelegenheit, viele Männer zu treffen, von denen einige weit in den Süden fuhren, wo man eine Vielzahl exotischer Dinge, unter anderem Elefantenstoßzähne, erwerben konnte.

Bak bog seitlich in die Straße ab, die am Wachhaus entlang verlief. Er beschloß, als erstes mit Hori zu reden. Der junge Schreiber mit seiner munteren Art war der ideale Gesprächspartner, um alle Verdächtigen durchzugehen und herauszufinden, wie gut die fünf, die mit Mahu beim Knöchelspiel zusammengesessen hatten, mit Pfeil und Bogen umzugehen wußten.

8. Kapitel

Bak überdachte noch einmal alles, was er von Kay und Userhet erfahren, vielmehr nicht erfahren hatte, und steuerte auf die Tür des alten Wachhauses zu. Als er über die Schwelle trat, stolperte er in dem dunklen Raum über jemanden, der ihm gerade entgegenkam: Nebamun, der ebenfalls mit Mahu am Knöchelspiel teilgenommen hatte. Baks Fuß trat hart auf die Zehen des Kaufmanns, während dessen gesenkter Kopf gegen Baks Nase stieß.

Bak prallte zurück und fluchte laut. Als er den verblüfften Händler erkannte, versuchte er seine Worte abzumildern, indem er sein strahlendstes Lächeln aufsetzte, was ihm trotz der Schmerzen gelang. »Nebamun! Du kommst mir gerade recht.«

Der weißhaarige Händler griff nach dem Türpfosten, hob einen mit Sandalen bekleideten Fuß und rieb sich mit der freien Hand die schmerzenden Zehen. »Ich habe gehört, daß deine Begeisterung für die jeweilige Lösung eines Falls oft keine Grenzen kennt, Leutnant, aber mußt du gleich einen Invaliden aus mir machen, um dein Ziel zu erreichen?«

»Du hast gekriegt, was du verdient hast«, erwiderte Bak. »Was immer du hier suchst, ich glaube nicht, daß es eine gebrochene Nase wert ist.«

Nebamun hatte den Anstand, rot zu werden. Der Händler war etwas größer und schlanker als Bak und hatte ein schmales Gesicht, eine Adlernase und hellblaue Augen, was darauf schließen ließ, daß einer seiner Vorfahren aus einem fernen Land nördlich von Kemet stammte. Er trug einen schlichten weißen Schurz und bunte Perlenarmbänder, Fußspangen und eine breite Goldkette. Sein vornehmes Aussehen täuschte, denn er war ein einfacher Händler mit nur einem einzigen Schiff, mit dem er zum »Steingürtel« segelte und Männer anheuerte, die seine Waren über die Stromschnellen nach Kor und nach Norden bis Abu beförderten. Da er selten nach Kusch reiste, wo man die exotischeren und kostbareren Waren bekam, hielt sich sein geschäftlicher Erfolg in Grenzen.

Plötzlich stürzten fünf ächzende, fluchende Matrosen durch das Tor der Festung; sie waren auf der Flucht vor einem Paar schwarzer Hunde mit breiten Schnauzen, die nach ihren Waden schnappten. Zwei Medjas folgten ihnen und jagten sie mit den Speeren die Gasse hinauf. Die Matrosen waren verschmutzt und schweißbedeckt. Einer blutete aus der Nase, ein anderer hinkte, ein dritter hatte eine geschwollene Lippe. Als sie näherkamen, sah Bak, der noch in der Tür stand, blutende Knöchel und ausgeschlagene Zähne. Der Schatten neben seinen Füßen verriet ihm, daß es kurz nach Mittag war. Zu früh für eine Keilerei, überlegte er. Aber wenn sich die Männer an Land aufhielten und keine Beschäftigung hatten, waren Raufereien gang und gäbe.

Bak machte Nebamun ein Zeichen, ihm zu folgen, und entfernte sich ein Stück weit von der Tür, damit seine Männer genug Platz hatten, ihre Gefangenen ins Wachhaus zu führen. Als der letzte der fünf im Inneren des Gebäudes verschwunden war, winkte Bak den Medjas zu und lächelte, womit er ihnen signalisierte, daß sie ihre Arbeit gut gemacht hatten. Da es dort drin ziemlich geräuschvoll zugehen und unangenehm nach Schweiß riechen würde, hielt er es für klüger, sich erst später mit dem Fall zu beschäftigen und draußen zu bleiben.

»Was hat dich zum Wachhaus geführt, Nebamun?«

»Es heißt, daß du in der Wüste einen toten Mann gefunden hast.« Der Ton des Händlers war knapp, geschäftsmäßig. »Offenbar war es ein Jäger, der mit seiner eigenen Waffe ermordet wurde.«

»Ja, die Wüstenpatrouille hat eine Leiche aufgespürt.« Bak wunderte sich nicht, daß der Vorgang entstellt weitergegeben worden war. »Es war der Jäger Intef. Hast du ihn gekannt?«

»Nein, aber ich bin ihm öfter begegnet: ein Mann, der immer zwei oder drei Esel mit sich führte, die mit Wild beladen waren.« Nebamun blickte finster. »Das ist der zweite Mord innerhalb von zwei Tagen? Wirklich, ich bin beunruhigt.«

»Ich ebenfalls.«

»Nach dem, was man auf der Straße so erzählt, fehlt bisher jede Spur vom Mörder. Du weißt nicht, wen du befragen, welche Fährte du aufnehmen sollst, hast keinen Hinweis. Um es ganz unverblümt zu sagen: Du steckst in einer Sackgasse.«

Bak verkniff sich eine scharfe Erwiderung. Der Vorwurf entbehrte jeder Grundlage – er hatte doch erst mit der Untersuchung begonnen –, und er ärgerte ihn. Vielleicht verfolgte Nebamun die Absicht, ihn zu reizen und zu provozieren, bis der Zorn seine Zunge löste. Aber das war immer noch besser, als sich vorzustellen, daß das Gerücht sich verbreitete, er sei hilflos. »Ich bin nicht so nah dran, wie ich es gern wäre«, gab er zu, »aber so ganz hoffnungslos, wie du es darstellst, steht es um die Sache wirklich nicht.«

Von einer Seitengasse ertönte Hufgeklapper. Ein beleibter Mann bog um die Ecke und führte ein paar Esel mit sich, die jeweils mit vier riesigen Bierkrügen beladen waren. »Aus dem Weg!« brüllte er.

Bak zog Nebamun auf die Seite, damit die Esel vorbei konnten.

»Wie kann ein ehrlicher Mann seinen Geschäften nachgehen, wenn überall der Tod lauert?« fragte Nebamun. »Selbst wenn wir unsere Handelsgüter befördern könnten – was dank Stellvertreter Nebwa nicht möglich ist –, würden wir es nicht wagen, sie einer Karawane anzuvertrauen. Jeder, der durch die Wüste reist, fürchtet um sein Leben. Auch innerhalb der Garnison ist man nicht sicher.«

Bak unterdrückte einen Fluch. Er hätte mit so etwas rechnen müssen: Männer mit wenig Mumm machten aus einer Mücke einen Elefanten. »Zwei Morde so kurz hintereinander, das ist wirklich bedenklich, da hast du recht, aber die zeitliche Abfolge war lediglich eine Laune der Götter.« Er hoffte, seine Stimme klang überzeugter, als er es war.

»Trotzdem ...«

»Intef wurde aus einem bestimmten Grund ermordet«, sagte Bak mit Nachdruck, »und Mahu aus einem anderen.«

Nebamun musterte ihn scharf. »Du meinst den Stoßzahn?«

»Zumindest scheint es so.« Bak beobachtete, wie der letzte Esel vorbeitrottete. Am Schluß kam ein Junge mit einem Stock. »Mahu soll am Abend, bevor er nach Kor aufbrach, von einem Mann angesprochen worden sein, der ihn überreden wollte, Schmuggelware an Bord zu nehmen. Und das passierte in Noferys Freudenhaus.«

»An jenem Abend saßen wir beim Knöchelspiel zusammen. Er und ich und ...« Nebamun riß die Augen auf. »Willst du damit sagen, einer von uns hätte diesen Stoßzahn auf sein Schiff geschmuggelt? Einer von uns wäre der Mörder? Das kann doch nicht dein Ernst sein!«

Bak war von Nebamuns Scharfsinn überrascht. Von allen fünf Verdächtigen hätte er dem Händler am wenigsten eine so schnelle logische Schlußfolgerung zugetraut. »Hast du zufällig an jenem Abend gehört, daß jemand über Schmuggel gesprochen hat?«

»Kann sein.« Nebamun runzelte die Stirn und versuchte sich zu erinnern, zuckte dann aber resigniert mit den Schultern. »Wir leben hier an der Grenze, Leutnant. Man kann keinen Atemzug tun, ohne Geschichten über Schmuggel zu hören.«

»Hast du vielleicht gesehen, wie jemand Mahu etwas ins Ohr flüsterte?«

»Außer ihm haben noch fünf andere am Spiel teilgenommen. Keiner von uns ist zaghaft – du brauchst uns nur beim Wetten zuschauen –, aber daß einer von uns so unverfroren wäre, bei all den Anwesenden auf so engem Raum ein solches Angebot zu machen, kann ich mir nicht vorstellen."

»Oder einem solch aufrechten und ehrlichen Mann wie Mahu!« Bak merkte nicht, wie zynisch es klang, was er sagte, bis Nebamun zu lachen begann. »Ich will ihn nicht herabsetzen, aber so wurde er von allen Seiten eingeschätzt. Obwohl es mir langsam reicht.«

»Seine Tugendhaftigkeit fing an einen zu langweilen«, bemerkte der Händler trocken. »Jedes Mal, wenn ich mich beklagte, daß er einen zu hohen Anteil an der Ware verlangte, die er für mich flußabwärts beförderte, erinnerte er mich daran, wie sicher die Güter in seinen Händen seien und wie gewissenhaft er sie meinem Beauftragen in Abu übergeben würde.«

Bak kniff die Augen zusammen. »Er hat mehr verlangt, als ihm zustand?«

»Nein, das nicht. Er schätzte einfach seinen Ruf zu hoch ein.« Nebamun ging ein paar Schritte, blieb dann stehen und wandte sich um. »Er hat mich nie übers Ohr gehauen – und deshalb hat er den Höchstpreis verlangt.«

Bak blickte dem Händler hinterher, sah ihn jetzt in einem neuen Licht. Er war ihm als schwacher, nicht sonderlich geschickter Geschäftsmann beschrieben worden, und das hatte er geglaubt. Jetzt erschien ihm dieses Bild fragwürdig. Nebamun war klug und besaß eine rasche Auffassungsgabe – er war ein Mann, den man nicht unterschätzen durfte.

Bak, der das Gefühl hatte, als tappe er in bezug auf Mahus Ermordung nach wie vor im dunkeln, setzte sich auf die Terrassenmauer, von der aus man aufs Wasser blickte. Im Hafen war es ruhig, da nichts zu entladen war, keine Handelsgüter oder keine Tributlieferungen zu inspizieren und keine Abgaben einzutreiben waren. Matrosen lagen auf den Decks und ließen sich von der Sonne bräunen. Wachen schlichen im Schneckentempo am Kai entlang. Mitten auf dem Fluß waren zwei Fischerboote damit beschäftigt, den Abstand zwischen sich zu verringern und ihre Netze einzuziehen. Zwischen den beiden Booten blitzte es silbern auf, Fische sprangen hoch und wanden sich wild, um zu entkommen. Über ihnen lauerten Dutzende von Vögeln, die einen Festschmaus witterten.

Der vertraute Anblick, der Fischgeruch vom Fluß und das Plätschern des Wassers am Ufer machten Baks Herz leichter. Er richtete seine Gedanken wieder auf Intef. Die Götter hatten sich verschworen, um alle Spuren des Jägers in der Wüste auszulöschen, und hatten auch keinen Hinweis auf seinen Mörder hinterlassen, es sei denn, man konnte den alten Schmuck zum Sprechen bringen.

Intef hatte die kostbaren Stücke offenbar auf seiner letzten Jagd gefunden – vielleicht in einem längst vergessenen Grab. Wäre er früher darauf gestoßen, hätte er sie wohl in seinem Haus versteckt und nicht in die Wüste mitgenommen. Hatte man ihn wegen des Schmucks ermordet? Oder weil er das Grab kannte, das vielleicht immer noch Schätze barg? Lächerlich! Wie Nofery gesagt hatte, waren die alten Gräber längst ausgeplündert.

Ausgeplündert bedeutete aber nicht zwangsläufig, daß sie leer waren.

Innerhalb und außerhalb von Buhen gab es viele Gräber. Je näher die Grabkammern lagen, desto wahrscheinlicher war es, daß sie ausgeraubt waren. Obwohl Bak vermutete, daß Intef auf seine Kleinode an einer verlassenen Stelle in der Wüste gestoßen war – vermutlich irgendwo im Umkreis der Stelle, wo man seine Leiche entdeckt hatte –, entschloß er sich, zunächst die am leichtesten zugängliche, aber am wenigsten mögliche Quelle des rätselhaften Wohlstands des Jägers zu erforschen: eine alte Gräberanlage, die sich innerhalb der Mauern von Buhen befand.

Bak stand vor einem niedrigen Felsplateau, das jene Stelle markierte, an der diese ziemlich alte, verlassene Grabstätte lag. Mauern aus Lehmziegeln und Erderhebungen, der obere Teil niedriger Bauten, die vor vielen Generationen errichtet worden waren, ragten aus dem Sand, der gegen das Felsplateau geweht worden war. Klaffende Löcher und sandbedeckte Treppen führten zu dunklen Aushöhlungen in der Erde. Die hohe Außenmauer von Buhen erhob sich über der sandigen Einöde. Von den Zinnen aus konnte eine Wache das Gelände aus der Vogelperspektive überblicken. Die Außenstadt befand sich weit entfernt und verhielt sich gleichgültig gegenüber den längst vergessenen Männern und Frauen, die hier begraben lagen.

Bak stieß auf sechs Jungen, die in und zwischen den Gräbern spielten. Der älteste von ihnen war etwa so alt wie Noferys Diener. Es waren die Kinder von Soldaten und Schreibern, deren Zahl zunahm, weil das Land Wawat hier ein sicherer Ort für ihre Familien war. Im Gegensatz zu dem mageren, zart gebauten Diener, der selten Gelegenheit hatte, im Freien zu spielen, waren diese Jungen kräftig, muskulös und tiefbraun. Ihre Körper waren mit feinem Sand überzogen, ihre kurzen Schurze starrten vor Schmutz und Schweiß.

»Ihr könntet mir helfen.« Bak lächelte und hoffte, damit das Vertrauen der Kinder zu gewinnen. Aber aus den furchtsamen Blicken, die sie einander zuwarfen, erkannte er, daß dies nicht der Fall war. Ihr Mißtrauen war verständlich, denn seine Medjas hatten sie schon öfter von den Gräbern fortgejagt, und die Wachen der Garnison hänselten sie oft.

Er konzentrierte sich auf den größten der sechs und

zwang ihn, als ihr Sprecher aufzutreten. »Ich habe euch schon oft hier gesehen, und niemand in Buhen weiß wohl besser über die Gräber Bescheid als ihr. Verratet ihr mir, was ihr über sie wißt?«

»Nun, Herr, wir …« Der Junge kam ins Stottern und schaute seine Gefährten hilfesuchend an.

»Ich bin nicht hier, um euch zu bestrafen«, versicherte ihm Bak, »und auch nicht, um zu schimpfen. Ich brauche eine Auskunft, die meines Erachtens nur ihr mir geben könnt.«

Der Junge trat von einem Fuß auf den anderen, wirkte nicht sehr überzeugt.

Bak beschloß, eine andere Taktik zu verfolgen. »Hat einer von euch den Jäger Intef gekannt?«

Ein stämmiger, etwa zehnjähriger Junge meldete sich: »Als ich noch klein war, durfte ich jedesmal, wenn er nach Buhen kam, seine Esel führen.«

Der kleinste Junge, noch mit Babyspeck behaftet, starrte Bak mit großen Augen an. »Eine Patrouille hat ihn draußen in der Wüste gefunden, von hinten niedergemetzelt. Stimmt das?«

Der größere Junge brachte ihn mit einem finsteren Blick zum Schweigen. »Was hat Intefs Tod mit uns zu tun?«

Bak ignorierte die Herausforderung in der Stimme des Jungen. Er entschloß sich, die Frage als Aufforderung zu nehmen, setzte sich auf eine halb eingestürzte Mauer und fing an zu erzählen. Der größere Junge zögerte, lehnte sich aber schließlich gegen einen hüfthohen verfallenen Steinklotz und verschränkte die Hände über der Brust. Seine Gefährten ließen sich nach und nach auf umgestürzten Töpfen und aufgestapelten kaputten Ziegeln nieder. Bak gelang es, zunächst ihre volle Aufmerksamkeit zu erwecken, dann bat er sie, alles für sich zu behalten, und gewann schließlich ihre Loyalität und ihre Achtung, indem er alles mitteilte, was er über den Tod des Jägers wußte, und nichts zurückhielt.

»Der arme Intef.« Der stämmige Junge schluckte. »Ich habe ihn sehr gemocht.«

»Jetzt wißt ihr, weshalb ich hier bin«, sagte Bak. »Ich habe keine Ahnung, was die alten Gräber angeht, während ihr eine Menge Zeit hier verbringt.«

Der größere Junge sah die anderen fragend an, und diese musterten sich gegenseitig und suchten nach einer Antwort. Eine geheime Botschaft ging von einem zum anderen, ein Entschluß, den sie einstimmig gefaßt zu haben schienen, ohne sich darüber zu unterhalten.

Der größere Junge straffte die Schultern und sagte mit tiefer Stimme: »Ich heiße Mery, Herr. Und das ist ...« Damit stellte er jeden einzelnen seiner Freunde vor. »Wir werden dir helfen.«

Alle fünf Jungen nickten zustimmend.

Bak atmete erleichtert auf.

Mery richtete den Blick auf das Felsplateau mit den eingefallen Mauern und Gewölben. »Intef hat hier nichts gefunden. Die größeren Gräber sind schon längst geleert, und die kleineren enthalten keine Reichtümer.«

Bak faßte eine aus dem Felsen gehauene Treppe ins Auge, die von einer niedrigen Mauer aus Lehmziegeln umgeben war, zumindest sah es so aus. Ein abgerundeter Vorsprung an einem Ende erregte seine Aufmerksamkeit: Die Mauer entpuppte sich als der Überrest eines gewölbten Daches. Eine dunkle Vertiefung am Ende der Treppe erregte seine besondere Aufmerksamkeit. »Ich muß mich selbst davon überzeugen.«

Die Jungen berieten sich in aller Eile.

»Wir führen dich zu unserem Lieblingsgrab, einem der sichersten«, sagte Mery. »Es ist in Stein gehauen und nicht mit Lehmziegeln überdacht.«

Sie bahnten sich einen Weg vorbei an Erdhügeln und Mauerresten, offenen Vertiefungen und gingen das Felsplateau entlang bis zu einer von einer Mauer umgebenen Treppenflucht, die auch nicht anders aussah als die anderen. Zwei große Tongefäße, die wohl einst winzige Kinderleichen enthalten haben mußten, standen zu beiden Seiten einer Steinplatte, deren Inschrift zu verwittert war, um sie entziffern zu können. Mery stieg hinunter. Bak folgte ihm, bis sie zu einem Eingang gelangten. Bak bückte sich unter dem niedrigen Türpfosten und befand sich in einer dunklen Kammer. Drei weitere Stufen führten ihn zur Sohle der eingesunkenen Kammer. Als er die Tür öffnete, drang Sonnenlicht herein. Es war nicht sehr hell, aber hell genug, um etwas erkennen zu können.

Die Kammer war klein, nicht breiter als sein ausgestreckter Arm und zweimal so lang, und hatte einen grob behauenen Pfeiler in der Mitte. Die Decke war so niedrig, daß seine Haare sie streiften. Zwei Kammern öffneten sich nach rechts – jeweils so groß wie die Eingangskammer –, und jede davon besaß eine leere Nische. Es war heiß und trokken und roch nach Staub. Die kahlen Wände waren rauh und wiesen Spuren eines Steinmetzmeißels auf. Die Leichen, die man hier für die Ewigkeit bestattet hatte, waren längst verschwunden.

Diese Gräber waren nicht mit den Grabstätten zu vergleichen, überlegte Bak, die es in der Nähe von Waset gab – jene weiträumigen, üppig ausgeschmückten Kammern, in denen die Mitglieder des königlichen Hofes bestattet wurden. Aber was konnte man von Buhen erwarten? Es war schließlich eine Siedlung an der Grenze, nicht die Hauptstadt des reichen, mächtigen Landes Kemet.

»Ist das ein typisches Grab?« fragte Bak, eifrig bemüht, seine Enttäuschung nicht zu zeigen.

»Das ist eines der besten«, sagte Mery stolz. »Die meisten sind kleiner, bloße Erdlöcher, und die Dächer vieler Gräber sind eingefallen oder sehen aus, als würden sie jeden Augenblick zusammenbrechen.«

»Gilt das auch für die Grabstätten außerhalb des Tors, im Westen der Festung?«

»Ja, Herr.«

Bak stieg die Treppe hinauf, blieb oben stehen und blickte auf die verfallenen Oberbauten, die sich die Brüstung entlangzogen.

»Habt ihr je ein ungeöffnetes Grab entdeckt?«

Die älteren Jungen tauschten Blicke aus, ebenfalls eine ihrer stillschweigenden Absprachen. Der jüngste, der sich kaum mehr zurückhalten konnte, plapperte los: »Du wirst niemandem etwas sagen, nicht wahr, Herr?«

Mery warf ihm einen mißbilligenden Blick zu.

»Nur einem«, erwiderte Bak. »Meinem Sergeanten Imsiba, der für mich wie ein Bruder ist, aber sonst niemandem, das verspreche ich euch.«

Er befürchtete, nach diesem Eingeständnis würden sie schweigen, aber das Gegenteil war der Fall: es beruhigte sie. Nachdem ihm alle zugenickt hatten, blickte sich Mery nach möglichen Lauschern um, dann sagte er leise und heimlichtuerisch: »Wir haben vier Gräber entdeckt, die aussehen, als wären sie noch nie geöffnet worden. Als wir das erste fanden, hatten wir vor, es aufzubrechen, aber damals waren wir nur wenige und hatten Angst. Nun wachen wir über sie und achten darauf, daß sie unversehrt bleiben.«

»So wie die Wachen die Grabanlage der früheren Herrscher von Kemet bewachen«, sagte Bak genauso ernst wie die Jungen.

Sechs dunkle Köpfe bewegten sich auf und ab; die Gesichter wirkten ernst und feierlich.

»Wir haben insgesamt zehn bis zwölf Gräber besichtigt«, sagte Bak. »Trostlose Orte mit verstreuten Knochen, Resten zerstörter Särge und kaputten Tongefäßen und keinem Anhaltspunkt, wer einst hier begraben war.« Er sprang über eine Pfütze und stapfte über bröcklige, lockere Erde. »Ich bin davon überzeugt, daß Intef die Armbänder woanders gefunden hat, aber ich habe die Jungen gebeten, auf jeden Fall die Augen offenzuhalten und aufzupassen, ob jemand irgendwo innerhalb oder außerhalb der Festungsmauern gewaltsam in Gräber eindringt. Sie haben mir geschworen, daß sie alles dir oder mir melden werden.«

Imsiba kicherte. »Du hast ein Talent, mein Freund, dir die

unglaublichsten Menschen zu Verbündeten zu machen.«

Bak bedachte den Medja mit einem flüchtigen Lächeln, konzentrierte sich dann aber auf die Gegend, die sie gerade durchstreiften, die nördliche Ecke der Oase jenseits des Flusses. Sie waren nicht weit von den fruchtbaren Feldern von Penhet, Netermose und deren Nachbarn entfernt, doch der Gegensatz war verblüffend. Dürftige Bauernhöfe grenzten an die Wüste an, und die äußersten Ländereien waren mit Sandflächen durchsetzt. Diese Äcker und Gärten hier empfingen immer als letzte das lebensspendende Flutwasser und waren die ersten, die austrockneten. Die Bäume, die Weinstöcke und die Büsche waren kleiner und nicht so robust, das Obst der Bauern weder üppig noch besonders süß.

»Das ist wohl Intefs Haus«, sagte Imsiba und deutete auf ein Gebäude aus Lehmziegeln, das sich auf dem Landstrich zwischen Oase und Wüste befand.

Das Haus war klein, bestand höchstens aus zwei Räumen und hatte einen Anbau, der wahrscheinlich aus jüngster Zeit stammte. Ein altehrwürdiger Weinstock breitete sich über die Scheune und das Flachdach des Hauses aus. Im Schatten stand eine magere rötliche Kuh mit ihrem gefleckten Kalb, das noch unsicher auf den Beinen war. Außerdem gab es zwei junge Esel. Eine Schar Gänse scharrte und stocherte mit ihren Schnäbeln in einem frischen Heubündel herum. Kräuter und Knoblauch, die am Fenster des Anbaus hingen, erfüllten die Luft mit ihrem Duft.

Ein Kind, ein ungefähr achtjähriges Mädchen, trat aus dem Haus und trug ein Baby auf die Hüfte geklemmt. Ein kleiner nackter Junge, der noch nicht recht laufen konnte, spähte um den Türpfosten und kicherte.

Das Mädchen betrachtete sie mißtrauisch. »Meine Mutter ist da draußen.«

Sie deutete auf ein Feld in der Nähe des Hauses und auf eine Frau, die zwischen zwei Reihen kleiner grüner Blattpflanzen kniete, die genügend Raum für ihr Wachstum hatten. Bak vermutete, daß es sich um Melonen handelte. Zwei kleine Kinder, ebenfalls auf den Knien, befanden sich in ihrer Nähe. Bak fluchte leise vor sich hin. Gewiß, er hatte damit gerechnet, ärmliche Verhältnisse vorzufinden, aber nicht damit, daß hier eine Menge hungriger Mäuler zu füttern waren. Auf diesen armen Bauernhöfen kamen häufig Fehlgeburten vor, und auch die Sterberate unter den Kleinkindern war sehr hoch.

»Eine Frau mit fünf Kindern, die noch zu klein sind, um selbst ihr Brot zu verdienen?« Imsiba schüttelte den Kopf und zog ein grimmiges Gesicht. »Nur wenige werden die nächste Flut überleben.«

»Mein Vater schimpft manchmal über die großen Ländereien in Kemet, wo so viele Männer sich für so wenig Lohn abplagen, aber selbst er räumt ein, daß nur selten eine Witwe mit fünf Kindern verhungert ist.«

Die Frau erblickte die Fremden, erhob sich und ging über eine flache Furche auf das Haus zu. Sie sahen, daß sie wieder ein Kind erwartete. Die Kinder auf dem Feld wandten sich um und starrten sie neugierig an, aber ihre Mutter befahl ihnen, weiterzuarbeiten. Das ältere Mädchen schubste das Kleinkind ins Haus, blieb aber in der Nähe der Tür, um zu beobachten und zu lauschen.

Die Frau hob grüßend die Hand. Als sie ihre schmutzigen Fingernägel bemerkte, blickte sie ihre Besucher verlegen an. »Die Insekten würden uns nichts übrig lassen, wenn wir es zuließen.« Sie war klein und mager, ungefähr in Baks Alter, aber abgearbeitet und erschöpft.

»Wir wollen dich nicht lange aufhalten«, versprach er und stellte sich und Imsiba vor.

»Ich bin Nehi.« Sie bot ihnen einen Platz auf der Bank vor dem Haus an und holte sich einen großen umgekippten Topf heran. Sie legte die Hände in den Schoß und spielte mit einem Ring am Mittelfinger ihrer rechten Hand. Ihre Augen, die besorgt und ängstlich blickten, wanderten zwischen den beiden Männern hin und her. »Die Esel meines Mannes. Was ist mit ihnen geschehen?«

»Sie sind gut versorgt«, versicherte ihr Imsiba. »Ich habe sie selbst zu einer Koppel in Buhen gebracht. Wenn du willst, können wir sie herbringen. Oder sie bleiben dort, wo sie sind, und werden in deinem Namen verkauft. Du kannst damit tun, was du willst.«

Die Frau atmete schwer und murmelte: »Ich habe schon befürchtet, sie wären für immer weg.«

Imsiba berichtete ihr, was mit dem Wild geschehen war, das die Esel getragen hatten, nämlich daß er damit ein gutes Geschäft gemacht hatte. Das entlockte der Frau nur ein schwaches Lächeln; ihre Freude ging nicht tief, denn ihre Sorgen wogen zu schwer. Sie ließ den Kopf sinken, drehte ihren Ring hin und her und rieb den grünlichen Stein. Das Mädchen in der Tür ließ das Baby herunter und lief zur Mutter. Diese schlang die Arme um das Mädchen, drückte es fest an sich und flüsterte ihm etwas Tröstendes zu. Bak und Imsiba saßen ruhig da, starrten auf ihre Hände und warteten.

Nehi fuhr ihrer Tochter über das kurze, glatte Haar. »Kümmere dich um das Baby, Kleines.« Als das Mädchen das Baby ins Haus trug, wandte sich die Frau wieder ihren Besuchern zu. »Verzeiht mir. Ich weiß, ich muß mich erst daran gewöhnen, daß mein Mann nicht mehr bei uns ist.«

Bak widerstand dem Verlangen, sich zu räuspern. »Zu meiner Genugtuung und auch um deinetwillen würde ich gern den Mann festnehmen, der Intef auf dem Gewissen hat. Kannst du mir sagen, wer an seinem Tod ein Interesse gehabt haben könnte?«

»Niemand.« Sie hob die Hand, um sich die Augen zu reiben, und bemerkte die Erde, die an ihren Händen haftete. »Er war ein ruhiger Mann, sehr in sich gekehrt.«

»Manchmal besuchte er ein Freudenhaus in Buhen.« Bak sprach freundlich. »Es geht dort gesellig zu, wenn auch manchmal recht rauh, bestimmt aber kehrt dort kein Mann ein, der allein sein möchte.«

»Ich weiß, dort geht Nofery ihren Geschäften nach.«

Nehi schenkte ihm ein schwaches Lächeln. »Gelegentlich ist selbst ein Mann von ruhiger Wesensart auf die Gesellschaft anderer Männer aus.«

Besonders einer, der das Haus voller Kinder hat, dachte Bak. »Hat er je die Leute erwähnt, die er dort getroffen hat?«

»Er hat oft von Nofery erzählt. Er mochte sie.« Sie senkte den Blick auf ihre ineinander verschlungenen Hände. Plötzlich verstummte sie, ihr Körper und ihre Stimme erstarrten. »Er ... er hat mir von dem Löwen erzählt, und wie sie zu ihm gekommen ist.«

Bak bemerkte ihre veränderte Haltung, ihre Anspannung. Er konnte sich den Umschwung nicht erklären. Bestimmt rührte er nicht daher, daß er Nofery erwähnt hatte. »War er vor ungefähr einer Woche dort?«

Sie runzelte die Stirn und dachte kurz nach. »Ich weiß nicht ...«

»Er war zu Hause, Mama, nicht in Buhen.« Das Mädchen hatte wieder seinen Platz an der Tür eingenommen, nachdem es das Baby ins Haus gebracht hatte. »Wir haben damals die Bohnen gelegt, erinnerst du dich?« Als ihre Mutter nickte, erklärte sie Bak: »Wir haben mehrere Tage dazu gebraucht. Weil wir keinen Ochsen haben, mußte Papa den Pflug ziehen. Und wir brachten einen Esel zu Bauer Kamose.« Ihre großen, dunklen Augen wanderten zu dem Anbau, und ihr Blick verdüsterte sich. »Wir hatten damals drei junge Esel. Zu viele, sagte Papa, also haben wir einen für Öl und einige Milchziegen eingetauscht.«

Nehi legte die Hände auf ihren gewölbten Leib. »Wir haben nie genug Milch.«

Der Ring, den sie trug, war jetzt deutlich erkennbar: ein breiter Goldreif mit einem grünen Skarabäus. Er steckte in einer ovalen Fassung und war vom langen Tragen und vom Alter sehr hell geworden. Bak war sich sicher, daß es ein ziemlich alter Ring war. Intef hatte wirklich ein Grab ausgeraubt, nicht während seiner letzten Wüstenwanderung, sondern schon früher.

Bak bemühte sich um einen ruhigen Tonfall, der nicht sein plötzlich erwachtes Interesse verriet, und sagte: »Dein Ring ist wunderschön. Darf ich ihn sehen?«

Sie erstarrte, und in ihre Augen trat Angst. Unter großer Mühe rang sie sich ein Lächeln ab, als sie ihm ihre Hand hinstreckte, wobei ihre Bewegungen ihre Anspannung verrieten. »Hübsch, nicht wahr? Intef hat ihn am Ufer gefunden, als die Flut zurückgegangen war. Er meinte, er wäre nicht viel wert, weil er aus Bronze und Fayence besteht. Es lohnt sich nicht, ihn zu verkaufen. Also hat er ihn mir geschenkt.«

Sie übertrieb, ihre Stimme klang zu laut. Bak wurde klar, daß sie das Lügen nicht gewohnt war. »Wir haben zwei sehr alte und wertvolle Armbänder und ein paar Goldkügelchen versteckt bei einem seiner Esel gefunden. Der Ring hier ist ebenfalls alt, nicht aus Bronze und Fayence, sondern aus Gold und Jaspis!«

»Du irrst dich«, kreischte Nehi, zog ihre Hand zurück und preßte sie an die Brust. »Der Ring ist nichts wert!« Ihre Stimme versagte, und sie begann zu schluchzen. »Denkst du, wir könnten so ein wertvolles Schmuckstück für uns behalten, es ständig betrachten und uns daran erfreuen, obwohl wir es dringend gegen Nahrung eintauschen müßten?«

Sie vergrub das Gesicht in den Händen, und der große Kummer, der auf ihrer Seele lastete, brach sich Bahn. Das kleine Mädchen rannte auf sie zu, klammerte sich an sie und warf Bak und Imsiba einen feindseligen Blick zu. »Geht weg! Mein Papa ist tot, und ihr tut meiner Mama weh. Wie könnt ihr so grausam sein?«

Als die Kleine sich ihrer kühnen Worte bewußt wurde, schwieg sie und starrte die beiden Fremden herausfordernd an. Ihr Verhalten war töricht, und die Angst in ihrem Blick verriet, daß sie es wußte. Bak hätte das Recht gehabt, sie nach Buhen zu bringen und für ihre Dreistigkeit streng zu bestrafen.

Er entschloß sich, nachzugeben. »Komm, Imsiba. Hier haben wir nichts mehr zu tun.«

»Sie weiß, daß Intef ein Grab gefunden hat«, sagte Imsiba.

»Bei Gelegenheit wird sie uns vielleicht mehr verraten«, stimmte Bak zu, »aber im Augenblick ist sie zu verängstigt, zu besorgt um ihre Kinder.«

»Wie groß ist ihre Verzweiflung deiner Meinung nach?«

Baks Stimme drückte die Sorge aus, die Imsibas Miene verriet. »Das hängt davon ab, wie viele wertvolle Dinge Intef versteckt hat – und ob sie weiß, wo er sie versteckt hat und wie sie sie zu ihrem Vorteil nutzen kann.«

»Glaubst du, sie tut es?«

»Ich bete darum.«

Sie gingen die erhöhte Einfassung von Intefs Bohnenfeld entlang. Die Bohnen zeigten bereits erste Sprossen. Wasser sickerte aus einem seichten Bewässerungsgraben, dessen Mauer durchbrochen war, damit sich das lebensspendende Naß über den Boden verteilen konnte. Bak vermutete, daß die Pflanzen jetzt zum letzten Mal reichlich Wasser bekamen, denn bald würde der Graben austrocknen, und jeder Tropfen müßte dann von weither herbeigeholt werden.

»Sollte man Intefs Mörder eine Falle stellen?« fragte Imsiba. »Ich meine das Grab. Der Ort, wo er den Schmuck gefunden hat.«

Bak schnaubte resigniert. »Ich wäre froh, wenn ich es wüßte.«

Sie machten am Feldrand halt und blickten zu der Oase. Seit Rennefers Versuch, ihren Mann zu töten, war knapp eine Woche verstrichen, doch in dieser kurzen Zeit hatten sich viele Felder mit saftigem Grün überzogen. Auf den weiter unten liegenden Flächen, die noch von der Überflutung profitierten, waren Männer, Frauen, Kinder und Vieh zu sehen. Die saftige dunkle Erde wurde gepflügt und das Korn gesät. Vögel sammelten sich auf den Feldern und suchten nach Würmern und Samen.

Bak glaubte, in der Ferne Penhets Hof zu erkennen. Wieviel geschehen war, seit er das letzte Mal dort gewesen war! »Bald wird man Rennefer Kommandant Thuty vorführen. Er zögert den Tag hinaus, an dem er das Urteil sprechen muß, aber bis dahin muß er sich ein genaues Bild von dem Vorfall machen können. Darum wollen wir Penhet einen Besuch abstatten, uns nach seiner Gesundheit erkundigen und ihn fragen, wie er ohne seine Gefährtin zurechtkommt.«

»Gefährtin?« schnaubte Imsiba. »Viper wäre eine passendere Bezeichnung.«

»Ich wußte, daß sie wütend sein würde«, sagte Penhet. »Deshalb zögerte ich, sie über die Vereinbarung zu unterrichten. Aber damit hätte ich nie gerechnet.« Er deutete vage auf seinen Rücken und auf die Verbände, in die er vom Hals bis zur Hüfte eingewickelt war.

»Meine Frau pflegt seine Wunden.« Netermose saß auf einem Schemel neben der Matratze, auf der der Verletzte auf dem Bauch lag; die orangefarbene Katze hatte sich neben ihm eingerollt und schnurrte. »Sie hat elf Stiche gezählt, die meisten sind allerdings nicht tief. Aber zwei davon hätten seinen Tod bedeuten können, wenn sie nicht gleich versorgt worden wären.«

»Ich danke Amun, daß du zur rechten Zeit aufgetaucht bist«, sagte Penhet und tätschelte den Fuß seines Nachbarn. »Wenn sie Zeit gehabt hätte, weiterzumachen ...« Er schüttelte den Kopf, konnte die grauenhafte Vorstellung nicht in Worte fassen.

Bak warf einen Blick in den Hof, der so gut gepflegt aussah wie das erste Mal, als er dort war. Rennefer wäre nicht sonderlich erfreut darüber, vermutete er. »Deine Bediensteten scheinen sehr gewissenhaft zu sein.«

»Netermoses Frau hat ein Auge auf sie.«

»Du hast also diese Vereinbarung unterzeichnet?« fragte Imsiba.

Die beiden Bauern wechselten einen Blick gegenseitigen Einverständnisses.

»Wir haben eine neue getroffen«, sagte Penhet.

»Er behält das Land«, erklärte Netermose, »sogar das Feldstück, das Rennefer so in Rage gebracht hat. Aber ich bewirtschafte seine Felder und helfe ihm bei der Versorgung des Viehs.«

»Und wir teilen uns den Gewinn«, fügte Penhet hinzu und lächelte.

Die Übereinkunft schien fair zu sein, eine Möglichkeit, beiden Bauern das zu verschaffen, was sie benötigten: Netermose erhielt mehr Land und Penhet die Gelegenheit, seinen Viehbestand zu erweitern.

»Du hast Meret noch nicht in deinen Haushalt aufgenommen?« fragte Bak letzteren.

»Nein.« Penhet streichelte die samtigen Ohren der Katze und wich Baks Blick aus. »Ich habe keine Lust mehr auf sie.«

Bak war nicht überrascht. Das Mädchen verkörperte das Ende einer bestimmten Lebensweise, wie konnte sie da mit einem Neuanfang verbunden sein?

»Ich sage ihm immer wieder, daß sich jemand um ihn kümmern muß, eine Frau, die das Gesinde in Schach halten kann.« Netermose schaute seinen Nachbarn finster an. »Ich habe einen riesigen Haushalt, und meine Frau hat viel zu tun. Sie kann nicht immer hier sein.«

»Meine Leute hier sind immer noch außer sich«, erklärte Penhet. »Genau wie ich. Vielleicht später. Nachdem Rennefer ...« Er schüttelte den Kopf, weigerte sich, das Schicksal zu akzeptieren, das die Frau erwartete, mit der er so lange zusammengelebt hatte. »Aber nicht Meret. Vielleicht eine andere.«

Bak dachte an die Frau, die er und Imsiba gerade aufgesucht hatten, den winzigen Hof, die vielen Münder, die gestopft werden mußten. »Ich kenne eine, die gerade Witwe geworden ist, die man vielleicht überreden könnte, hier zu leben. Aber ich muß dich warnen: sie hat mehrere Kinder.« Er hielt es für klüger, die genaue Zahl zu verschweigen.

»Kinder?« Penhets Augen leuchteten auf. »Ich kann dir gar nicht sagen, wie lange es her ist, daß auf diesem Hof Kinderlachen zu vernehmen war. Selbst meine Bediensteten haben keine.«

Bak sah Imsiba verstohlenen an. Jener bedachte ihn mit dem mißtrauischen Blick eines Mannes, der vermutete, daß dieser Vorschlag längst geplant gewesen war. Vielleicht war es auch so, dachte Bak. Aber die Eingebung kam nicht von mir, sondern von den Göttern. Wenn es so war, würden weder die Wahrheit noch eine Lüge Penhet davon abbringen können. Sein Schicksal war besiegelt. Bak erzählte von Intefs Tod und davon, was er und der Medja auf dem ärmlichen Hof am Rand der Oase vorgefunden hatten.

»Fünf Kinder«, murmelte Penhet nachdenklich, schien weder erfreut noch entsetzt zu sein.

»Damit wäre das Haus voll«, sagte Netermose mit Bedacht in neutralem Ton.

Bak schwieg, damit der Bauer seine eigene Entscheidung treffen konnte. Imsiba stand unter dem Dach des Anbaus und schwieg ebenfalls. Sein Gesicht hatte er abgewendet – wahrscheinlich lachte er still in sich hinein, überlegte Bak.

Dann endlich brach Penhet das Schweigen. »Netermose hat recht. So geht es nicht weiter, ich kann nicht jeden Tag seine Frau in Anspruch nehmen. Aber ich brauche jemanden. Meine Wunden müssen versorgt werden, und das Gesinde braucht eine feste Hand.« Er schwieg und lächelte in sich hinein. »Ja, und Kinder im Haus wären eine angenehme Zerstreuung.«

Bak dankte Amun im stillen – und brachte die weitere Bitte vor, daß daraus eine Ehe entstehen möge, die für immer währte.

9. Kapitel

Schmale gelbe Streifen zogen sich über den blaßblauen Himmel, kündigten den Sonnenaufgang an. Die Luft war ruhig und klar, angenehm mild. Von den Behausungen der Außenstadt stiegen schwache Rauchschwaden hoch und verbreiteten den verlockenden Duft frischen Brotes und den schärferen Geruch verbrannten Öls. Männer, Frauen und Kinder rempelten sich in den engen Gassen an. Ein Dutzend schwarzer Kühe mit schweren Eutern bahnten sich unbeirrt den Weg durch das Gewirr, achteten nicht auf die Flüche, die ihnen hinterhergezischt wurden.

Als Bak das letzte der Häuser inspiziert hatte, richtete er den Blick auf das niedrige Felsplateau vor der Gräberstätte und versuchte Mery und dessen Freunde ausfindig zu machen. Außer drei gelben Hunden, die in den Ruinen herumstreiften, war niemand zu sehen. Bak vermutete, daß es noch zu früh für die Jungen war. Er wandte sich nach links und bog in eine sandige Gasse ein, die sich entlang der unversehrten äußeren Fassaden der eng zusammengepreßten Häuserzeile erstreckte. Am anderen Ende, an der Stelle, wo der Weg über den Sand weiterführte, ging er an dem Haus vorbei, in dem Kapitän Roys Schiffsmannschaft untergebracht war. Er erwog, hineinzuschauen, besann sich aber dann anders. Je länger die Männer dort herumsaßen und glaubten, man habe sie vergessen, desto begieriger würden sie sein, ihren Mund aufzumachen.

Hinter dem Sandstreifen befand sich die Einhegung für das Vieh. Sie war durch eine gelbliche Staubwolke, die aus einer fernen Ecke aufwirbelte, deutlich auszumachen. Bak folgte einem Pfad zwischen hüfthohen Mauern aus Lehmziegeln, die mehr Tiere einschlossen, als er je in Buhen eingezäunt gesehen hatte. Rinder, Ziegen, Schafe und Esel und dazwischen Männer, die geschäftig hin und her eilten, Dung wegschafften, frisches Heu auslegten und Tröge mit Korn und Wasser füllten. Die meisten der Tiere waren friedlich:

Sie fraßen und tranken, beobachteten ihre Umgebung mit gespitzten Ohren und verscheuchten mit dem Schwanz die Fliegen. Übermütig galoppierten ein paar jüngere über den engen Platz, warfen Staub auf und schnaubten. Baks Nase kitzelte, gereizt von dem dumpfen Geruch von Heu, Korn und Dung.

Er fand Hapuseneb außerhalb der Eselskoppel. Der reiche Händler, der wie üblich vornehm gekleidet war und kostbaren Schmuck trug, schien sich an diesem staubigen Ort trotz des durchdringenden Geruchs der Tiere und dem Schweiß der Männer wohl zu fühlen. Er unterhielt sich über die Mauer hinweg mit einem dickbauchigen älteren Jungen, der ein Holzkohlenfeuer, eingegrenzt in Steine, schürte. Die beiden beobachteten einen Mann, der versuchte, einen jungen, ungestümen grauen Esel einzufangen. Jedesmal, wenn der Mann näher kam und sein Seil warf, duckte sich das Tier und nahm Reißaus. Die anderen Tiere in der Umzäunung waren ängstlich und liefen ziellos mit hocherhobenen Köpfen und wild rollenden Augen hin und her. Der ungeschickte Treiber hatte ein vor Zorn hochrotes Gesicht, er war sich wohl zu sehr der Anwesenheit seines Herrn bewußt, vermutete Bak.

Hapuseneb entdeckte den Offizer, der sich ihm näherte, und lächelte.

»Leutnant Bak! Endlich bist du da!«

Bak blieb verblüfft stehen. Dann wurde ihm klar, daß das Unvermeidliche eingetreten war. »Wie ich sehe, hat dich jemand gewarnt.«

»Ja, Nebamun und Userhet. Sie haben gesagt ...«

Heftiges Hufgetrappel lenkte den Händler ab. Der Mann auf der Koppel warf sein Seil, das sich um den Hals des Esels legte. Dieser stand zitternd da, riß den Kopf hoch, schnaubte, schien wie festgefroren und weigerte sich, sich zu rühren. Ein älterer Mann kam herbeigelaufen, und zu zweit zwangen sie das Tier auf den Boden und schlangen ein Seil um dessen in die Luft schlagenden Beine. Der Junge zog ein Brandeisen aus der Glut und eilte damit zu dem gefesselten Tier. Es zischte und roch nach verbranntem Fell, und der Esel stieß einen fürchterlichen Schrei aus. Dann wurde das Seil abgestreift, das Tier kämpfte sich hoch und schoß auf die Herde zu, wo es bald dem Blick entschwunden war.

Hapuseneb beobachtete, wie der Mann mit dem Seil sich abermals der Herde zuwandte, auf der Suche nach einem weiteren Opfer. »Ich hasse es, wenn mein Schiff und meine Karawanen nicht in Bewegung sind – das ist schlecht fürs Geschäft –, aber diese Zwangspause hat auch einen Vorteil: Ich habe viel Zeit, dafür zu sorgen, daß meine Tiere Brandzeichen erhalten, verarztet werden und meine Segelschiffe überholt werden.«

Er besaß drei Schiffe oberhalb von Semna und zwei Frachtschiffe, die zwischen Buhen und Abu verkehrten. Seine Karawanen beförderten Handelsgüter zwischen dem »Steingürtel« hin und her und fuhren über die trüben Gewässer zwischen Semna und Buhen. Er war ein wohlhabender Mann, der Tag und Nacht schuftete, um noch mehr Reichtum anzuhäufen.

Ein Mann, überlegte Bak, der als Freund sehr umgänglich und hilfreich sein würde, aber als Feind zweifellos zu fürchten war. »Vor zwei Tagen habe ich mich in Kor aufgehalten und beobachtet, wie andere sich einen Vorteil verschafft haben.«

Hapuseneb wandte seine Aufmerksamkeit von der Koppel ab und runzelte die Stirn. »Man hat mir gesagt, du seist für die Verzögerung verantwortlich.«

»Zwei Männer sind ermordet worden«, erklärte Bak, »einer wurde mit einem Elefantenstoßzahn auf seinem Schiff entdeckt. Und von der Schmuggelware, die wir auf Kapitän Roys Schiff gefunden haben, hast du bestimmt auch gehört.«

Hapuseneb lachte schallend. »Wenn dieses Schiff nur halb soviel Schmuggelware beförderte, wie ihm angedichtet wird, wäre es unter der Last seiner Ladung gesunken.«

Bak spürte unter dem Sarkasmus den Zorn eines Mannes,

dessen wunde Stelle man getroffen hatte. »Du hörst dich verbittert an, Hapuseneb. Das sieht dir gar nicht ähnlich.«

»Ich mag keine Schmuggler.« Der Händler kniff den Mund zusammen. »Ich muß Abgaben zahlen, in einem Jahr oft mehr als die ganze Ladung wert ist, die einige Männer im Laufe eines Jahres nach Kemet befördern. Ein großer Teil meiner Einkünfte ist schwer verdient, da Männer ihr Leben verlieren können, wenn sie sie durch wildes, gefährliches Land befördern und einen Fluß hinunter, der ebenfalls voller Gefahren ist. Wenn ich die Durchquerung des Landes Wawat teuer bezahlen muß, das heißt, unserer Herrscherin höhere Abgaben entrichten muß, als ich für gerecht halte, erwarte ich, daß die anderen das gleiche tun.«

Bak betrachtete den Händler mit Interesse. Man sagte von ihm, daß er mit seinem Reichtum sehr sorgfältig umgehe, und genauso hörten sich seine Worte an. Wie weit würde er es treiben, um noch mehr Reichtümer zu erwerben? »Hat dich je jemand angesprochen und dich gebeten, Schmuggelgut zu befördern?«

»Die Männer, die für mich arbeiten, werden oft in der Weise behelligt.« Hapusenebs Blick wanderte zu Bak, und er lachte. »Mach dir keine Sorgen. Ich bestrafe alle, die der Versuchung erliegen; die Zahl der Peitschenhiebe steht in direktem Verhältnis zum Wert der Schmuggelware.«

Bak pfiff durch die Zähne. »Ein drastisches Mittel!«

»Dient der Abschreckung.«

Bak hielt nichts vom Einsatz der Peitsche, um die Wahrheit aus den Männern herauszuprügeln. War sie genauso unzuverlässig, wenn es darum ging, die Versuchung zu unterbinden? »Hast du Roy gekannt?«

»Nur flüchtig. Gewöhnlich blieb er für sich, und er hatte andere Freunde als ich.« Hapuseneb zog ein Tuch unter seinem Gürtel hervor und rieb sich damit den Staub von Gesicht und Hals. »Ich habe ihn nur selten mit anderen Leuten als den Mitgliedern seiner Mannschaft und gelegentlich einem anderen Kapitän gesehen.«

Bak drückte sich an die Mauer, um einem Dutzend Langhornrindern auszuweichen, die ein etwa achtjähriger dunkelhäutiger Junge vor sich her trieb. »Hast du je Roy mit Intef, dem Jäger, zusammen gesehen?«

»Dem Mann, der ermordet in der Wüste aufgefunden wurde?« Hapuseneb zuckte die Achsel. »Ich weiß nicht. Ohne seine mit Wild beladenen Esel, die hinter ihm hertrotteten, hätte ich ihn wahrscheinlich nicht erkannt.«

»Natürlich hast du Mahu gekannt«, bemerkte Bak lauernd.

»Wir waren nicht gerade die besten Freunde, aber ich kannte ihn seit Jahren, das stimmt.« Hapuseneb steckte das Tuch wieder unter den Gürtel und musterte Bak prüfend. »Du behauptest – Nebamun oder war es Userhet? haben mir davon berichtet –, jemand habe Mahu angesprochen und ihn gefragt, ob er Schmuggelware befördern wolle. Es war an dem Abend, als wir uns in Noferys Freudenhaus mit dem Knöchelspiel die Zeit vertrieben haben.«

»So wurde es mir berichtet.« Bak bemühte sich, gelassen zu sprechen, obwohl die Erkenntnis, daß seine Verdächtigen untereinander in Verbindung standen, ihm Unbehagen bereitete.

»Er hat auch gesagt, du würdest einen von uns verdächtigen, einen der fünf, die in jener Nacht dem Spiel frönten. Ich bin davon überzeugt, daß du einer falschen Fährte nachgehst. Weder der Ort, die Leute noch die Umstände rechtfertigen deinen Verdacht.«

Bak zog es vor, das nicht weiter zu erörtern. »Erinnerst du dich, ob in jener Nacht über Schmuggel geredet wurde? Ob sich jemand geheimnistuerisch benahm?«

Hapuseneb wandte sich der Koppel zu, wo ein schwarzer Esel breitbeinig dastand, die Zähne entblößt, und jedem Versuch, ihn einzufangen, trotzte. »Seit ich mit Userhet – oder vielleicht auch Nebamun – gesprochen habe, hatte ich genug Zeit, über jenen Abend nachzudenken. Ich versichere dir, daß ich mich an nichts Besonderes erinnern kann.« Er musterte Bak mit einem scharfen Blick. »Vielleicht, weil nichts geschehen ist. Wer würde denn jemand an einem so lauten Ort wie Noferys Haus wegen Schmuggels ansprechen? Und warum hätte er sich dafür einen solch ehrlichen Mann wie Mahu aussuchen sollen? An der Grenze wimmelt es von Kerlen, die bei weitem williger als er wären, den Geboten unserer Herrscherin zu trotzen.«

»Warum wurde ein Stoßzahn an Bord von Mahus Schiff zu einem Zeitpunkt versteckt, als in Buhen und Kor alle Schiffe streng durchsucht werden?«

Hapuseneb warf den Kopf in den Nacken und lachte. »Ich sehe, du bist mir voraus, Leutnant.«

Tatsächlich? fragte sich Bak. »Mahu wurde ermordet, während er in meiner Obhut war. Ich werde nicht eher ruhen, bis ich den Mann, der ihn ins Jenseits beförderte, gefaßt habe.«

Bak hatte diese Worte unüberlegt von sich gegeben und konnte sie nun nicht mehr zurücknehmen. Er war hin und her gerissen zwischen Befriedigung und Bedauern. Da seine Verdächtigen ihre Gespräche untereinander austauschten, würde die Drohung, auch wenn es sich um eine leere Drohung handelte, dem Mörder bald zu Ohren kommen. Falls er glaubte, daß Bak ein erfahrener Spürhund war, wenn es um Mord ging, würde er sich vielleicht gezwungen sehen zu handeln. Dadurch geriet Bak in große Gefahr, weil sein Gegner den Namen seines Widersachers kannte, er aber nichts über den Mann wußte, den er suchte.

»Ich habe Hapuseneb immer sympathisch gefunden – und klug ist er auch.« Die Mittagssonne brannte auf den Kai nieder und heizte die Steine unter Baks Sandalen auf. Eine leichte Brise trocknete die Schweißperlen auf seiner Stirn. »Er hat mir bewiesen, daß meine Einschätzung richtig war. Während unserer Unterhaltung hatte ich das Gefühl, daß er meine nächste Frage bereits erraten und die Antwort schon parat hatte und er sich bereits auf die übernächste Frage einstellte.«

Imsibas Augen ruhten auf einer Reihe von Schauerleuten, die gebündelte Tierhäute den Steg von Ramoses Schiff hinuntertrugen und den Kai entlang zur Festung brachten. »Bei so vielen Schiffen, die die Gewässer ober- und unterhalb des ›Steingürtels‹ durchpflügen, hätte er mehr Gelegenheit als die meisten anderen, Schmuggelware zu befördern.«

»Würde ein Mann mit einer eigenen Flotte einen Elefantenstoßzahn auf das Schiff eines anderen Kapitäns schmuggeln, wo er keine Kontrolle mehr darüber hätte?«

»Das ergäbe keinen Sinn«, stimmte ihm Imsiba zu.

Bak betrachtete Ramoses Schiff, die schlichten, kräftigen Konturen, das dunkle Holz des Schiffskörpers, die gut gepflegten Beschläge und Stütztaue, die helle neue Farbe des Vorderdecks und das ausgebleichte Deckhaus, dessen Farbe noch nicht erneuert worden war. Sein Blick verweilte auf dem Bug, wo frisches, helles Holz mit dem dunkleren, verwitterten zwischen der Wasserlinie und der Reling einen Gegensatz bildete. Außer ein paar Linien und Kurven war wenig von den verblaßten Hieroglyphen übriggeblieben, die den Namen des Schiffes verkündeten – als wäre der Name selbst der Zerstörung zum Opfer gefallen.

»Ist dieser Kratzer hier frisch? Ich kann mich nicht daran erinnern.«

»Du hast wohl immer auf der falschen Seite des Schiffes gestanden.«

Imsiba starrte auf die Schramme und überlegte scharf. »Ich habe sie schon vor mehreren Tagen bemerkt, bevor Ramose das erste Mal von Buhen nach Abu segelte.«

Der stämmige Medja Psuro folgte dem letzten der Träger, die die Bündel schleppten. »Das wär's, Herr. Es sind nur noch die Kupferbarren unter Deck übrig. Wir werden dafür den größten Teil des Nachmittags brauchen, und morgen werden wir Kapitän Ramoses ursprüngliche Ladung wieder an Bord bringen.«

»Es ist nicht nötig, die Männer zu sehr anzutreiben«, sagte Bak. »Das Schiff fährt nirgendwohin.«

»Die Schiffsmannschaften verlieren allmählich die Geduld, Herr.« Psuro bedachte seine Vorgesetzten mit einem schiefen Grinsen. »Heute morgen bestieg ich ein Boot und hatte eine Zeitlang Angst, man würde mich über Bord werfen.«

»Das überrascht mich nicht« erwiderte Imsiba. »Tag für Tag durchsucht zu werden würde den geduldigsten Mann in Rage bringen.«

»Sucht den alten Meru auf«, sagte Bak zu seinen Untergebenen. »Auch wenn er unzählige Gefälligkeiten erwartet, er allein ist in der Lage, die murrenden jungen Männer zu beruhigen.«

Als die beiden sich entfernten, eilte Bak den Landungssteg zu Ramose hinauf, der am Bug seines Schiffes stand und beobachtete, wie ein halbes Dutzend seiner Leute das leere Deck gründlich säuberte. Bak dankte dem Kapitän dafür, daß er Zeit und Mühen nicht gescheut hatte, Roys Mannschaft und Ladung zurück nach Buhen zu befördern, und überbrachte ihm von Kommandant Thuty eine Einladung zum Abendessen, erinnerte ihn aber auch daran, daß er noch nicht ablegen dürfte.

»Warum darf ich nicht lossegeln?« fragte Ramose. »Bevor wir nach Abu aufbrachen, wurde mein Schiff vom Bug bis zum Heck inspiziert. Deine Männer waren dabei, als meine Fracht vor drei Tagen entladen wurde, und haben jedes einzelne Stück mit dem Verzeichnis verglichen, und morgen werden sie das Ganze wieder an Bord bringen.«

»Wir werden dich nicht ewig festhalten.« Thuty sollte ihn ruhig mit einem guten Mahl und viel Bier aufheitern, dachte Bak bei sich. »Wie ich sehe, ist der Bug repariert worden. Was ist damit passiert?«

»Wir sind auf Grund gelaufen, nachdem wir gegen einen Felsen prallten.«

Bak bemerkte in der Stimme des Kapitäns einen scharfen Unterton und sah, wie er ungehalten das Kinn hochreckte. Er hatte einen wunden Punkt berührt. War es vielleicht verletzter Stolz? Oder etwas anderes?

»Du hast dich mit Mahu beim Knöchelspiel amüsiert …«, fuhr Bak fort und gab wieder, was Sitamun ihm berichtet hatte.

»Ich habe nicht gehört, daß jemand über Schmuggel oder etwas dergleichen gesprochen hätte, was zu Mahus Mörder führen könnte.« Ramose kratzte sich an seinem vorgewölbten Bauch und blickte finster drein. »Du weißt, wie es hier zugeht. Die Gerüchte brodeln. Wir haben nichts zu tun, jeden Tag der gleiche Trott, also wird alles aufgebauscht, was wir so aufschnappen. Und wenn ein Mann stirbt, wie jetzt Mahu, wird die Geschichte von jedem, der sie weitererzählt, noch weiter ausgeschmückt .«

Angesichts der sich überstürzenden Ereignisse der letzten Tage erschien Bak ein langweiliges Routineverhör durchaus verlockend. »Hast du wirklich niemanden bemerkt, der sich vertraulich mit Mahu unterhalten hat?«

»Nein, niemanden«, erwiderte Ramose. »Ich habe dem Bier stärker zugesprochen, als mir guttut, das gebe ich zu, aber mir entgeht trotzdem keine Heimlichtuerei. Wenn zwei Männer miteinander tuscheln, werde ich sofort aufmerksam.«

Sofern dir nicht der Alkohol die Sinne benebelt, dachte Bak. »Und dich hat niemand mit dieser Absicht aufgesucht?«

Ramoses Mund war nur noch ein dünner Strich, und sein Gesicht verriet Zorn. Er wollte gerade zu sprechen anheben, als sein Blick auf die Männer fiel, die am anderen Ende des Decks auf Knien den Boden schrubbten. Er schüttelte den Kopf.

»Also ist doch etwas vorgefallen«, wagte sich Bak vor.

Ramose zögerte lange. Als er endlich zu reden begann, schleuderte er die Worte heraus, als würden sie seine Zunge verbrennen. »Es war vor einem Monat. Ein halbnackter Angehöriger eines Wüstenstammes kam auf dem Kai von Kor auf mich zu. Er schlängelte sich heran wie eine Schlange, und sein Flüstern klang wie das Zischen einer Viper. Er stellte mir großen Reichtum in Aussicht, wenn ich Schmuggelware an Bord nähme. Weißt du, was ich getan habe?«

Bak schüttelte den Kopf, wollte ihn nicht unterbrechen.

»Ich habe ihn in den Fluß geworfen! Genau das!« Ramose holte tief Luft, versuchte sich zu beruhigen und schnarrte: »Seither habe ich ihn nicht mehr gesehen.«

Bak dachte an den ausgebesserten Bug und konnte erraten, was geschehen war. »Nach seinem unfreiwilligen Bad ist er heimlich zurückgekommen, nicht wahr? Er hat ein Loch in dein Schiff gebohrt und den Namen zerstört, womit er dir zu verstehen gab, daß er das Schiff versenken würde, wenn du ihn verrätst.«

Ramose biß sich auf die Zähne und starrte ihn an. »Nein! Niemand hat mich bedroht.«

Bak wurde klar, daß Ramose nicht reden würde. Er hatte zuviel zu verlieren: sein Schiff, die Mannschaft und die Ladung. »Warst du überrascht, als du von dem Schmuggelgut erfahren hast, das wir auf Kapitän Roys Schiff aufgespürt haben?«

Ramose entspannte sich sichtlich, da er jetzt wieder Boden unter den Füßen hatte. »Um ganz ehrlich zu sein, nein. Ich bin jahrelang mit Roy auf diesen Flußläufen gesegelt, und ich habe nie erlebt, daß er die Göttin Maat beleidigt hätte. Aber es wird allerhand gemunkelt. Du weißt, wie das ist. ›Wo war sein Schiff während der Nacht vertäut?‹ – ›Er ist vor mir nach Buhen gefahren, aber ich bin vor ihm in Ma'am angekommen.‹ Solche Dinge eben.«

Bak bückte sich, um eine Ameise von seinem Fuß abzustreifen. »Ist dir von einer Fahrt zur nächsten nichts Ungewöhnliches in bezug auf seine Ladung aufgefallen?«

»Wie hätte ich wissen sollen, was er an Bord hatte? Es war nicht meine Aufgabe, sein Schiff zu durchsuchen, mit dem Verzeichnis in der Hand.«

Baks Lächeln war alles andere als entspannt. Er kam sich vor wie ein Mann, der in einem Dutzend Weiher Angeln auslegte, ohne zu wissen, welcher überhaupt Fische enthielt. »Zu diesem Zeitpunkt hast du wohl erfahren, daß wir noch ein Opfer tot aufgefunden hatten, während du unterwegs warst.«

»Intef, den Jäger.« Ramose warf einen finsteren Blick auf die Männer, die das Deck schrubbten. »Er war ein einfacher Mann, aber sympathisch.«

»Du hast ihn gekannt?« fragte Bak überrascht.

»Manchmal fuhr er auf meinem Schiff von Kor nach Buhen. Das ist kein weiter Weg, aber wenn ein Mann und seine Esel erschöpft sind, erscheint er weit und beschwerlich. Als Dank hat er mir ein oder zwei Hasen geschenkt.« Ramose lächelte vage. »Ich werde ihn vermissen.«

Die Schlichtheit dieser Worte erschütterte Bak. Er fragte sich, ob er vielleicht zu mißtrauisch war.

»Hat er je etwas über seine Streifzüge in der Wüste erzählt?«

»Er sprach wenig, hat es vorgezogen, zuzuhören, wenn wir von unseren Reisen berichteten.« Ramose starrte bekümmert auf seine Hände. »Er ist in der Oase über dem Fluß aufgewachsen und hat sich danach gesehnt, mehr von der Welt zu sehen, Schiffer zu werden. Ich habe ihm mehr als einmal eine Koje angeboten, aber er sagte mir, daß er eine Familie habe, einen Hof, den er nicht lange allein lassen konnte.« Er wandte sich ab, seine Stimme klang rauh. »Ich wünschte, ich wäre beharrlicher gewesen, hätte ihn überredet, mit uns nach Abu zu segeln. Wenigstens ein einziges Mal.«

»Leutnant Kay kann mit einem Bogen umgehen«, sagte Hori, »aber wie ich von seinem Sergeanten erfuhr, ist er nicht besonders geschickt darin.«

Der junge Schreiber hob einen schweren Korb hoch, in dem die Papyrusrollen verstaut waren, die in den Krügen gesteckt hatten. Ein Krug mit den neuesten Berichten blieb auf der Bank, aber den ungeordneten Rest von amtlichen Schreiben hatte er in einem abgetrennten Raum hinter der Eingangshalle untergebracht.

»Was die anderen angeht«, fuhr er fort, »habe ich in den Aufzeichnungen über die jeweilige Person nichts gefunden, was besonders auffällig gewesen wäre. Sie haben als Halbwüchsige gelernt, sich zu verteidigen, aber falls sich einer mit dem Bogen besonders hervorgetan haben sollte, wurde dies nicht vermerkt. Und keiner konnte sich erinnern, sie je mit einer Waffe angetroffen zu haben.«

»Also wieder eine Sackgasse.« Baks Stimme klang enttäuscht.

»Von Kapitan Ramose hast du nichts Neues erfahren, Herr?«

»Vor einem Monat ist jemand an ihn herangetreten, ob er Schmuggelware befördern würde, aber er hat den Mann erbost in den Fluß geworfen. Und jetzt weist der Bug seines Schiffes Kratzer und ein Loch auf.« Bak schnaubte zynisch. »Er behauptet, er sei auf Grund gelaufen.«

In Horis Augen blitzte es. »Glaubst du, es wäre nützlich, wenn ich mich ab und an mit den Männern seiner Mannschaft unterhalte?«

»Sie wissen, wer du bist, und Ramose hat ihnen bestimmt eingetrichtert, den Mund zu halten, aber ...« Bak überlegte, wie locker der junge Mann war im Umgang mit anderen und wie überzeugend er auftrat. »Na gut, wir haben nichts zu verlieren.«

»Stimmt, Herr«, grinste Hori.

Bak begab sich in die Ecke, wo ein Bogen, Köcher und mehrere Pfeile lagen, nahm sie auf und legte sie auf das Bündel des Schreibers. »Sobald du dich deiner Last entledigt hast, bringst du diese Waffen ins Arsenal. Stelle fest, ob sie irgendwelche besonderen Merkmale aufweisen. Mir springen keine ins Auge, aber ich bin kein Experte.« Er schob den Jungen aus dem Raum und fügte noch hinzu: »Finde auch heraus, wie leicht man in den Besitz von Bogen, Köcher und Pfeilen gelangen kann.«

»Ja, Herr.«

Die tiefe Stille lenkte Baks Aufmerksamkeit auf die diensthabenden Wachen. Zwischen ihnen auf dem Boden lag das Knöchelspiel, für das sich im Augenblick keiner interessierte. Einer der Männer löste eine einfache Bronzekette vom Hals, nahm ein grünes Amulett aus Fayence mit dem Auge des Horus ab und reichte es seinem Gefährten. Bak vermutete, daß dieser eine Wette gewonnen hatte. Vermutlich war es darum gegangen, wie lange Hori noch in Baks Diensten stehen würde. Als der Schreiber an ihnen vorbeiging und durch eine Hintertür verschwand, blinzelte der eine dem anderen zu, was Baks Vermutung bestätigte.

Er schmunzelte und überlegte, worum sie als nächstes wetten würden. Dann kehrte er in seinen Amtsraum zurück. Er setzte sich auf den weißen Sarg und überdachte sein Gespräch mit Ramose. Der stämmige Kapitän war nie weiter als bis nach Kor gekommen, aber er hatte viele Jahre in Wawat verbracht und konnte einen zuverlässigen Verbündeten im Süden haben. Er hätte sich Mahu mühelos nähern können, um ihn zu fragen, ob er Schmuggelware an Bord nehmen wolle. Zu dem Zeitpunkt, als der Mord begangen wurde, lag sein Schiff in Buhen.

Es war aber unmöglich, genau festzustellen, wann Intefs Ka, seine Seele, seinen Körper verlassen hatte. Er war irgendwann am frühen Morgen gestorben, mehr als eine Stunde Fußmarsch südlich von Buhen, und Ramose war am selben Vormittag von Buhen nach Norden aufgebrochen. Es war fast ausgeschlossen, daß er den Mord begangen hatte und dann auf sein Schiff zurückgekehrt war, um planmäßig abzulegen: nur Götter waren dazu imstande, kein gewöhnlicher Mensch. Wenn Mahus Tod mit dem von Intef in Zusammenhang gebracht werden konnte, war Ramose sicher weder an dem einen noch an dem anderen beteiligt. Das Loch in seinem Schiff, die Angst in seinem Blick schienen seine Unschuld zu unterstreichen.

»Wir spielen nicht oft hier«, sagte Mery. »Diese Gräber sind noch zu neu.«

»Wir erledigen Besorgungen für die Männer«, erklärte sein kräftiger Freund. »Ihre Frauen schicken ihnen Essen und Trinken, manchmal brauchen sie Werkzeuge, oder jemand wird verletzt, und wir holen Hilfe.«

Bak betrachtete die klaffende Öffnung eines Grabes, das kegelförmig in einem natürlichen Grabhügel aus Sandstein lag. Die Sandsteinformation erhob sich in einiger Entfernung hinter Buhen. Weiter entfernt befand sich der nicht sehr erhabene Grat, den sie auf ihrem Weg nach Süden zu Intefs Leiche entlanggegangen waren.

Hinter dem Grabeingang milderte ein flutendes Licht die Dunkelheit im Inneren, und Stimmen durchbrachen die Stille. Sie gehörten den Männern, die den Stein aushöhlten, damit ein örtlicher Würdenträger hier begraben werden konnte, wie es in Kemet üblich war. Lehmziegel, die in der Nähe aufgestapelt waren, wurden später gebraucht – wenn das Grab ausgeschaufelt und der Tote begraben war. Man vermauerte damit die Tür und errichtete ein Gewölbe über dem Eingang und einen ummauerten Vorhof. Am Hügel reihten sich weitere frisch ausgehobene Gräber aneinander; ihre Dächer und Höfe waren unversehrt, ihre Opfersteine hell und strahlend, unbeeinträchtigt von Sonne, Wind oder Sand.

Bak schaute zu Imsiba, dessen kaum wahrnehmbares Schaudern ihm verriet, was der Medja davon hielt, in den Gräbern herumzuschaufeln.

»Vier oder fünf der Gräber sind schon vor langer Zeit entstanden, als Buhen gerade gegründet war. Das sieht man an den Ziegelsteinen, die damals benutzt wurden; sie sind größer als unsere.« Merys Miene war ernst, seine Stimme klang etwas großspurig, erinnerte an Kommandant Thuty, wenn er den Vizekönig in Buhen herumführte. »Aber sie sind alle luftdicht zugemauert worden. Niemand konnte sie aufbrechen, ohne daß alle Welt es erfahren hätte.«

»Kennt ihr noch andere alte Grabstätten weiter draußen in der Wüste?«

»Wir haben davon gehört und die Gegend um Buhen abgesucht. Aber das eine Mal, als wir uns so weit hinauswagten, daß wir die Festung aus den Augen verloren, war mein Vater so wütend und verabreichte mir Prügel, daß ich eine Woche lang nicht mehr sitzen konnte.«

»Und ich auch nicht«, fügte der kleinste Junge schnell hinzu.

Den vier anderen war es nicht anders ergangen.

Bak verkniff sich ein Lächeln und kehrte dem Grab den Rücken. Imsiba, so stellte er fest, hatte sich bereits zurückgezogen, konnte es anscheinend nicht abwarten, diese Stätte zu verlassen.

Sie wateten durch hohen, losen Sand, stiegen breite Felsplatten hinunter, die Gräber enthielten, die sie auf ihrer Wanderung nach draußen erforscht hatten. Die Jungen schlenderten hinter ihnen her und spielten mit ihren Schatten Fangen. Diese Gräberanlage und auch eine andere weiter nach Osten existierten noch nicht lange. In der Nähe der Festung befanden sich keine weiteren Grabstätten, und Bak konnte davon ausgehen, daß Intef den alten Schmuck weiter weg gefunden hatte.

Diese Überlegung rief einen anderen Gedanken wach, und er schnippte mit den Fingern.

»Die junge Witwe Nehi. Wir müssen zu ihrem Hof zurück.« Er blickte zum Himmel hoch und nickte. »Bis zum Einbruch der Dunkelheit ist es noch eine Weile hin. Wenn wir Glück haben, hat sich inzwischen Penhet mit ihr in Verbindung gesetzt.«

»Vielleicht ist sie jetzt bereit zu reden.«

Bak flehte förmlich darum. Er verspürte keine Lust, in ihr Haus einzudringen und es auf den Kopf zu stellen, um die Gegenstände zu finden, die, da war er sich sicher, ihr Mann dort versteckt hatte.

Sie verließen den losen Sand und gingen nun auf dem Wüstenpfad, der auf das massive, turmähnliche Westtor an der Außenmauer zulief. Ein Fußweg führte sie über den trockenen Graben, der die Grundmauer der Befestigungsanlage schützte. Schwalben stießen von ihren Nestern auf den Zinnen herab und verfolgten einen Fliegenschwarm, der einen grünlichen Dunghaufen unweit des Tores umkreiste, während Sperlinge tschilpten und darauf warteten, bis sie an der Reihe waren.

Bak betrachtete die Vögel, das unbewachte Tor und den menschenleeren Weg zwischen dem Graben und der Grundmauer des Befestigungsturms. »Wo ist der Wachposten?«

Imsiba folgte seinem Blick. »Er kann nicht weit sein, denn er weiß, der Wachoffizier würde ihm den Kopf abreißen.«

Sie gingen um den Dunghaufen herum, scheuchten die Vögel hoch und begaben sich zu dem Durchgang, der durch den Turm führte. Abgesehen von dem durch die Sonne erzeugten Lichtschimmer am Anfang des Ganges war er nachtschwarz. Bak zögerte, dachte an Mahu und die Art und Weise, wie dessen Mörder das viel kleinere, östliche Tor zu seinem Vorteil genutzt hatte, das Licht und den Schatten dort, seine vorübergehende Blindheit. Er warf Imsiba einen Blick zu und bemerkte, daß der große Medja denselben Gedanken hatte.

»Ich sollte doch meinen Speer und meinen Schild öfter bei mir tragen.« Imsiba tat zwar locker und ungezwungen, überspielte damit aber nur seine böse Vorahnung.

»Der Wachposten hat sich wahrscheinlich nur kurz entfernt, um sich zu erleichtern, das wird es sein.« Bak wandte sich nach den Jungen um, die kicherten, sich anstießen und nebeneinander den Fußweg zur Ecke des Turms entlangmarschierten. »Sollen wir weitergehen? Während sie durch ihr Spiel abgelenkt sind?«

Die beiden Männer schritten voran, folgten dem Lichtstrahl in den Durchgang, jeder eng an die Wand gedrückt. Als sie die Dunkelheit umgab, blieben sie stehen und starrten auf das helle Rechteck am anderen Ende. Hier befand sich das erste von zwei Hindernissen – hintereinanderliegende Höfe, die den Feind in die Falle locken und die Verteidiger der Festung schützen sollten.

Bak hatte mehr als acht Jahre als Soldat gedient, die meiste Zeit davon als Offizier der Wagenlenker. Dank der Schnelligkeit seiner Pferde und der Höhe seines Wagens war er nie unmittelbar mit dem Feind in Berührung geraten. Zum ersten Mal bekam er hier eine Vorstellung davon, was es bedeutete, eine Festung anzugreifen, ein Tor zu durchschreiten, über dem möglicherweise der Feind lauerte, bewaffnet mit Pfeil und Bogen, Schleudern und heißem Öl. Es lief ihm kalt den Rücken herunter.

Sie gingen weiter, eingehüllt in die Dunkelheit. Vier Schritte, fünf, sechs. Am Ende des Durchgangs und immer noch im Schatten, blieben sie stehen, um den ersten Hof vor ihnen in Augenschein zu nehmen. Er war zum Himmel hin offen, mit einem Turm auf beiden Seiten und Mauern, die bis zu den Zinnen reichten. Ein leises Stöhnen lenkte ihre Aufmerksamkeit nach rechts, zu dem Wachposten, der gekrümmt auf dem Pflaster außerhalb des Durchgangs lag. Bak und Imsiba gaben keinen Mucks von sich, blickten sich um und lauschten. Da sie nichts sahen und keinen Laut hörten, trat Bak aus dem Schatten heraus, duckte sich seitwärts und ließ sich neben dem ohnmächtigen Mann auf die Knie fallen. Etwas schlug dumpf auf dem Pflaster nahe der Stelle, an der sich Bak soeben befunden hatte, auf – ein Pfeil, der bis zum Schaft in den Boden eingedrungen war und unter dem Aufprall zitterte. Auf der anderen Seite des Hofs in dem nächsten dunklen Durchgang, der zum zweiten Hindernis führte, nahm Bak verschwommen etwas wahr. Eine Hand fuhr hoch im Sonnenlicht, ein Bogen spannte sich, und ein Pfeil setzte sich in Bewegung.

Bak griff nach dem braungelben Schild des Wachpostens, hob ihn blitzschnell hoch und tastete vergeblich nach dem Speer des am Boden liegenden Mannes. Der Pfeil sauste durch die Luft, der Schild fiel ihm aus der Hand. Imsiba gab einen seltsamen, überraschten Laut von sich. Bak drehte sich um und sah, wie der Medja seinen Oberarm umklammerte. Aus einer langen, häßlichen Wunde floß Blut über seine Finger.

Plötzlich war der Durchgang von fröhlichem Gelächter erfüllt, und die Jungen stürzten in den Hof.

»Zurück!« schrie Bak.

Die Jungen drehten sich ruckartig um, wußten nicht, was los war.

»Zurück in den Durchgang!« brüllte Bak.

Mery entdeckte Imsibas blutigen Arm und den bewußtlosen Wachposten. Er riß die Augen und den Mund weit auf und japste: »Was ist geschehen, Herr?«

Die schattenhafte Gestalt verschwand aus dem Durchgang vor ihnen. Der Bogenschütze hatte es vorgezogen, zu fliehen. Es waren zu viele Zeugen hier, zu viele Personen, die er hätte zum Schweigen bringen müssen, wenn sie ihn erkannt hätten. Bak, dessen Miene nichts Gutes verhieß, zog den Speer unter dem Wachposten hervor und nahm den Schild hoch, dessen braungelbe Haut vom Pfeil geschrammt worden war, der dann Imsibas Arm getroffen hatte. Er schaute zu dem Medja hin. Dessen Wunde sah tief aus und tat bestimmt ziemlich weh, war aber nicht lebensbedrohlich.

Imsiba warf ihm ein gezwungenes Lächeln zu und sagte: »Los, mein Freund, mach, daß du ihn zu fassen bekommst.«

Bak berührte die unverletzte Schulter des Medjas und wandte sich den Jungen zu. »Bleibt hier«, befahl er ihnen. »Ich hole Hilfe, so rasch wie ich kann.«

Er sah, daß Mery nicht unter ihnen war. Flinke Schritte lenkten seine Aufmerksamkeit ans andere Ende des Hindernisses, wo der Junge, so schnell wie der Wind, im nächstliegenden dunklen Durchgang verschwand. Bak stieß einen Fluch aus und stürzte ihm nach. Gewiß hielt sich der Bogenschütze nicht mehr im Gebäude versteckt, um auf die nächste Gelegenheit zu warten, aber es blieb ein Risiko. Der Junge konnte entführt, ja getötet werden.

Obwohl Bak im finsteren Durchgang nicht viel sah, entdeckte er Mery in dem rechteckigen Lichtschein am anderen Ende. Weit und breit keine Spur von einem Bogenschützen. Er eilte weiter, packte den Jungen am Oberarm und tadelte ihn flüsternd. Dann gingen sie weiter. Mery dicht hinter Bak, gelangten sie zum zweiten, größeren Hindernis, liefen dort von einem Turm zum anderen. Sie schlüpften in den Schatten des allerletzten Hindernisses, den dritten Durchgang, und bahnten sich schließlich einen Weg durch die Dunkelheit nach draußen.

Die gewöhnlich gut bevölkerte Durchfahrtsstraße vom Tor zur Zitadelle lag leer und verlassen im Sonnenlicht. Tauben saßen auf den zerfallenden Mauern und Gewölben der alten Gräberanlage und putzten sich in der Sonne. Von der Außenstadt stiegen schmale Rauchschwaden auf. Hinter den weißen Mauern gegenüber lachten Kinder, ein Mann schimpfte, Frauen plauderten miteinander. Eine süße kindliche Stimme sang ein altes Liebeslied, begleitet von einer Laute, die mit erstaunlichem Geschick gespielt wurde. Sie konnten keinen Mann mit Pfeil und Bogen entdecken.

»Er ist weg«, stöhnte Mery.

Bak stieß einen Fluch aus. Die Außenstadt war nicht groß, aber es gab wohl keinen günstigeren Ort, um unterzutauchen, als in ihrem Labyrinth aus unzähligen Gassen. »Wir müssen den Wachposten am Tor der Zitadelle unterrichten, damit er Hilfe für Imsiba und den Verletzten holt. Und dann, mein junger Freund, werden wir von Haus zu Haus gehen und jeden einzelnen befragen.«

Da der Tag zur Neige ging, wimmelte es überall von Menschen. Männer legten die Werkzeuge aus der Hand, um nach Hause zu gehen; Gelächter und Kumpanei erfüllte die Gassen. Frauen und Kinder traten aus ihren Häusern oder gingen hinein oder hielten sich auf den Dächern auf, wo es noch hell war und eine kühle Brise wehte. Das, so erklärte Bak Mery, werde ihre Befragung erleichtern, vielleicht führte sie sogar zum Erfolg.

Sie gingen schnell, ohne ein Haus auszulassen, von einem Dach zum anderen, stiegen Treppen hinauf und hinunter, betraten Wetterschächte und Höfe, befragten jeden, der ihnen in den Weg lief. Als sie so gut wie die halbe Außenstadt befragt hatten, war sich Bak sicher, daß ihr Wild längst die Flucht ergriffen hatte. Trotzdem machte er weiter, weil er hoffte, daß vielleicht doch jemandem ein mit Pfeil und Bogen bewaffneter Mann, der es eilig gehabt hatte, aufgefallen war.

Als er eine offene Falltür entdeckte, stieg er rasch die Stufen hinunter, der Junge dicht hinter ihm, und landete in einem schäbig ausgestatteten Raum. Aus einer staubigen Gebetsnische blickte ihm die schwangere Göttin Taurt mit dem Kopf eines Flußpferdes entgegen.

Eine Frau unbestimmten Alters und mit zotteligen Haaren stürzte durch eine Hintertür herein. Sie starrte Bak feindselig an und kniff die Lippen zusammen. »Raus aus meinem Haus, du .. du …« stotterte sie, weil ihr die Worte fehlten.

»Ich bin Leutnant Bak, Chef der Medja-Polizei. Ich suche einen Mann …«

»Du bist das also!« schnarrte sie. »Leutnant … wie auch immer du heißt. Genau dich möchte ich sprechen«

Mery öffnete den Mund, um etwas zu sagen. Bak, der nur mühsam seine Zunge im Zaum halten konnte, warf dem Jungen einen warnenden Blick zu. Er machte sich Sorgen um Imsiba und war entmutigt von dieser Suche, die er für sinnlos hielt, aber er wußte auch, daß oft Hilfe kam, wenn man sie am wenigsten erwartete.

Als er einen Schritt auf die Frau zuging, verschwand sie durch die rückwärtige Tür. Bak war nicht sicher, ob sie Angst vor ihm hatte oder ob sie ihm etwas zeigen wollte. Also folgte er ihr in die Küche, wo es nach verbrannten Zwiebeln und Fisch roch.

Die Frau griff nach einem Gegenstand neben dem Herd, den er nicht gleich erkennen konnte. Dann stellte sie sich in Positur, die flache Brust nach vorne gereckt, die Augen blitzend, und streckte ihm einen langen Bogen hin. »Da!« keifte sie und hielt ihn ihm vors Gesicht. »Nimm das Ding da, bevor ich die Sehne jemandem um den Hals schlinge.« In der anderen Hand hielt sie einen Köcher mit etwa einem Dutzend Pfeilen.

Bak griff nach dem Bogen, da er befürchtete, sie würde ihn in ihrer Wut in sein Gesicht stoßen. Den Köcher gab sie ihm nur widerwillig, als fürchte sie, dann keinen Grund mehr zur Klage zu haben. Er sah, daß es sich um die übliche Ausrüstung der Soldaten handelte, die sich in nichts von den Waffen unterschied, die er nach Mahus und Intefs Tod gefunden hatte. »Woher hast du das?«

Die Frau kniff ihren Mund zu einem schmalen Strich zusammen. Sie deutete auf ein Dach aus rauchgeschwärzten Palmwedeln, die lose über ein Gestell aus dünnen Pfosten verteilt waren. »Da! Jemand hat das Zeug in meine Küche fallen lassen, während ich unser Abendessen zubereitete.« Ihre Stimme wurde schrill. »Es ist auf die Pfanne herabgestürzt, dabei ist meine Schüssel zersprungen, was zur Folge hatte, daß unsere Suppe sich in die Gegend ergoß. Jetzt haben wir nur noch Brot zum Essen und Bier!«

10. Kapitel

»Es brennt wie Feuer«, gab Imsiba zu, »aber ich kann den Arm benutzen, wenn es sein muß.«

Bak stand in der Tür seines Amtsraumes. Er bemerkte den schmerzverzerrten Ausdruck auf dem Gesicht des Medjas und betrachtete etwas genauer den dicken Verband um dessen Oberarm, der von einem großen unordentlichen Knoten zusammengehalten wurde. Eine ölig-grüne Salbe mit dem scharfen Geruch von Flohkraut quoll an den Rändern des Leinenstoffes hervor. Durch jahrelange Erfahrung hatte der Arzt der Garnison äußerstes Geschick in der Behandlung von Wunden erworben, aber seine Verbände ließen zu wünschen übrig. »Halte den Arm heute ruhig, wie der Arzt dir empfohlen hat. Jetzt, da Hori weg und die Bank benutzbar ist, gibt es nirgendwo mehr Ruhe und Bequemlichkeit als hier.«

»Zehn!« schrie einer der wachhabenden Männer, und die Knöchelbeine verteilten sich mit lautem Krachen auf dem Boden der Eingangshalle. Er beugte sich vor, um nachzusehen, und hieb dann mit der Faust auf den harten Lehmboden. Er fluchte laut vor sich hin. Sein Spielgefährte lachte abfällig.

Imsiba grinste. »Ziemlich ruhig hier, was?«

»Während du hierbleibst, wo dir nichts passieren kann, werde ich Nehi jenseits des Flusses aufsuchen.« Wie der Sergeant strahlte Bak übers ganze Gesicht. »Gestern hast du mich, wie du dich wohl erinnern wirst, von meiner Absicht abgehalten, indem du dir einen Pfeil in den Arm hast schießen lassen.«

»Herr!« Hori kam laut rufend hereingestürmt.

Bak verkrampfte sich unwillkürlich. Er wußte nicht, was ihm jetzt schon wieder bevorstand. Seit fast einer Woche hatte ihm der junge Schreiber jedesmal eine Nachricht von Tod oder Zerstörung überbracht, wenn er so plötzlich hereingeplatzt war.

»Ich bin draußen am Kai gewesen.« Hori lehnte eine Angelrute an die Wand und stellte einen muffig riechenden Korb am Boden ab. Wasser lief durch den grob geflochtenen Behälter, der halbvoll mit kleinen silbrigen Fischen war. »Ein Mann kam gerade über den Fluß herüber, einer von Penhets Gesinde. Er hat eine Nachricht für dich gebracht, Herr, von Frau Nehi. Sie bittet dich zu sich, weil sie mit dir zu reden hat.«

Imsiba warf Bak ein Lächeln zu, als wolle er ihn beglückwünschen. »Dein Vorschlag für Penhet scheint gute Früchte zu tragen.«

»Bist du sicher, daß dieser Mann wirklich derjenige ist, der er zu sein behauptet?« Nach dem Hinterhalt des gestrigen Tages hielt Bak es für klüger, Vorsicht walten zu lassen.

Imsiba erhob sich. Das Lächeln wich einem besorgten Blick. »Ich werde mit dir zum Kai gehen, mein Freund. Ich habe an dem Tag, an dem Rennefer ihren Mann zu ermorden versuchte, meine Zeit mit den Leuten von Penhets Hof verbracht. Ich kenne sie alle.«

»Als Penhet nach mir schicken ließ, wußte ich nicht, was mich erwarten würde.« Nehi warf Bak ein schüchternes Lächeln zu. »Ich wußte, wer er war. Ich bin viele Male den Weg durch seine Felder gegangen. Jedes Mal, wenn ich ins Dorf unterwegs war.« Sie lächelte in sich hinein. »Ich habe ihn um seine reichen Ernten beneidet und um sein gesundes Vieh, den Überfluß, in dem er lebte. Niemals hätte ich mir träumen lassen, daß er mich einladen würde, dort zu wohnen.«

Bak bemühte sich, sie nicht anzustarren. Jetzt, nachdem ein Großteil der Sorgen von ihren Schultern genommen war, wirkte Nehi wie verwandelt. Man würde sie zwar nie als Schönheit bezeichnen, aber auf ihre ganz eigene Art war sie attraktiv, ja in ihrer Magerkeit sogar verführerisch. »Magst du ihn?«

»Er ist ein guter Mann. Sanft und warmherzig. Und so fröhlich! Wie er lachen kann, obwohl sein ganzes Leben durcheinandergeraten ist, das verstehe ich nicht.«

Nachdem Rennefer nun mehr als eine Woche im Wachhaus eingesperrt war, konnte sich Bak gut vorstellen, wie befreit Penhet sich gefühlt haben mußte. Griesgrämiger als sie konnte keine Frau sein. »Holt er deine Kinder oft zu sich?«

»Sie sind fast immer bei ihm.« Ihr Lächeln wurde breiter. »Er hat ihnen Spielzeug geschenkt und mit ihnen gespielt. Wenn seine Wunden ihm nicht so sehr zu schaffen machten, würde er gewiß auf dem Boden mit ihnen herumtollen.«

Bak ließ seinen Blick über ihre schwellenden Brüste und ihren Leib wandern. »Wenn er wieder gesund ist, wird er eine Frau in seinem Bett haben wollen und ein Kind, das sein eigenes ist.«

Sie schaute auf das ungestrichene Haus und die Felder, die sie in so mühsamer Arbeit der Wüste abgerungen hatten, auf die ordentlichen Reihen von tapferen kleinen Melonenpflanzen. »Verglichen mit diesem armseligen Zipfelchen Land gleicht sein Hof dem paradiesischen Feld aus Schilfrohr.« Sie meinte damit das Land, das von den ehrwürdigen Ahnen bewohnt wurde, von Menschen, deren Taten besonders ruhmvoll waren. »Ich werde ihm mit Freuden all das geben, wonach es ihn verlangt.«

Sie standen unter dem Pultdach der Hütte im Schatten der uralten Weinstöcke. Das Innere war leer, das Federvieh und die anderen Tiere befanden sich bereits auf Penhets Hof. Zwei Männer, Feldarbeiter von Netermose, arbeiteten am unteren Ende auf dem Melonenfeld. Das Haus, so vermutete Bak, würde bald von einem der Feldarbeiter bewohnt werden. Nehi hatte das Anwesen von ihrem Mann geerbt. Statt es zu veräußern oder es der sich immer weiter ausbreitenden Wüste zu überlassen, hatte sie mit Netermose eine ähnliche Vereinbarung getroffen, wie dieser sie mit Penhet abgesprochen hatte: er würde das Land bearbeiten, dafür würde sie die mageren Gewinne mit ihm teilen.

»Du hast mich aus einem bestimmten Grund kommen lassen«, erinnerte Bak sie.

Nehis Gesicht verdüsterte sich, sie drehte verlegen am Ring mit dem grünlichen Stein. »Ich … Ich bin mir nicht sicher …« Ihre Stimme verstummte, und sie senkte den Blick.

Er fluchte leise vor sich hin. Was mußte er noch tun, um ihr Vertrauen zu gewinnen? »Wenn du mir etwas zu sagen hast, was mir weiterhilft, den Mörder deines Mannes zu finden, dann bitte ich dich, sprich!«

»Nein, ich ….« Sie legte schützend die Hand auf ihren Bauch, als müsse sie ihr ungeborenes Kind schützen. »Ich hätte dich nicht herbitten sollen.«

»Frau Nehi!« Bak versuchte sich in Geduld. Es war besser, wenn er die Informationen langsam aus ihr herauslockte, als sie unverblümt danach zu fragen. »Wenn ich dich für die Fehler deines Mannes hätte bestrafen wollen, hätte ich dann wohl Penhet gebeten, dich bei sich aufzunehmen?«

Sie war verängstigt, und ihre Stimme zitterte. »Ich danke dir von ganzem Herzen. Aber wie kann ich ein Versprechen brechen, das ich einem Mann gab, der nicht mehr unter den Lebenden weilt?«

»Wie kannst du etwas für dich behalten, wenn der Kerl, der deinen Ehemann ermordete, noch immer frei in Buhen herumläuft? Erst gestern hat er versucht, mich aus dem Hinterhalt zu töten, und hat dabei meinen Sergeanten verletzt. Ich danke Amun dafür, daß wir heute nicht beide im Haus des Todes liegen und wie für deinen Mann auch für uns Gebete gesprochen werden.«

Die Worte waren ihm einfach entschlüpft, ohne daß er groß darüber nachgedacht hatte. Eigentlich hatte es ihm nur sein Instinkt eingegeben, daß es derselbe Mann sein mußte, der Intef ermordet und der ihm und Imsiba aufgelauert hatte. Und daß es einen Zusammenhang zwischen Intefs und Mahus Tod geben mußte.

Sie starrte ihn an. »Warum sollte er dich umbringen wollen?«

»Warum hat er deinen Mann getötet?« fragte Bak zurück. »Etwa wegen der paar Schmuckstücke, die ich bei seinem Esel gefunden habe?«

Nehi blieb still stehen, drehte aber hilflos noch immer an ihrem Ring. Sie schien zu überlegen, was sie tun sollte. Schließlich überwand sie sich und sagte: »Meine Kinder wußten bisher gar nicht, was spielen heißt. Jetzt wissen sie es. Allein dafür schulde ich dir die Wahrheit. Komm mit.«

Bak sprach ein leises Dankgebet zu Amun und bat ihn gleichzeitig um eine Gunst. Er flehte ihn um Erleuchtung an und die nötige Erkenntnis, um endlich auf die richtige Fährte zu gelangen.

Nehi führte ihn ins Haus, das aus einem langen schmalen Raum bestand, der jetzt völlig leer war. Die hintere Ecke, überdacht mit dünnen Palmenstämmen, die lose mit Stroh bedeckt waren, so daß der Rauch entweichen konnte, hatte einst als Kochstelle gedient. Helles Licht fiel durch die hohen schmalen Fensteröffnungen. Die Schlafstätte war leer, die Gebetsecke ausgeräumt, der runde Ofen aus Lehmziegeln kalt. Eine wackelige Leiter ragte hoch zu einer Öffnung im Dach, und zwei Nischen im Boden wiesen darauf hin, daß dort früher einmal die Vorratstöpfe gestanden hatten.

»Hier.« Nehi deutete auf eine Falltür am hinteren Ende des Raumes. Sie kniete nieder und öffnete sie. In den Boden gehauene grobe Stufen führten nach unten. Nehi machte tastend einige Schritte ins Finstere. »Du solltest nicht mit hinuntersteigen. Der Keller ist zu klein.«

Bak ging in die Hocke, um nach unten zu spähen. In den meisten dieser Vorratsräume gab es geheime Verstecke für Wertsachen. Mit etwas Glück, und wenn Amun ihm günstig gestimmt war, würde das auch hier der Fall sein.

Als sich seine Augen an die Dunkelheit gewöhnt hatten, bemerkte er zwei große graubraune Vorratsbehälter – für Getreide, wie er vermutete. Sie waren abgedeckt, um Mäuse und Insekten abzuhalten. Daneben standen zwei kleinere, runde Behälter, wie man sie gewöhnlich für getrockneten Fisch verwendete. Den Inhalt der anderen großen Gefäße aus rötlichem Ton konnte er nicht erahnen, denn auch sie waren mit einem Deckel versehen und standen im Dunklen. Nehi, die sich in dem niedrigen Gelaß zusammenkauern mußte, nahm ihm zudem die Sicht.

»Ich habe dir bei deinem letzten Besuch die Unwahrheit gesagt. Dieser Ring …«, sie streckte ihre Hand nach oben, damit er ihn sehen konnte, »… ist alt, wie du richtig erraten hast, vielleicht so alt wie Buhen selbst. Intef hat ihn in einem Grab weit draußen in der Wüste gefunden. In einem Grab, das schon vor langer Zeit ausgeraubt wurde, aber dennoch eine Goldmine darstellte.«

Die Worte wurden mit einer solchen Selbstverständlichkeit vorgebracht, daß es Bak zunächst schwerfiel, ihre Bedeutung zu erfassen. Er hatte ja gleich vermutet, daß Intef ein Grab in der Wüste entdeckt hatte, und es war keine

Überraschung für ihn, nun zu hören, daß es von Räubern ausgeplündert worden war, die einige kleine Gegenstände übersehen hatten. Aber eine Goldmine? Enthielt das Grab etwa eine zweite Grabkammer, die die Räuber nicht angetastet hatten? Oder gab es da noch etwas anderes? »Wo befindet sich dieses Grab?« erkundigte er sich mit möglichst gleichmütiger Stimme. Hoffnung keimte in ihm auf.

»Südlich von Kor, hat mir Intef erzählt, aber wo genau, weiß ich nicht.« Mit großer Anstrengung schob sie eines der Getreidegefäße beiseite und zog einen Stein aus der Wand. Dahinter befand sich ein etwa kopfgroßes Loch. »Selbst wenn ich mich an einigen Zeichen orientieren könnte, würde ich mich dennoch verlaufen, hat er mir erklärt. Ich war noch nie in der Wüste, weißt du. Und Intef meinte, das ungeübte Auge würde diese Stelle nicht erkennen.«

Vor Baks Augen entstand ein Bild von dem einsamen Platz weit draußen in der Wüste, an dem Intef ermordet worden war. Das konnte überall gewesen sein. Er fluchte leise vor sich hin. Das Grab konnte überall liegen. Und nur per Zufall konnte man es entdecken, es zu suchen war aussichtslos. »Außer dem Schmuck besaß dein Mann noch ein Stück Elfenbein, das er in ein zerrissenes Stück Papyrus eingewickel hatte. Scheint Teil einer Frachtliste eines Schiffs aus jüngster Zeit gewesen zu sein. Woher mag das stammen?«

»Manchmal fand er Sachen, die eine Karawane verloren hatte.« Nehi stellte den Stein ab, langte in die Öffnung und zog einen staubigen Leinenbeutel heraus. »Oder er stieß auf einen toten oder verlorengegangenen Esel, der mit Handelswaren beladen war.«

»Hat er die gefundenen Sachen behalten?«

»Das würde jeder tun, wenn er den rechtmäßigen Besitzer nicht kennt«, verteidigte sie sein Verhalten. »Mein Mann war kein Dieb.«

»Ich habe nie etwas Schlechtes über ihn gehört«, versicherte ihr Bak. »Jeder, der ihn kannte, schätzte und respektierte ihn. Und mir liegt es fern, seinen Namen in den

Schmutz zu ziehen.« Er streckte ihr die Hand entgegen, um ihr aus dem Keller herauszuhelfen, doch sie ergriff sie nicht. »Aber ich muß die Wahrheit herausfinden.«

Nehi drückte ihm statt dessen den Beutel in die Hand und wandte sich von ihm ab. Sie schien erleichtert, aber gleichzeitig angespannt. Bak hatte das Gefühl, daß sie weinte.

Er löste die Schnur um den Beutel und schüttete den Inhalt auf den Boden. Perlen und kleine Amulette aus Gold, Lapislazuli-, Türkis- und Karneolsteinen purzelten wie bunte Wassertropfen heraus. Neben ihnen landeten sechs gleiche, unverzierte Goldspangen und eine alte Halskette aus vier Reihen Goldkügelchen auf dem Boden.

Bak stieß einen erstaunten Pfiff aus. »Wunderschön! Ganz außergewöhnliche Juwelen!« Er warf Nehi einen Seitenblick zu und versuchte zu ignorieren, daß ihre Schultern bebten. »Wie hat dein Mann, der nicht gerade in der Welt der Begüterten zu Hause war, hoffen können, diese Stücke jemals auf dem Markt anzubieten, ohne die Aufmerksamkeit der Behörden auf sich zu lenken?«

»Er kannte einen Mann, der Handel bis nach Abu treibt. Und er dachte, er könnte eines Tages mit ihm dorthin segeln.« Ihre Stimme war rauh und tränenerstickt. »Und er ging davon aus, daß er dort in der Menge derer, die mit wertvollen Gegenständen aus dem Süden handelten, nicht auffallen würde.«

Es mußte sich um Ramose handeln, dachte Bak. Wußte der Kapitän von diesem kleinen Schatz, oder war er nur ein Mittel zum Zweck gewesen? »Diese Sachen stammen aus einem Grab. Was hat er von den vorbeiziehenden Karawanen für sich behalten?«

Sie wirbelte herum und starrte ihn aus tränenüberströmten Augen wütend an. »Willst du mir alles wegnehmen, was mir von ihm geblieben ist, selbst meine Erinnerungen an ihn?«

Und ohne seine Antwort abzuwarten, hob sie den Stein hoch und ließ ihn laut krachend auf den Deckel eines der großen Vorratsgefässe fallen. Das Lehmgefäß barst, und der Inhalt verteilte sich über den Boden. Der Duft verschiedener Kräuter und Gewürze und exotischer Parfüms, die in Beuteln unterschiedlichster Größe aufbewahrt waren, erfüllte den Raum. Jeder Packung lag eine Skizze bei, aus der hervorging, woher der Inhalt stammte.

Nehi fiel auf die Knie und schluchzte laut. Sie hatte Angst vor dem, was das Schicksal für sie bereithielt. Wie Pahuro , der Älteste aus dem Dorf nördlich von Buhen, erwartete sie, daß der Zorn der Götter und der Fluch von Kemet sie treffen würden. Das war zwar unbegründet angesichts von Baks Versprechen, sie nicht zu bestrafen, aber verständlich. Die Macht ferner Götter zu fürchten war einfacher, als sich mit den sichtbaren Fallstricken und Gefahren der unmittelbaren Umgebung zu befassen. Man hatte sie zwar eingeladen, Penhets Reichtümer zu teilen, aber sie hatte kein Vertrauen in ihr Glück.

Bak streckte ihr die Hand entgegen, um sie aus dem Kellerloch hochzuziehen. Wortlos ließ sie sich helfen, ihr Widerstand war gebrochen. Bak stieg anschließend selbst hinunter und untersuchte die restlichen Gefäße. Der Topf, in dem er Fisch vermutet hatte, enthielt auch Fisch, im zweiten fand er bunte exotische Federn aus weit entfernten südlichen Ländern. In einem rötlichen Gefäß entdeckte er Salz, in einem weiteren Öl zum Kochen, in einem dritten lagen die Sehnen für Intefs Bogen. Und im letzten Topf stieß er auf drei Straußeneier. Sonst gab es in dem kleinen Raum keine weiteren Verstecke.

Nachdem er aus dem Verlies hochgekommen war, hob er eine Handvoll Goldschnüre und Amulette auf. Er zögerte einen Augenblick, doch dann befand er, daß seine instinktive Entscheidung richtig war. Als auch der letzte Zweifel verflogen war, schlitzte er ein kleines Loch in ein handgroßes Päckchen Zimt und stopfte mehr als ein Dutzend der goldenen, blauen und roten Schmuckstücke hinein. »Die sind für dich, Nehi«, erklärte er und warf ihr das Päckchen zu. »Der Rest gehört unserer Herrscherin, Maatkare Hatschepsut.«

»Soll ich Frau Rennefer aus ihrer Zelle kommen lassen?« erkundigte sich Kommandant Thuty sarkastisch. »Ich verspüre keine große Lust, über sie zu Gericht zu sitzen. Vielleicht willst du das für mich übernehmen.«

»Nein, Herr.« Bak zwang sich, nicht unruhig hin und her zu gehen. Er unterdrückte ein Räuspern. Er hatte sein Gespräch mit Nehi genau wiedergegeben, wie es seine Pflicht war. Doch statt sich über die neu gewonnenen Informationen und die Schmuckstücke, die er mitgebracht hatte, zu freuen, konzentrierte Thuty sich auf die in Baks Augen eher unwichtigeren Details der Angelegenheit. »Wenn du den armseligen Hof, die kleinen Kinder und die Angst in Nehis Augen gesehen hättest, daß sie vielleicht zurück muß ... Nun, mir erschien es richtig, ihr zu erlauben, ein paar Kleinigkeiten zu behalten.«

Thutys Stimme klang hart und schneidend. »Sag mir, Leutnant, hast du vor, in meine Fußstapfen zu treten oder hast du deine Ziele vielleicht noch höher gesteckt? Willst du vielleicht sogar Amuns Platz einnehmen?«

Bak wurde es kalt ums Herz. Glaubte Thuty wirklich, daß er so machthungrig war? Wenn man die zusammengekniffenen Lippen und den stechenden Blick als Anzeichen dafür betrachtete, dann traf diese Vermutung wohl zu. Bak durchquerte den privaten Empfangsraum des Kommandanten in drei Schritten. Er zog den Amtsstab aus dem Schaft und hielt ihn mit ausgestreckten Händen seinem am Schreibtisch sitzenden Vorgesetzten hin. »Wenn du meinen Motiven so mißtraust, Herr, dann sehe ich mich gezwungen, von meinem Amt zurückzutreten.«

Thuty wich vor dem dargereichten Gegenstand zurück. Er schaute Bak lange und intensiv an. »Würdest du lieber schmachvoll nach Kemet zurückkehren, als deinen Fehler eingestehen?«

»Du hast selbst eine große Familie, Herr. Was hättest du an meiner Stelle getan?«

Thuty saß ganz still da und starrte ihn nur an. Bak befürchtete schon, daß er zu weit gegangen war. Der Kommandant war zwar gelegentlich etwas launisch, aber seine Stimmungen waren für gewöhnlich nicht so unberechenbar wie heute.

Thutys Gesichtsausdruck wurde sanfter. Er lachte bellend auf, aber es klang nicht unfreundlich. »Du bist ein ganz schön frecher junger Schlingel!"

»Ja, Herr.« Baks Knie wurden weich vor Erleichterung, er sackte förmlich in sich zusammen.

»Wenn ich dir einen Rat geben darf, Leutnant.« Thuty erhob sich und zwang Bak, ein paar Schritte zurückzuweichen. Thuty tippte mit den Händen auf Baks Stab. »Du mußt deinen Amtsstab als ein hart errungenes Instrument betrachten, nicht als etwas, das du leichtfertig auf dem Altar guter Absichten opfern solltest.«

»Ja, Herr.«

Thuty durchquerte mit langen Schritten den Raum bis zur Tür zum Innenhof. Dabei mußte er über Spielsachen und Teile von Würfelspielen hinwegsteigen, die überall verstreut am Boden lagen. Er schaute nach draußen. Es herrschte ungewohnte Ruhe im Amts- und Wohnsitz des Kommandanten, die Kinder waren für ihren Nachmittagsschlaf zu Bett gebracht worden, und die Frauen waren mit Weben oder Kochen oder dem Mahlen von Getreide oder mit sonstigen Arbeiten in dem riesigen Haushalt beschäftigt. Der Duft von frischem Brot drang durch die Tür. Eine milde Brise ließ die Hitze des Tages weniger drückend erscheinen. Gelegentlich schallte ein weiches Frauenlachen aus den abgelegeneren Räumen.

Als Bak beim Kommandanten eintraf, hatte er feststellen müssen, daß man bereits nach ihm geschickt hatte und daß auch Nebwa in Bälde erwartet wurde. Er hatte jedoch nicht damit gerechnet, Thuty so ungestüm und launisch vorzufinden.

»Wo ist Nebwa?« brummte Thuty ungeduldig. »Ich habe ihn schon am Vormittag rufen lassen. Er müßte längst hier sein.«

»Ich glaube, irgend etwas hat ihn in Kor aufgehalten.«

Thuty warf dem jungen Offizier einen kühlen Blick zu. »Er ist bereits vor einer Stunde mit dem Segelboot in Buhen angekommen und direkt nach Hause zu seiner Frau gegangen. Wahrscheinlich kann er sich nicht von ihr losreißen.« Er ging im Raum auf und ab, hielt kurz an seinem Schreibtisch inne und starrte auf die dort ausgebreitete Papyrusrolle. »Ihr zwei seid euch sehr ähnlich«, wetterte er. »Ihr seid tüchtige Offiziere, aber ihr habt beide euren eigenen Kopf. Eine unausrottbare Neigung zu eigenmächtigem Handeln, daß mir darüber noch graue Haare wachsen werden.«

»Unsinn!« Nebwa kam in den Raum gestürmt, klopfte Bak zur Begrüßung auf die Schulter und schaute den Kommandanten strahlend an. »Ich kann mir keine bessere Eigenschaft als eine gewisse Unabhängigkeit vorstellen. Das macht einen fähigen Mann aus und hilft ihm, seine Aufgaben zu meistern.«

Bak mußte ein Lachen unterdrücken und stieß seinen Freund mit dem Ellbogen sanft an, um ihn damit zum Schweigen zu bewegen.

Der Kommandant warf seinem Stellvertreter einen langen erzürnten Blick zu, aber der Wutanfall, den Bak erwartete, blieb aus. Er ging schweigend um den Tisch herum, nahm wieder auf seinem Lehnstuhl Platz und bedeutete den beiden, sich ebenfalls zu setzen. Als die jungen Offiziere ihn erwartungsvoll ansahen, griff er nach der Papyrusrolle vor sich. Er hob sie vom Tisch hoch, wo sie mit Hilfe von Steinen flach ausgebreitet gelegen hatte, so daß sich die Enden wieder einrollten. Ihr Inhalt, so vermutete Bak, war wohl die Ursache für die Gereiztheit des Kommandanten.

»Ich habe heute morgen eine Nachricht vom Vizekönig erhalten.« Thuty sprach mit gewichtigem Tonfall, als wolle er bereits damit anklingen lassen, welche Bedeutung ihr zukam und daß sie eine schwer zu tragende Last darstellte. »Der Wesir der südlichen Provinzen ist auf dem Weg stromaufwärts und führt eine vorher nicht genauer bekanntgegebene Inspektion der Garnisonen von Wawat durch. Eine ganze Flotte von königlichen Kriegsschiffen, fünf Schiffe insgesamt, wird in vier Tagen hier eintreffen, wenn der Wind so bleibt, wie er zur Zeit ist.«

»Der Wesir kommt hierher?« platzte Bak heraus. »Er entfernt sich so weit von den Machtzentren?« Nun wunderte es ihn nicht mehr, daß Thuty so schlecht gelaunt war.

»Fünf Schiffe?« Nebwa kniff die Augen zusammen. »Hat er etwa unserer Königin jeden Schreiber oder niederen Edelmann, der den Boden zu ihren Füßen küßt, entführt?«

»Ich kann mir nicht vorstellen, daß er urplötzlich ein so großes Interesse an Wawat entwickelt hat oder am Wohlergehen unserer Truppen. Es sei denn …« Bak setzte sich gerade hin. »Hat sich Maatkare Hatschepsut vielleicht dazu durchgerungen, jetzt wirklich einmal entschlossen gegen ihren Neffen vorzugehen? Will sie damit die Armee seinem Zugriff entreißen und ihn sowohl faktisch als auch offiziell vom Thron stürzen?«

»In dieser Hinsicht müssen wir uns keine Sorgen machen, dafür sei Amun Dank. Es sieht nicht so aus, als müßten wir unmögliche Entscheidungen treffen oder gute Männer in einem zerrissenen Land tödlichen Gefahren aussetzen, und es scheinen uns auch keine verlustreichen Schlachten bevorzustehen …« Thuty schüttelte den Kopf und versuchte dieses für alle, die Waffen trugen, niederschmetternde Thema abzutun. »Nein, wenn es so wäre, hätte mich der Vizekönig bestimmt vorgewarnt.«

»Er ist ein Untertan der Königin«, erinnerte ihn Nebwa.

»Zuallererst ist er ein Mann von Kemet«, brummte Thuty. »Und ein vertrauenswürdiger Freund.«

»Wenn der Wesir nicht der Truppen wegen nach Wawat kommt, dann müssen Probleme des Handels die Ursache für seinen Besuch sein«, erklärte Bak und baute so einem möglichem Streit vor.

Thuty murmelte zustimmend, während er seine Ellbogen auf die Armlehnen seines Stuhls stützte. Er nutzte die Papyrusrolle, um seinen Worten Gewicht zu verleihen, und versuchte seine Einschätzung zu erklären. »Wie ihr wißt, und wie auch jeder Mann, der in den Garnisonen südlich von Abu zu Hause ist, weiß, besteht das einzige Interesse unserer Königin an Wawat darin, daß wir möglichst viele Reichtümer hoch in den Norden nach Kemet schicken. Und ich glaube, wegen ihrer teuren Bauprojekte schickt sie jetzt den Wesir, um uns an unsere Pflichten zu erinnern. Ich vermute, er wird uns nahelegen, unsere Erträge aus den Wüstenminen und die aus dem fernen Süden angelieferten exotischen Güter noch zügiger nach dem Norden zu verschiffen. Und natürlich wird er alles bis ins kleinste Detail inspizieren und zielstrebig Steuern eintreiben.«

»Mit anderen Worten«, schnaubte Nebwa verächtlich, »er wird uns anweisen, das zu tun, was wir schon immer getan haben: dafür zu sorgen, daß die Schatztruhen des königlichen Hauses immer zum Bersten voll sind.«

Bak war nicht minder zynisch. »Eine geheime Reise, sagst du? Eine überraschende Inspektion? Und da kommt er mit fünf Kriegsschiffen?«

»Ich sehe darin überhaupt nichts Geheimnisvolles«, erwiderte Nebwa und lachte. »Alle Politiker denken doch, sie wandeln auf den Spuren der Götter. Wie sollten wir normalen Sterblichen denn wissen, daß wir uns verneigen und einen Kratzfuß machen sollen, wenn man uns nicht rechtzeitig den Namen nennt, vor dem wir das alles vollführen sollen.«

Thutys Gesicht verfinsterte sich, ihn störte der mangelnde Respekt Nebwas vor öffentlichen Notwendigkeiten. »Nehmt es einfach so, wie es ist: Der Vizekönig hat mir unter dem Siegel der Verschwiegenheit die Ankunft des Wesirs mitgeteilt. Aber nun gebe ich dieses Geheimnis an euch weiter. In einer Stunde werde ich einen Kurier nach Süden entsenden, um die Garnisonsbefehlshaber des ›Steingürtels‹ vorzuwarnen.« Er wedelte mit der Rolle Nebwa, seinem Stellvertreter, vor der Nase herum. »Ihr solltet eure Mitoffiziere ohne großes Aufsehen davon in Kenntnis setzen. Sagt ihnen, daß sie sich und ihre Truppen auf den Besuch vorbereiten sollen. Der Wesir war ja nie selbst beim Militär, daher vermute ich, daß ihm eine hübsche Parade in tadelloser Aufmachung und mit glänzenden Speeren bestimmt besser gefällt als eine Vorführung unserer Kriegskünste. Schließlich geht es vor allem darum, einen guten Eindruck zu machen.«

Ohne auf Nebwas zustimmendes Nicken zu warten, deutete der Kommandant mit der Rolle auf Bak. »Ich brauche dir sicher nicht zu sagen, Leutnant, was du vor der Ankunft des Wesirs zu erledigen hast.«

»Nein, Herr.« Bak krümmte sich innerlich. Wie viele Tage blieben ihm noch bis dahin? überlegte er. Es waren nur vier. »Ich muß Rennefer vorführen, gegen die eine Anklage wegen versuchten Mordes an ihrem Mann vorliegt. Ich muß den Mann beziehungsweise die Männer, die Mahu und Intef getötet und Imsiba verletzt haben, finden. Und ich muß für die Sicherheit der Wüstenpfade und der Straßen in unserer Stadt sorgen. Und mit Hilfe von Nebwa muß ich den Namen des Mannes in Erfahrung bringen, dessen Schiff Kapitän Roy mit Schmuggelware versorgt hat. Dann gilt es noch herauszufinden, wie Elefantenstoßzähne unbemerkt flußabwärts geschmuggelt werden konnten.«

»Wenn man das alles zusammenzählt, kann man richtig Angst um unsere Zukunft bekommen«, murmelte Nebwa. »Glaubt ihr, daß Amun-Psaro uns nehmen würde?« Amun-Psaro war ein mächtiger Stammesführer, der weit im Süden in Kusch lebte.

»Wenn du mir irgend etwas zu sagen hast, dann kannst du das jetzt loswerden«, fauchte ihn Thuty an.

»Nein, Herr.«

Thuty blickte ihn noch immer finster an, aber er hakte nicht weiter nach. »Ich habe jede Bewegung von Schiffen oder Karawanen aufgehalten seit … seit wie vielen Tagen, Leutnant? Vier? Fünf? Aber ihr habt mir bisher noch nicht einen winzigen Anhaltspunkt geliefert. Das kann nicht so weitergehen, vor allem, da der Wesir an einem starken Handel und Wandel interessiert ist. Mein Plan ist klar: Sobald er nur noch eine Tagesreise von hier entfernt ist, werde ich alle Schiffe und Karawanen, die ich in Buhen und Kor festgesetzt habe, wieder ziehen lassen. Wir müssen unseren Geschäften wie üblich nachgehen, dürfen nicht die Aufmerksamkeit auf ein paar unbedeutende Zwischenfälle lenken.«

Bak fluchte insgeheim. Ein paar unbedeutende Zwischenfälle, wahrhaftig!

»Das ist vielleicht gar keine schlechte Idee«, überlegte Nebwa laut. »Wir können Schmuggler schließlich nicht schnappen, wenn wir ihnen keine Gelegenheit geben, unerlaubtes Gut zu laden. Und solange weder flußaufwärts noch flußabwärts normaler Verkehr herrscht, können sie auch nichts transportieren.«

Bak nickte, er stimmte Nebwa voll und ganz zu. Dennoch sagte er: »Ich habe den gesamten Reiseverkehr einstellen lassen, damit der Mörder von Mahu uns nicht entwischen kann. Und an der Tatsache hat sich nichts geändert.«

Nebwa warf Thuty ein breites, unschuldig wirkendes Lächeln zu. »Was schlägst du vor, Herr? Sollen wir uns darauf konzentrieren, den Transport von Schmuggelgütern über die Grenze zu unterbinden, oder sollen wir all unsere Energie darauf verwenden, den Mörder zu fassen?« Er schien es nie überdrüssig zu werden, seinen Vorgesetzten herauszufordern.

»Wir müssen einen Weg finden, beides zu bewerkstelligen.« Bak erhob sich und marschierte zur Tür. Das gab ihm Zeit zum Überlegen. Im Hof war es ruhig, nur eine graue Katze war zu sehen mit ihren Jungen, vier winzigen Fellbündelchen, die um sie herumkrabbelten. »Der Handelsverkehr muß wieder völlig normal ablaufen, wenn der Wesir eintrifft. Das ist wohl richtig. Wir möchten schließlich nicht, daß die Karawanenführer und die Schiffskapitäne sich bei ihm über ihr schweres Los beklagen. Aber wir müssen auch dafür sorgen, daß meine fünf Verdächtigen nicht aus Buhen fliehen.« Bak fuhr herum und sah Thuty an. »Können wir sie nicht über seine Ankunft informieren und eine Prämie dafür aussetzen, wenn sie hierbleiben?«

Ein Lächeln erhellte Nebwas Gesicht. »Ausgezeichnet wäre das. Jetzt müßten wir nur noch einen Einfall haben.«

Thuty schlug die Hände über dem Kopf zusammen und lehnte sich auf seinem Stuhl nach hinten, so daß dieser nur noch auf den hinteren Beinen stand. Er starrte vor sich hin. »Nun, ein Fest, denke ich.« Er überlegte noch einen Augenblick, nickte dann und lächelte. »Ja. Meine Ehefrau ist eine vorzügliche Gastgeberin und möchte schon längst einmal in großem Stil feiern, wie sie es von Kemet her gewohnt ist. Ein großes Bankett sollte den Wesir erfreuen, meine Frau für Monate zufriedenstellen und jeden Mann, der entlang des ›Steingürtels‹ etwas auf sich hält, dazu bewegen zu kommen. Dazu gehören unweigerlich auch eure fünf Verdächtigen, Leutnant.«

»Was Kapitän Ramose anbelangt, so habe ich keine Ahnung, was er macht.« Imsiba lachte. »Aber Hapuseneb und Nebamun würden niemals ein Fest versäumen, und Userhet genausowenig. Bei Leutnant Kay kann ich mir das auch nicht vorstellen, obwohl ich ihn nicht so gut kenne.«

Bak rückte etwas an der Wand entlang, zog seine Füße hoch auf den weißen Sarg und schlang die Arme um seine Knie. Er schaute zu Imsiba, der auf der Lehmbank saß. Einige scharfe Speerspitzen und Dolche verrieten ihm, wieviel Ruhe der Medja sich gegönnt hatte. »Nebwa hat heute darauf gedrängt, die Karawanen und Schiffe ziehenzulassen, aber der Kommandant hat darauf bestanden, noch ein bißchen abzuwarten.«

»Welchen Unterschied macht es, ob wir nun einen oder zwei Tage abwarten?« fragte Imsiba unbeeindruckt.

In Baks Stimme lag ein leicht ironischer Unterton. »Nun, er hofft eben, daß die Götter uns wohlgesinnt sind und uns mit zahllosen Wundern überschütten.«

Imsiba murmelte ein paar Worte in sich hinein, einen Fluch vermutlich. »Wir wissen ja nicht einmal, welche Spur wir verfolgen, welche Richtung wir mit unseren Untersuchungen einschlagen sollen.«

Ein dumpfes Gemurmel, der widerliche Gestank von abgestandenem Bier und Erbrochenem ließ Bak in Richtung Eingang schauen. Ein kräftig gebauter Medja-Polizist zerrte einen dünnen jungen Mann herein und marschierte mit ihm durch die Halle zu der Tür, die zu den Gefängniszellen führte. Die Wachleute schauten von ihrem Spiel hoch und machten sich über den Jungen lustig, der hier schon öfter zu Gast gewesen war.

»Das stimmt schon«, antwortete Bak, »aber irgendwer hat dennoch Angst vor uns. Ich glaube, unsere Fragen bezüglich Mahu haben zu dem gestrigen Überfall auf uns geführt. Oder vielleicht auch unsere Inspektion der Gräber. Oder auch beides, vorausgesetzt Intef und Mahu wurden von demselben Mann ermordet.«

Imsiba runzelte die Stirn. »Außer einer Ähnlichkeit der Waffen haben wir keinen Zusammenhang zwischen den beiden Morden feststellen können.«

»Keinen offensichtlichen Zusammenhang.«

Der Medja-Polizist beugte sich vor, sein Interesse war jetzt geweckt. »Siehst du eine Verbindung, die ich übersehen habe?«

Hori betrat von der Straße aus schwer beladen die Eingangshalle. Schweiß tropfte ihm von der Stirn. In einer Hand trug er einen Korb, der Brot und Bierkrüge enthielt, in der anderen ein tiefes Gefäß mit Suppe aus Fisch und Zwiebeln, dem Geruch nach zu urteilen. Über einer seiner Schultern hingen zwei Köcher mit Pfeilen. Zwei Bogen, die bei jedem Schritt gegen seine Knöchel schlugen, hatte er über die andere Schulter gehängt.

Die Wachhabenden schauten von ihrem Spiel hoch. Ihre Gesichter erhellten sich beim Anblick des Essens. Freudig begrüßten sie den Ankömmling. Einer sprang hoch, um Hori entgegenzugehen und ihm den Korb und das Suppengefäß abzunehmen. Er brachte beides zu seinen Gefährten und stellte die Behälter zwischen ihnen ab. Alle rutschten näher, um zu essen. Der Duft von frischem Brot und würziger Suppe überlagerte den noch immer leicht vorhandenen Biergeruch.

Bak verließ seinen Sitz auf dem Sarg und eilte hinaus, um die Waffen entgegenzunehmen.

»Ich komme gerade von der Waffenkammer, Herr.« Von seinen Lasten befreit, beugte sich der Schreiber herunter, um sich den Knöchel zu massieren. »Ich weiß, daß ich zu lange gebraucht habe, aber ich bin noch einmal zurückgegangen. Ich habe nämlich auch den Bogen und den Köcher noch geholt, den der Mann, der dir und Imsiba auflauerte, hat fallen lassen.«

»Sehr gut, Hori.« Bak zog den jungen Mann schnell in den Amtsraum hinein und stellte die Waffen in einer Ecke ab. Dann nahm er wieder seinen Platz auf dem Sarg ein. »Jetzt erzähl mir, was du herausgefunden hast.«

»Die Pfeile sind alle gleich, Herr, die übliche Ausrüstung. Sie unterscheiden sich in nichts. Auch unterscheiden sich die Bogen und Köcher nicht von denen, die wir im Garnisonsarsenal führen. Sie gleichen denen, die unsere Bogenschützen besitzen.«

Bak war enttäuscht, aber nicht überrascht über diese Neuigkeit. »Kann man sich Bogen, Köcher und Pfeile so leicht besorgen, wie ich befürchtet habe?«

»Nein, Herr.« Hori wischte sich den Schweiß ab, der seine Nasenspitze bedeckte. »Der Schreiber, der für die Ausrüstung der Bogenschützen verantwortlich ist, gilt als ein gewissenhafter Mann. Er betrachtet einen verlorengegangenen oder zerbrochenen Pfeil als eine Beleidigung der Götter. Als ich ihm erzählte, wie und wo du diese Waffen gefunden hast, wurde sein Gesicht krebsrot, und er fing mit den Händen an zu rudern wie ein Ertrinkender. Erst als er sich wieder beruhigt hatte, war er fähig, sein Arsenal nach verlorengegangenem Material durchzusehen.«

Hori machte eine bedeutungsvolle Pause. Bak warf Imsiba, der die Augen verdrehte, einen kurzen Seitenblick zu.

»Bogen verschwinden schon mal, sie gehen kaputt oder kommen in der Wüste abhanden. Aber einen Köcher zu verlieren, das ist nicht so leicht«, erklärte der junge Mann. »Laut der letzten Inventarliste, die erst im vergangenen Monat erstellt wurde, ist seit einem oder noch mehr Jahren keiner mehr verschwunden.«

»Woher stammen also diese beiden?«

Hori zuckte mit den Schultern. »Aus einer anderen Garnison, vermutet er, oder aus einer Waffenkammer im weit entfernten Kemet.«

Bak atmete tief aus und zischte verächtlich. »Und da jeder unserer Verdächtigen in irgendeiner Form Handel treibt, könnte sich jeder diese Waffen besorgt haben.«

Über den Raum legte sich tiefes Schweigen, das erst nach geraumer Zeit von Imsiba gebrochen wurde. »Du wolltest mir sagen, warum du glaubst, daß Intef und Mahu von dem gleichen Mann ermordet wurden, mein Freund.«

Horis Augen weiteten sich. »Ist das möglich, Herr?«

Bak deutete auf einen Schemel. Während der junge Mann Platz nahm, erklärte er: »Wir wissen, daß jemand Mahu gebeten hat, Schmuggelware zu transportieren. Intef hat seiner Frau gesagt, daß er ein altes Grab gefunden hat, das vor langer Zeit geplündert worden ist, aber dennoch eine Goldmine darstelle. Wir wissen auch, daß unerlaubtes Handelsgut für gewöhnlich in kleinen Mengen über die Grenze gebracht wird. Vor allem deswegen, weil man solche Sachen schlecht auf den Eselskarawanen, die um den ›Steingürtel‹ herumgehen, verstecken kann. Denn dort werden unsere

Zollaufseher schnell fündig. Allerdings war das Deck von Kapitän Roys Schiff von hinten bis vorne mit Schmuggelgut beladen.«

Imsiba runzelte die Stirn. »Das stammte von einem Schiff, nicht von einer Karawane. Die Mannschaft hat mitbekommen, wie das Schiff im Dunkeln davongesegelt ist.«

»Ich wette eine ganze Monatsration darauf, daß dieses Schiff vom ›Steingürtel‹ während des Hochwassers zu uns herunterkam. Und ich verwette mein neuestes Kleidungsstück dafür, daß es unter Deck Schmuggelgut beförderte, mit dem das Schiff besser im Wasser lag.«

Imsiba musterte seinen Freund nachdenklich. »Ein Schiff mittlerer Größe, dessen Rumpf komplett mit Schmuggelware gefüllt ist, kann ganz schön viel transportieren.«

»Wenn man geschickt vorgeht«, fuhr Bak fort, »fällt nicht mal denjenigen etwas auf, die ihr Brot damit verdienen, vom Land aus die Schiffe über die Stromschnellen hinwegzuziehen.«

»Aber wenn die Schmuggler unterhalb des ›Steingürtels‹ angelangt sind, müssen sie unsere Inspektoren fürchten. Wie ...« Imsiba sah mit einem Mal überhaupt nicht mehr ratlos aus. Er schnippte mit den Fingern. »Natürlich! Man muß die Ladung oberhalb von Kor löschen und in einem Versteck zwischenlagern. Zum Beispiel in einem alten, seit langem vergessenen Grab.«

Bak nickte. »Intefs Goldmine.«

»Leutnant Bak?« Sitamun stand in der Eingangshalle, direkt an der Tür. Ihr kleiner Junge, der sich an ihr langes weißes Kleid klammerte, war halb verdeckt. Sie trug einen großen roten Topf, auf dem ein langer schmaler Brotlaib lag, in beiden Händen. Dem entströmenden Duft nach mußte es sich um Täubchen in einer würzigen Soße handeln.

»Ich suche ...« Sie machte nur zögernd einige Schritte in den Raum, bis sie Imsiba ganz hinten entdeckte. Sie lächelte. »Da bist du ja, Sergeant. Ich hörte, daß du verletzt bist, und habe mir gedacht ...« Sie warf Bak und Hori einen kurzen Blick zu und errötete dabei leicht. »Nun, ich dachte, du könntest eine gute nahrhafte Suppe vertragen, aber ich sehe, du bist beschäftigt.«

Imsiba schoß von seinem Schemel hoch und lächelte. »Nein, nein, ich arbeite nicht. Wir haben uns nur unterhalten, das ist alles.«

Bak bemerkte, wie aufgeregt sein Freund war und wie sehr er sich freute, diese Frau zu sehen. Er unterdrückte ein Lächeln und stieg vom Sarg herab. Lässig klopfte er sich den Staub von seinem Schurz. Der junge Schreiber, so stellte er fest, schaute sehnsüchtig auf den Topf in Sitamuns Händen.

»Hori und ich haben noch nicht zu Mittag gegessen. Es wartet auf uns in den Unterkünften«, verkündete er und warf dem jungen Mann einen vielsagenden Blick zu. »Wir wollten gerade aufbrechen, nicht wahr, Hori?«

11. Kapitel

Nebwa verbrachte den Rest des Tages in Buhen, wo er sich mit den Garnisonsoffizieren und ihren Sergeanten unterhielt. Sie überlegten, was sie für den Empfang des Wesirs vorbereiten konnten, so daß ihm Hören und Sehen vergehen würde. Bak instruierte seine Medjas, die wegen verschiedener Schreibaufträge vorbeischauten oder etwas mit den Handwerkern zu bereden hatten, die sie während ihres Aufenthalts in der Festung kennengelernt hatten, und er besuchte Noferys Freudenhaus. Thuty besprach das Fest mit seiner Frau, die ihre Diener daraufhin eilig in andere Häuser schickte, wo sie Einladungen verteilten, sich verschiedene Dinge ausliehen und um Mithilfe baten. So verbreitete sich die Nachricht von dem Fest wie ein Lauffeuer in der Stadt. Bis am Abend die Barke von Re, dem Sonnengott, am westlichen Horizont versank und eine Mondsichel am leuchtenden Sternenhimmel auftauchte, war die angeblich überraschende Inspektion des Wesirs das am weitesten verbreitete Geheimnis in Buhen.

»Ich bleibe nicht noch einen Tag in diesem Raum hier. Ich habe mich zwar an unseren Freund gewöhnt ...«, Imsiba klopfte mit dem Handrücken auf den Sarg, »aber ich werde ihm nicht bis in alle Ewigkeit Gesellschaft leisten.«

»Bald sind wir ihn ja los.« Bak schaute von der Papyrusrolle in seinem Schoß hoch. »Ramose hat versprochen, ihn auf seiner nächsten Reise nach Norden mitzunehmen.«

Imsiba ging hinüber zur Bank und raffte mit lautem Geklapper von Metall und Holz mehr als ein Dutzend Speere zusammen und stellte sie wie Getreidegarben auf. Die scharfen Bronzespitzen glitzerten wie Gold. Der Anblick erfreute Bak. Das war nicht alles, was der kräftige Sergeant poliert hatte. Für einen Mann, der gestern nur hatte ausruhen wollen – und er sah inzwischen wirklich nicht mehr erschöpft und blaß aus –, hatte er eine Menge getan.

Mit dem Bündel Speere auf dem unverletzten Arm marschierte Imsiba hinaus in die Eingangshalle, wo er kurz stehenblieb, um ein Schwätzchen mit den wachhabenden Medjas zu halten. Einer der beiden rollte die Schlafmatten zusammen, der andere legte leere Bierkrüge und Schalen in einen Korb. Imsiba ging weiter und verschwand durch eine Hintertür. Dort befand sich das Arsenal der Medjas, wo die von ihm polierten Speere und auch andere geputzte Waffen bis zur offiziellen Inspektion verwahrt wurden.

Bak wandte sich wieder seiner Papyrusrolle zu. Es handelte sich um einen Bericht des Kommandanten von Semna über Nomaden aus der Wüste, die die Grenze an jenem südlichen Außenposten passiert hatten. Für gewöhnlich genoß er die frühen Morgenstunden, wenn es im Wachhaus noch ruhig war und er sich den nüchternen Alltagspflichten, die sein Amt hier ausmachten, in Ruhe widmen konnte. Aber jetzt waren seine Gedanken ganz woanders. Er wünschte sich nichts sehnlicher, als die Morde aufzuklären und die Schmuggler festzusetzen, bevor der Wesir in Buhen eintraf. Aber wie sollte er das in so kurzer Zeit bewerkstelligen? Falls er recht hatte, falls tatsächlich ein und derselbe Mann Mahu und Intef getötet und Imsiba verletzt hatte und falls dieser Mann seine Spuren als Schmuggler damit hatte verwischen wollen, dann mußte er nur nach *einem* außerordentlich gefährlichen Verbrecher suchen und nicht nach mehreren. Aber hatte er recht? Er hatte sich das Ganze vielleicht nur aus den Fingern gesogen, und die beiden Verbrechen hatten gar nichts miteinander zu tun?

Hori kam mit Psuro im Schlepptau hereingestürmt. Beide Männer trugen Schilde aus Rindsleder, Rechtecke, die leicht gebogen waren, und zwar oben etwas mehr als unten, und von den Knien bis zu den Schultern reichten. Der jüngere der beiden trug zwei, einen cremeweißen und einen hellbraunen. Die vier Schilde, die der stämmige Medja hereinbrachte, waren rötlich und rot-und-weiß gesprenkelt, schwarz und schwarz-und-weiß gesprenkelt. Sie waren so neu, daß sie noch einen leicht beißenden Geruch vom Einfärben des Leders verströmten.

Dankbar für die Abwechslung, rollte Bak den Bericht zusammen, legte ihn in einen Korb zu einigen anderen und erhob sich schwerfällig. »Laßt sie mich ansehen.« Er nahm Hori die Schilde ab und lehnte sie gegen den Sarg.

Psuro stellte seine vier dazu. Sie bildeten vor dem Kasten in Menschengröße eine bunte Wand. Der stämmige Medja hielt sich der Reihe nach die Schilde vor die Brust, so wie er Schild und Speer während der Inspektion des Wesirs halten würde. Bak bemühte sich zu entscheiden, welches die beste Wirkung erzeugte.

»Du bist ja mächtig beschäftigt, Leutnant.«

Bak schaute zur Tür. »Userhet! Was führt dich in meine bescheidene Amtsstube?« Er lächelte und nahm der Ironie damit die Schärfe.

»Ich dachte, ich würde dich am Kai treffen, aber ich sehe,

du widmest dich etwas friedlicheren Dingen, als ein paar Fischerboote zu durchsuchen.«

Bak überhörte den Sarkasmus geflissentlich und behielt sein Lächeln bei.

»Friedlich, ja, und außerdem riecht es hier angenehmer.«

Der gutaussehende Aufseher betrat den Raum und warf einen bedeutungsvollen Blick auf Hori und Psuro. »Ich komme in einer sehr wichtigen Angelegenheit, Leutnant.«

Sie betraf sicher den Besuch des Wesirs, vermutete Bak. »Meinen Männern kann ich vertrauen. Sie werden den Mund halten.«

»Trotzdem ...«

Bak hob den braunen Schild hoch und entblößte damit den unteren Teil des Sarges. Er reichte ihn Psuro. »Du mußt mir jetzt gleich dein Anliegen vortragen oder du erledigst erst noch ein paar andere Dinge, bevor du später wiederkommst. Wie dir vielleicht zu Ohren gekommen ist, befindet sich eine hochgestellte Persönlichkeit auf dem Weg flußaufwärts zu uns. Ich möchte mit meinen Medjas einen guten Eindruck machen.«

Userhet kniff bei dieser Zurechtweisung den Mund zusammen, aber er wich nicht von der Stelle. »Die Frau des Kommandanten hat einen Boten zu mir geschickt und mich zu ihrem Fest eingeladen.« Er warf Hori und Psuro einen kurzen Seitenblick zu, als wisse er nicht recht, ob man Baks Hinweis auf den bevorstehenden Besuch offen vor den beiden besprechen könne. »So eine ranghohe Person in Buhen zu Gast zu haben ist eine große Ehre, von der wir noch lange zehren werden, aber es könnte auch zu einer Katastrophe kommen.«

»Inwiefern?« Bak nahm Psuro den braunen Schild ab und ersetzte ihn durch den schwarzen. So war der Sarg ab Kniehöhe wieder zu sehen.

»Du bist ein intelligenter Mann, Leutnant. Du weißt genausogut wie ich, daß die Garnisonen von Wawat ihre Existenz dem Handel verdanken. Und doch liegen seit fünf

Tagen sowohl die Karawanen als auch die Frachtschiffe fest.«

»Der ist bei weitem der beste«, erklärte Bak Psuro. »Bring die anderen ins Arsenal. Und laß für die Inspektion neue schwarze Schilde anfertigen.«

»Ja, Herr.«

Bak trat beiseite, um Psuro und Hori Platz zu machen, die die Schilde wegbringen wollten. Von seinem jetzigen Standort aus sah er, daß Imsiba wieder in die Halle zurückgekehrt war und erneut mit den Wachleuten sprach. Bak winkte ihm zu, aber der hochgewachsene Medja verzog das Gesicht und schüttelte den Kopf. Er weigerte sich hereinzukommen, während sich Userhet dort aufhielt, den er verabscheute. Hori nahm einen Schild nach dem anderen auf und stapelte sie auf Psuros ausgestreckte Arme.

»Du bist nicht der erste, der Besorgnis äußert«, erklärte Bak. »Ich glaube, der Kommandant überdenkt seine Entscheidung, was den Handelsverkehr angeht.«

»Dank sei Gott Amun!« Userhet warf den beiden Männern, die die Schilde einsammelten, einen kurzen Blick zu. »Wie du dir wohl vorstellen kannst, bin ich zutiefst um Buhen besorgt, allerdings muß ich zugeben, es gibt für mich auch noch einen zweiten Grund.«

»Aha?«

Userhets Augen weiteten sich plötzlich, mit offenem Mund starrte er Bak an. »Beim Barte von Osiris! Das ist ja ein Sarg!«

Hori und Psuro warfen sich heimlich Blicke zu und konnten ein Lachen kaum unterdrücken. Die Wachen in der Eingangshalle legten sich die Hand auf den Mund, um nicht loszuplatzen. Imsiba verbarg sein Lächeln hinter einem betont mißbilligenden Stirnrunzeln. Bak schaute von einem zum anderen und versuchte ihr Verhalten zu durchschauen. Dann wurde es ihm klar: Die Männer benutzten den Sarg irgendwie für Wetten; sie setzten etwas aus auf die Reaktion jedes Neuankömmlings.

Er hatte nichts gegen das Glücksspiel, aber die Männer trieben es zu weit. Es war an der Zeit, dem ein Ende zu machen. »Wir konnten keinen besseren Platz dafür finden, also haben wir ihn hierhergestellt.«

Userhet trat näher, um den Namen des Verstorbenen zu lesen. »Hm. Ein Mann ohne besonderen Status, wie ich sehe. Ein Schreiber vermutlich.«

Hori und Psuro, die sich innerlich vor Lachen schüttelten, eilten mit ihrer Last hinaus. In der Eingangshalle prustete irgend jemand los. Bak warf allen einen warnenden Blick zu. Userhet war kein Mensch, der es einem verzieh, wenn man sich über ihn lustig machte. »Du hast noch von einem zweiten Grund gesprochen, aus dem der Handelsverkehr für dich wichtig ist.«

»Ich muß wissen, wie lange Mahus Schiff noch in Buhen festgehalten wird.« Userhet wandte sich vom Sarg ab und warf Bak ein selbstgefälliges Lächeln zu. Ein sehr geschniegeltes Lächeln, wie Imsiba es nennen würde. »Frau Sitamun hat sich an mich gewandt, damit ich sie in der Angelegenheit ihres Bruders berate. Ein so großes Schiff nutzlos im Hafen liegenzulassen ist nicht gut fürs Geschäft.«

Bak warf Imsiba einen verstohlenen Blick zu. Er erinnerte sich daran, wie sichtlich erfreut sein Freund gewesen war, als die hübsche junge Witwe ihm die Suppe gebracht hatte. Er hoffte, daß der Medja nichts gehört hatte. Aber nein, Imsiba starrte den Aufseher mit unverhülltem Schmerz an.

»Sie hat mir gestanden, daß sie ihn um Rat gefragt hat.« Imsiba marschierte ruhelos im Raum auf und ab. »Sie hat mir nicht gesagt, daß sie ihre Geschäfte in seine Hände gelegt hat.«

»Das glaube ich einfach nicht.« Bak versuchte seinen Freund zu beruhigen. »Du hast ja auch mitgehört, was er gesagt hat.«

»Das mag heute so sein, aber was ist morgen? Du weißt, welche Überredungskünste ihm zu Gebote stehen.«

»Nein, ich glaube es trotzdem nicht.« Bak ließ sich auf den Sarg niedersinken und sah Imsiba mit einer Mischung aus Ungeduld und Mitgefühl an. »Du scheinst ihn ja wesentlich besser zu kennen als ich. Aber was weißt du eigentlich über ihn? Du erträgst es ja nicht einmal, mit ihm in einem Raum zu sein!«

Der Medja-Polizist ging zur Tür und starrte hinaus in die Eingangshalle, ohne wirklich etwas zu sehen. Zwei Männer, vermutlich Töpfer, den gräulichen Flecken von getrocknetem Ton auf ihren Armen nach zu urteilen, waren gekommen, um den Diebstahl von Holzkohle anzuzeigen. Das Knöchelspiel wurde unterbrochen. Imsiba wirbelte mit wütendem Gesichtsausdruck zu Bak herum. »Userhet ist einer deiner Verdächtigen, mein Freund. Wenn er sich als der Mörder erweist, dann könnte Sitamuns Leben in Gefahr sein.«

»Er ist nur einer von fünf Verdächtigen. Und ein Mann, der eher unschuldig als schuldig ist.«

»Kaust du immer noch auf diesem Knochen herum, Leutnant?« Hapuseneb kam mit der Selbstsicherheit eines reichen Mannes in den Raum hereingeschlendert. »Ich schlage vor, du legst das Netz ein wenig weiter aus. Es stimmt, daß alle von uns, die unglücklicherweise mit Mahu beim Knöchelspiel saßen, Handelsgeschäfte tätigen, aber es gibt noch viele andere, die entlang des Flusses leben und Mittel und Wege kennen, Schmuggelware zu transportieren.«

»Du findest meinen Schreiber Hori im hinteren Teil des Gebäudes«, erklärte Bak mit müder Stimme. »Wenn du irgendwelche Namen vorzubringen weißt, dann werden wir die Schuldigen suchen und sie der gerechten Strafe zuführen.«

Hapuseneb brach in lautes Lachen aus. Er schaute sich im Raum um, entdeckte hinten an der Wand einen Schemel, holte ihn vor und setzte sich. Die Töpfer eilten aus dem Gebäude. Sie sahen nicht glücklicher aus als vorher, als sie das Haus betreten hatten. Es war still in der Eingangshalle, die Knöchelbeine blieben ruhig liegen und warteten auf ein neues aufregendes Spiel.

»Ich muß unbedingt wissen, wie die Dinge stehen«, gab Hapuseneb zu. »Das Gerücht geht um, daß der Wesir zu Besuch kommt. Und man hat mich zu einem Bankett zu Ehren des hohen Herrn eingeladen. Er erscheint doch wirklich, oder?«

»Ja, und ich weiß vom Hörensagen, daß uns eine Überraschung in Form einer Inspektion bevorsteht.« Bak lächelte den Händler nichtssagend an. »Und da es gewiß unklug ist, derartige Gerüchte als unwahrscheinlich abzutun, habe ich meine Männer angewiesen, ihre Kleidung und Ausrüstung auf Vordermann zu bringen.«

»Inspektion, du liebe Güte, als ginge es darum! Der Wesir ist am Handel interessiert, nicht an der Armee. Und deswegen habe ich dich aufgesucht.« Hapuseneb stand auf, warf Imsiba einen bitterbösen Blick zu und wandte sich dann an Bak. »Thuty kann einfach nicht so weitermachen und den gesamten Handelsverkehr in Buhen und Kor auf Dauer unterbinden. Er muß, um seiner selbst willen, alle Karawanen und Schiffe wieder freigeben. Wenn er das nicht tut, wird der Wesir ihn all seiner Ämter entheben und ihn den Schakalen vorwerfen.«

»Er kennt die Risiken, die er eingeht. Und ich ebenfalls.« Bak versuchte besorgt auszusehen, so zu tun, als wüßte er nicht, daß Thuty längst beschlossen hatte, den Handel wieder wie früher in Fluß zu bringen. »Aber du verstehst doch auch, daß mit dem Wiederaufleben der Geschäfte die meisten meiner Verdächtigen Segel setzen würden. Und meine Suche nach Mahus Mörder würde dann im Sande verlaufen.«

Hapuseneb stand drohend vor ihm und hieb mit der flachen Hand auf den Sarg. »Nein!« Dann machte er ein paar Schritte zurück und lachte lauthals. »Bevor der Wesir Buhen wieder verläßt, wird keiner von uns lossegeln. Vor allem nicht, wenn Thutys Ehefrau ein Festessen ausrichtet. Das ist doch für alle eine großartige Gelegenheit, auf sich aufmerksam zu machen und dem Wesir irgendwelche Bittschriften vorzulegen oder ihn um mehr Befugnisse zu ersuchen.« Er ließ den Blick zu Imsiba und wieder zurück zu Bak wandern. »Sollte ich mich irren und doch einer der Männer, die eigentlich mehr davon hätten, hierzubleiben, aufbrechen, werde ich selbst hinter ihm herfahren und ihn zurückholen.«

Völlig überrascht erhob sich Bak. Bedeutete ein solch unverblümt vorgebrachtes Angebot, daß Hapuseneb nichts zu verbergen hatte? Oder versuchte er nur, ihnen Sand in die Augen zu streuen, damit sie alle Vernunft ausschalteten? Imsiba schaute ebenfalls bestürzt hoch, und auch er wußte nicht, was er denken sollte.

Hapuseneb machte einen Schritt auf die Tür zu, änderte dann aber wieder seine Absicht und kam zum Sarg zurück, wobei seine Augen den gelben Streifen vom Kopf bis zum Fuß entlangwanderten. Er las laut vor: »Amunemopet, Priester vor dem Gott Chnum.« Als er hochschaute, grinste er. »Ein Verwandter von dir, Leutnant?«

Bak wagte es nicht, einen Blick nach draußen in die Eingangshalle zu werfen, wo die Wachleute sich bestimmt ihr Lachen nur mühsam verkneifen konnten. Er hörte es beinahe bis hier herein.

Hapuseneb hob die Hand noch einmal zum Abschied und verließ den Amtsraum. Als er gerade auf die Straße treten wollte, kam Nebamun auf ihn zu. Der ältere Händler schlug dem jüngeren gönnerhaft auf die Schulter. »Hapuseneb! Ich sehe, du bist mir zuvorgekommen.«

»Hast du den Kommandanten aufgesucht, wie versprochen?«

»Er hat sich geweigert, mich zu empfangen, und hat behauptet, er hätte zuviel zu tun. Ich habe nichts über seine Absichten erfahren und auch keine Gelegenheit gehabt, ihn davon zu überzeugen, daß die Geschäfte endlich wieder ganz normal laufen müssen.«

Hapuseneb warf einen Blick in Richtung auf Baks Amtsraum. Seine Augen glänzten belustigt. »Ja, auch ich stehe mit leeren Händen da. Bak ist so verschwiegen wie eine Statue. Falls Thuty vorhat, den Handelsverkehr wieder zu gestatten, wird der Leutnant uns das nicht einen Augenblick vor der offiziellen Bekanntgabe wissen lassen.«

Bak kam nach vorne zum Eingang und beobachtete die beiden mit einem sarkastischen Lächeln. Die Arme hatte er vor der Brust verschränkt. Die beiden waren über ihn hergezogen, daran zweifelte er nicht. »Wen habt ihr sonst noch losgeschickt, um euch lieb Kind zu machen? Userhet war bereits vor euch da. Kommt vielleicht Ramose als nächster? Oder Kay?«

»Dir fehlt das nötige Feingefühl, Leutnant.« Hapuseneb lachte herzhaft los.

Nebamun warf Bak einen mißbilligenden Blick zu. »Du nimmst unsere Sorgen auf die leichte Schulter, Leutnant. Aber wenn du Geschäftsmann wärst und nicht Soldat oder Polizist, dann würdest du wissen, daß jeder verlorene Reisetag Verlust bedeutet und uns der Armut näher bringt.«

Bak konnte es nicht lassen, Hapuseneb einen ironischen Blick zuzuwerfen. Er war einer der erfolgreichsten Kaufleute von Wawat und Kusch. Der große, schlanke Mann zuckte mit den Schultern und tat damit die unbedachte Bemerkung seines Kollegen ab, als wolle er dafür keine Verantwortung übernehmen.

»Verstehe mich nicht falsch.« Nebamun schien unbekümmert, fuhr sich mit der Hand durch das kurze weiße Haar. »Die Sicherheit geht natürlich vor, auch ich lebe lieber länger, als daß ich eines Tages mit einem Pfeil im Rücken ende. Aber bisher gibt es noch keinen Hinweis, daß die Einstellung des Handelsverkehrs irgendwie dazu beigetragen hat, Mahus Mörder zu finden. Offen gesagt, ich würde mich in Ma'am oder im fernen Abu wesentlich sicherer fühlen.«

Hapuseneb wandte Bak das Gesicht zu und verdrehte die Augen, so daß nur dieser es mitbekam. »Ich muß gehen. Ein Schiff von mir liegt in Kor fest, ein großes und mit wertvoller Ware beladenes Handelsschiff, auch wenn es nicht gerade das schönste ist. Mit etwas Glück und mit Unterstützung der Götter kann ich es vielleicht neu anstreichen lassen, bevor uns Thuty wieder erlaubt, die Segel zu setzen.«

Er verließ das Wachhaus. Imsiba schaute ihm grimmig hinterher. Bak hoffte, daß sein Freund Sitamun aufsuchen würde. Dort würde er höchstwahrscheinlich erfahren, daß sie Userhet noch nicht mit ihren Angelegenheiten betraut hatte. Und falls sie es doch getan hatte, würde er ihre Entscheidung akzeptieren müssen. Und nach einem anderen Weg suchen müssen, um sich bei ihr in ein gutes Licht zu setzen.

Die Knöchelbeine fielen mit leisem Klirren auf den Boden, sie waren nicht so weit gerollt wie gewöhnlich und auch nicht mit der üblichen Heftigkeit geworfen worden. Die Männer taten nur so, als würden sie spielen, sie warteten darauf, daß Nebamun den Sarg entdeckte. Bak war ernsthaft versucht, seinen Besucher irgendwo anders hinzuführen, aber er wußte, wie scharfsinnig Nebamun war und wie rasch er womöglich den Grund durchschaute. Daher zog er die Ungestörtheit seines Amtsraumes vor.

»Ich kann dir nicht sagen, wie es im Innern von Kommandant Thuty aussieht.« Er führte den Händler eilig hinein und bedeutete ihm, auf einem Schemel Platz zu nehmen. »Ich weiß, daß er über eine Lösung nachdenkt, und ich nehme stark an, daß wir bald mit seiner Entscheidung rechnen können. Vor Einbruch der Nacht noch, vermute ich.«

»Er muß unsere Waren freigeben.« Nebamuns Stimme klang anklagend und flehend zugleich.

Mit der Schulter gegen die Tür gelehnt, musterte Bak ihn lange mit einem nachdenklichen Blick. »Hast du es so eilig?«

»Nein.« Nebamun ließ sich auf den Schemel fallen, sein Gesicht war erhitzt. »Nun ...« Er zögerte, doch dann brach es wie ein Sturzbach aus ihm heraus. »So eilig habe ich es nicht, aber viel länger kann ich nicht mehr warten.« Er machte sich an seinem Armreif zu schaffen, sein Gesicht nahm eine noch dunklere Farbe an. »Versteh doch, ich habe mich in Kerma mehr als verausgabt, habe jedes Stück, das ich von Kemet aus in den Süden brachte, eingetauscht. Ich habe keine Rücklagen mehr für den Fall, daß Schwierigkeiten auftreten oder es zu Verzögerungen kommt. Und jetzt, wo all die Waren, die ich nach Wawat beförderte, in Buhen festliegen und ich hier warten muß, bevor ich sie nach Abu verschiffen kann ... Wo zusätzlich zum Zoll noch die Abgaben für die Lagerung fällig sind...« Er zögerte erneut, weiterzusprechen, tat es dann aber doch. »Um ganz offen zu sein, Leutnant, meine Gewinne schrumpfen von Tag zu Tag.«

Bak erkannte, wie schwer Nebamun dieses Eingeständnis gefallen war, das seinen Stolz verletzte. Hinter der Fassade des Edelmannes versteckte sich ein Mann mit nur geringen Mitteln. Wenn er also in der Maske eines begnadeten Schauspielers den Anschein von Reichtum vorgaukelte, war er auch nur in der Lage, Schmuggelgut lediglich in kleinsten Mengen aufzunehmen. Aber ganz sicher nicht so kostbare Dinge wie den Stoßzahn eines Elefanten.

»Was weißt du über den Elfenbeinhandel?«

»Nicht viel.« Nebamun entspannte sich zusehends, er schien dankbar über die Wende des Gesprächs. »Ich reise nur selten weit genug in den Süden, wo man die besten Stücke ergattern kann.«

»Du fährst immerhin bis nach Kerma.«

»Die Stadt ist ziemlich heruntergekommen, nur noch ein Abklatsch der früheren Größe, bevor die Armeen von Acheperkare Tuthmosis einst seine Könige ein für allemal unterwarfen und das Land für das mächtige Kemet in Besitz nahmen.«

Bak hörte ein leises Zischen hinter sich. Er drehte sich um. Fünf Medja-Polizisten hatten sich um die Knöchelbeine versammelt und beobachteten ihn gespannt. Einer von ihnen gab ihm ein Zeichen, sich endlich hinzusetzen. Sie wollten, daß der Sarg in Nebamuns Blickfeld rückte, um zu sehen, wie er darauf reagierte.

Bak warf ihnen einen warnenden Blick zu, der besagen sollte, daß sie nicht zu weit gehen dürften. Er stieß sich vom Türpfosten ab und ging weiter in den Raum hinein. Dann nahm er wie üblich seinen Platz gleich neben dem bemalten Kopfende ein. »Ich habe ganz vergessen, dich zu fragen, ob du Kapitän Roy gekannt hast.«

Nebamun nickte. »Das ist lange her. Mein Schiff lag manchmal neben dem seinen vertäut, als er noch oberhalb des ›Steingürtels‹ segelte. Wir haben uns gelegentlich unterhalten, aber nie ausgiebig. Er blieb immer für sich.«

»Hast du ihn je mit Leuten zusammen gesehen, denen man nachsagt, Kontakt zu Schmugglern zu haben oder die selbst schmuggelten?«

»Es gab da einen ...« Nebamun faltete die Hände zwischen seinen Knien und starrte auf den Sarg. »Ich habe sie manchmal in einem Freudenhaus in Kerma angetroffen. Es war ein Kuschit. Ein Kerl von sehr schlechtem Ruf.«

»Hat man Roy je mit verbotener Ladung in Verbindung gebracht?«

»Falls da etwas gewesen sein sollte, ist es mir jedenfalls nicht bekannt.« Als er Baks gerunzelte Stirn bemerkte, lachte er. »Weißt du, südlich des ›Steingürtels‹ ist die Gerüchteküche immer am Kochen. Da wird so manches Garn gesponnen, und wahre Mythen werden verbreitet.«

Bak verzog den Mund und lächelte ironisch. »Hast du je eine Geschichte gehört, in der die Götter nicht irgendeine Rolle spielen?«

Nebamun warf dem Offizier einen unsicheren Blick zu. »Erst gestern, aber ... Nun, ich fürchte, die Geschichte ist recht merkwürdig, sie handelt von einem Mann ohne Kopf.«

Normalerweise vertat Bak seine Zeit nicht mit irgendwelchen abenteuerlichen Lügengeschichten, aber dieser Händler war kein Narr. Er hätte sie nicht erwähnt, wenn er nicht der Überzeugung gewesen wäre, daß irgend etwas Wahres daran sei. »Ich hätte gern ein wenig mehr darüber erfahren.«

»Ich habe einen Kuschiten als Diener, einen Mann, der gern seinen Herrn in allen Dingen unterstützt, weil es ihm selbst dann auch besser geht. Er hat mir jedenfalls erzählt, daß er diese Geschichte im Freudenhaus von Tati, einem früheren Speerträger, gehört hat.« Nebamun warf Bak einen Blick zu, um sicherzugehen, daß dieser begriffen hatte, welchen Ursprung das Gerücht hatte. »Das Haus da ist ziemlich klein, so erzählte er, und sei voller ziemlich angetrunkener Bauern gewesen. Die Geschichte stamme von einem alten Mann, der weiter flußaufwärts wohnt und nach Buhen gekommen sei, um Ziegen zu verkaufen.« Er hielt kurz inne.

»Er hat von einem Mann ohne Kopf berichtet, der an einem geheimnisvollen Ort südlich von Kor mitten in der Nacht einen Mann mit einem Schiff getroffen haben soll. Er sprach von Gegenständen, die ihren Besitzer wechselten, einiges sei vom Schiff abgeladen, anderes aufgeladen worden.«

»Ein Mann ohne Kopf?« Bak warf dem Händler einen skeptischen Blick zu. »Vermutlich wohl eher ein Mann, der sein Gesicht bedeckt oder geschwärzt hatte.«

»Das dachte ich auch, aber du weißt ja, wie abergläubisch diese Bauern sind.«

Bak stellte sich vor, wie ein Schiff Schmuggelware den »Steingürtel« herunterbringen würde. Er hatte erfahren, daß es einige Stellen unterhalb der Stromschnellen gab, die von den Wachtürmen aus nicht eingesehen werden konnten. Und ihm fiel wieder ein, was Ramose über Kapitän Roy gesagt hatte, nämlich daß dieser manchmal für eine Strecke länger brauche als notwendig. Bak lehnte sich vor und stützte die Ellbogen auf den Knien ab. Er zeigte unverhüllt sein Interesse. »Ging es um ein Boot oder mehrere?«

Nebamun lächelte. »Ich habe von meinem Diener genau dasselbe wissen wollen. Und er meinte, jeder habe dort dem Bauern eine ähnliche Frage gestellt. Aber der alte Mann konnte oder wollte sie nicht beantworten. Jedes Mal, wenn der Mann ohne Kopf auftauchte, sei es tiefschwarze Nacht gewesen, ohne Mond und Sterne am Himmel.«

Bak war auf mehr Einzelheiten erpicht, hatte damit aber kein Glück. »Hast du diese Geschichte noch jemandem erzählt, Nebamun?«

»Nein, ich wollte nicht, daß man sich womöglich über mich lustig macht.« Der Händler lachte ängstlich auf. »Ich fürchtete auch, daß ein Mann mit Kopf oder ohne mir in der Nacht auflauert, um mich für alle Zeiten zum Schweigen zu bringen.«

»Eine sehr weise Vorsichtsmaßnahme.« Bak erhob sich und marschierte erregt durch den Raum. Bedeutete das endlich den Durchbruch, auf den er so lange gewartet hatte? »Behalte diese Geschichte für dich, und warne auch deinen Diener davor, sie weiterzuerzählen. Je weniger Leute davon wissen, desto besser für uns beide. Es ist sicherer für dich, und mir gibt es die Gelegenheit, ungehindert die Spurensuche nach dem Mann ohne Kopf aufzunehmen.«

Nebamun erhob sich. Man hatte förmlich das Gefühl, als wäre ihm eine Last von der Schulter genommen. Bak begleitete ihn zur Tür und sah ihm hinterher. Er war sich fast sicher, daß er nicht der Schuldige war. Oder hatte er geschickt ihm, dem lästigen, nimmermüden Polizisten, eine Falle gestellt, die ihn weglocken sollte, damit er den Tod fand?

Er drehte sich um, weil es in der Eingangshalle so ungewohnt still war. Fünf Männer starrten ihn völlig erstaunt und auch enttäuscht an. Nebamun hatte überhaupt nicht auf das Vorhandensein des Sarges reagiert. Einen Augenblick lang war Bak genauso befremdet wie seine Leute, doch dann fiel ihm ein, daß er dem Händler vor einigen Tagen begegnet war, als er aus dem Wachhaus gekommen war. Er hatte offenbar den Sarg schon damals gesehen.

»Intefs Frau erwähnte dir gegenüber ein altes Grab südlich von Kor, und nun berichtet Nebamun von einem geheimen Platz südlich von Kor.« Imsiba musterte Bak nachdenklich. »Vielleicht sollten wir uns den Fluß oberhalb von Kor einmal gründlich ansehen.«

»Wir brechen morgen früh zeitig auf.« Bak schaute hinaus auf den Hafen, der ruhiger dalag, als er ihn je erlebt hatte. Große und kleine Flußschiffe lagen am Kai, ihre Mannschaften standen herum und unterhielten sich, fischten oder gönnten sich ein Nickerchen an einem der wenigen schattigen Plätze, die es in der Mittagssonne noch gab. »Geh und sprich mit dem Fischer Meru. Sag ihm, was wir brauchen: ein schmales, schlankes Boot, eins, das man leicht durch die vielen kleinen Inseln manövrieren kann und durch seichtes verschilftes Wasser. Und beschaffe uns genügend gute Waffen. Wir dürfen nicht sorglos und mangelhaft bewaffnet aufbrechen.«

Imsiba warf ihm einen durchdringenden Blick zu. »Glaubst du, man will uns mit der Geschichte in eine Falle locken?«

»Es ist besser, kein Risiko einzugehen.« Bak lehnte sich gegen die Terrassenmauer und schaute auf die drei zierlichen, nur spärlich bekleideten Mädchen, die am Flußufer saßen und mit den Händen feuchten Sand zu Brotlaiben und Kuchen formten. »Während du unser Unternehmen vorbereitest, muß ich noch einmal mit Ramose sprechen und auch mit der Mannschaft von Kapitän Roy. Vielleicht machen die jetzt den Mund auf.«

»Die glauben schon, wir hätten sie vergessen, meinten die Wachen dort.« Normalerweise hätte der Medja über die armen Matrosen gelacht, aber er machte ein recht griesgrämiges Gesicht.

Bak konnte den Grund leicht erraten. »Wenn du deine Aufgabe erledigt hast, mußt du Sitamun aufsuchen. Sie hatte Zeit zum Nachdenken, seit wir das letzte Mal mit ihr über den Tod ihres Bruders gesprochen haben. Vielleicht erinnert sie sich inzwischen noch an irgendein Detail, das wichtig für uns sein könnte.«

Imsiba schaute ihn merkwürdig an, als vermute er irgendein Komplott, aber dann sagte er lieber doch nichts. Denn es kam ihm wahrscheinlich sehr gelegen.

»Intef plante, als Angehöriger meiner Mannschaft mitzufahren?« Kapitän Ramose schaute Bak überrascht an. »Mir gegenüber hat er nie so etwas verlauten lassen.«

»Niemals?« fragte Bak.

»Er hat kein Hehl daraus gemacht, daß er gern noch mehr vom Fluß sehen und in ferne Länder reisen möchte, aber er hatte eine Familie, um die er sich kümmern mußte, und einen Hof.« Ramose schüttelte den Kopf. »Nein, das hat er nur so dahergeredet, das war nicht ernst gemeint.«

Also hatte Intef die Zeit für noch nicht reif gehalten für seine Reise in den Norden, um dort seinen kleinen Schatz abzusetzen. Hatte er gehofft, noch mehr zu finden?

»Ich liege hier schon viel länger fest als notwendig, Leutnant. Ich würde gern Segel setzen.« Ramose stand im Bug seines Schiffes in der für ihn typischen Pose – die Beine gespreizt und die Hände auf den Hüften. »Ich habe mich wirklich angestrengt, um euch behilflich zu sein. Ich habe euch von dem Schiffswrack berichtet und vor Ort ausgeharrt. Zwei Fahrten habe ich dann gemacht, wo eine genügt hätte. Das mindeste, womit du dich dafür erkenntlich zeigen könntest, wäre, meinen Fall Kommandant Thuty vorzutragen.«

Eine Schar Enten flog mit lautem Getöse über sie hinweg; sie waren auf der Suche nach einem schönen Fleck im Schilf, wo sie Futter finden würden. Ein gelblich-brauner Hund lief den Kai entlang, den Kopf gesenkt. Er schien irgendeiner unsichtbaren Fährte zu folgen. Ein Fisch sprang hoch aus dem Fluß, der glatt wie ein Spiegel wirkte, und fiel mit lauten Plumpsen wieder zurück. Dabei wachte ein Matrose auf, der es sich mit nacktem Oberkörper an einem Anlegepfosten gemütlich gemacht hatte, eine Angel zwischen den Knien. Der Geruch von gebratenen Zwiebeln wehte von einem der Schiffe über den Hafen bis zu ihnen herüber.

»Der Kommandant wird bald eine Entscheidung treffen. Ich kann darauf keinen Einfluß nehmen.« Bak war es allmählich leid, sich stets irgendwie herausreden zu müssen, mal den Kapitänen ein baldiges Ende der Untätigkeit in Aussicht zu stellen, sie dann wieder hinzuhalten und so zu tun, als gäbe es ein Geheimnis, obwohl gar keines existierte. »Freust du dich nicht auf das Fest, das Thutys Frau für den Wesir plant?«

Ramose streckte seinen fülligen, verschwitzten Bauch vor und schnaubte verächtlich. »Sehe ich wie jemand aus, der sich gern mit Edelleuten brüstet?«

Bak lachte. »Ich habe meine Jugend in der Hauptstadt verbracht, wo es mehr Männer von edler Herkunft gibt als Unkraut zwischen dem Straßenpflaster. Glaube mir, du bist nicht weniger wert als sie.«

Ramose grinste, er schien das Kompliment zu genießen, zeigte aber sonst keinerlei Regung. »Ich werde dem Wesir zuwinken, wenn ich seiner Flotte irgendwo zwischen hier und Ma'am begegne. Und während du bei dem Bankett auf Tuchfühlung mit den Edelleuten bist, dünnen Wein trinkst und ausgetrockneten Kuchen verspeist, werde ich gemütlich mit meinen Männern an Deck sitzen und das beste Bier von Wawat genießen.«

Der Kapitän machte keinen Witz, erkannte Bak. Er würde Buhen in dem Augenblick verlassen, in dem Thuty den Handelsverkehr freigab. Es sei denn, man hatte etwas, womit man ihn zurückhalten konnte. »Hast du so große Angst vor einem halbnackten Angehörigen eines Wüstenstammes, daß du das größte Gelage, das es je hier im Land Wawat gegeben hat, deswegen verpassen würdest?«

Ramoses gute Laune war augenblicklich verschwunden. Feindselig starrte er Bak an. »Habe ich es dir nicht schon einmal gesagt? Mein Schiff wurde nicht bewußt beschädigt, wir sind auf Grund gelaufen.«

Baks Gesicht verdüsterte sich, verächtlich blickte er sein Gegenüber an. Er konnte ja verstehen, daß die Leute von hier den Amtsgewalten mißtrauten, aber ein respektabler Schiffseigner aus dem Land Kemet sollte eigentlich mehr Vertrauen haben. »Wie soll ich dich und die Deinen beschützen, wenn du mir nicht hilfst, den Mann zu ergreifen, der dich bedroht hat?«

»Ich bin sehr wohl fähig, auf mich selbst aufzupassen.«

»Kapitän Ramose! Zwei Männer wurden ermordet, um große Mengen von Gütern flußabwärts zu schmuggeln. Wenn du jetzt davonläufst, um deine Haut zu retten, werden andere sterben müssen, daran hege ich keinen Zweifel.«

»Nein!« Ramose wich zurück und schüttelte heftig den Kopf wie ein wütender Stier. Er stieß mit einem lauten Krachen an die Bugwand, fluchte und starrte seinem Peiniger tief in die Augen. Und mit einem Mal brach alles aus ihm heraus. »In Ordnung!« Er machte ein paar Schritte vorwärts. »Der Bug wurde an dem Abend, als ich mich weigerte, Schmuggelware an Bord zu nehmen, mit der Axt bearbeitet. Das war mehr als eine deutliche Warnung. Also habe ich den Mund gehalten. Ich hatte Angst, nicht nur mein Schiff zu verlieren, sondern auch mein Leben und dazu noch das Leben meiner Mannschaft aufs Spiel zu setzen.« Sein Gesichtsausdruck verhärtete sich, seine Stimme bebte vor Erregung. »Und jetzt laufe ich Gefahr, daß man uns doch noch nach dem Leben trachtet. Bist du zufrieden?«

»Ich werde dir ein paar Männer zur Bewachung mitgeben. Solange du hier in Buhen bist, wirst du sicher sein.«

Ramose schnaubte verächtlich. »So sicher wie Mahu?«

Bak krümmte sich innerlich, aber er ließ sich nach außen nichts anmerken. »Erzähl mir mehr von dem Kerl, der dich bedroht hat.«

»Ich weiß nichts Konkretes, nicht einmal seinen Namen. Er ist wie ein Schatten, nie greifbar«, gab Ramose widerwillig zu und ließ sich auf ein Bündel Rinderhäute fallen. Der aufgewirbelte Staub brachte Bak zum Niesen. »Ich bin mir sicher, daß er aus dem Gebiet nördlich von Kusch stammt, und nach seinem wilden und ungepflegten Aussehen zu urteilen, nehme ich an, daß er in der Wüste aufgewachsen ist. Und jetzt hat er das Leben in den sandigen Weiten der Wüste gegen ein Leben auf dem Fluß eingetauscht, und da scheint es ihm sehr gut zu gefallen.«

Bak erinnerte sich, daß Nebwa einen Mann aus dem

Süden erwähnt hatte, dem er nicht einmal seine ältesten Sandalen anvertrauen würde. Und diesen Mann hatte er in Kor in einem vertraulichen Gespräch mit Mahu gesehen. »Hat er ein eigenes Schiff?«

»Ein Reiseboot, schlank und elegant, von der Art, wie es der Sohn eines Edelmannes benutzen würde, um im Land Kemet von einem Besitz zum nächsten zu segeln. Wie ein Mann der Wüste, ein Wilder vom Stamm der Kuschiten, zu so einem eleganten Schiff kommt, darüber haben wir Flußschiffer uns oft unterhalten, aber nie eine Erklärung dafür gefunden.«

Bak versuchte sich diesen Mann bildlich vorzustellen, aber es gelang ihm nicht. »Warum bin ich ihm noch nie begegnet?«

»Er ist wie ein Schatten, das habe ich dir bereits gesagt. Einige meinen, daß er sehr weit aus dem Süden stammt. Wenn das Wasser hoch ist, fährt er oft die Strecke über die Stromschnellen von Semna nach Kor, mehr aus Abenteuerlust als aus Geschäftsgründen. Andere erzählen, daß er bei normalem Wasserstand im ›Steingürtel‹ Waren von einem Dorf ins andere und von einer Garnison zur nächsten transportiert. Wenn das Flußwasser so niedrig ist, daß die Fahrt für die Schiffe nicht mehr möglich ist, sucht er sich einen versteckten Anlegeplatz zwischen den Inseln und verschwindet für eine Weile völlig von der Bildfläche.«

Bak konnte seine Erregung nur mit Mühe unter Kontrolle halten. Die verschiedenen Einzelheiten fügten sich endlich zu einem Bild zusammen. War es zuvor eine bloße Theorie gewesen war, daß ein Schiff die Schmuggelgüter den »Steingürtel« hinabbrachte, so hatte er jetzt immerhin einen Mann und ein Schiff. Einen Schatten ohne Namen, aber immerhin einen Mann, dem er auflauern und eine Falle stellen konnte. »Ist er nie nach Buhen gesegelt?«

»Wenn er hier gewesen wäre, hättest du dich an ihn erinnert. Sein Schiff ist ein absolutes Schmuckstück.« Ramose verzog das Gesicht zu einem leichten Lächeln, doch gleichzeitig kniff er die Augenbrauen zusammen. »Aber kein Spielzeug, mit dem man in den Stromschnellen spielen kann.«

»Warum hast du dann hier und jetzt noch Angst vor ihm?«

»Sein Schiff lag in jener Nacht, als das meine mit einer Axt beschädigt wurde, nicht im Hafen von Kor. Er muß sich auf andere Weise eingeschlichen haben. Entweder kam er mit einem kleinen Boot oder zu Fuß. Aber kein Mensch hat ihn in der Nähe des Kais gesehen.« Ramose sah Bak herausfordernd an. »Kannst du mich vor einem Schatten beschützen?«

12. Kapitel

Bak eilte über den Landungssteg vom Schiff und dann den Kai entlang. Seine Gedanken waren noch bei Ramose und dem Kuschiten. Die Furcht des Kapitäns war echt – und sehr wohl begründet, dessen war er sich sicher. Zu viele Fragen waren noch offen, um ein abschließendes Ergebnis auf den Tisch zu legen. Aber tief in seinem Innern glaubte er, daß Ramose unschuldig am Tod von Mahu und Intef war. Sicher hatte der Kuschit den stämmigen Kapitän angesprochen, nachdem er erfahren hatte, daß Kapitän Roy nach Kemet zurücksegeln würde. Er mußte die Lücke, die durch Roys Ausfall als Helfershelfer entstanden war, möglichst schnell schließen, damit kein Stillstand beim Transport seiner Schmuggelgüter eintrat. Nachdem Ramose das Angebot abgelehnt hatte, war ein anderer – einer der restlichen vier Verdächtigen – zu Mahu gegangen. Aber während der Kuschit keine greifbare Person war, sondern gleich einem Schatten eine Drohung aussprechen und wieder verschwinden konnte, war der andere wohlbekannt, ein Mann, der viel zu verlieren gehabt hätte, wäre Mahu am Leben geblieben.

Bak fand die Logik seiner Gedankengänge schlüssig. Zufrieden wandte er seine Aufmerksamkeit wieder seiner Umgebung zu. Nicht weit von sich entfernt sah er Tjanuny, den Mann, den Ramose mit der Nachricht vom Schiffswrack nach Buhen geschickt hatte, mit einigen seiner Gefährten am Kai herumschlendern. Der Anblick des schlanken, drahtigen Mannes erinnerte ihn an bestimmte Worte, die im Scherz dahingesprochen worden waren. Ein beiläufiger Hinweis auf den Mann ohne Kopf.

Bak beschleunigte seine Schritte. »Tjanuny!« rief er.

Der Matrose drehte sich um. Als er den Offizier erkannte, erstarrte er. Sein Gesicht drückte Furcht und Verwirrung aus. Seine Gefährten entfernten sich schleunigst, sie wollten nichts mit dem zu tun haben, was das Schicksal vielleicht für ihn bereithielt.

»Nur keine Angst, Tjanuny«, beruhigte ihn Bak und lächelte. »Ich möchte nur ein paar Informationen von dir.«

Argwohn keimte in dessen Augen auf. »Ich arbeite hart von Sonnenaufgang bis zum Sonnenuntergang auf Ramoses Schiff. Wie sollte ich etwas wissen, was für dich von Wert ist?«

Bak legte ihm die Hand auf die Schulter und führte ihn den Kai entlang. »An dem Tag, als wir vom Schiffwrack zurückkehrten, machten wir an der Stelle halt, wo Kapitän Roy die Schmuggelware geladen hatte. Erinnerst du dich?«

»Es war eine weite offene Ebene«, erwiderte Tjanuny und nickte. »Seine Mannschaft dachte, daß in den Weiten der Sandwüste die Schatten der Toten wohnen.«

»Als sie diese Geschichte erzählten, hast du einen Witz gemacht.«

»Wer? Ich?« Tjanuny verlangsamte seinen Schritt merklich und kratzte sich am Kopf. »Ich weiß zwar noch, daß Roys Männer von einem Schiff erzählt haben, das im Dunkeln vorbeigefahren sei, aber an einen Witz kann ich mich nicht erinnern.«

Bak wollte dem Matrosen die Worte nicht in den Mund

legen, doch ... »Du hast dich über ihre Angst lustig gemacht, hast von einem Mann gesprochen, dem ein Teil seines Körpers fehlt.«

Tjanuny schnippte mit den Fingern und grinste vergnügt. »Natürlich! Der Mann ohne Kopf!«

»Genau den meine ich.« Bak klopfte ihm auf die Schulter. »Wo hast du zum ersten Mal von ihm gehört? Und unter welchen Umständen?«

»Im ›Steingürtel‹.« Tjanuny entspannte sich sichtlich, sein Mißtrauen schien wie verflogen. Gemeinsam gingen sie auf das Festungstor zu. »Ich komme aus einem Land weit im Süden, wie du weißt. Ich habe mir die Fahrt flußabwärts zuerst als Matrose auf zwei Schiffen verdient, bis ich nach Semna kam. Der Fluß hatte Hochwasser, der ›Steingürtel‹ war befahrbar, wie man mir sagte. Aber ich bin ein vorsichtiger Mann. Ich habe zwei Schiffe über einige gefährliche Stromschnellen hinabfahren sehen. Sie sind zwar durchgekommen, und den Mannschaften an Bord ist nichts passiert, auch wenn sie nicht immer trocken blieben. Aber trotzdem hatte ich ein mulmiges Gefühl. Ich ließ mir das Ganze noch einmal durch den Kopf gehen und habe dann die Strecke von Semna nach Kor auf dem Landweg zurückgelegt. Unterwegs bin ich vielen Leuten begegnet, die hinter vorgehaltener Hand etwas von einem Mann ohne Kopf murmelten.«

Tjanuny warf Bak ein unsicheres Lächeln zu. »Zuerst dachte ich, daß es sich nicht um einen richtigen Menschen handeln könne, und alles sei frei erfunden. Daß sich Bauern die Gruselgeschichte ausgedacht hätten, um sich nachts gegenseitig Angst einzujagen. Und ich weiß bis heute nicht, ob es ihn wirklich gibt. Ich habe ihn selbst nie gesehen.«

»Was hat man denn gemunkelt?« Bak verheimlichte nicht, wie sehr ihn das interessierte.

»Na ja, er taucht immer im Dunkel der Nacht auf und verschwindet rasch wieder. Man hat ihn auf einem Boot weit draußen im Fluß gesehen und auch beim Marsch durch die Wüste. Manchmal trifft er Schiffsvolk an einem ruhigen abgelegenen Ort. Einige behaupten, daß das Schiff voller Schatten gewesen sei, andere wiederum meinen, daß sie Männer haben reden und lachen hören. Normale Menschen wie dich und mich.« Tjanuny machte eine Pause, überlegte kurz und zuckte dann mit den Schultern. »Ich fürchte, mehr weiß ich wirklich nicht, Herr.«

»Das ist schon eine ganze Menge, vielen Dank.« Bak hatte das Gefühl, daß er dem Matrosen etwas schuldete, doch welches Geschenk war passend für den Mann und seine wertvollen Hinweise? Die Antwort fiel ihm spontan ein, so als seien die Götter ihm zu Hilfe gekommen. »Warst du jemals in Noferys Freudenhaus, Tjanuny?«

Nachdem Bak Tjanuny Noferys fähigen Händen überlassen hatte, eilte er zum Amtssitz des Kommandanten. Dort kümmerte er sich um Wachposten für Ramoses Schiff. Er wählte dafür Soldaten aus, die in der Mannschaft nicht so leicht auffielen wie die leicht erkennbaren Medjas. Als er dann seine Schritte durch das Tor in die Außenstadt lenkte, veranlaßten ihn die sinkende Sonne und eine steife Brise zu einer schnelleren Gangart durch die engen, unebenen Gassen. Staub wirbelte auf und legte sich wieder, legte sich auf Baks nackte Schultern und kitzelte ihn in der Nase. Eine schwarz-weiß gesprenkelte Katze, deren Zitzen schwer waren von Milch, hechelte vor ihm her übers Pflaster, im Maul eine tote Ratte.

Er hörte das freudige Lachen von Männern und Frauen, das fröhliche Quäken von Kindern, hier und da weinte ein Baby. Die Soldaten, die dienstfrei hatten, und Händler, die aufgrund der Verfügung des Kommandanten nichts zu tun hatten, schlenderten durch die sandigen Straßen auf der Suche nach ein wenig Vergnügen. Und das laute Bellen eines Hundes in der Ferne zog ein lärmendes Gekläff im gesamten Umkreis nach sich. Der rauhe Schrei eines Esels übertönte das sanfte Blöken der Schafe. Es roch nach gekochten Zwiebeln und geräuchertem Fisch. Und über allem hing der leicht süßliche Duft von Dung von den nahe gelegenen Koppeln, der nicht einmal von dem strengen Geruch schmelzenden Metalls überdeckt wurde. Die Menschen, die hier lebten, dessen war sich Bak sicher, würden Kommandant Thuty die Füße küssen, wenn er schließlich seine Entscheidung bekanntgab, die Karawanen weiterziehen zu lassen.

Eine Seitengasse führte zu dem Haus, in dem die Mannschaft von Kapitän Roy untergebracht war. Bak blieb draußen vor einer provisorischen Tür aus recht fest geflochtenem Schilf stehen, das jedoch durchlässig genug war, um die Leute von drinnen zu hören. Er lauschte kurz.

»Sie ist einfach ein absoluter Schatz, sage ich dir. Ein Wesen von so großer Schönheit, daß sie beinahe einer Göttin gleichkommt. Ihre tiefen dunklen Augen sind wie der Himmel um Mitternacht, ihre Haut ist so weiß und glatt wie dicke Sahne, ihre Lippen sind so rot wie ein Granatapfel und genauso süß. Und was sie alles mit ihrem Mund machen kann ...« Der Sprecher hielt inne und seufzte tief auf. »Das reinste Vergnügen. Das ist mir alles widerfahren. Und ihre Hingabe war so tief und stark, und es dauerte so unendlich lange, ich glaubte schon, ich würde nie wieder zu Kräften kommen, als sie endlich von mir abließ.«

Bak lachte leise in sich hinein. Er erkannte Dadu in dem Sprecher, einen der Medjas, den man dazu abgeordnet hatte, auf die Matrosen aufzupassen. Die Geschichte, die er hier zum besten gab, kursierte in den verschiedensten Varianten in den Unterkünften. Nichts daran stimmte, sie war einfach eine Ausgeburt der Phantasie. Manchmal erzählte man sie, um Gefangene zu reizen, um ihren Hunger auf das Leben draußen so zu steigern, daß sie endlich mit der Wahrheit herausrückten.

Bak rief laut, um sein Kommen anzukündigen. Dadu, ein hochgewachsener, drahtiger Mann mit weißen Stellen im dichten Haar, kam zur Tür geeilt, um seinen Vorgesetzten einzulassen. Bak blinzelte dem Medja verstohlen zu und schaute sich dann kurz im Raum um. Schmale Pritschen standen zusammengeklappt an den Wänden, um mehr Platz zu schaffen. Eine Kohlenpfanne und einen Berg von Töpfergeschirr hatte man in eine Ecke geschoben, vier große bauchige Wassertöpfe waren an einer anderen Wand aufgereiht. Lampen aus gebranntem Ton mit noch frischem unberührtem Docht standen in der Gebetsnische zusammen mit der Büste eines längst vergessenen Vorfahren des früheren Hausbewohners. Im zweiten Raum, einem fensterlosen Schlauch, befanden sich ebenfalls Pritschen und ein Haufen von Taschen, Körben und Gefäßen voller Proviant. Beide Räume führten hinaus auf einen Innenhof, in dem ein hohes, konisch geformtes Getreidesilo und ein runder Ofen standen. Staubpartikel tanzten in der Luft und wurden durch das Sonnenlicht sichtbar, das durch die Türen hereinfiel. Der Geruch nach Dung durchdrang alles.

Die zwölf Männer, die am Boden sitzend oder liegend, Dadu an den Lippen gehangen hatten, rappelten sich mühsam hoch. Fünf weitere kamen aus dem Hof nach drinnen gelaufen. Bak warf dem Medja einen wissenden Blick zu. Dadu nahm das mit einem leichten Nicken zur Kenntnis. Er war der Meinung, daß die Matrosen das Eingeschlossensein nicht mehr länger ertragen würden.

Bak studierte aufmerksam die Gesichter. Er entdeckte unter ihnen den Matrosen mit der Hakennase und den Jungen, der vergeblich darum gefleht hatte, den kleinen grauen Affen als Haustier behalten zu dürfen. Die Männer standen in trotziger Haltung steif da, aber die Augen hatten sie entweder gesenkt, oder sie warfen sich gegenseitig hilfesuchende Blicke zu. Andere schauten abwartend drein, die Augen zu schmalen Schlitzen zusammengekniffen. Bak konnte ihre Angst förmlich riechen. Und die war wohlbegründet, denn man hatte sie mit Dingen erwischt, die eigentlich ihrer Herrscherin Maatkare Hatschepsut gehörten. Und diese Angst konnte er zu seinem Vorteil nutzen.

An der Tür zum Innenhof drehte sich Bak um und blieb

im hellen Sonnenlicht stehen, das hereinfiel. Sein Gesicht lag im Schatten, sein Rücken wurde von Re gewärmt. »Einer von euch wird für alle sprechen. Wer meldet sich?«

Sie schauten einander an. Es verwirrte sie, eine Wahl treffen zu müssen.

Imsiba hatte sie richtig eingeschätzt, erkannte Bak. Es waren Männer, die gewohnt waren, Befehle auszuführen, die aber nicht gern selbständig dachten. Kein Wunder, daß ihr Schiff auf Grund gelaufen war. »Muß ich etwa für euch entscheiden?«

»Min«, schlug jemand vor.

»Ja, er soll für uns sprechen«, stimmte ein zweiter zu und deutete auf den Mann mit der Hakennase. »Er hat schon einmal mit dir geredet. Soll er es wieder tun.«

Bak erinnerte sich gut an den Mann, er war einer, den man zum Sprechen bringen konnte. »Tritt vor«, befahl er. »Setz dich dahin, wo ich dich sehen kann.« Er deutete mit seinem Amtsstab auf seinen eigenen Schatten, der sich über den Boden erstreckte.

Der Mann warf seinen Gefährten einen bitterbösen Blick zu, reckte dann die Schultern hoch und kam vor zu der Stelle, die ihm Bak angewiesen hatte. Einen Augenblick lang verharrte er trotzig, aber nachdem Bak ihm einen kurzen, strengen Blick zugeworfen hatte, ließ er sich ziemlich schnell auf die Knie nieder.

Bak spreizte die Beine und hielt seinen Amtsstab in Taillenhöhe mit beiden Händen fest. In dieser autoritären Haltung blieb er in der Tür stehen. »Bald muß ich euch dem Kommandanten vorführen mit der Anklage, die größte Ladung Schmuggelgut, die mir jemals unter die Augen gekommen ist, befördert zu haben. Euer Kapitän ist verstorben, verschlungen von einem wütenden Fluß. Ihr allein tragt jetzt die volle Verantwortung.«

Ein Mann jaulte wie ein verängstigtes Hündchen auf. Die anderen begannen durcheinanderzureden mit lauten, weinerlichen Stimmen. Dadu hatte sich an der Tür zur Straße postiert, damit niemand fliehen konnte, und starrte sichtlich ungerührt über ihre Köpfe hinweg.

»Zu euren Gunsten spricht die Tatsache, daß wir nicht nur die Schmuggelware wiedererlangt haben, sondern auch das Schiff reparieren und der Flotte unserer Herrscherin zuführen können. Mit etwas Glück erwartet euch keine schlimmere Strafe, als in die Wüstenminen geschickt zu werden.«

Obwohl er die Arbeit in den Minen wie einen Spaziergang am Fluß erscheinen ließ, brachte seine Ankündigung die Männer zum Verstummen. Unbehagen machte sich breit. Keinem von ihnen waren die langen Reihen von Männern entgangen, gemeine Verbrecher, die man von Kemet aus in den Süden geschickt hatte. Jeder hatte gesehen, wie sie von Schiffen aus Buhen und anderen Festungen in Wawat heruntergeführt wurden, um hinaus in die Wüste zu marschieren. Viele waren nie zurückgekehrt. Und jene, die zurückkamen, gingen mit gebeugtem Rücken und waren innerlich gebrochen.

»Ich kann den Kommandanten bitten, euch zu verschonen – euren Aufenthalt in der Wüste zu verkürzen oder euch anderswo eine Arbeit zuzuweisen.« Bak sprach mit harter, kühler Stimme. »Dafür müßt ihr aber auch offen und ehrlich mit allem herausrücken, was ihr wißt.«

Die Männer schauten einander an. Voller Furcht. Voller Hoffnung. Sie hätten gern geglaubt, was er sagte, waren sich aber nicht sicher, ob sie ihm vertrauen sollten.

»Ich würde als alter Mann zurückkommen.« Der Junge starrte Bak an und erschauerte. »Was möchtest du denn wissen?«

Alle Augen wandten sich ihm zu. Gesichter mit zusammengekniffenen Lippen beschuldigten ihn des Verrats. Aber Bak spürte auch ihre hinter der Fassade versteckten Gefühle: eine Erleichterung, daß niemand von ihnen der erste gewesen war. Und Hoffnung keimte auf, daß der Junge ihnen das Tor zur möglichen Rettung geöffnet hatte.

»Du hast mir da letztens eine Geschichte erzählt«, sprach Bak Min an, »daß ihr mit Kapitän Roy zu einer einsamen Stelle am Fluß gefahren seid, wo ihr die verbotene Ladung, die wir später an Bord fanden, aufgenommen habt.«

»Das stimmt.« Der Matrose schaute hoch. Er mußte im Gegenlicht blinzeln. Er versuchte, in Baks im Schatten liegenden Gesicht zu lesen. »Du hast doch selbst gesehen, daß ich mich bemühe.«

»Warum habt ihr dort Ladung übernommen, wo ihr doch normalerweise südlich von Kor Fracht an Bord des Schiffes holt?« forderte Bak sie heraus und stieß mit seiner Vermutung in ein Wespennest.

Ein Mann schnappte hörbar nach Luft, andere fingen zu fluchen an. Einige, unter ihnen Min, starrten ihn stumm und mit offenem Mund an.

»Die Ladung war zu groß«, rief der Junge. »Komm schon, Min. Erzähl ihm alles.«

»Der Junge spricht die Wahrheit«, gab Min widerwillig zu, aufgebracht über das herausfordernde Verhalten des Jungen. »Wir waren noch nie so kühn gewesen, hatten noch nie so viel Schmuggelgut auf einmal geladen, noch nie so viel transportiert. Aber unser Kapitän ...« Er lachte kurz und bitter auf. »Er hatte gemeint, daß wir so weit weg von der Grenze sicher seien und daß niemand uns am Zeuge flicken könne. Und uns gefälschte Papiere ohne Schwierigkeiten in den Norden bringen würden.«

»Mit anderen Worten«, kam Bak wieder auf das zu sprechen, was ihm am Herzen lag, »der Lagerplatz südlich von Kor ist ziemlich klein. Er bietet nicht genügend Raum, um so große Mengen von Gütern zu verstauen.« Er machte eine kurze Pause, um zu überlegen, wie er sein Verhör fortsetzen sollte. Dann hielt er ihnen eine weitere Vermutung unter die Nase. »Und es gibt dort keine geeigneten Verstecke, wenn ihr die Waren aus irgendeinem Grund hättet verschwinden lassen müssen.«

»Das stimmt«, murmelte Min mit finsterem Blick.

»Und wenn der Mond nicht scheint, ist es dort so finster wie in einem versiegelten Grab«, fügte der Junge hinzu. »Da stolpert man im Dunkeln herum und traut sich nicht, eine Fackel zu entzünden, aus Angst, entdeckt zu werden.«

Bak mußte nicht fragen, wer sie hätte sehen können. Der Fluß oberhalb von Kor war mit kleinen felsigen, aber grünen Inseln übersät. An geschützten Stellen und in Buchten entlang des Wassers gab es fruchtbaren Boden. Kleine Dörfer und winzige Höfe befanden sich an jedem kleinen Stück Grün; überall versuchten Menschen, ihr kärgliches Dasein zu fristen. Fremde wurden genau beobachtet, denn man war argwöhnisch.

»Beschreibt mir diesen Ort«, befahl Bak.

Ein paar Männer begannen leise zu murmeln, einer fluchte vor sich hin. Der Junge öffnete den Mund, um zu sprechen, aber ein Zischen hielt ihn zurück.

Min starrte vor sich hin. Er weigerte sich, seine Gefährten anzuschauen oder auch Bak. »Wir hatten das Schiff an einem Felsvorsprung in der Nähe einer kleinen Oase am westlichen Flußufer vertäut. Das war oberhalb von Kor, aber wie weit entfernt vom Ort, kann ich nicht sagen. Wir waren immer in finsterster Nacht unterwegs, wenn kein Mond schien. Und unser Kapitän segelte nie auf direktem Kurs dorthin.«

Bak bezweifelte, daß diese Männer, die ihr ganzes Leben auf dem Fluß verbracht hatten, sich so leicht in die Irre hatten führen lassen. Selbst wenn ein Kapitän sie zu täuschen versuchte. Sie rückten aus irgendeinem Grund mit ihrem Wissen nicht heraus. »Findet ihr die Stelle wieder, wenn es sein müßte?«

Min zuckte mit den Schultern. »Ein Felsenriff ist ein Felsenriff, und eine Oase ist wie jede andere.«

Bak hätte alles darauf verwettet, daß noch irgendwo Schmuggelwaren versteckt waren. Und die Felsen würden sicherlich irgendwelche Schrammen vom Schiffsrumpf tragen, der beim Beladen daran gescheuert hatte. »Habt ihr dort jemals irgendein anderes Schiff vorgefunden?«

»Nie.«

»Wir sahen manchmal Zeichen, daß ein Schiff da gewesen und wieder davongesegelt war«, preschte der Junge vor.

Ein abermaliges, schärferes Zischen ließ seine Wangen erröten. Im hinteren Teil des Raums warfen sich einige der schmallippigen Männer mißbilligende Blicke zu. Der Junge war viel redseliger, als ihnen lieb war. Das konnte eine Bestrafung nach sich ziehen.

Nachdem Kapitän Roy tot war, konnte sich Bak nur einen einzigen Grund vorstellen, warum sie sich so verbiestert in Schweigen hüllten. Sie versuchten, die Existenz einer Person oder einer Sache nicht zu verraten. »Ich habe Geschichten über einen ziemlich unverfrorenen Kerl gehört, der ein Schiff an einem geheimen Ort südlich von Kor getroffen haben soll.« Ein lautes Fluchen bestätigte seine Vermutung. »Da es euer Schiff war und der geheime Ort euer Liegeplatz, bin ich doch sehr erstaunt, daß ihr euch nicht an ihn erinnert. Eine so auffallende Gestalt kann man doch nicht vergessen.«

Die Männer schauten einander an, ihre ursprüngliche Überraschung war schnell verflogen. Vorwurfsvoll musterten sie einander, als würden sie sich gegenseitig beschuldigen, das Geheimnis preisgegeben zu haben.

»Er war da.« Der Junge wich einem Ellbogen aus, der ihn hindern wollte weiterzureden. »Wir haben ihn jedes Mal gesehen, wenn wir anlegten, um Ladung an Bord zu nehmen.«

Mins Stimme nahm einen beschwichtigenden Ton an. »Er stand immer weit entfernt von uns, ein kopfloses Gespenst im Dunkeln. Wenn es Zeit wurde, mit ihm zu reden – normalerweise nachdem wir die Ladung aufgenommen hatten –, ging unser Kapitän zu ihm hinüber. Wenn er zurückkam, brachte er immer ein neues Landungsverzeichnis mit zurück, und der Mann ohne Kopf verschwand in der Dunkelheit.«

Bak erinnerte sich daran, wie sehr die Männer sich vor dem Ort und dem Schiff gefürchtet hatten, als sie nördlich von Buhen Güter an Bord genommen hatten. Er musterte

Min neugierig. »Ihr hattet keine Angst vor einem Geist ohne Kopf?«

Min schnaubte laut. »Das war ein Mensch, das war doch nichts Besonderes.«

»Nichts Besonderes? Ein Mensch?« Ein kräftiger, muskulöser junger Matrose stürzte aus dem hinteren Teil des Raums nach vorn und baute sich drohend vor Min auf. »Nun, ich möchte eines klarstellen. Dieser Mann besaß die Macht, uns allen zu Reichtum zu verhelfen. Wenn du und dieser Junge schlau genug gewesen wärt, den Mund zu halten!«

Min schoß hoch, die Kinnlade fiel ihm herab. »Wir haben niemals sein Gesicht gesehen und kennen auch seinen Namen nicht. Wie könnten wir Kontakt zu ihm aufnehmen und ihm unsere Dienste antragen? Wenn wir kein eigenes Schiff besitzen und keinen Kapitän haben, der uns den Weg weist, was hätten wir anzubieten?«

»Setzt euch, alle beide!« befahl Bak.

Min ließ sich an Ort und Stelle auf den Boden nieder. Der jüngere Mann versuchte, sich inmitten der anderen zu verstecken. Als hätte seine Anschuldigung all ihre Hoffnungen zunichte gemacht, weigerten sie sich, ihn unter sich aufzunehmen. Sie zwangen ihn, in der ersten Reihe direkt vor Baks wachsamem Auge Platz zu nehmen.

Nachdem die Ordnung wiederhergestellt war, fragte Bak: »Kennt ihr einen Mann aus dem Volk der Kuschiten, der mit einem schmalen, schnittigen kleinen Handelsschiff den ›Steingürtel‹ entlangsegelt?«

Die Matrosen schauten einander an, als suche jeder für sich nach einer Möglichkeit, zu schweigen. Da aber ihr Plan, erneut Schmuggelgut zu transportieren, gescheitert war, sahen sie nun keinen Grund mehr, mit der Wahrheit hinterm Berg zu halten. Und so nickten alle einem bestimmten Mann zu.

»Er heißt Wensu«, begann darauf der ältere Matrose. »Wir übernahmen oft Waren von ihm, die er von weit flußaufwärts mitgebracht hatte. Du hast selbst die Ebenholzstämme an Deck gesehen. Er legte genau an dem Abend neben uns an, bevor wir von Kor aus in den Norden aufbrechen wollten. Und da haben wir die Stämme von seinem Schiff auf unseres verladen.«

»Könnten er und der Mann ohne Kopf ein und dieselbe Person sein?«

»Nein«, riefen die Matrosen im Chor. »Unmöglich! Niemals!«

»Der Mann ohne Kopf stammt aus dem Norden und nicht aus dem Süden«, erklärte Min. »Er hat eine helle Hautfarbe, ist nicht so dunkel wie die Kuschiten.«

»Wensu?« Kapitän Mahus Steuermann, ein kleiner verhutzelter Mann mit weißem Haar, zog voller Verachtung die Nase kraus. »Den Kuschiten meinst du. Den mit dem Reiseboot, das er zu einem Handelsschiff umgebaut hat.«

»So hat man es mir gesagt«, erwiderte Bak.

»Natürlich, ich erinnere mich, ihn dort getroffen zu haben.« Der Steuermann hielt sich an dem Pfosten fest, an dem eines der beiden riesigen Steuerruder befestigt war, mit dem das große Frachtschiff auf Kurs gehalten wurde. Er hob einen Fuß, um sich an der Ferse zu kratzen. »Der Kai in Kor hat nur begrenzt Platz, wie du weißt. Aufgrund der großen Menge an Waren, die während des Hochwassers den ›Steingürtel‹ heruntergebracht wurden, lagen die Schiffe in Zweierreihen und manchmal Dreierreihen vertäut, bis sie mit dem Entladen an die Reihe kamen. Einmal lag Wensus Schiff direkt neben unserem, und seine Matrosen mußten über unser Deck steigen, um an Land zu gehen.«

Bak sah den Mann strafend an, er war mehr als erzürnt. »Hast du nicht gegenüber meinem Sergeanten erklärt, daß niemand zu euch an Bord kam, der dort nichts verloren hatte?«

»Sie hatten das Recht dazu. Wie hätten sie sonst von ihrem Schiff trocken an Land gelangen sollen?«

Bak schickte ein stilles Gebet zu Amun und bat ihn um Geduld. Er lehnte sich hinter dem Steuerruder an die Reling. Von seinem Standort aus konnte er das Schiff in seiner gesamten Länge übersehen. Die Buchten für das Vieh waren entfernt worden, und man hatte das Deck geschrubbt, bis das Holz in einem warmen Rotbraun glänzte. Neue dunkelgrüne Schilfmatten, die noch immer leicht nach frischem Saft rochen, lagen über dem Deckhaus. Die Getreidesäcke und Heubündel hatte man in den Schatten darunter gestellt. Überall auf dem Schiff waren Matrosen damit beschäftigt, Beschläge zu polieren, Seile und Trossen zu reparieren, oder sie arbeiteten hoch oben auf dem Masttopp und in den Rahen. Bak überlegte, ob sie das Herumlungern satt hatten und sich daher auf solche Aufgaben stürzten oder ob Userhet sie dazu verdonnert hatte. Um sie darauf vorzubereiten, für ihre neue Herrin Sitamun doppelt so hart zu arbeiten.

»Wie groß ist die Mannschaft an Bord von Wensus Schiff?«

»Es sind nur sechs Leute. Sie kommen von sehr weit unten aus dem Süden.«

»Hast du oder hat einer deiner Männer einen von denen kennengelernt?«

Der Steuermann schüttelte den Kopf. »Keiner spricht unsere Sprache.«

Bak nickte, ihm war alles klar. Es war natürlich einfacher, ein Geheimnis zu bewahren, wenn man sich mit Leuten umgab, die die Sprache des Landes, in dem sie arbeiteten, nicht verstanden. »Du hast meinem Sergeanten gesagt, daß Mahu immer Wachposten aufstellte, wenn sein Schiff beladen war.«

»Ja, das stimmt.« Die Augen des Steuermanns huschten kurz zu Bak hin. »Ein Großteil unserer Ladung gehörte anderen Leuten, und sein Ruf hing davon ab, jeden einzelnen Gegenstand unversehrt dem rechtmäßigen Besitzer abzuliefern. Niemand sollte an Bord kommen, der etwas stehlen oder zerstören könnte.«

Baks Stimme klang jetzt hart und schneidend. »Aber ohne Wissen Kapitän Mahus, verließen die Wachen manchmal nachts ihren Posten und begaben sich ins Deckhaus, um dort ein kleines Nickerchen zu machen. Oder sie verschwanden für eine Weile auf ein anderes Schiff, um dort mit Wurfspießen oder Knöchelbeinen ihr Glück zu versuchen.«

Ruckartig fuhr der Kopf des Steuermanns hoch, seine Stimme klang empört. »O nein, Herr! Wir haben immer unseren Auftrag erfüllt. Wir haben niemals unsere Pflichten vernachlässigt!«

Die Augen des Steuermanns wanderten von einer Seite zur anderen, er suchte nach einem Schlupfloch. Zweifellos, die Wachen hatten ihren Posten in der Nacht, als der Elefantenstoßzahn unter Deck versteckt worden war, verlassen. Bak stieß sich von der Reling ab, drängte sich an ihm vorbei und marschierte in Richtung Landungssteg.

Bak verließ eilig den Kai, er war begierig, seine Neuigkeiten mit Imsiba zu teilen. Er hatte jetzt zwei Männer: den Kuschiten Wensu, dessen Aufgabe darin bestand, Schmuggelware von weit flußaufwärts durch den »Steingürtel« zu bringen, und einen unbekannten Mann aus Kemet, der ohne Zweifel derjenige war, der Mahu ermordet hatte und der ein falsches Ladungsverzeichnis ausstellen lassen und es mit dem Schiff und der Schmuggelware in Richtung Norden geschickt hatte. Mit einem Wort: der Mann ohne Kopf. Falls die Götter ihnen wohlgesonnen waren, würde ihnen ihre Reise in den Süden am nächsten Morgen eine Antwort auf alles liefern und sie auf die richtige Fährte setzen. Oder noch besser, es würde ihnen vielleicht ohne große Mühe gelingen, Wensu noch in Kor aufzuspüren. Dann konnten sie ihn schnappen und zum Sprechen bringen, bevor er die Möglichkeit zur Flucht ergriff.

Bak marschierte zuerst zum Wachhaus, aber Imsiba war seit dem Mittag nicht mehr gesehen worden. In den

Quartieren der Medjas sagte man ihm, daß der Sergeant am Nachmittag da gewesen sei, ein frisches Gewand genommen und sich wieder an seine Pflichten begeben habe. Bak hoffte, daß seine Vermutung stimmte und Imsiba sich umgezogen hatte, um Sitamun aufzusuchen. Daher ging er quer durch die Stadt zu ihrem Haus. Er kam durch Gassen voller Soldaten, die nach einem langen Tag harter Arbeit auf ihrem Posten zurück zu ihren Unterkünften eilten oder in ihr eigenes Heim zu ihren Familien. Das letzte allerdings, was er wollte, war das Paar stören, falls die beiden zusammen waren. Aber die Sorge war unbegründet: das Haus lag verlassen da. Nach Auskunft eines Nachbarn war Imsiba vor einiger Zeit erschienen und dann wieder gegangen. Sitamun und ihren Sohn hatte er mitgenommen.

Bak entfernte sich wieder. Er freute sich für seinen Freund, doch empfand er auch einiges Unbehagen. Imsiba hatte zwar versprochen, Sitamun nicht zu sagen, daß Userhet – ein Mann, dem sie vertraute – einer derjenigen war, die man des Mordes an ihrem Bruder verdächtigte. Und für gewöhnlich hielt er seine Versprechen. Aber falls der Aufseher tatsächlich ein Mörder war – ein Mensch, der imstande war, zwei Leute zu töten, nur um sie zum Schweigen zu bringen –, würde er dann zögern, noch ein weiteres Leben zu zerstören, wenn er befürchten müßte, die Frau, die er begehrte, zu verlieren?

Bak schlug den Weg unterhalb der Zitadelle ein und schüttelte diese Gedanken ab, die vielleicht doch etwas zu abwegig waren. Wie er bemerkt hatte, galt Userhets Aufmerksamkeit vor allem sich selbst.

Er ging dicht an der Mauer entlang und ließ einen Strom von Soldaten in der entgegengesetzten Richtung an sich vorbei. Sie rochen unangenehm nach Schweiß; kleine Bäche von Schweißtropfen liefen über ihre staubigen Körper. Die Schwüle in diesen schmalen Gassen, in die nie ein Luftzug drang, auch wenn hoch über den Gebäuden eine frische Brise wehte, war bedrückend. Die Hitze und der Gestank ließen ihn schnellstens durch das nördlichste Tor und zu der

Terrasse eilen, von der aus man den Hafen überblicken konnte.

Auf der oberen Ebene, die so spät am Tag im Schatten der Festungsmauer lag, wehte eine kräftige und wohltuende Brise. Es roch nach Fluß und dessen Bewohnern. Der Himmel war blaßblau mit einer Spur Violett, das sich noch vertiefen würde, wenn die Sonne am westlichen Horizont unterging.

Der Wachposten am unteren Tor grinste. »Na, Sergeant Imsiba hat wohl eine kleine Frau für sich gefunden, Herr.«

»Du hast ihn heute gesehen?«

Der Mann deutete mit einem Kopfnicken stromabwärts, vom Hafen aus gesehen, wo der Fluß ruhig dahinfloß. »Dort draußen, Herr. In dem Boot mit dem roten Segel.«

Bak schaute auf die winzigen Wellen an der Oberfläche des Flusses. Das Rot des Himmels verblaßte immer mehr. Dort entdeckte er im Boot die große dunkle Gestalt von Imsiba, daneben die schlanke Figur einer Frau, Sitamun, die ein weißes Gewand trug. Das zierliche blasse Kind lehnte im Rumpf und ließ den Zweig einer Tamariske ins Wasser baumeln.

Er lief die Terrasse entlang und lächelte in sich hinein. Für eine Weile vergaß er, daß zwei Männer den Tod gefunden hatten und daß der Wesir bald ankommen und viele Fragen stellen würde, auf die er erst noch die Antworten finden mußte.

13. Kapitel

Beim ersten Morgengrauen segelten Bak und Imsiba in südlicher Richtung nach Kor. Der Medja war guter Laune, sein Selbstvertrauen war durch den mit Sitamun verbrachten Abend wieder gestärkt worden. Er sprach nur wenig über sie, aber als Bak seinen frischen, ordentlichen Verband um den Arm bemerkte, gab er stolz und vergnügt zu, daß Sitamun ihn verarztet und die Wunde neu verbunden hatte.

Der Fluß plätscherte sanft vor sich hin, es wehte eine recht kräftige Brise, die sie zügig stromaufwärts trieb. In weniger als der Hälfte der Zeit, die man zu Fuß gebraucht hätte, waren sie am Ziel, refften das Segel und vertäuten ihr Boot – nicht allzuweit vom überfüllten Hafen entfernt – an einer Stelle des Flußufers, die noch immer feucht von den zurückweichenden Fluten des Hochwassers war. Imsiba marschierte zielstrebig flußabwärts auf eine Reihe von Fischerbooten zu, die am Uferrand festgemacht waren. Die Männer waren gerade dabei, die Netze zusammenzuraffen, die sie über Nacht zum Trocknen ausgelegt hatten.

Bak ging zum Hafen, in dem Schiffe aller Größen in Zweier- und Dreierreihen am Kai lagen. Dahinter befanden sich ziemlich heruntergekommene Gebäude aus Lehm. Die Ankündigung von Thuty, den Handelsverkehr der Karawanen auf dem Landweg und der Schiffe auf dem Fluß wieder zuzulassen, war am vergangenen Abend zu spät gekommen, um noch Segel setzen zu können. Die Schritte der Männer, die am Kai ihre Arbeit versahen, wirkten leichter, und ihre Stimmen klangen wach und munter. Ihre Freude war richtig ansteckend, und es machte sich neue Zuversicht breit, so daß auch Bak hoffte, daß er mit seiner Spurensuche vorankam.

Die größeren Schiffe schaukelten ruhig auf und ab, wie schon seit einer Woche. An Deck waren überall Handelsgüter aufgestapelt; die Mannschaften mußten sich inzwischen die Zeit vertreiben. Ihre Kapitäne standen in Grüppchen am Ufer und unterhielten sich angeregt. In den Gesprächen, die Bak zufällig mithörte, ging es vor allem um das Fest von Kommandant Thuty. Und wie er gehofft hatte, machte niemand Anstalten loszusegeln.

Auf den kleineren Booten eilten fast nackte Matrosen geschäftig über die Decks. Sie bereiteten alles für die Abfahrt vor. Ihre Herren, Schiffseigner mit nur geringen Mitteln, waren ungeduldig und wollten ihre Geschäfte sobald wie möglich wieder aufzunehmen. Sie tanzten buchstäblich vor

Freude, während sie laut Befehle erteilten. Diese Boote waren reine Lastkähne, die die Produkte der Bauern flußauf und flußab brachten. Sie hielten in den Dörfern, um die täglich benötigten Erzeugnisse an Bord zu nehmen oder abzuliefern. Für ihre Kapitäne gab es kein Bankett, keinen Plausch mit Männern von hohem Rang, die nur Luxus kannten, aber keine endlose Mühsal.

Bak entdeckte einen glatzköpfigen Mann mit spindeldürren Beinen, den er kannte. Sein Schiff befuhr die Gewässer zwischen Buhen und Ma'am. »Ich suche Wensu, den Kuschiten, der ein kleines Handelsschiff besitzt, mit dem er durch den »Steingürtel« bis hier herunter fährt. Kennst du ihn?«

»Ja, ich kenne ihn.« Der Mann kratzte sich am Kopf und runzelte die Stirn. »Aber ich fürchte, du hast kein Glück, Leutnant. Er hat vor gut einer Woche Segel gesetzt. Habe ihn seither nicht mehr gesehen.«

Baks gute Laune war im Nu dahin, und er unterdrückte einen Fluch. Er hätte schon längst gelernt haben sollen, nicht zu erwarten, daß die Götter ihm immer wohlgesonnen waren. »Weißt du, wohin er wollte?«

»Er kam hier eines Tages bei Sonnenuntergang an und war im Morgengrauen schon wieder verschwunden. Das ist alles, was ich dir sagen kann.«

»Wensu.« Nebwa spuckte auf einen zerfallenen Teil der mit Zinnen versehenen Mauer. Verachtung schwang in seiner Stimme mit. »Der wilde Mann aus Kusch.«

Bak stand mit dem Stellvertreter Thutys hoch über der Festungsmauer von Kor und schaute auf das Hafengebiet hinaus. Unterhalb von ihnen wirkten die Fluten des Flusses wie pures Gold. In ihnen spiegelte sich der östliche Himmel, der von Chepre, der aufgehenden Sonne, in strahlendes Licht getaucht wurde.

»Wir hofften, ihn hier in Kor anzutreffen. Sein Schiff hätte hier, wie alle anderen, festgehalten werden müssen. Aber jetzt muß ich feststellen, daß er schon seit einer Woche fort ist.« Bak hatte nicht die Absicht, seinen Freund zurechtzuweisen, aber er konnte dennoch den vorwurfsvollen Ton in seiner Stimme nicht unterdrücken und damit indirekt eine Schuldzuweisung.

Nebwa sah ihn irritiert an. »Wenn du dich erinnerst, Leutnant, so haben wir einige Tage vor Mahus Tod und vor Thutys Entscheidung, den Handelsverkehr zu unterbinden, jedes Schiff und jede Karawane gründlich durchsucht. Ich habe am ersten Tag meines Aufenthalts in Kor Wensu im Gespräch mit Mahu gesehen. Seither ist er mir nicht mehr unter die Augen gekommen. Und das wundert mich nicht. Wensu hat sich, wie jeder intelligente Schmuggler das tun würde, heimlich davongemacht, als er erkannte, wie gründlich unsere Inspektionen sein würden. Ich wette einen Krug des feinsten Weins aus dem nördlichen Kemet, daß er selbst jetzt frei und ohne Behinderung die Gewässer südlich von Semna befährt.«

Nebwas Sarkasmus nagte an Bak genauso wie die Wahrheit seiner Rede. Er zwang sich, so unbefangen wie möglich zu lächeln. »Ich habe meine Enttäuschung ausdrücken wollen, mein Bruder, meine Worte waren nicht boshaft gemeint.«

Nebwa verzog den Mund zu einem schiefen Grinsen. »Ich bin ebenso enttäuscht«, gab er zu. »Ich möchte nichts lieber, als nach Hause zu meiner Frau und meinem Kind, in lächelnde Gesichter blicken, nicht mehr mit Männern zu tun haben, die sich von mir abwenden, weil sie befürchten, daß ich noch einen Grund mehr finde, um sie an diesem abscheulichen Ort hier noch länger festzuhalten.«

»Ich schlage vor, daß du vor allen Schreinen in Kor auf die Knie niederfällst und die Götter um Gnade bittest.« Baks Lächeln wirkte etwas gezwungen. Er konnte kaum verbergen, wie ernst ihm alles war. »Ich hoffe, daß Imsiba und ich das Grab aufspüren, das Intef entdeckt hat. Und mit etwas Glück finden wir es nicht nur voller Schmuggelware, sondern es bietet sich uns auch die günstige Gelegenheit, dem

Mann ohne Kopf aufzulauern, ohne daß wir uns in Gefahr begeben. Erst wenn wir ihn festgesetzt haben, wird das alles ein Ende haben.«

»Ich werde nicht nur beten, um euch zu unterstützen«, bot Nebwa an und klopfte ihm auf die Schulter. »Ich werde Patrouillen auf den Handelsweg entlang des ›Steingürtels‹ schicken, mit dem Befehl, Ausschau nach Wensu zu halten. Wenn er so schlau ist, wie ich meine, dann befindet er sich längst außer Reichweite im Lande Kusch, und wir haben die Chance verpaßt. Eine kleinere Angelegenheit ließe sich vor dem Wesir geheimhalten, aber nicht so eine große Sache, von der die ganze Welt weiß.«

Bak zog es vor, nicht auf die Konsequenzen eines Mißerfolgs einzugehen. »Was ist dieser Wensu für ein Mensch?«

»Ein Matrose, von dem niemand weiß, wo er wirklich herkommt. Man sagt, er sei in der Wüste aufgewachsen, aber er scheint mehr auf dem Wasser zu Hause zu sein als auf dem Festland.« Nebwa bemerkte Baks ermatteten Blick und lächelte. »Ich weiß. Das ist etwas, was du bestimmt schon vorher gewußt hast.« Er rieb sich das Kinn, das rauh war von den Bartstoppeln des Vortages. »Er ist sozusagen eine kleinere, dunklere Ausgabe von Kapitän Roy. Und wenn man dem allgemeinen Gerede Glauben schenken kann, dann schließt er keine Freundschaften, außer vielleicht mit den Männern seiner Mannschaft. Und über den Weg trauen tut er überhaupt niemandem.«

»Der Mann ohne Kopf, so sehe ich es, gehört zu den mutmaßlichen Verdächtigen für den Mord an Intef und Mahu. Und Wensu, dessen bin ich mir sicher, ist sein williger Helfershelfer. Und dennoch hast du ihn zweimal als einen klugen Mann bezeichnet.«

»Schlau wäre vielleicht das bessere Wort. Verschlungene oder komplizierte Gedanken sind ihm fremd.«

»Aber könnte er Mahu und Intef umgebracht haben, was meinst du? Die Männer aus Kusch stehen in dem Ruf, besonders geschickt mit Pfeil und Bogen umzugehen.«

Nebwa versteifte sich. »Auch nicht besser als die Männer aus Kemet.« Er lächelte, als er erkannte, was Bak damit angedeutet hatte. Dann kehrte er schnell wieder auf den Boden der Tatsachen zurück. »Wensu ist das am wenigsten zuzutrauen. Sein linker Arm ist stark beeinträchtigt. Er ist dünn und schwach, die Hand ist verkrüppelt. Ein Behinderung seit seiner Kindheit, habe ich mir sagen lassen.«

»An dem Arm sollte er leicht zu erkennen sein.« Imsiba wich einem Mann aus, der zwei große Wasserkrüge trug, die ihm an einem Trageholz über die Schulter hingen. »Und sein Boot, so erzählen die Fischer, ist genauso leicht von den anderen zu unterscheiden.«

Bak trat beiseite, um einen Mann mit einem zappelnden, blutenden Lamm auf dem Arm vorbeizulassen. »Ist es wirklich sicher, daß Wensu nicht nach Süden aufgebrochen ist?«

Imsiba schüttelte den Kopf, nicht weil er keine Antwort parat hatte, sondern weil hier eine Unterhaltung unmöglich war. Sie marschierten stumm auf dem Pfad um den Hafen herum weiter. Hin und wieder wurden sie von Leuten angerempelt, die geschäftig umherliefen und dabei pfiffen, sangen und laut riefen. Alle schienen aus dem Häuschen zu sein wegen der Aussicht, Kor bald den Rücken kehren zu können. Bald würden sie aus dem Hafen auslaufen und das Lärmen und Treiben der Stadt hinter sich lassen, um den Geruch von Schweiß, Tieren und exotischen Gewürzen gegen den modrigen Geruch des Flusses und des vom Hochwasser getränkten Erdbodens einzutauschen.

»Nachdem Kommandant Thuty allen Schiffsverkehr auf dem Fluß hat einstellen lassen, haben die Treidler, die stromaufwärts die Schiffe durch die Stromschnellen ziehen, ihre Seile beiseite gelegt und widmen sich jetzt wieder dem Bestellen der Felder. Sie fürchten den Fluch des mächtigen Kemet, wie mir scheint.«

Bak knurrte verächtlich. »Du weißt genausogut wie ich, daß sie ihre Herzen selbst Amun gegenüber verschließen würden, wenn man ihnen nur eine großzügige Belohnung verspricht und eine Chance, damit davonzukommen.«

Imsiba lachte. »Die Fischer schwören, daß Wensu nicht nach Süden aufgebrochen ist. Und ich konnte keinen Grund entdecken, warum sie lügen sollten.«

»Wir sollten das lieber Nebwa wissen lassen.« Als er zwei kleine Jungen mit Angelruten den Weg entlangkommen sah, die herumalberten und kicherten, rief Bak sie zu sich. Er trug ihnen seine Nachricht an Nebwa auf, bat sie, sie so lange zu wiederholen, bis er sich sicher war, daß sie sie auswendig konnten, und schickte sie dann los.

»Kennt einer von den Fischern den Anlegeplatz, an dem Kapitän Roy immer den Mann ohne Kopf traf?«

»Wenn sie es wissen, dann verraten sie es nicht.« Imsibas Gesichtsausdruck wurde grimmig. »Zwei Brüder, die einmal gezwungen waren, noch lange nach Sonnenuntergang draußen zu bleiben, wurden von einem Schiff fast zum Kentern gebracht, das heimlich, leise und ohne eine Fackel den Fluß herunterkam. Am nächsten Morgen fanden sie ein Loch im Heck ihres Bootes. Fast eine Woche haben sie gebraucht, um es zu reparieren. In der Zwischenzeit hatten ihre Frauen und Kinder nichts zu essen.«

»Das klingt ganz nach Wensu, nicht nach irgendwelchen Aktivitäten von Roys Männern.« Bak kniff den Mund zusammen. Der Kuschit mußte umgehend gefaßt werden, bevor er weiter mit seiner Axt wütete und Schiffe zum Sinken brachte und alle an Bord ertranken. »Wenn sie genausoviel Angst haben wie Ramose, wundert es mich, daß sie überhaupt etwas verlauten ließen.«

»Irgendeiner hat mir das ins Ohr geflüstert. Er hoffte wohl, mich damit von hier zu vertreiben. Anscheinend befürchtet man, mein Verbleiben würde den Zorn der Götter noch mehr herausfordern. Und daß er sich dieses Mal gegen alle Fischer von Kor richten würde.«

»Sie haben Wensu ziemlich schnell mit der Drohung in Verbindung gebracht.«

»Wahrscheinlich erkannten sie sein Schiff, selbst in der tiefsten Nacht. Es gibt keinen einzigen Mann unter ihnen, der nicht gern Frau und Kinder hergeben würde, um solch ein Schiff sein eigen zu nennen.«

Bak schaute stromabwärts, seine Augen ruhten auf dem guten Dutzend Fischerboote, die sich allmählich vom Ufer entfernten. Die roten, gelben und bunten Segel wurden an den Masten hochgezogen und blähten sich im aufkommenden Wind. »Sie segeln los, wie ich sehe. Ich vermute, du hast ihnen mit deinen Fragen Angst gemacht.«

Imsibas Gesicht verfinsterte sich. »Wenn die Götter uns nicht bald hold sind, mein Freund, werden wir von dieser Reise unverrichteter Dinge zurückkehren.«

Bak vergegenwärtigte sich die Landschaft oberhalb von Kor. Sie war felsig und ziemlich trostlos, der Boden war kärglich, aber es wohnten dennoch Menschen dort. Wenn man genauer hinschaute, konnte man hie und da eine Hütte, Gartenbeete oder ein Stück Weideland entdecken. Wie die Fischer mochten sich vielleicht auch diese Leute blind und taub stellen, aber irgend jemand müßte dennoch zu finden sein, der Augen hatte zu sehen und eine Zunge, die man lockern konnte.

»Ich habe mir schon so manche Beschreibung von Wensus Schiff anhören müssen, so daß meine Erinnerung durch die ewige Wiederholung getrübt ist. Deshalb habe ich wohl auch vergessen, die eigentlich wichtige Frage zu stellen.« Bak stand vorne im Boot und stakte es in einem seichten Seitenarm mit einer Stange durch das Schilfgras vorwärts. »Hat er es irgendwie gekennzeichnet?«

»Wie viele Männer aus Kusch verehrt er Tiere mit langen Hörnern.« Imsiba schob mit seinem Ruder einen verrotteten Baumstumpf weg. »Auf den Bug hat er den Kopf der heiligen Kuh malen lassen, einfarbig, nur rot, und die Hörner besonders lang und mit Windungen versehen, wie es zu seinen Überzeugungen paßt.«

Das Boot glitt durch den letzten Schilfgürtel. Das schnellere Wasser dahinter hob es hoch und trug es auf eine Felsgruppe zu. Bak hätte beinahe sein Gleichgewicht verloren und ließ sich schnell in die Hocke nieder, schwang die Stange herum, um das Gefährt vom Fels abzustoßen und einen Aufprall zu vermeiden. Imsiba bediente das Steuer mit einem Ellbogen, und gleichzeitig zog er das Segel hoch, damit sie rasch in tieferes Gewässer gelangten. Zumindest hofften sie, daß das Wasser tiefer werden würde.

Sie waren bereits seit Stunden auf dem Fluß unterwegs und hatten sich mühsam ihren Weg nach Süden in die Einfahrt zum »Steingürtel« gebahnt. Das Wasser strömte schnell dahin, dann verengte sich der Flußlauf zu einer Fahrrinne, die viel schmaler war als jene in Buhen. Das Vorwärtskommen wurde von mehreren kleineren oder größeren Inseln – oft nicht viel größer als ein Felsblock – erschwert. Abschnitte mit gefährlichen Stromschnellen hier und da behinderten die freie Fahrt, und unter der gekräuselten Wasseroberfläche tauchte immer wieder ein gefährlicher Felsbrocken auf.

Bak wünschte sich nichts mehr, als daß sie einen Fischer aus Kor mitgenommen hätten. Selbst ein unwilliger Bootsführer wäre besser gewesen als gar keiner. Jetzt war Hochwasser, und die natürlichen Uferbänke waren überflutet. Weder er noch Imsiba kannten die Gegend, es war für sie beinahe unmöglich herauszufinden, welche der Felsausläufer weit genug in den Fluß ragten, um sich als Liegeplatz für ein Schiff so groß wie das von Kapitän Roy zu eignen. Und sie wußten auch nicht, welche der Fahrrinnen eine sichere Passage garantierte.

Sie hatten auch keinen Erfolg bei ihren Besuchen in den wenigen winzigen Dörfern und auf den Höfen, die versteckt an den Windungen des Flusses lagen. Die Leute, die sehr abgeschieden wohnten, waren arm und äußerst mißtrauisch. Sie hatten es dem Anführer oder dem ältesten Mann des Haushalts überlassen, Rede und Antwort zu stehen. Und alle ohne Ausnahme bestritten, jemals ein Schiff gesehen zu haben, das im Dunkel der Nacht Ladung an Bord genommen oder gelöscht hatte. Keiner traute sich, Bak in die Augen zu sehen. Aber ob sie aus Furcht vor der Rache der Schmuggler alles ableugneten oder einfach nur Angst vor der Staatsgewalt hatten, die sie verkörperten, wußte Bak nicht.

Im Westen erhob sich ein einsamer Bergkamm aus schwarzem Granit hoch über dem, was aussah wie eine endlose goldene Sandebene, die sanft von dem langen Nord-Süd-Bergrücken, wo Intef ermordet worden war, bis hier herunter abfiel. Oberhalb von ihnen befand sich unweit das untere Ende des Granitkamms, vom Flußwasser ausgewaschen und zerklüftet. Die einzelnen Granitbrocken waren Sonne und Wind ausgesetzt gewesen und im Lauf der Zeit verwittert. Weißer Schaum warnte den müden Bootsführer vor möglichen unter der Wasseroberfläche verborgenen Steinen.

Imsiba beäugte das schäumende Wasser mit Unbehagen. »Ich bezweifle, daß ein so großes Schiff wie das von Kapitän Roy mehrmals im Jahr den ›Steingürtel‹ herabsegeln könnte.«

»Ich habe die Mannschaft nicht gefragt, wie oft sie hergekommen sind«, gab Bak zu. »Eher selten, vermute ich. Wahrscheinlich nur bei Hochwasser, wenn auch Wensu die Flut ausnutzte und sein Schiff durch den ›Steingürtel‹ bugsierte und so vermutlich Schmuggelware unbemerkt zum Mann ohne Kopf schaffte. Roy seinerseits ist dann offenbar bis hierher gesegelt, hat soviel an Bord genommen, wie er sich traute, und ist mit einem falschen Ladungsverzeichnis nach Abu aufgebrochen.«

»Und nur selten, wenn überhaupt, ist er mit Wensu zusammengetroffen, weil die Entfernungen zu groß sind und es zu schwierig war, den genauen Zeitpunkt abzupassen.«

Bak nickte. »Ja, und aus diesem Grund haben sie ein Versteck gebraucht, vermutlich das Grab, das Intef entdeckt hat.«

Die Stromschnellen glitten an ihnen vorbei, und mit geblähtem Segel steuerten sie um die Felsbrocken herum, bis sie eine kleine Bucht entdeckten. Die Brise aus dem Norden flaute ab, der Wind war plötzlich wie abgeschnitten durch den auslaufenden Teil des Granitkamms, der sich ihm entgegenstellte. Das Segel erschlaffte, und ihr Boot wurde in stilles Wasser getragen. Weiter stromaufwärts lenkte ein Fels mit den Ausmaßen eines großen Kriegsschiffes die Strömung zur Seite, während der Kamm eine kaiartige Felsbank auf der stromabwärts liegenden Seite bildete. Tamarisken blühten in Überfülle in der dahinter liegenden Bucht und hinter dem Fels. Der Bergrücken, die Bäume und der Fels boten einem Schiff und der mit dem Laden beschäftigten Mannschaft vielleicht nicht völlige Deckung vor anderen vorbeikommenden Booten, aber die Vorgänge auf Deck blieben zumindest den Posten auf den Wachtürmen verborgen – vor allem in einer mondlosen Nacht.

Bak warf Imsiba ein bedächtiges Lächeln zu. Er hatte im Laufe des Vormittags zu viele Enttäuschungen erlebt, um sich einen Anflug von Optimismus zu gestatten. »Dies scheint mir ein idealer Ort, um ein Schiff zu vertäuen.«

»Und wo ist die nahe gelegene Oase?« hakte der Medja nach, der genauso vorsichtig reagierte. »Ich nehme nicht an, daß es die paar Tamarisken dort drüben sind.«

Er klemmte die Ruder unter den Arm, während Bak die Rahe herunterließ und das Segel einholte. Sie wagten kaum zu atmen und ruderten die Felsbank in ihrer ganzen Länge ab, um nach Spuren zu suchen. Sie fanden einige Stellen, wo der Stein weiß und aufgerauht war und Abschürfungen aufwies. Mit einem Gefühl wachsender Sicherheit schoben sie das Boot unter die Bäume und eilten hoch. Auf den ersten Blick entdeckten sie dort die Haltepfosten, die Kapitän Roy und Wensu hinterlassen hatten. Nach all den Enttäuschungen des Vormittags glaubten sie, ihrem Glück nicht trauen zu können. Das war genau der Ort, nach dem sie gesucht hatten.

Von dem Felsgrat aus entdeckten sie jenseits in Richtung Süden Palmen. Schwere Büschel rötlicher Datteln hingen hoch oben in den Kronen. Dort, so vermutete Bak, würde sich die Oase befinden. Und da Obstbäume die kultivierende Hand des Menschen brauchten, würden auch die Bauern nicht weit entfernt sein.

Ein gut ausgetretener Trampelpfad führte durch den Tamariskenhain zu einem unregelmäßigen Dreieck aus fruchtbarer schwarzer Erde. Es befand sich am unteren Ende eines inzwischen ausgetrockneten Wasserarms, der vor langer Zeit durch einen Erdrutsch abgetrennt worden war. Der innere Kern der Oase lag voll dem Sonnenlicht ausgesetzt und wies Gräben auf, die einzelne Gartenparzellen voneinander trennten. Winzige Pflanzen sprossen aus dem ausgetrockneten Boden – Zwiebeln, Melonen, Bohnen und Linsen –, während Klee sich in einem üppigen grünen Teppich über die restliche Oase ausbreitete. Am Rand befanden sich Palmen und ein paar Akazien, die reichlich Schatten für Ziegen, Schafe, vier Esel und einen schwärzlich-braunen Ochsen spendeten. Ein kleines Lehmhaus war an den durch einen Erdrutsch entstandenen Berghang angebaut. Es bestand, wie Bak von außen vermutete, aus einem Raum zu ebener Erde und einem oder zwei Räumen, die nach hinten in die Tiefe des Hangs hineingebaut waren. Rauch stieg von einem Ofen im Freien in die Luft. Der Duft von gebackenem Brot erinnerte ihn daran, daß sie ihr Mittagessen auf dem Boot unberührt hatten liegenlassen.

Die Tiere, stellte Bak fest, standen gut im Futter. In einem offenen Schuppen, überdacht mit Matten aus Schilf, lagen ein Dutzend oder mehr Heubündel. Enten und Gänse und Wildvögel scharrten auf dem Lehmboden herum, wo auch eine größere Anzahl von großen roten Keramiktöpfen stand, in denen zweifellos Getreide aufbewahrt wurde.

Imsiba gelangte zu einer ähnlichen Schlußfolgerung wie Bak. »Für einen so kleinen Hof scheinen die Leute hier ungewöhnlich wohlhabend zu sein.«

»Glaubst du, daß die Götter ihnen nachts Geschenke vor die Tür legen?« Bak grinste.

»Wahrscheinlich eher der Mann ohne Kopf.«

Am Flußufer saß ein etwa Fünfundzwanzigjähriger von stämmiger Gestalt auf einem umgedrehten Boot und säuberte Fische. Als er die beiden Ankömmlinge bemerkte, erhob er sich, machte aber keine Anstalten, sie willkommen zu heißen. In der Hand hielt er eine Sitzstange für Vögel.

Eine wohlgenährte junge Frau hockte vor dem Haus im Schatten einer Akazie. Sie hatte die Beine angezogen und modellierte auf altmodische Art ohne eine Töpferscheibe eine Schüssel aus Ton. Ein Baby lag auf einem Strohsack neben ihr und schlief, während ein Mädchen von etwa drei oder vier Jahren mit dem dunklen feuchten Ton in einer Schale spielte. Das Kind bemerkte die Fremden und deutete mit den Fingern auf sie. Die Frau rappelte sich hoch, nahm das Baby auf den Arm, ergriff das Mädchen an der Hand und zog es hinter sich her ins Haus. Ein Junge von ungefähr sechs Jahren stand im Schatten der Dattelpalmen, den Daumen im Mund, und starrte die Männer unverblümt an.

»Sie scheinen nur darauf gewartet zu haben, uns kennenzulernen.« Imsiba verzog den Mund zu einem müden sarkastischen Lächeln.

Baks Gesichtsausdruck blieb finster, ihm war nicht nach Ironie zumute. »Wie alle anderen, mit denen wir es heute zu tun hatten. Aber diese Leute hier haben mehr Grund, uns aus dem Weg zu gehen, vermute ich.«

Er hob seinen Amtsstab und bedeutete dem Mann, näher zu kommen. Ohne große Eile legte der Bauer den Fisch und das Messer zum Ausnehmen in den Korb. Bak bewegte sich nicht vom Fleck ihm entgegen, er ließ den Mann die ganze Distanz zu sich her laufen. Die Bauern der Gegend mochten vielleicht den Behörden im allgemeinen mißtrauen, aber sie respektierten die Macht, die diese verkörperten.

»Ich bin Leutnant Bak, der verantwortliche Offizier der Mejda-Polizei in Buhen. Das hier ist Imsiba, mein Sergeant.« Seine Stimme klang kurz angebunden, aber dennoch um Freundlichkeit bemüht. »Wir kommen in einer wichtigen Angelegenheit.«

»Ich heiße Kefia.« Das fast rechteckige Gesicht des Mannes, ähnlich grobschlächtig wie der stämmige Körper, wirkte ausdruckslos, ja fast ein wenig hinterhältig. »Hierher verirren sich kaum Fremde, und außer dem Leben in unserer kleinen Oase kennen wir nicht viel.«

»Und das trotz des schönen Anlegeplatzes ganz in der Nähe ...« Bak deutete mit der Hand in die Richtung der Bucht. »Ich vermute, daß viele ihn gern als sicheren Hafen nutzen. Fischer zum Beispiel. Oder Bauern, die Handel treiben mit selbst angebautem Gemüse. Oder die Kapitäne, die mit ihren Schiffen bei Hochwasser durch den ›Steingürtel‹ segeln.« Er legte eine Pause ein, ließ Kefia Zeit, sich selbst seine Gedanken zu machen. Dann fuhr er mit metallischem Unterton in der Stimme fort. »Und auch die Männer, die mit Schmuggelgut handeln und die Gesetze des Landes umgehen.«

Der Bauer blinzelte, aber das war auch die einzige Reaktion. »Es kommen durchaus welche zu uns, die mit Fisch oder Wild oder Gemüse handeln. Aber Leute, die Böses im Sinn haben ...?« Er zuckte abwehrend mit den Schultern. »Wir wollen keinen Ärger haben mit denen, und sie auch nicht mit uns. Sie halten sich von uns fern, und das will ich ihnen auch geraten haben!«

Imsiba schaute ihn skeptisch an. »Schmuggler nicht zu melden ist ein Verstoß gegen die Gesetze der Göttin Maat und auch gegen die unserer Herrscherin, Maatkare Hatschepsut.«

Ein Schwarm Tauben erhob sich mit lautem Flügelschlagen von einer Insel ein Stück weiter flußabwärts. Das gab dem Bauern Gelegenheit, den Medja bei seiner Antwort nicht anschauen zu müssen. »Ich kümmere mich nur um meine eigenen Angelegenheiten.«

Bak hätte am liebsten die Wahrheit aus ihm herausgeschüttelt, aber statt dessen lächelte er nur. »Du hast einen schönen Hof, Kefia, aber ich hätte eigentlich gedacht, daß er zu klein ist, um einen Ochsen als Lasttier zu halten.«

Der Bauer warf rasch einen Blick auf das bräunliche Tier in ihrer Nähre und sah dann sein Gegenüber wieder an. Seine Stimme nahm einen schroffen Ton an. »Wie ihr selbst sehen könnt, bin ich ganz allein, ich habe keine Söhne, die alt genug wären, um mit mir auf den Feldern zu arbeiten. Ich brauche den Ochsen zum Pflügen.«

»Bestimmt bringen diese kleinen Felder ...« Bak deutete mit seinem Amtsstab auf den Klee, »... nicht genügend Heu, um einen Ochsen, den du nur einmal im Jahr brauchst, durchfüttern zu können.« Dann zeigte er mit dem Stab auf die anderen Tiere. »... und vier hungrige Esel dazu.«

»Die Datteln«, entgegnete Kefia etwas zu schnell und zu nachdrücklich, »die ich ernte, sind die besten im ganzen Umkreis. Ich bringe sie zum Markt in Buhen. Dafür brauche ich die Esel.«

Bak warf ihm einen ungläubigen Blick zu. »Du lädst die Datteln auf den Rücken der Esel und nimmst die Mühsal von mehr als einer Tagesreise auf einem staubigen Wüstenpfad auf dich, obwohl ein Boot viel schneller und bequemer wäre?«

Der Bauer versuchte, Baks Blick standzuhalten, schaffte es aber nicht.

»Zwei Menschen sind ermordet worden, Kefia. Umgebracht von den Männern, die du schützt. Sie könnten leicht auch über dich herfallen. Wenn ich morgen zurückkomme und dich und deine Familie tot auffinde, dann mußt allein du das vor den Göttern verantworten.«

Mit einem leisen Aufschrei vergrub Kefia sein Gesicht in den Händen. Seine Stimme zitterte. »In Ordnung. Ich werde reden. Aber ich bin jetzt schon ein toter Mann.«

Bak warf Imsiba einen erleichterten Blick zu. Doch die Zufriedenheit, die er empfand, vermochte ihn nicht darüber hinwegzutäuschen, welche pure Angst er überall bei den Bewohnern stromaufwärts von Kor vorgefunden hatte. »Du darfst nicht länger hierbleiben«, legte er dem Bauern jetzt mit sanfter Stimme nahe. »Du hast ein Boot, wie ich sehe. Bring deine Familie nach Kor. Melde dich bei Nebwa, dem Stellvertreter, und sage, daß ich dich schicke. Er wird für deine Sicherheit sorgen, bis ich endlich die Männer gefaßt habe, deren Rache du fürchtest.«

»Und was wird aus dem Vieh? Und was passiert mit meinen jungen Pflanzen? Ich kann sie nicht einfach im Stich lassen, sie würden eingehen.«

»Er wird Soldaten herschicken, die auf deinen Hof aufpassen. So, und nun erzähl mir alles, was du weißt. Laß keine Einzelheit aus. Und als allererstes beschreibst du mir am besten, wie die Männer aussehen, die nachts hier auftauchen.«

»Ich habe niemals einen von ihnen zu Gesicht bekommen!«

Imsiba lachte höhnisch auf. »Du bist noch nie in der Bucht gewesen? Hast dich nie versteckt, um dir die Leute anzuschauen, die die Schiffe be- und entladen?«

»Nicht ein einziges Mal! Ich schwöre es!« Kefia senkte beschämt den Kopf. »Ich habe mich viel zu sehr gefürchtet, wenn ihr schon die Wahrheit wissen wollt.«

»Was ist mit den Lasttieren?« fragte Bak und deutete auf den Ochsen und die Esel. »Sind die eines Tages einfach hier aus dem Nichts aufgetaucht?«

Kefia schüttelte den Kopf und stöhnte. »Zu nachtschlafener Zeit weckte mich eine Stimme. Sie gehörte einem Mann, der mir befahl, im Haus zu bleiben und nicht zu versuchen, ihn sehen zu wollen.« Der Bauer schluckte angestrengt. »Er sagte, daß er einen Ochsen und vier Esel gebracht habe, und auch Heu und Getreide. Und Töpfe voller Öl und Leinenstoffe für mich und die Meinen. Und er befahl mir, für die Tiere zu sorgen, als seien es meine eigenen. Falls ich des Nachts seine Schritte hörte, solle ich nicht versuchen, ihm zu folgen. Und ich dürfe niemals nach Einbruch der Dunkelheit die Bucht aufsuchen.« Kefia räusperte sich und schluckte erneut. »Solange ich ihm gehorchte, würde es mir gutgehen und ich würde reichlich belohnt werden, aber wenn ich mich ihm widersetzen sollte ...« Seine Stimme wurde immer leiser, war fast nur noch ein Murmeln. »... dann würden ich und meine Familie den Tod finden.«

»Und deshalb hast du getan, was man von dir wollte«, half Imsiba nach.

Kefia nickte. »Die Tiere werden manchmal abgeholt und nachts zurückgebracht. Und jedes Mal finde ich Geschenke auf meiner Türschwelle vor. Und wenn ich dann wieder in die Bucht komme, stoße ich auf Spuren von einem Schiff und von Leuten.« Seine Stimme wurde immer höher, nahm einen klagenden Ton an. »Das ist alles, was ich euch sagen kann. Ich schwöre es!«

Sowohl Bak als auch Imsiba konnten nicht glauben, daß Kefia der Versuchung widerstanden hatte, seinen Wohltäter ein wenig auszuspionieren. Aber ihn dazu zu bringen, das zuzugeben, würde sehr schwierig, wenn nicht unmöglich sein. Daher hielt Bak es für das beste, wieder aufzubrechen. Vielleicht begegneten sie noch jemandem, der weniger zu verlieren hatte und dem vielleicht mehr aufgefallen war.

»Die Tauben sind stromabwärts vom Ende der Insel aufgeflogen.« Bak, der im Bug des Bootes saß, schaute auf den sich kräuselnden Schaum zu seiner Rechten, der unter dem Felsen zum Vorschein kam. »Es waren bestimmt hundert oder mehr. Ich bin mir sicher, daß wir dort den Bauern finden werden, der sie züchtet.«

Imsibas Augen folgten einem steil aufragenden schwarzen Felsen bis zum Gipfel, auf dem eine Akazie thronte. »Die Aussicht von da oben muß phantastisch sein. Ob man von dort die ganze Bucht überblickt, was meinst du?«

»Sieh dir das an!« Bak deutete nach vorne. »Ziegen.«

Ein Stück vor ihnen ging die Klippe in einen sanfteren Abhang aus einzelnen Felsblöcken über. Akazien, hohes Gras und Gestrüpp wuchsen weiter oben, während unten Tamarisken standen. Ein halbes Dutzend Ziegen, die sich auch am Hang sicher fortbewegten, starrte ohne jegliche Angst auf sie hinab.

»Hat Nebamuns Diener nicht gesagt, daß der Bauer, der von dem Mann ohne Kopf erzählt hat, Ziegen züchtet, die er in Buhen auf den Markt bringt?«

»Das hat er, und da die Bucht ganz in der Nähe liegt ...« Bak ließ seine Gedanken, seine Hoffnungen unausgesprochen.

Als sie einen Felsvorsprung umrundeten, entdeckten sie ein Boot aus Papyrus, das im Buschwerk oberhalb des Ufers vertäut lag. Ein kleiner, drahtiger Mann mit dünnen grauen Haaren saß mit einer Angelrute auf einem in den Fluß ragenden Felsen. In dem Augenblick, als sie in Sichtweite kamen, holte er die Rute ein, steckte sie in die Erde und erhob sich behende. Eiligen Schrittes stieg er den Abhang zum Wasser hinunter. Er faßte ihr Boot am Bug und zog es so dicht an das Ufer heran, damit sie aussteigen konnten.

»Es hat ja lange genug gedauert, bis du endlich gekommen bist, Leutnant«, stellte er mit einem breiten Grinsen fest.

Bak lachte. Die Nachricht von ihrer Mission reiste schneller als sie selbst. »Wenn du schon weißt, wer wir sind, dann ist dir bestimmt auch klar, warum wir hier sind.«

»Wegen des Mannes ohne Kopf.« Er half Imsiba, das Boot weiter an Land zu ziehen. Mit einem vorsichtigen Seitenblick begutachtete er die Waffen im Rumpf des Bootes, dort entdeckte er auch den Korb mit Essen und Getränken, die sie noch nicht angerührt hatten. »Ich habe ihn gesehen. Und zwar nicht nur von dort oben ...« er deutete mit der Hand auf den höchsten Punkt der Insel, »... sondern auch vom Wasser aus. Natürlich nicht ganz von nahem, das versteht ihr ja, aber ich bin dicht genug dran gewesen, um den schwarzen Umhang um seinen Kopf zu erkennen. Auch habe ich gehört, wie er mit den Kapitänen der Schiffe, die in der Bucht vertäut lagen, sprach. Und all die großen und wertvollen Gegenstände habe ich gesehen, die sie über die

Grenze schmuggelten.« Wie viele Menschen, die völlig abgeschieden vom Rest der Welt lebten, war der Alte sehr gesprächig.

Imsiba beäugte ihn mit zusammengekniffenen Augen. »Wenn du soviel gesehen hast, warum hast du uns das nicht längst gemeldet?«

»Aus Angst, schlicht und einfach.«

»Und warum tust du es jetzt?«

Der alte Mann hob die Schultern bedeutungsvoll und ließ sie wieder fallen. »Weil ich glaube, daß es an der Zeit ist, Gerechtigkeit walten zu lassen.«

Jetzt, da sie den Schmugglern schon ziemlich dicht auf den Fersen waren, dachte Bak zynisch, fand er es wohl besser, auf der richtigen Seite zu stehen und vielleicht noch eine Belohnung einzuheimsen. Deshalb war er auch nach Buhen gekommen. »Wir haben Brot und Bier und eine Gans für eine Mahlzeit dabei, alter Mann. Gibt es hier ein Plätzchen, wo wir uns gemütlich niederlassen können? Während wir das Mahl miteinander teilen, könnten wir uns unterhalten.«

Die Augen des alten Mannes glänzten vor Vorfreude, als er auf einen schmalen, nach oben führenden Pfad deutete. »Ich heiße Ahmose. Seid herzlich willkommen auf meinem Hof.«

Die Insel bestand aus zerklüftetem und abgetragenem Felsgestein, dessen Auskehlungen und Spalten im Laufe der Jahrhunderte durch den Wind mit Sand und Schlick gefüllt worden waren. Größere Stücke Land hoch oben waren mit Obst und Gemüse bepflanzt, auf kleineren wuchsen dichtes Gesträuch, größere Büsche und wilde Bäume, die Futter für die Ziegen lieferten. Es war eine richtige kleine Idylle, wo es kaum Plünderer und Eindringlinge aus der Wüste gab. Und dennoch war das Leben auch hier geprägt von endloser Plackerei. Wasser die Gartenbeete auf den oberen Ebenen zu bringen mußte eine mühsame und nicht enden wollende Aufgabe sein.

Ein Stückchen unterhalb der kleinen Kuppe versteckte sich ein winziges Lehmhaus in einem von einer Mauer umgebenen Hof. Akazien sorgten für viel Schatten. Ein Taubenschlag befand sich nicht weit entfernt, und vier Bienenhäuser aus Ton standen in einer Nische oberhalb des Hauses. Als sie sich dem Hof näherten, verschwand eine alte Frau, die bis dahin Getreidekörner auf einem Mühlstein zermahlen hatte, im Haus.

»Meine Schwiegermutter«, erklärte Ahmose. »Wir sind die einzigen, die hier noch ausharren. Alle anderen sind weg. Meine Frau, meine Söhne und Töchter, meine Enkelkinder. Die meisten sind tot, der Rest lebt anderswo.«

Bak konnte gut verstehen, warum. Nicht viele Menschen schafften es, an einem so einsamen Ort ihr Leben zu fristen. Obwohl man auf der Insel tun und lassen konnte, was man wollte, kamen nur wenige Leute damit zurecht.

Imsiba saß mit gekreuzten Beinen im Schatten und zerlegte die Gans in vier Teile. Er packte ein Viertel in einige große Blätter und legte es in der Nähe des Mühlsteins ab. Ahmoses Blick verfolgte ihn erstaunt, aber er sagte nichts dazu. Die anderen Portionen reichte der Medja herum.

»So, mein guter Alter«, begann Bak, »wie lange hast du diese geheimen nächtlichen Treffen schon beobachtet?«

»Seit etwas mehr als einem Jahr.« Ahmose rutschte ein wenig hin und her, um für sein knochiges Gesäß die beste Stellung zu finden. »War ganz schön spannend, was man da zu sehen bekam. Man konnte einiges dazulernen.«

»Erzähl uns Genaueres.« Bak reichte ihm einen kleinen Laib Brot, behielt den Bierkrug jedoch in der Hand, als sei er zu neugierig auf die Antwort, um ihn gleich weiterzureichen. Er bezweifelte nicht, daß der alte Mann die Quelle von Nebamuns Geschichte war. Und er hatte sie bestimmt nicht ohne Hintergedanken erzählt, sondern damit gerechnet, daß entweder eine Wüstenpatrouille oder die Polizei sich dafür interessieren würde. Bak war sich ziemlich sicher, daß Ahmose etwas im Austausch für seine Informationen verlangen würde.

Der alte Mann riß ein Stück von dem knusprigen Brot ab und stopfte es sich in den Mund. Er kaute intensiv darauf herum und ließ sich Zeit. Die Tauben flogen über sie hinweg, sie kamen wohl von ihrem kleinen Ausflug zurück. Mit lautem Flügelschlagen ließen sie sich auf der Hofmauer, dem Haus, ihrer eigenen Unterkunft und auf dem Boden nieder. Imsiba bedeckte die frisch gemahlenen Körner mit einer Schilfmatte, die er an der Wand hatte hängen sehen.

»Ich brauche einen Gehilfen«, erklärte Ahmose. »Jemand, der jung und stark ist und mir beim Gemüseanbau und mit meinem Vieh zur Hand geht. Jemand, der mir hilft, Wasser auf die bepflanzten Felder zu bringen und der die Tiere füttert. Jemand, der der alten Frau das Kochen und Saubermachen abnimmt, denn sie ist viel zu schwach dafür. Jemand, der sich um uns beide kümmert, wenn unsere Kräfte immer mehr nachlassen.«

Bak unterdrückte ein Lächeln. Diese Bitte hielt sich durchaus in Grenzen, und der alte Mann brauchte sicher viel dringender Unterstützung, als er es sich anmerken ließ. Aber Bak war zu sehr auf der Hut, um allzu schnell auf ein solches Ansinnen einzugehen. »Solange ich nicht weiß, was du uns zu bieten hast, kann ich mir deinen Wunsch zwar durch den Kopf gehen lassen, aber nichts Endgültiges sagen.«

»Zwei Schiffe habe ich gesehen.« Ahmose machte eine Pause und tat so, als ordne er seine Gedanken. Seine Augen wanderten zu dem Bierkrug, den Bak noch immer in der Hand hielt, dann fiel sein Blick auf die Portion Gänsebraten, die Imsiba ihm hingelegt hatte. »Eines der Schiffe ist klein und sehr wendig, es segelt schnell und sicher über die Stromschnellen. Sein Besitzer stammt aus dem Süden. Er sieht nachts sehr gut und erkennt schon am Geräusch des Wassers, was unter dessen Oberfläche liegt. Das andere ist wesentlich größer, ein richtiges Handelsschiff. Es gehört einem Kapitän Roy aus Kemet. Er ist mit den Gewässern hier ebenfalls vertraut, aber die Größe seines Schiffes ist natürlich ziemlich hinderlich.«

»Das sind alles Dinge, die ich schon weiß.« Bak schaute auf den Krug hinab, den er in Händen hielt, und tat so, als sei er überrascht, ihn noch zu haben. Er reichte ihn dem alten Mann hin, der schnell und kräftig zugriff. »Um dir eine Belohnung zu verdienen, mußt du mir schon wesentlich wertvollere Informationen liefern.«

Ahmose kniff den Mund zu einem schmalen Strich zusammen. »Ich bin nicht mehr jung, Leutnant. Ich fühle mich außerstande, alles, was mir gehört, zu beschützen. Wenn ich nun alles preisgebe, was ich weiß, wie kann ich sicher sein, daß der Mann ohne Kopf uns nicht umbringt? Mich und die alte Frau? Wie soll ich wissen, ob er nicht auftaucht, um all mein Vieh wegzutreiben oder es einfach verhungern zu lassen?«

Bak tauschte einen müden Blick mit Imsiba. Die Frage war berechtigt, aber sie strapazierte seine Geduld. Ahmose hatte keine Mühe gescheut, sie zu sich auf die Insel zu locken, und jetzt saß er da und feilschte herum und tat so, als bekomme sein Vieh kein Futter. »Soldaten kommen morgen, um auf Kefias Hof aufzupassen, ich werde dafür sorgen, daß sie sich auch um dich und die alte Frau hier kümmern.«

Ahmose nagte ein Stück von seiner Gänsekeule ab und kaute darauf herum. Zweifellos wartete er auf die Zusicherung, daß er demnächst einen Gehilfen erhalten würde. Als Bak nichts sagte, seufzte er laut und entsagungsvoll.

»Ich habe den Mann ohne Kopf dabei beobachtet, wie er den Ochsen von Kefias Hof holt und mitten in der Nacht wegbringt. Manchmal taucht dann ein Schiff auf – das des Kuschiten –, und er lädt eine Holztruhe, die ganz schwer ist vom Gewicht der vielen Schmuggelwaren, auf einen Lastschlitten, den er anschließend mit dem Ochsen wegschafft. Manchmal kommen so viele Sachen, daß er auch Kefias Esel benötigt. Mit denen zieht er dann wie mit einer kleinen Karawane davon.«

»Und bei anderen Treffen?« fragte Bak.

»Hmmm!« Imsiba schaute in den Korb und nahm ein von

Blättern umwickeltes Päckchen und ein kleines Gefäß heraus. »Süße Kuchen und Honig.«

Ahmoses Gesicht hellte sich auf, und er schaute gierig auf das Päckchen. Für süße Kuchen schien er eine Schwäche zu haben. Vielleicht ein Schmaus, den die alte Frau nicht mehr zuzubereiten verstand. »Er treibt den Ochsen weg und bringt einen beladenen Schlitten zurück. Und alles, was sich darauf befindet, wird an Bord von Kapitän Roys Schiff gebracht.«

»Alter Mann, sag uns, wohin geht er mit dem Ochsen? In die Wüste?«

»Er marschiert in westliche Richtung, ja, aber ich weiß nicht genau, wie weit.« Ahmose sah zu, wie Imsiba die Blätter des Päckchens zurückschlug und einige kleine Küchlein mit einer schönen Kruste zum Vorschein kamen. Unwillkürlich leckte er sich die Lippen. »Ich habe vor langer Zeit gelernt, auf der Hut zu sein.«

Bak verstand. Ein alter, nicht mehr allzu kräftiger Mann wollte nicht die Aufmerksamkeit auf sich lenken, indem er Spuren im Sand hinterließ, die der Mann ohne Kopf zurückverfolgen konnte. »Nachdem seine nächtliche Arbeit erledigt ist, bringt er den Ochsen und die Esel zu Kefia auf den Hof zurück. Was tut er anschließend?« hakte Bak nach.

Ahmose zögerte. Seinem Gesichtsausdruck nach zu urteilen, war ihm der Wert seiner bisherigen Auskünfte sehr wohl klar, und er zögerte, mit dem Rest herauszurücken, bevor er nicht genau wußte, was er dafür zu erwarten hätte. Als Imsiba Honig auf ein Küchlein träufelte, sah der alte Mann ihm zu. Sein Gesicht drückte Begierde und Unentschlossenheit aus.

Er konnte den Blick nur mühsam von dem Kuchen abwenden. »Ich habe gehört, Leutnant, daß du ein gerechter Mann bist, der großzügig Belohnungen austeilt. Wieso bietest du mir nichts als Entschädigung an, wo ich doch weiß, daß andere, die dir nicht so viel geholfen haben wie ich, kostbare Geschenke von dir erhalten haben?«

Hatte man von den Geschenken, die er dem Dorfältesten Pahuro gemacht hatte, selbst hier erfahren? überlegte Bak. »Du solltest nicht alles glauben, was dir zu Ohren kommt, alter Mann. Die Dinge werden immer kostbarer, je weiter man vom Ort des eigentlichen Geschehens entfernt ist.«

Ahmoses Gesicht fiel in sich zusammen. Er schien zu resignieren und dachte vielleicht, daß der süße Kuchen alles war, was ihn erwartete, und er nicht auf einen Gehilfen hoffen konnte.

Bak berührte ihn am Arm und lächelte ihm aufmunternd zu. »Du wirst deine Belohnung erhalten, hab keine Angst. Und zwar nicht nur einen Helfer, sondern gleich zwei: einen jungen Mann, der dir die Arbeit abnimmt, und eine Frau, die dafür sorgt, daß er an diesem einsamen Ort nicht unglücklich ist.«

Ahmose starrte ihn mit offenem Mund an. Dann senkte er den Kopf, um sein Gesicht zu verbergen. Als er die Stimme wieder erhob, verriet sie seine freudige Erregung, die sich schließlich durch Tränen Bahn brach. »Der Mann ohne Kopf geht flußaufwärts. Eine halbe Wegstunde oberhalb von Kefias Hof gibt es einen kleinen Nebenarm. Dort im Schilf hat er ein kleines Boot versteckt. Er steigt einfach hinein, steuert es hinaus in die Strömung und läßt sich flußabwärts durch die Dunkelheit davontragen.«

14. Kapitel

»Du hättest ihm nicht so viel versprechen sollen.« Imsiba stand bis zu den Knöcheln in den groben Sandverwehungen und schaute auf die Bucht zurück. Unter ihnen lag eine Fahrrinne mit schnell fließendem und turbulentem Wasser, das zur Insel, die sie gerade verlassen hatten, zurückflutete. »Kommandant Thuty wird sich nicht gerade freuen.«

»Was hätte ich deiner Meinung nach denn tun sollen?« fragte Bak. »Dem alten Mann nichts geben?«

»Wo willst du die versprochenen Helfer auftreiben? Du weißt doch, daß Thuty sich ständig beschwert, daß du dir seine Machtbefugnisse anmaßt. Da wird er wohl nicht gerade den Kämmerer anweisen, ein Dienerpaar zu den alten Leuten zu schicken.«

Imsiba meinte es gut, das wußte Bak, aber er hatte nun einmal dieses Versprechen gegeben. »Dieser Hof kann nur mit viel harter Arbeit überleben. Sollte sich Ahmose ein Bein brechen oder zu krank werden, um alles selbst machen zu können, wird sich das Land binnen eines Jahres wieder in eine Wüste zurückverwandeln, und er und die alte Frau werden verhungern.«

Bak wandte sich ab. Er war nicht bereit, sich noch weiter am Zeuge flicken zu lassen. Er stieg zu dem langen schmalen Grat des verwitterten Felsen hinauf, dessen unteres Ende die Felsbank bildete, an der Wensu und Roy ihre Schiffe vertäuten. Von dort entdeckte er Ahmose, der ihnen vom höchsten Punkt der Insel aus nachschaute. Der Alte war viel zu neugierig, um bereits wieder seinen Alltagstrott aufzunehmen. Ein weißer Fleck ein wenig unterhalb konnte der weiße Kopf der alten Frau sein, die sie ebenfalls beobachtete.

Der große Medja kletterte ihm nach. »Hier muß man sich sehr einsam fühlen, aber wenn man es genau nimmt, sind Ahmose und Kefia ja Nachbarn. Sie können sich nach getaner Arbeit treffen.«

»Das mag sein. Sie wohnen tatsächlich nicht so weit voneinander entfernt, aber die viele Arbeit wird sie daran hindern. Ich glaube nicht, daß sie sich jede Woche sehen.« Da fiel ihm etwas ein. Bak lachte leise auf. »Es sei denn, man hat Klatsch auszutauschen.«

Imsiba lächelte ebenfalls. Wie der alte Ahmose gemeint hatte: Gerüchte reisten schneller den Fluß hinauf und hinunter als offizielle Kuriere.

Schweigend kletterten beide Seite an Seite den Felshang hinauf. Der Grat war rissig und zerklüftet. Dort wo der Fels halb unter dem Sand begraben lag, konnte der Untergrund ganz schön tückisch sein. Eine leichter Wind ließ die Bäume rascheln, und von den Tamarisken in der Nähe der Bucht vernahm man das Tschilpen von Hunderten von Sperlingen. Die Sonne stand nur noch knapp über dem Horizont und tauchte den Himmel in goldenes Licht.

Die Felsformation führte über eine leicht sandverwehte Steigung nach oben und endete abrupt ungefähr auf der Hälfte des von Nord nach Süd verlaufenden Bergrückens. Auf beiden Seiten sah man im Sand die Spuren einiger kleinerer Tiere. Vermutlich waren es Hunde oder Schakale auf der Suche nach Beute, daneben gab es auch einige kleinere Abdrücke von Vogelfüßen. Aber nichts deutete darauf hin, daß Menschen hier gewesen waren.

Imsiba fluchte in seiner Muttersprache leise vor sich hin. »Warum müssen uns die Götter immer irgendwelche Dinge versprechen, die sie dann nicht halten?«

Bak war gleichfalls enttäuscht, daß der Weg so plötzlich geendet hatte. »Ich bete nur, daß die Götter dem Mann ohne Kopf und Wensu nicht einen weiteren Tag oder gar zwei gewähren, um von hier zu fliehen.«

»Das wäre nicht auszudenken!«

Bak ließ seinen Blick über die weite Landschaft schweifen, wo sich allmählich die langen Schatten des Abends ausbreiteten. Das breite Spektrum von Farben, die vom hellsten Goldton bis zum dunkelsten Ocker abgestuft waren, ließ eine Landschaft mit Vertiefungen und Erhebungen sichtbar werden, die im grellen Licht der Mittagssonne nicht auszumachen gewesen war. Der parallel zum Horizont verlaufende Felsenkamm war die einzige natürliche Grenze, abgesehen von den wenigen Hügeln entlang dieses Flußabschnittes. Wenn jemand sich verstecken und ungestört bis in alle Ewigkeit vor sich hin leben wollte, gab es wohl kein einsameres Fleckchen als diesen Ort. Allerdings konnte er sich nicht vorstellen, weshalb jemand das tun sollte.

»Wir werden morgen wiederkommen«, erklärte Bak und wandte den Blick der untergehenden Sonne zu. »Dann werden wir von hier aus in die Wüste aufbrechen.«

Der Medja warf einen mißbilligenden Blick auf die unendliche Sandebene vor sich. »Wir könnten unsere Zeit besser nutzen, indem wir die Verdächtigen der Reihe nach vorladen und sie windelweich prügeln lassen, bis sie gestehen.«

»Muß ich dich daran erinnern, daß wir es hier mit Leuten von einigem Rang zu tun haben?«

»Die Wüste nach einem Grab zu durchkämmen, wenn es keine Spuren gibt, die uns hinführen, ist genauso, als wolle man in tiefster Nacht ein Boot auf dem offenen Meer suchen. Wir könnten bis auf Armeslänge herankommen und es doch übersehen.«

»Was meinst du, wie lange es dauert, bis wilde Geschichten von ungerechtfertigten Schlägen und von Polizisten, die nicht besser sind als die Verbrecher, die sie jagen, bis zum Wesir durchdringen?« Bak lachte zynisch auf. »Ich fürchte, uns erwarten danach viele Monate weit weg von zu Hause als Aufseher über die Gefangenen in den Wüstenminen.«

Diese Bemerkung veranlaßte den finster dreinblickenden Imsiba, den Mund zu einem grimmigen Lächeln zu verziehen. »Ich könnte es dort schon ein bis zwei Jahre aushalten, wenn ich nur Userhet gebückt unter meiner Peitsche sehen würde.«

Bak musterte seinen Freund eindringlich. »Du mußt Sitamun wirklich sehr mögen.«

»Was habe ich denn einer Frau wie ihr zu bieten?« Imsiba hob einen kleinen scharfkantigen Stein auf und schleuderte ihn mit Schwung auf den unberührten Sand.

»Es gibt nur wenige so aufrechte Männer wie dich, mein Bruder, und das meine ich wörtlich.«

Mit einem düsteren Lachen rieb der Medja die Handflächen gegeneinander, um den Sand zu entfernen. Für ihn war das Thema beendet. »Wenn wir dieses Ödland durchkämmen müssen, sollten wir genaue Grenzen festlegen.«

Bak klopfte ihm wohlwollend auf die Schulter, zum Zeichen, daß er ihn verstand. »Schau dir diesen Bergrücken dort an, Imsiba, und sage mir, was du siehst.«

Der Medja betrachtete ihn konzentriert. Langsam glätteten sich die Falten auf seiner Stirn, und er nickte. »Ich sehe einen Felsgrat, der irgendwie ganz anders als die Felsmauer ist, die die Gräberanlage von Buhen umgibt, aber irgendwie ist sie ihr auch ganz ähnlich.«

»Genau.« Bak sprach ganz langsam, denn schon während er redete, entwickelte er seinen Plan. »Wir wissen, wo Intef getötet wurde. Auf der Rückseite des Felsgrats, etwa eine halbe Stunde Fußmarsch nördlich von hier. Und wir wissen, daß der Mann ohne Kopf von der Bucht hinter uns den Ochsen in die Wüste führt. Ich glaube, es ist richtig, unsere Suche von hier aus zu beginnen und diesen Felsgrat als südliche Grenze festzulegen. Wir werden uns von hier aus in nördlicher Richtung entlang des Grats vorarbeiten und, wenn notwendig, dort vorbeigehen, wo Intef ermordet wurde. Dann sollten wir den Weg bis zu der Stelle fortsetzen, an der wir seine Esel gefunden haben.«

»Das wird eine beschwerliche Expedition, mein Freund.«

»Aber wir können es schaffen.«

»Und wenn wir nichts finden?«

Bak sträubte sich, auch nur im entferntesten an die Möglichkeit des Scheiterns zu denken. »Ich überlege, wie Intef wohl auf das Grab gestoßen ist. Ist er beim Jagen so weit in den Süden vorgedrungen? Hat er den Mann ohne Kopf von hier aus verfolgt, oder hat er es auf eine ganz andere Art und Weise entdeckt?«

»Der Jäger Intef?« Ahmose schaute zuerst Bak und dann Imsiba an. Erstaunt runzelte er die Stirn. »Natürlich kannte ich ihn. Er ist ja beinahe jeden Monat hier vorbeigekommen. Er hat sein Zelt immer ein wenig weiter unten am Fluß aufgeschlagen, an einer Stelle, wo wildes Gras wächst und seine Esel weiden konnten, ohne die Bauern gegen sich aufzubringen.«

»Hast du jemals mit ihm gesprochen?« fragte Bak.

»Hin und wieder.« Ahmose schaute ihn eindringlich an. »Warum? Was hast du dort draußen in der Wüste aufgespürt, daß du noch einmal zurückgekommen bist, um mit mir zu reden?«

Der alte Mann war voller Neugierde den Pfad herabgeeilt, um sie zu treffen. Er hockte jetzt am Ufer ganz in der Nähe seines Bootes und schaute hinab auf die beiden Männer, die im Boot saßen. Lautes Schwalbengezwitscher war von einem Akazienbaum in der Nähe zu hören, und eine graue Ente schwamm mit ihren piepsenden, flaumigen Jungen durch das Schilfgras und schnappte hie und da nach Insekten.

»Hast du uns nicht vom Gipfel deiner Insel aus beobachtet?« fragte Imsiba mit müder Stimme. »Bestimmt hast du gesehen, daß wir mit leeren Händen zurückgekehrt sind.«

Ahmose reckte entrüstet das Kinn vor. »Das Leben hier ist sehr einsam, Herr Sergeant, und es bedeutet nichts als Arbeit. Darf ich mir nicht gelegentlich eine Pause gönnen?«

»Sergeant Imsiba wollte dich nicht beleidigen«, mischte sich Bak ein und lächelte übers ganze Gesicht. Es war besser, den etwas aufgebrachten alten Mann wieder zu besänftigen. »Natürlich ist es nur recht und billig, wenn du dich ein wenig ausruhst. Hätte ich sonst versprochen, dir Unterstützung zu schicken, wenn ich nicht meinte, daß du das wirklich verdienst?«

Ahmose öffnete den Mund und schloß ihn wieder, die Erinnerung an die Zusage ließ seine Entrüstung verfliegen.

Ein Lufthauch berührte Baks Wangen, es war kein heißer, streichelnder Wind wie während des Tages, sondern ein kühler Vorbote des hereinbrechenden Abends. Sie durften sich nicht länger hier aufhalten. Es wäre töricht, Kor noch im Dunkel der Nacht erreichen zu wollen. Es wäre viel zu gefährlich, durch diese Insellandschaft zu segeln.

»Hast du jemals mit Intef über den Mann ohne Kopf gesprochen?« wollte Bak von Ahmose wissen.

»Ich habe ihn gewarnt, ihm gesagt, er solle auf sich aufpassen und sich von der Bucht fernhalten. Und er solle vor jedem Schiff Augen und Ohren verschließen.«

»Seine Lippen versiegeln, so wie alle Menschen, die entlang dieses Flußabschnittes wohnen und arbeiten.« Imsibas Stimme klang gelangweilt, aber innerlich brodelte es in ihm.

Ahmose warf dem Medja einen verächtlichen Blick zu. »Wir bebauen dieses Land nicht, weil wir tapfere Männer sind, Herr Sergeant. Wir bleiben hier, weil dies das Land unserer Väter ist und das Land von deren Vätern war. Wir wissen nicht, wo wir sonst hingehen sollten, und das Land zu bebauen, ist die einzige Möglichkeit, unseren Lebensunterhalt zu bestreiten.«

Bak warf dem Medja einen warnenden Blick zu, um ihn zum Schweigen zu bewegen. »Hat Intef deine Warnung zur Vorsicht beherzigt, alter Mann?«

»Ich habe ihn nie in der Bucht gesehen, wenn der Mann ohne Kopf sich dort mit den Leuten von den Schiffen getroffen hat. Aber einmal tauchte er einen Tag später dort auf.« Ahmose verscheuchte eine Fliege. »Er muß gehört haben, wie ein Schiff ankam und wieder abfuhr, und Stimmen während der Nacht. Und bei sich beschlossen haben, nachzuschauen, was da los sei. Ich ruderte hinüber in die Bucht, um ihn ein zweites Mal zu warnen.«

»Ist er jemals dem Mann ohne Kopf in die Wüste gefolgt?«

Ahmose schnaubte verächtlich. »Er war Jäger. Würde ein solcher Mann einer Fährte folgen, wenn er befürchten müßte, daß man ihm dann selbst auf den Fersen ist?«

Bak lächelte in sich hinein. Für jemand, dessen Leben so beschränkt war, entging dem Alten jedenfalls fast nichts. »Hast du ihn je weit draußen in der Wüste gesehen? Etwa, als er seine Esel den Bergrücken entlangführte, der dieses Tal von der endlosen Sandwüste im Westen trennt?«

»Er kam immer aus der Wüste hierher.« Ahmose kniff die Augen zusammen. »Den Bergrücken entlang, meinst du?«

»Ich weiß, daß du hart arbeitest und nur wenige Augenblicke zum Ausruhen hast.« Bak verzog den Mund zu einem leichten Grinsen. »Aber hast du gelegentlich vielleicht ganz zufällig in Richtung der Wüste im Westen geschaut und bemerkt, ob sich Intef am Bergkamm irgendwie länger aufgehalten hat, als deiner Meinung nach nötig war?«

Ahmose blinzelte ein paarmal, als müsse er das Ganze erst einmal verdauen. Dann schlug er sich mit der Hand auf ein Knie und brach in lautes Lachen aus. »Du hast eine flinke Zunge, Leutnant. Und es gefällt mir wirklich, wie du mit Worten umgehst.«

Imsiba senkte den Kopf, als bete er im stillen, und versteckte sein Gesicht.

Bak warf dem alten Mann ein kurzes Lächeln zu, sagte aber nichts und wartete einfach ab.

Ahmose konnte nur mühsam an sich halten. »Das eine Mal, als ich mit Intef drüben in der Bucht gesprochen habe, ging er seinen normalen Geschäften nach. Er war auf dem Weg in den Norden nach Kor, um das Wild, mit dem er seine Esel beladen hatte, dort abzuliefern. Irgendwann später – einen Monat vielleicht oder auch mehr – kam er zurück. Ich entdeckte ihn eines Abends am Fluß und am nächsten Tag am Felsgrat.« Das Gesicht des alten Mannes war jetzt todernst. »Er schien etwas zu suchen. Ich hatte den Verdacht, daß er nach Fußspuren Ausschau hielt. Ich eilte zurück in mein Haus und kniete vor meinem Schrein nieder. Und ich habe gebetet, daß er nicht hinter dem Mann ohne Kopf her war.«

»Ich habe zwei Boote in den ›Steingürtel‹ geschickt und noch einmal zwei Patrouillentrupps an den Ufern entlang. Sie sind alle erfolglos zurückgekehrt.« Nebwa fuhr sich mit den Fingern durch das zerzauste Haar und starrte auf den Hafen von Kor, ohne jedoch wirklich etwas wahrzunehmen. »Wenn Wensu sich dort befindet, hat er sein Schiff einfach zu gut versteckt. Und kein Bauer entlang des Flusses ist gewillt, ihn zu verraten.«

»Sie haben Angst.« Bak sprach mit müder, erschöpfter Stimme. »Vor der Autorität, die wir repräsentieren. Und vor Wensu, und das zu Recht. Nicht vor Kapitän Roy, denn sie müßten inzwischen wissen, daß er während des Sturms ertrunken ist. Aber sie fürchten auch den Mann ohne Kopf.«

Nebwa lehnte sich mit dem Rücken gegen einen Anlegepfosten. »Du hast ja selbst erlebt, wie wehrlos sie sind. Kannst du es ihnen zum Vorwurf machen, wenn sie Schwierigkeiten aus dem Weg gehen wollen?«

»Nein, überhaupt nicht.«

Die beiden Männer saßen schweigend da und gingen im Geiste noch einmal die kleinen Erfolge und die viel größeren Tiefschläge durch. Gott Re stand am entfernten Horizont, ein flacher rot-oranger Ball am Himmel. Nicht ein Lufthauch war zu spüren.

Außer einem Mann, der fröhlich vor sich hin pfiff, war es ruhig im Hafen. Viele der kleineren Boote waren fort. Die größeren Schiffe waren geblieben, denn in Buhen waren die Liegeplätze knapp, weil die Flotte des Wesirs bald eintreffen würde. Die fünf großen Kriegsschiffe sowie die bereits vertäuten Schiffe würden den Hafen vollends ausfüllen. Mit dem Schiff von Kor nach Buhen zu segeln, nur um dann wieder zurückgeschickt zu werden, lohnte den Aufwand nicht.

»Beorderst du einige Soldaten flußaufwärts zum Schutz von Kefias Hof und dem Hof des alten Ahmose, wie ich es ihnen versprochen habe?« wollte Bak wissen.

»Was schätzt du, für wie lange?«

Bak lachte. »Ich habe mir geschworen, diesen Alptraum abzuschütteln, bevor der Wesir kommt. Somit habe ich noch einen Tag, allerhöchstens zwei Tage Zeit."

»Ich habe heute vor jedem Schrein in Kor gebetet«, meinte Nebwa und lächelte resigniert. »Irgend etwas sagt mir, daß ich die Prozedur noch einmal wiederhole.«

Bak erwachte am folgenden Morgen weit vor Tagesanbruch. Er lag auf der Schlafpritsche in seinem Quartier und hörte

Horis leise Atemzüge im Nachbarraum und das gelegentliche Winseln des großen, gutmütigen Hundes, den der Junge bereits als Welpen mitgebracht hatte. Baks zerknitterte Bettlaken dufteten noch nach dem Parfüm der hübschen jungen Frau, die ihn in der Nacht aufgesucht hatte. Nofery hatte sie ihm geschickt, damit er in ihrer Schuld bliebe. Die alte Frau, deren Neugierde kein Maß kannte, verfolgte die Absicht, mehr von Baks Suche nach dem Mörder von Mahu und Intef zu hören. Zweifelsohne galt ihr Interesse allerdings noch viel mehr dem alten Grab und dessen Inhalt.

Er lag ruhig und still da und überdachte noch einmal die Liste der Verdächtigen. Er versuchte die knifflige Frage zu lösen, welcher der fünf aller Wahrscheinlichkeit nach der Mörder war. Zwei von ihnen, Ramose und Nebamun, hielt er eher für harmlos im Vergleich zu Hapuseneb, Userhet oder Kay, aber ganz sicher war er sich seiner Sache nicht. Allerdings hatte er eine Idee, wie er dem Mann ohne Kopf ein Gesicht geben konnte.

Sobald das hohe schmale Fenster genug Licht hereinließ, so daß man drinnen sehen konnte, erhob er sich und kleidete sich an. Er weckte Hori aus tiefstem Schlaf und erteilte ihm eine Reihe von Befehlen. Während der Junge noch mit dem Schlaf kämpfte, war Bak schon auf und davon auf dem Weg zu den Medja-Unterkünften und zu Imsiba. Bak betete zu den Götterrn, daß der Tag lang genug sein möge, damit er all das erledigen konnte, was er sich vorgenommen hatte.

»Herr, hier ist alles, wie befohlen.« Hori legte vier Brechstangen, zwei Holzhämmer, eine Axt, einige Keile und Meißel sowie ein halbes Dutzend Holzrollen auf dem Fußboden von Baks Amtsraum ab. Seine Augen glänzten vor Erregung, seine Stimme hatte einen gewichtigen Tonfall. »Ich habe mir, genau wie du es mir aufgetragen hast, auch die Lastschlitten zeigen lassen, habe aber dann keinen ausgesucht. Ich habe erklärt, daß dein Schiff sehr klein sei und die niedrigen Kufen und die Querbalken sich schwer verstauen ließen. Ich sagte, ich müsse erst herausfinden, wie groß die Lasten seien, die du transportieren wolltest.«

»Hast du mit Userhet selbst gesprochen?« fragte Bak.

»Nein, zuerst nicht, aber er war die ganze Zeit anwesend, und er machte kein Geheimnis aus seinem Interesse.«

Bak warf Imsiba, der auf einem Schemel in der Nähe der Tür saß, ein Lächeln zu, aus dem seine Zufriedenheit sprach. »Wie hat er reagiert?«

»Darauf habe ich ganz besonders geachtet, wie du es mir aufgetragen hattest.« Horis Stimme wurde ernst. Als zukünftiger Polizist berichtete er seinem Vorgesetzten alles bis ins kleinste Detail. »Falls Userhet der Mann ohne Kopf ist, so hat er sich das nicht anmerken lassen. Er hat viele Fragen gestellt, das tat aber auch der Schreiber, der von Korb zu Korb wanderte und mir die Werkzeuge, um die ich gebeten hatte, zusammensuchte. Ich wiederum antwortete nur ausweichend, sagte nur, daß du gestern in den Süden gesegelt seist und heute auch wieder dorthin wolltest. Entweder seien die Werkzeuge für Nebwa bestimmt, es könne aber auch sein, daß du sie für einen mir nicht bekannten Zweck verwenden wolltest.«

»Ich kann mir keine zweideutigere Antwort vorstellen.« Mit einem breiten Lächeln nahm Bak auf dem Sarg Platz. »Das hast du gut gemacht, Hori. Du hast die Saat ausgesät, nun müssen wir nur abwarten, ob sie aufgeht.«

Hori schwoll bei dem überschwenglichen Lob förmlich die Brust, und er mußte sich anstrengen, so ernst dreinzublicken, wie er es der Situation angemessen fand. »Ich werde jetzt also Kapitän Ramose aufsuchen.«

»Vergiß nicht, wir brauchen ein Seil, das stark genug ist, um das Gewicht eines Mannes zu ziehen, aber es darf auch nicht zu dick sein, damit es leicht zu handhaben ist.«

Hori nickte und eilte davon. Im Wachhaus war es ruhig, die hinteren Räume waren verschlossen, und die Wachen in der Eingangshalle ließen die Knöchelbeine fürs erste liegen, um ihre Morgenmahlzeit einzunehmen. Die einzigen

Geräusche, die man hörte, drangen von draußen herein, wo Männer schlurfenden Schritts über das Pflaster eilten, wobei ihre Waffen bei jeder Bewegung gegeneinanderschlugen. Sie waren auf dem Weg zu ihren jeweiligen Standorten.

Bak setzte sich auf den Sarg und lehnte Oberkörper und Kopf gegen die dahinterliegende Wand. Besorgt musterte er Imsiba. »Ich bete, daß wir dieses ganze Spiel nicht umsonst inszenieren.«

Der Medja schaute ihn wohlwollend und zugleich skeptisch an. »Wir verschwenden womöglich einen ganzen Tag, den wir besser für die Suche in der Wüste südlich von Kor verwendet hätten.«

»Oh?« Bak kniff mit einem Grinsen die Augen zusammen. »Habe ich dich nicht erst gestern sagen hören, daß die Suche in der Wüste eine endlose und hoffnungslose Angelegenheit sein würde?«

Imsiba blickte grimmig auf den Berg von Gegenständen, die der Schreiber zurückgelassen hatte. »Ich weiß ja, daß Hori Userhet ein wenig Angst einjagen sollte, aber mußte er wirklich so viele Werkzeuge aus dem Lagerhaus holen?«

»Falls wir das Grab aufspüren, werden wir sie vielleicht brauchen.«

»Wir finden bestimmt einen bereits geöffneten Eingang vor, ein paar Stufen und ein oder zwei Kammern, das ist alles.«

»Ich habe meine Jugend in Waset verbracht«, erinnerte ihn Bak. »Und die Gräber dort sind sehr tief, die eigentlichen Grabkammern sind nur sehr schwer zu erreichen. Was ist, wenn Intef so ein Grab entdeckt hat, ein Haus, das für die Ewigkeit angelegt worden ist von einem Mann, der sich im weit entfernten Kemet nach seiner Heimat sehnte?«

»Wie viele Gräber haben wir nicht in den vergangenen Tagen gesehen, mein Freund? Jedes einzelne war niedrig, nur in einen Hügel oder einen Felsgrat hineingehauen. Keines hatte geheime Kammern tief unten.«

»Komme ich vielleicht ungelegenen?«

Sitamun stand in der Tür und schaute die beiden Männer mit großen Augen schüchtern an. Sie wirkte so, als würde sie jeden Augenblick kehrtmachen und flüchten. »Seid ihr zu beschäftigt, um ...«

»Nein, überhaupt nicht.« Imsiba sprang auf und durchquerte den Raum bis zur Tür, führte sie herein und bot ihr seinen Schemel an.

Bak erhob sich. Eigentlich wollte er gehen, um die beiden allein zu lassen, aber irgend etwas hielt ihn zurück. Er konnte sich nicht vorstellen, warum sie so früh hier im Wachhaus auftauchte. Warum sie überhaupt herkam. Es sei denn, es gab etwas, das nicht ihre Freundschaft zu Imsiba betraf. Vielleicht ging es um Mahus Tod.

Sitamun hob eine Hand und bedeutete beiden, da zu bleiben, wo sie sich befanden. »Ich wollte nur ganz kurz vorbeischauen. Ich habe meinen Sohn im Haus des Kommandanten gelassen, wo er mit Tiyas Kindern spielt. Und ich muß gleich auf den Markt.«

»Stimmt irgend etwas nicht?« erkundigte sich Imsiba besorgt.

»Nein, ich ...« Sitamun warf Bak jetzt einen Blick zu, der ihn bat, sie alleinzulassen. Dann lächelte sie Imsiba unsicher an. »Ich hätte nicht kommen sollen.«

Bak verließ eilig den Raum, um dem Paar Gelegenheit zu geben, in aller Ruhe miteinander zu reden. Er gesellte sich zu den diensthabenden Wachen in der Eingangshalle, nahm ein knuspriges Stück Brot aus dem Korb und brach es in zwei Stücke. Die Datteln darin schmeckten saftig, das Brot war süß und gut durchgebacken. Während er darauf herumkaute, belauschte er ohne jedes Schamgefühl das Gespräch zwischen Imsiba und Sitamun. Seine Neugierde war getragen von der Sorge um seinen Freund.

»Du mußt mir sagen, was los ist«, bat Imsiba.

»Es ist nichts. Es ist nur, daß ...« Sie zögerte, spielte verlegen mit ihren Fingern. »Nun, ich dachte ...«

»Was?« Imsiba nahm ihre beiden Hände zwischen seine und hielt sie fest. Er lächelte. »Was hast du gedacht?«

»Userhet möchte mich zu seiner Frau machen«, platzte sie dann mit der Wahrheit heraus. »Ich ... ich habe ihm noch keine Antwort gegeben. Ich dachte, ich warte bis ... Oh, ich hätte nicht kommen sollen!« Sie befreite mit einem heftigen Ruck ihre Hände, erhob sich und stolperte eilig durch Baks Amtszimmer und durch die Eingangstür hinaus auf die Straße. Sie war so sehr mit ihren Gefühlen beschäftigt, daß sie mit einem Soldaten zusammenprallte, der gerade das Wachhaus betreten wollte und durch die Wucht des Zusammenstoßes ins Wanken geriet.

»Sie liebt dich. Ich sage dir, sie liebt dich. Glaubst du, sie wäre sonst so früh am Morgen hier aufgetaucht, wenn sie das nicht täte?«

Imsiba saß auf der Bank ganz hinten im Raum, die Arme vor der Brust verschränkt. Sein Gesicht war wie versteinert. »Sie ist eine gute, liebenswürdige Frau. Sie hat bemerkt, daß ich sie sehr mag. Daher wollte sie mir die Nachricht selbst überbringen, bevor ich sie von jemand anderem erfahre.«

Bak hätte seinen Freund am liebsten heftig durchgeschüttelt. Er sah ihn nicht gern so unglücklich. Er war viel zu schnell bereit, alles hinzuwerfen. »Sie möchte, daß du eine Reaktion zeigst. Daß du vortrittst und offiziell um ihre Hand anhältst.«

»Ich bin Sergeant bei der Mejda-Polizei, mein Freund. Ich besitze nichts außer den Kleidern und den Waffen, die ich trage. Und jetzt nach Mahus Tod ist sie die Besitzerin eines großen Frachtschiffes, eine wohlhabende Frau mit einem gewissen Status.«

»Und vor kaum einer Woche war sie eine einsame Witwe mit einem Kind, eine Frau, die bei ihrem Bruder Unterschlupf suchte.«

Imsiba verschloß sich allen Vernunftgründen. »Userhet hat ihr viel zu bieten, ich dagegen gar nichts. Er kann lesen und schreiben, und er kennt sich mit Schiffen und Handelsgeschäften aus. Er versteht es, Vorteile zu nutzen und neue Geschäfte anzubahnen. Ich dagegen bin nur ein einfacher Mann – ich könnte nicht einmal meinen Namen schreiben, wenn du mir das nicht beigebracht hättest. Und Veränderungen machen mir eher Angst.«

»Herr!« Hori stand in der Tür und schaute verwirrt von einem zum anderen. Die Heftigkeit ihrer Unterredung schien ihn zu irritieren. Um die Schultern hatte er ein dikkes Seil geschlungen.

Bak schaute auf und lächelte. Für den Augenblick war Imsibas persönliche Angelegenheit vergessen. »Ich sehe, deine Mission war erfolgreich, Hori. Was hat Ramose denn gesagt?«

»Er hat sich in Ruhe alles angehört, was ich zu sagen hatte, und hat mir das Seil ohne Zögern ausgehändigt. Aber ...« Die Stimme des Jungen klang zögernd. »Seine Gedanken waren mit ganz anderen Dingen beschäftigt, Herr. Ich bin mir nicht sicher, ob er überhaupt verstanden hat, was ich gesagt habe.«

»Und warum nicht?« fragte Imsiba. »Er hat doch bestimmt das Gerücht vernommen, daß Nebwas Männer sich auf die Suche nach Wensu begeben haben. War er nicht froh, die Leute los zu sein, die er fürchtet?«

»Ich denke schon.« Hori trat näher und ließ sich auf dem unteren Ende des Sargs nieder. Er beugte sich vor und legte das Seil auf den Boden vor sich. »Aber Kommandant Thuty war kurz vor mir da, und Kapitän Ramose war ganz aufgeregt. Er konnte nur noch an den bevorstehenden Besuch denken. Was mit dem Kuschiten ist, interessierte ihn nur beiläufig.«

Baks Augen waren auf Hori gerichtet, der noch immer auf dem Sarg hockte. Der Sarg sollte doch längst nicht mehr da sein. Nun mußte er endgültig weggeschafft werden, befand Bak, und zwar bald. »Komm zur Sache, Hori. Du hast noch drei weitere Männer auf deiner Liste.«

Hori wurde rot. »Der Kommandant hat den Kapitän persönlich aufgesucht, um ihn zum Bankett zu Ehren des Wesirs einzuladen. Und er hat dem Kapitän versichert, daß er ihn vor dem hohen Gast loben werde, weil er geholfen habe, das Wrack und die gestrandeten Güter zu bergen. Kapitän Ramose scheint an nichts anderes mehr zu denken als daran, was er zu diesem Anlaß tragen soll. Und welches Benehmen er beim Fest mit den ehrenwertesten Männern aus dem Lande Kemet an den Tag legen soll.«

Bak runzelte die Stirn. »Ich erinnere mich, daß Ramose sich noch vor zwei Tagen abfällig über den Empfang geäußert hat. Und sich nicht sicher war, ob er überhaupt hingehen würde.«

Der leichte Tadel nagte noch immer an Hori, er lächelte nur schwach. »Ich habe ihm von deiner Reise in den Süden erzählt. Nichts wirklich darüber verlauten lassen, sondern nur Andeutungen gemacht, wie ich das schon bei Userhet getan habe. Er hat mir einfach das Seil in den Arm gedrückt, es interessierte ihn kein bißchen. Und dann hat er eine etwas zerrupfte Perücke aus einer Truhe gezogen und mich gefragt, ob ich finde, daß sie zu altmodisch sei, um sie zum Empfang zu tragen.« Hori sah Imsiba an, als suche er nach einem Verbündeten, und wandte sich dann wieder Bak zu. »Das war kein Scherz. Es ist das einzige, das ihn augenblicklich beschäftigt. Ich glaube, er ist so unschuldig wie du, Herr.«

»Da stimme ich dir zu.« Bak erhob sich, kam durch den Raum auf den Jungen zu und legte ihm eine Hand auf die Schulter. »Aber wenn wir uns irren und er nicht der Mann ist, für den wir ihn halten, dann reichen deine Andeutungen, um ihn aufzuschrecken. So, und jetzt mußt du noch Hapuseneb und Nebamun aufsuchen, aber einen nach dem anderen. Nebwa hat gemeint, daß beide Esel in Kor herumzustehen hätten und somit beide als Täter in Frage kommen.«

»Ja, Herr.«

Der Junge eilte davon, und Bak wandte sich wieder seinem hochgewachsenen Freund Imsiba zu. Dessen Verband um den Arm war nicht mehr allzu sauber und mußte gewechselt werden. Und er wußte auch schon, was sie als erstes tun würden. »Komm, Imsiba. Laß uns schwimmen gehen. Das wird dich etwas aufmuntern.«

Mit langen kraftvollen Zügen entfernte sich Bak von der Stelle, wo Imsiba im Wasser lag und sich an einem Felsbrokken festhielt, um nicht von der Strömung mitgerissen zu werden. Ihre beiden Schurze flatterten wie weiße Vögel auf einer der Tamarisken, die hier überall am Flußufer wuchsen. Sie befanden sich am Fuß der hoch aufragenden Stützmauer, die den Karawanenverkehr von den Flußterrassen trennte. Normalerweise wären sie etwas weiter aus der Stadt hinausgeeilt, aber da Hori regelmäßig Bericht erstatten sollte, war es bequemer gewesen, in der Nähe zu bleiben.

Nachdem Bak weit oberhalb der Stützmauer angelangt war, rollte er sich im Wasser auf den Rücken und ließ sich eine Weile stromabwärts treiben. Er wünschte sich wirklich, Imsiba helfen zu können. Aber er konnte nichts tun, außer ihn dazu zu bringen, seinen Stolz über Bord zu werfen und entschlossen um Sitamun zu werben.

Er wandte seine Gedanken wieder seinem in den frühen Morgenstunden ausgeheckten Plan zu. Verschwendete er seine Zeit, wie Imsiba meinte? Oder würde einer der Verdächtigen ihm auf den Leim gehen und zu dem Grab eilen, das Intef gefunden hatte, um noch möglichst viele Sachen in Sicherheit zu bringen, bevor das Grab von Bak und seinen Leuten ausgehoben wurde? Konnte es sein, daß sich in dem Grab ein Elefantenstoßzahn befand? Oder wurde das Elfenbein von jemand anderem geschmuggelt? Einem Mann, der nicht mit Wensu, Roy und dem Mann ohne Kopf unter einer Decke steckte? Er glaubte das allerdings nicht – falls es zutraf, daß Wensu tatsächlich das Elfenbein heimlich auf Mahus Schiff gebracht hatte, wie er annahm.

Wasser lief ihm in den Mund und ließ ihn hochschrecken. Er warf einen Blick auf die Festung, wo er sah, daß Hori auf der unteren Terrasse auf sie zugelaufen kam. Bak drehte sich wieder auf den Bauch und schwamm zurück zu den Tamarisken. Er zog sich mit einem kräftigen Ruck auf die Futtermauer hoch, die das Ufer begrenzte. Da der Fluß noch immer etwas Hochwasser führte, befand sich ein Großteil der Mauer unter Wasser. Imsiba ließ den Felsbrocken los, der ihm als eine Art Anker gedient hatte, und kam zu Bak hingeschwommen. Die Zweige der Tamarisken wedelten sanft in der leichten Vormittagsbrise. Ein Sperling hüpfte von Ast zu Ast und beschwerte sich lautstark über eine schwarz-weiße Katze, die das Ufer nach Mäusen absuchte.

»Ich war bei Hapuseneb und Nebamun.« Hori blieb am Ende der Terrasse stehen, die durch die Stützmauer begrenzt wurde, und verschnaufte ein wenig. »Es tut mir leid, Herr, aber ich habe sie leider zusammen angetroffen. Ich habe keine Möglichkeit gesehen, erst den einen und dann den anderen beiseite zu ziehen, daher habe ich ihnen beiden meine kleine Geschichte präsentiert.«

Bak erhob sich und begann sich anzuziehen. »Das ist jetzt nicht mehr zu ändern. Wie haben sie reagiert?«

»Sie haben beide gesagt, daß sie uns gern ihre Esel leihen würden, falls du sie brauchst. Nebamun stellte zahllose Fragen, die meisten davon waren vage und hatten nicht direkt mit der Sache zu tun. Zuerst verstand ich nicht, was er damit bezweckte.« Der Junge rümpfte die Nase und zeigte damit seine Verachtung für die Ungeschicklichkeit des Händlers. »Schließlich wurde mir klar, daß er wissen wollte, ob du die Jagd nach dem Mann ohne Kopf aufnimmst. Und er wollte vor Hapuseneb verheimlichen, daß er an so etwas glaubt.«

»Nebamun hat uns auf die Fährte des Mannes ohne Kopf gesetzt.« Imsiba wandte sich an Bak. »Hätte er das getan, wenn er selbst etwas damit zu tun hätte?«

»Er stand nie weit oben auf meiner Liste der Verdächtigen. Er ist kein Mann, der große Risiken eingeht. Und er hat auch nicht die Mittel, um sich Schmuggelgut in den

Mengen zu besorgen, wie wir sie auf Kapitän Roys Schiff entdeckt haben. Er hat zur Zeit Schwierigkeiten, sich als Kaufmann über Wasser zu halten. Steht fast vor dem Zusammenbruch.« Bak beugte sich vor und schüttelte seine nassen Haare aus. »Verzweifelte Männer bringen allerdings oft großen Mut auf, der eigentlich nicht zu ihrem Charakter paßt, aber bei Nebamun kann ich mir das nicht vorstellen.«

»Wie hat sich Hapuseneb verhalten?« wollte Imsiba von Hori wissen.

»Er hat schnell gemerkt, daß Nebamun irgend etwas wußte. Und dann hat er nur noch dagestanden und einfach zugehört.« Der Junge grinste. »Ich sehe jetzt noch Nebamun vor mir, wie er sich unter Hapusenebs durchdringenden Augen wie eine Schlange wand. Und schwor, daß er nicht an einen Mann ohne Kopf glaube.«

»Ich habe Hapuseneb immer für einen recht liebenswerten Menschen gehalten.« Imsibas Blick verfinsterte sich. »Er handelt schnell und entschlossen, aber nicht skrupellos.«

Bak versuchte seine Überlegungen vom frühen Morgen den anderen zu vermitteln. »Seine Schiffe fahren sowohl nördlich als auch südlich des ›Steingürtels‹. Und er transportiert darauf wertvolle Güter, wie auch die Karawanen, die er einsetzt, um die Waren an den Stromschnellen vorbeizuschleusen. Er beschwert sich zwar über die Zölle, aber er macht trotzdem hohe Gewinne. Er hat den Nerv und die Mittel, um im großen Stil zu schmuggeln. Eine Frage, die ich mir schon oft gestellt habe, bleibt jedoch offen.« Bak schaute Imsiba und Hori an. »Würde er zum Schmuggeln das Boot eines anderen einsetzen, wo er doch eine viel bessere Kontrolle über alles hätte, wenn er seine eigenen Schiffe benutzte?«

Imsiba schüttelte den Kopf. »Das halte ich für unwahrscheinlich.«

»Ich sollte mich wohl besser zu Leutnant Kay aufmachen«, verabschiedete sich Hori.

Am düsteren Gesichtsausdruck Imsibas konnte Bak ablesen, daß sie beide dasselbe dachten. Kay konnte sehr geschickt mit Pfeil und Bogen umgehen, während sie sich bei Userhet nicht sicher waren, wie gut er die Waffen beherrschte. Ja, es war sogar unwahrscheinlich, daß er sich überhaupt damit auskannte. Userhet konnte lesen und schreiben, Kay ebenso. Aber würde der Offizier wirklich ein perfektes falsches Ladungsverzeichnis verfassen können?

»Geh zuerst zu den anderen Schreibern, Hori. Frage die Männer, die seine Berichte lesen, wie gut er schreiben kann.«

»Ja, Herr.« Der jugendliche Schreiber drehte sich um und verschwand eiligen Schrittes.

Hori schleppte einen schweren Korb die Terrasse entlang, der bei jedem Schritt an sein linkes Bein stieß. Imsiba und Bak eilten auf ihn zu und erreichten ihn etwa in der Mitte zwischen Stützmauer und dem südlichen Tor.

Der Junge streckte ihnen den Korb entgegen, der etwa ein halbes Dutzend Streitäxte und Schleudern enthielt. »Leutnant Kay hat mir diese Waffen gern geliehen, Herr, aber als ich ihm erzählte, daß du in die Wüste aufbrechen willst, meinte er, es sei besser, wenn du dir ein paar Bogenschützen mitnehmen würdest.«

Bak drehte den Jungen um und marschierte mit ihm in die Richtung zurück, aus der er gekommen war. »Wie gut kann Kay mit Tinte und Pinsel umgehen?«

»Seine Schrift ist schrecklich, Herr.« Der Junge grinste, aber als er erkannte, wie ernst es Bak war, setzte er schnell wieder eine gewichtige Miene auf. »Wie du mir aufgetragen hast, bin ich zuerst zu den Schreibern gegangen. Ich habe mir dort die Berichte angeschaut, die er Kommandant Thuty vorgelegt hat. Es waren zwei dabei, die ich kaum entziffern konnte. Glaubt man dem Hauptschreiber, dann hat der Kommandant die Hände über dem Kopf zusammengeschlagen, und jetzt geht der Leutnant jeden Morgen zu einem Schreiber, um seine Berichte zu diktieren.«

»Also kann der Mann ohne Kopf nur Userhet sein«, erklärte Imsiba.

Hori runzelte die Stirn, er war nicht ganz überzeugt davon. »Ich weiß, daß er der Aufseher der Lagerhäuser ist, aber selbst in dieser hohen Position hat er keinen Zugriff auf Bogen und Köcher. Der für die Ausrüstung der Bogenschützen verantwortliche Schreiber achtet peinlich genau auf die Vorschriften.«

Bak überlegte, suchte sich an Vorfälle zu erinnern, die man zuvor als selbstverständlich hingenommen hatte, die jetzt aber Verdachtsmomente beinhalten konnten. »Ich habe ihn oft im Hafen angetroffen, wenn Handelsschiffe mit Nachschub für die Garnisonen ankamen. Und die hatten auch Waffen geladen. Da er als erster an Bord ging, hat er sich wahrscheinlich aus den Bündeln, die für die Waffenkammer bestimmt waren, das herausgesucht, was er brauchte, und hat das Ladungsverzeichnis einfach geändert. Dann hat er die Waffen heimlich ins Lagerhaus geschafft und irgendwo gut versteckt. Dort hat er ja das Sagen. Die Frage, die noch zu lösen bleibt, lautet: Wie gut kann er mit Pfeil und Bogen umgehen?«

»Ich muß also jemanden finden, der seine Künste mit Pfeil und Bogen einschätzen kann«, meinte Hori.

Imsiba fing in seiner Muttersprache zu fluchen an. »Ich muß sofort Sitamun aufsuchen.«

»Nein!« Bak hielt ihn am Arm fest. »Sie könnte im unpassenden Moment etwas verraten. Das dürfen wir nicht riskieren.«

»Wenn er ihr etwas antut ...« Die Wut des Medjas war förmlich greifbar.

Psuro kam durch das Festungstor gestürmt. Der stämmige Mejda entdeckte sie und rannte über die Terrasse zu ihnen. »Herr! Userhet ist verschwunden. Er hat den heiligen Bezirk des Horus von Buhen betreten und ihn kurze Zeit später durch das Tor wieder verlassen. Seitdem hat man ihn nicht mehr gesehen.«

»Er ist getürmt!« jubelte Bak. Sein Plan hatte funktioniert. »Hori, geh den Jungen Mery holen. Und du, Psuro, mußt unser Boot mit Lebensmitteln und genügend Wasser ausstatten. Und die Waffen, Seile und Werkzeuge, die du in meinem Büro findest, einladen. Und bleib beim Boot. Du wirst gemeinsam mit uns in den Süden aufbrechen.«

»Kann ich jetzt zu Sitamun gehen?« bat Imsiba.

»Nein, du mußt zum Arzt und dir die Wunde reinigen und frisch verbinden lassen.« Bak legte dem Medja tröstend eine Hand auf die Schulter und lächelte. »Mach dir keine Sorgen, Imsiba. Ich muß sowieso noch Thuty Bericht erstatten. Und ich werde die Gelegenheit nutzen, um mit Frau Tiya zu sprechen. Sie wird bestimmt gern Sitamun und den Jungen zu sich in ihr Haus einladen und dort behalten, bis wir Userhet gefaßt haben.«

15. Kapitel

»Wir haben überall nach dem Boot gesucht, Herr.« Paschenuro, der stämmige, muskulöse Medja-Sergeant, der im Rang gleich nach Imsiba kam, stand steif da, und man konnte förmlich sein Unbehagen spüren. »Wir hätten niemals vermutet, daß er sein Boot einfach allen sichtbar am Flußufer liegenläßt, direkt neben den Booten der Offiziere.«

Bak schaute hinaus über den Hafen in Richtung der angegebenen Stelle. Aber von seiner jetzigen Position am Kai aus hatte er keine freie Sicht. Wasser schwappte an die weißen Steine zu seinen Füßen und ließ das hier vertäute Boot gemächlich auf und ab schaukeln. Darin hatte Psuro die Lebensmittel und Getränke, die Waffen und Werkzeuge zu einem unordentlichen Haufen aufeinandergetürmt.

Verzweiflung schlich sich in seine Stimme. »Du hast doch gewiß schon einmal gehört, Paschenuro, daß man etwas am besten unter ganz ähnlichen Dingen versteckt?«

Der Medja errötete. »Ja, Herr.«

Bak starrte angespannt zu der massiven Festungsmauer

hinüber, die dem Hafen gegenüberlag. Die Fassade leuchtete strahlend weiß in der Mittagssonne. Schmale Schatten zeichneten die Umrisse der hoch aufragenden Türme und der vorstehenden Zinnen auf den Boden. Schwarze Vierecke markierten die Öffnungen der überbauten Tore. An hohen Fahnenmasten vor dem Pylon flatterten vier rote Flaggen in der leichten Brise. Irgendwo in der Stadt bellte ein Hund. Baks Nerven lagen bloß.

»Userhet wurde zuletzt gesehen, als er durch den Pylon die Stadt verließ. Warum hat man ihn denn nicht entdeckt, als er ablegte?«

»Man hat ihn schon gesehen, Herr, aber da er Bogen und Köcher bei sich hatte, hielt man ihn für einen Offizier.«

»Einen Bogen?« Die Überraschung machte einem Gefühl der Zufriedenheit Platz. Ein Mann auf der Flucht würde keine Waffe mitnehmen, die er nicht beherrschte. »Er hat die heilige Stätte des Horus von Buhen mit leeren Händen verlassen, stimmt das?«

Paschenuro nickte. »Unsere Männer suchen noch immer nach einem Versteck vor den Stadtmauern.«

Bak sah, daß Imsiba mit Psuro und Mery aus dem Festungstor auf sie zueilte. »Wenn ihr es gefunden habt, laß Hori kommen. Ich möchte jeden einzelnen Gegenstand, den ihr entdeckt, aufgelistet haben.«

»Ja, Herr.« Paschenuro trat von einem Fuß auf den anderen und umfaßte seinen Speer noch fester. »Ich fühle mich wie ein einfältiger Narr, Herr, weil es mir nicht in den Sinn kam, rechtzeitig die Boote der Offiziere zu überprüfen.«

»Wir wollten ihn sowieso erst einmal lossegeln lassen«, gab Bak zu, »damit er uns zu dem Platz führt, wo er die Schmuggelgüter versteckt hat.« Aber sie hatten ihm eigentlich dicht auf den Fersen zu bleiben gehofft, dachte er, und ihn nicht gleich zu Beginn aus den Augen verlieren wollen.

»Zuerst geht es in die Bucht.« Bak bückte sich, um die untere Rahe über seinen Kopf schwingen zu lassen, während

Imsiba das Segel setzte, um den Wind auszunutzen. Er konnte über den Abschnitt von wild wirbelndem Wasser am Ende des Felsvorsprungs hinwegsehen, wo Wensu und Roy den Mann ohne Kopf getroffen hatten. Den Mann ohne Kopf, der jetzt einen Namen hatte: Userhet. »Falls wir keine Spuren finden, die in die Wüste führen, segeln wir in den Seitenarm, den Ahmose beschrieben hat. Die Stelle, wo Userhet immer sein Boot versteckt.«

»Was ist, wenn wir auf Wensus Boot stoßen? Er hat sechs Mann an Bord. Wir sind nur zu dritt.« Psuro nannte die Tatsachen beim Namen, er war ein erfahrener Krieger, dem die Überzahl keine Angst einflößte.

»Vier!« Mery zog eine Schleuder aus dem Waffenhaufen am Boden des Bootes und machte vor, wie er einen Stein losschleudern würde. »Mein Vater hat mir das Steineschleudern beigebracht. Und ich habe viel geübt. Ihr könnt auf mich zählen.«

Bak mußte ein Lächeln unterdrücken, als er Psuro antwortete. »Ich bezweifle, daß die Götter so großzügig sein werden, uns Wensu in die Hände zu spielen, aber wenn sie es tun, um so besser. Ich habe Kommandant Thuty den Kopf von Userhet versprochen, und ich würde ihm nur zu gern den Kuschiten als Zugabe dazu mitliefern.«

»Nebwa hat ein paar Männer zu Kefias Hof geschickt.« Imsiba hatte die Augen fest auf die schäumenden Fluten vor ihnen gerichtet. »Und auch zwei zu Ahmoses Insel. Wenn wir laut rufen, würden sie uns sicher schnell zu Hilfe kommen.«

Der leichte Wind trieb das Boot flußaufwärts, und mit geschicktem Einsatz von Segel und Steuerruder überwanden sie die Stromschnellen. Sie umrundeten einen Felsbrocken, und schon öffnete sich die Bucht vor ihnen. Direkt am Felsvorsprung war ein schmales, schnittiges Handelsschiff vertäut, ein ausgesprochen schönes und elegantes Schiff. Der Bug war mit dem Kopf der heiligen Kuh verziert, deren Hörner in der Art der Kuschiten gedreht waren. Imsiba zog tief die Luft ein, Psuro stand mit offenem Mund da, und Mery starrte mit weit aufgerissenen Augen auf das Schiff.

Bak stieß einen kurzen Fluch aus und gab das Signal zum Rückzug. Er hoffte, daß sie sich ungesehen davonmachen konnten. Die Bucht war der allerletzte Ort, wo er Wensu vermutet hätte. Nachdem sich die Nachricht, daß dieser Liegeplatz nicht mehr sicher war, entlang des gesamten Flusses verbreitet hatte, mußte der Mann ein wahrer Einfaltspinsel sein, wenn er erneut hierher zurückkehrte.

Imsiba zog an der Brasse, um das Segel zu drehen. Durch den Felsvorsprung gerieten sie in ein Windloch, und der schwere Stoff begann zu flattern. Psuro holte die Ruder hervor, aber es war zu spät. Voller Wucht wurden sie in die Bucht getrieben. Ein Mann auf dem größeren Schiff rief seinen Leuten eine Warnung zu und zerstörte damit Baks Hoffnung, aus der anderen Richtung überraschend anzugreifen.

Matrosen auf Wensus Schiff liefen zur Reling, um herüberzuspähen. Bak zählte sechs Männer, alle so schwarz wie die Nacht, alle stammten sie vermutlich aus dem Land südlich von Kusch. Sie trugen knappe Lendenschurze, an ihren Gürteln hingen Dolche und Äxte. Einige hielten lange Speere in der Hand, und einer warf einen Speer nach ihnen. Er glitt durch die Luft und verschwand schließlich in der Tiefe des Flusses. Dann traf ein zweiter Speer mit einem lauten Krachen am Bug auf. Das Gewicht des Schafts zog ihn nach unten, der Schaft löste sich von der Spitze und fiel ebenfalls in den Fluß. Bak saß geduckt im Boot und verteilte Waffen an seine Begleiter, denn angesichts der Überzahl der anderen und deren erhöhter Position auf dem Deck ihres größeren Schiffes boten sie ein leichtes Ziel.

»Versuch das Boot zwischen die Felsen zu steuern«, befahl er Psuro. »Da sind wir sicherer als hier in der offenen Bucht. Von dort müßte es möglich sein, auf den Felsen zu klettern.«

Psuro paddelte mit aller Kraft und schaffte es, das schwerfällige Boot zu wenden. Imsiba holte rasch das obere Segel herunter und legte es mit dem unteren unordentlich auf einen Haufen, den er in eine Ecke schob. Mery suchte am Boden nach dem Beutel mit den glatten runden Steinen, die Psuro für die Schleuder mitgenommen hatte.

Bak streifte Daumen- und Gelenkschützer über, griff sich einen Bogen, zog einen Pfeil aus dem Köcher und setzte ihn an. Da das Boot ziemlich schaukelte und er nicht gerade der beste Schütze war, hatte er wenig Hoffnung, den Feind wirklich zu treffen. Es hätte ihm schon genügt, auf diese Weise einen massiven Angriff mit Speeren abzuwehren. Er lehnte sich fest gegen den Mast und zielte, so genau er konnte. Dann ließ er den Pfeil los. Die Köpfe der Matrosen verschwanden hinter der Reling, als das Geschoß auf sie zuflog. Dann tauchten die Männer lachend wieder auf. Mery ließ mit der Schleuder einen Stein losschnellen. Einer der Männer taumelte einen Schritt rückwärts und griff sich verdutzt an den Kopf. Bak quittierte das mit einem Lachen und schoß einen zweiten Pfeil ab. Er traf einen Mann in den Oberschenkel, der daraufhin in die Knie ging. Seine Gefährten zogen sich von der Reling zurück und gaben somit diesen äußerst vorteilhaften Standort auf. Zwei Männer schleiften den verletzten Mann beiseite.

Das Boot krachte mit einem heftigen Stoß gegen die Felsen. Bak ließ seine Waffe fallen und machte einen Satz nach vorne. Genau in dem Moment traf ein Speer an der Stelle auf, die er gerade verlassen hatte, und bohrte sich mit der Spitze in den Mast. Der Schaft vibrierte von der Wucht des Aufpralls. Bak hielt den Atem an. Das war knapp gewesen. Er murmelte ein hastiges Gebet, um Amun zu danken.

Er schwang sich über den Bordrand ins Wasser. Erst als er die kräftige Strömung spürte und den aufgewirbelten Schaum bemerkte, erkannte er, wie dicht das Boot an die tosenden Stromschnellen herangedriftet war. Sie waren weniger als drei Schritt davon entfernt. Psuro und Imsiba paddelten jetzt. Ihre Gesichter wirkten angestrengt, ihre

Muskeln traten bei dem Versuch, das Boot nicht abtreiben zu lassen, kräftig hervor.

Bak bekämpfte die in ihm aufsteigende Panik. Mit dem Fuß versuchte er die Tiefe des Flusses auszuloten. Er fand Halt auf einem Felsen, der zwar glitschig war, aber einigermaßen flach. Er lehnte sich in die Strömung, um die Balance zu wahren, watete dann zwischen die Felsbrocken und versuchte das Boot hinter sich herzuziehen. Es bäumte sich auf, wurde von den Wellen hochgeschleudert und lief Gefahr, weggerissen zu werden. Bak rettete sich mühsam auf einen Felsen und zog den Bug unter allergrößter Anstrengung mit einem einzigen heftigen Ruck zwischen zwei massige Felsblöcke.

Während Psuro und Imsiba das Boot mit einem Seil um einen großen Felsblock festmachten, griff Bak nach Bogen und Köcher und kletterte zwischen den Felsen hindurch weiter nach oben. Dabei duckte er sich, um möglichst wenig Angriffsfläche zu bieten. Mery folgte ihm auf den Fersen. Bak wollte ihn eigentlich zum jetzt sicheren Boot zurückschicken, tat es dann aber doch nicht. Der Junge hatte bewiesen, daß er Mut besaß, und sich das Recht verdient, als einer von ihnen betrachtet zu werden.

Von dem größeren Felsblock aus hatten sie eine ungehinderte Sicht auf das Deck von Wensus Schiff. Nachdem Bak und seine Leute kein einfaches Ziel mehr boten, waren die Matrosen aus Kusch etwas vorsichtiger geworden, sie waren jetzt nicht mehr so sehr auf Angriff bedacht, sondern auf die Verteidigung ihres Schiffes. Sie hatten sich mit ihren Waffen hinter Bündeln und Ballen, die achtern hinter dem Deckhaus aufgestapelt waren, verschanzt und warteten ab, die Gesichter aufmerksam der Felswand zugewandt, in der sich Bak mit seinen Begleitern befand. Der verletzte Mann saß im Deckhaus und versuchte das Blut mit einem schmutzigen Lappen zu stillen. Der Mann, den Mery am Kopf getroffen hatte, schien wieder auf den Beinen zu sein. Insgesamt waren es sechs Männer, und alle waren noch unversehrt an Händen und Armen. Wo Wensu sich wohl aufhielt? fragte sich Bak. Acht Männer in den weißen Soldatenschurzen aus dem Lande Kemet entdeckte er unbeweglich am Boden des Schiffes, sie waren mit den Händen an die untere Rahe gefesselt. Sie mußten ziemlich schwitzen in der grellen Sonne.

Bak wußte nicht, ob er lachen oder weinen sollte. »Von Nebwas Männern brauchen wir also keine Hilfe zu erwarten.«

Mery stellte sich auf Zehenspitzen und versuchte einen Blick hinunterzuwerfen. »Wie viele niederträchtige Feinde stehen uns gegenüber?«

Bak kniete sich hin, um ihm über seine Schulter hinweg freie Sicht auf das Schiff zu ermöglichen. Die Frage entstammte sicher dem Wortschatz von Merys Soldatenvater, dessen war er sich sicher.

Leise Schritte verrieten, daß Imsiba und Psuro sich anschlichen. Sie richteten sich jeweils in einer Felsspalte ein, von wo aus auch sie das Schiff gut sehen konnten. Von ihrem natürlichen Schutzstand aus beobachteten die beiden Medjas den Feind, suchten nach der Möglichkeit einer Annäherung und wogen ihre Chancen ab, das Schiff zu erstürmen.

Imsiba brach das lange Schweigen. »Ich sehe niemanden an Deck, der irgendwie einen schwächlichen, verkümmerten Arm hätte.«

»Ich auch nicht«, antwortete Bak.

»Vielleicht ist Wensu unterwegs, um Userhet zu treffen«, mutmaßte Psuro.

Bak zog sich hinter die Felsblöcke zurück und scharte seine kleine Mannschaft um sich. »Ohne einen Anführer ist eine Streitmacht nicht viel wert. Wir müssen das Schiff entern, bevor Wensu zurückkommt.«

Imsiba lächelte zustimmend, Psuro nickte zufrieden, und Merys Augen glänzten vor Aufregung.

Bak nahm den Köcher von der Schulter und reichte ihn

zusammen mit dem Bogen an Imsiba weiter. »Du kannst viel besser damit umgehen, also bleibst du zusammen mit Mery hier. Ihr nehmt sie mit Pfeilen und Steinen unter Beschuß. Während ihr so ihre Aufmerksamkeit auf euch zieht und mit etwas Glück und mit der Gunst der Götter dabei einen oder zwei Mann tötet oder verletzt, werden Psuro und uns zum Bergrücken hochschleichen und das Schiff von hinten angreifen.«

Imsiba nahm die Waffe entgegen und reichte dafür Bak Speer und Schild. Zum Abschied klopfte er ihm auf die Schulter. »Paß gut auf dich auf, mein Freund.«

»Tue ich das nicht immer?« Bak hatte sich schon halb abgewandt, als ihm ein Gedanke kam. Erneut drehte er sich Imsiba zu. »Erinnerst du dich noch an den Tag, als wir gegen die Plünderer aus der Wüste gekämpft haben, die die Karawanen angriffen, mit denen das Gold aus den Minen abtransportiert wurde?«

Imsiba runzelte die Stirn, die Frage schien ihn zu verwirren. »Natürlich.«

»Erinnerst du dich noch an ihren Kriegsschrei?«

»Diesen abscheulichen Schrei werde ich nicht so schnell vergessen.«

»Er war laut genug, um selbst das Blut der Götter in den Adern gefrieren zu lassen«, erklärte Psuro dem jungen Mery.

»In dem Augenblick, wo Psuro und ich oben auf dem Kamm auftauchen, müßt ihr laut losbrüllen, was das Zeug hält.«

Imsiba lachte kehlig in sich hinein. »Du bist ganz schön ausgefuchst, mein Freund.«

Bak warf dem Sergeanten kurz ein Lächeln zu, versetzte Mery einen wohlgemeinten Knuff mit den Ellbogen und bedeutete Psuro, ihm zu folgen. Gemeinsam mit dem Medja arbeitete er sich langsam den felsigen Abhang hinauf, tief gebückt und die Spalten zwischen den Felsen ausnutzend, um nicht von Wensus Matrosen gesehen zu werden. Über einen rissigen und zerklüfteten Felsvorsprung, umspült vom ruhigen Wasser auf der flußabwärts gewandten Seite, erreichten sie die Rückseite des Kamms, die halb mit Treibsand zugeweht war. Sie duckten sich tief, während sie über den Abhang liefen, ihre Schritte wurden durch den Sand gedämpft.

Sie waren noch nicht weit vorangekommen, als ein schauerlicher Schrei herüberschallte. Wie angewurzelt blieben sie stehen, schauten einander an und beteten zu den Göttern, daß sie den Mann und den Jungen beschützen mögen, die sie zurückgelassen hatten. Das folgende Schweigen wurde von einem langen, wehklagenden Stöhnen unterbrochen, dem Wehklagen eines tödlich getroffenen Mannes. Es kam vom Schiff, nicht von den Felsblöcken, hinter denen Imsiba und Mery steckten. Erleichterung machte sich in Bak breit, und Psuro sprach murmelnd ein Dankgebet.

Sie liefen über die Sandverwehungen und hielten ihre Köpfe tief gesenkt. Sie versuchten die Schmerzensschreie zu verdrängen, die schließlich in ein Wimmern übergingen, als der Mann immer schwächer wurde. Als sie sich ihrem Ziel näherten, ließ sich Bak auf den Bauch fallen und robbte bis ganz nach oben. Vorsichtig hob er den Kopf und schaute über die Kammlinie. Der Bug des Schiffes, jetzt von der Mannschaft ganz aufgegeben, befand sich nur einige Meter von ihnen entfernt. Bak nickte Psuro aufmunternd zu, so daß dieser zu ihm hochkletterte.

Imsiba und Mery hatten sich nicht geschont, erkannten sie. Die Zahl der kampfbereiten Gegner hatte sich zu ihren Gunsten verringert. Der sterbende Mann lag offen auf dem Deck, sein Körper krümmte sich, und in seinem Bauch steckte ein Pfeil. Ein anderer Matrose, der keine sichtbaren Verletzungen aufwies, hatte sich hinter einem Stapel Weizensäcke versteckt. Den hatte bestimmt Mery mit der Schleuder erwischt. Der Mann mit dem Pfeil im Oberschenkel saß zusammengekauert im Deckhaus. Der Speer lag neben ihm, aber der nützte ihm nur wenig, wenn er nicht stehen konnte. Letztlich blieben nur drei wehrhafte Matrosen an Deck übrig.

Zufrieden über die zahlenmäßige Ausgeglichenheit, erhoben sich Bak und Psuro. Da erfüllte ein durchdringender Schrei die Bucht und die nähere Umgebung, woraufhin jeder andere Laut, selbst das Zwitschern der Vögel, verstummte. Der Kriegsschrei der Wüstenkrieger. Bak lief ein Schauer über den Rücken. Psuro schaute sich suchend um, wollte beinahe fliehen. Dann lachten sie leise über sich selbst – wären sie doch fast auf ihren eigenen Trick hereingefallen – und liefen über den Kamm auf das Schiff zu. Der Kriegsschrei wurde immer lauter und intensiver, so daß am Fluß überall Hunde zu bellen anfingen. Die beiden Männer sprangen an Bord und liefen das Deck entlang. Die Matrosen aus Kusch sahen sie völlig verdutzt und mit großen Augen auf sich zurennen. Sie hielten sich an ihren Waffen fest wie an einer Rettungsleine. Nebwas Soldaten lagen hilflos am Boden, ihre Gesichter blaß vor Angst.

Bak und Psuro griffen den ihnen am nächsten stehenden Matrosen an, der ihnen den Rücken zugewandt hatte. Bak legte ihm im Würgegriff den Arm um den Hals und drückte zu, wobei die flache Seite seines eigenen Speers hart gegen dessen Gesicht gepreßt wurde. Der Medja-Polizist zog ihm seinen Knüppel über den Kopf und entriß ihm den Speer, als Bak ihn auf das Deck fallen ließ, und nahm ihm auch die kleineren am Gürtel hängenden Waffen ab. Bak schleifte ihn hinter einen Stapel von Weingefäßen, wo seine Gefährten ihn nicht so schnell entdecken würden. Er und Psuro teilten sich jetzt auf, eilten auf leisen Sohlen zu den beiden übriggebliebenen Matrosen. Psuro versetzte seinem Gegner einen Hieb mit dem Knüppel, während Bak die rechte Hand zur Faust ballte, dem letzten Matrosen auf die Schulter klopfte und ihm dann, als er sich zu ihm umdrehte, einen kräftigen Kinnhaken verpaßte.

Nachdem auch der letzte Mann außer Gefecht gesetzt und entwaffnet war, stellte Imsiba das laute Gebrüll ein. Während er und Mery zum Schiff geeilt kamen, zerschnitt Bak die Fesseln der Soldaten und gab ihnen ihre Waffen zurück. Sie wirkten ziemlich beschämt, weil sie sich von einfachen Matrosen hatten überwältigen lassen. Und sie krümmten sich schon jetzt innerlich bei dem Gedanken, ihre Gefangennahme Nebwa erklären zu müssen. Psuro befestigte nun die Gefangenen an der gleichen Stelle der Rahe, wo vorher die Soldaten angebunden gewesen waren. Der im Sterben liegende Mann bat um den Todesstoß, und der Medja-Polizist kam dieser Bitte nach. Der Mann mit der Oberschenkelverletzung wurde versorgt und dann zusammen mit dem bewußtlosen Matrosen an den Mast gebunden.

Bak stand vor den Gefangenen und fragte befehlsgewohnt: »Wo ist Wensu?«

Einer der Männer zuckte mit den Schultern, ein anderer schien völlig verwirrt, der dritte schaute sie mürrisch an. Die Sonne stand schon etwa in der Mitte des westlichen Horizonts, Bak hatte also keine Zeit zu verlieren. Er überließ die Gefangenen Psuro, der ihre merkwürdige Sprache gebrochen sprechen konnte.

Imsiba erhielt den Auftrag, das Flußufer abzulaufen und zu überprüfen, ob nicht Userhets Boot irgendwo zu entdecken sei oder eine andere Spur auf die Anwesenheit des Aufsehers hindeutete. Mery schickte er den felsigen Abhang hoch, um dort nach Fußspuren Ausschau zu halten. Nachdem beide losmarschiert waren, untersuchte er Wensus Schiff und die geladenen Waren. Doch statt, wie erhofft, exotische Gegenstände aus dem tiefen Süden vorzufinden, hatte das Schiff feines Leinen, gute Weine, Waffen, einige Steinstatuen und zwei leere Särge geladen. Alles Produkte aus dem Land von Kemet. Es handelte sich also um Schmuggelware für den Export, nicht den Import, denn auch für diese Waren existierte kein Ladungsverzeichnis. Die Waren waren vermutlich für Kusch bestimmt. Und sie erklärten auch, warum Wensu nicht über den »Steingürtel« geflohen war, als er die Chance dazu gehabt hatte. Er mußte auf die Ladung gewartet haben, denn solange der gesamte

Schiffsverkehr in Buhen und Kor ruhte, hatte er sie nicht aufnehmen können.

Mery kam zurück und unterbrach seinen Gedankengang. »Ich habe Fußspuren gefunden, Herr! Von einem Menschen. Er muß den Felsvorsprung hochgeklettert und dann in die Wüste marschiert sein.«

»Die Spuren stammen sicher von Wensu«, meldete sich Imsiba, der dicht hinter dem Jungen auftauchte. »Ich habe keinerlei Zeichen für Userhets Anwesenheit finden können oder von sonst irgend jemandem. Entweder ist er noch nicht eingetroffen, oder er hat sein Boot im Seitenarm zurückgelassen, von dem Ahmose uns erzählt hat.«

Bak starrte nach Westen und auf die sanft ansteigenden Sandhügel jenseits des Kamms. »Warum sollte Wensu Userhet in der Wüste treffen sollen? Die Bucht, oder fast jede andere Stelle entlang des Ufers, wäre doch viel besser geeignet gewesen. Und bestimmt wäre auch die Flucht von dort leichter gewesen.«

Es war einfach, der Fährte zu folgen, vielleicht zu einfach, dachte sich Bak. Konnte es sein, daß man ihnen eine Falle stellen wollte? Er schaute aufmerksam auf die Fußabdrücke unten am Felsvorsprung, wo der dunkle verwitterte Fels mit vom Wind herangewehtem Sand bedeckt war. Die Spuren in der weichen lockeren Oberfläche waren tief, hatten aber keine spezielle Form oder Eigenschaft. Sie konnten von einem Mann stammen, es konnte aber auch sein, daß ein zweiter Mann ihm gefolgt war, der darauf geachtet hatte, genau in den Fußstapfen des ersteren zu gehen.

»Psuro ist äußerst vorsichtig. Er wird die Soldaten nicht in eine weitere Falle tappen lassen.« Imsiba verlagerte das Gewicht des Seils, das ihm von einer Schulter herabhing. »Aber wieder einmal pirschen wir uns mit viel zu wenig Leuten an unsere Beute heran.«

»Jemand mußte zurückbleiben.« Bak warf einen Blick zurück auf den stämmigen schwarzen Esel, der hinter ihm durch den Sand stapfte, beladen mit Werkzeugen, Waffen, Wasser, Bierkrügen und Nahrung, alles aus ihrem Boot. »Sollten Wensu und Userhet vorhaben, uns im Kreis herumzuführen und selbst möglichst schnell wieder zur Bucht zurückkommen, dann könnten wir nicht nur die beiden, sondern auch das Schiff verlieren.«

»Es ist wirklich zu schade, daß wir es nicht auf die Insel hochziehen konnten.« Mery sprach mit betont tiefer Stimme, um als ein ihnen ebenbürtiger Mann zu gelten.

»Wer von uns versteht es, ein Schiff von solcher Größe zu segeln?« Bak schauderte es. »Ich kann uns schon jetzt sehen, wie wir hilflos an Deck stehen, während die Stromschnellen das Schiff seinem Untergang und uns unseren Tod immer näher bringen. Unsere Körper wären dann für immer verloren, und unsere Ka besäßen keine Substanz für die Ewigkeit mehr.«

Imsiba rieb sich die Arme ob dieser erschreckenden Gedanken. »Psuro sollte eigentlich in Sicherheit sein. Wenn Ahmose die Lage von seiner Insel aus im Auge hat, wird Psuro genügend vorgewarnt, sollte einer der beiden zurückkehren.«

»Und ohne Steuer kommt das Schiff auch nicht weit.« Mery warf Bak einen bewundernden Blick zu. »Wie bist du nur darauf gekommen, Herr?«

Bak zog es vor, die Quelle für seine Idee nicht preiszugeben. Sie entstammte einem Vorfall, der ihm vor einiger Zeit widerfahren war: Sein steuerloses Boot war in dem gefährlichsten Abschnitt der Stromschnellen im »Steingürtel« ins Trudeln geraten, und sein Leben hatte in den Wasserwirbeln auf Messers Schneide gestanden. Die Landung auf den Felsblöcken nur unweit der tobenden Wassermassen hatte die Erinnerungen daran, die er schon lange vergessen glaubte, wieder in ihm wachgerufen.

Er deutete mit einem Nicken auf den Bergrücken, auf dem sie entlangmarschierten. »Du darfst nie in deiner Aufmerksamkeit nachlassen, Mery. Wensu könnte sich mit

Userhet an jeder beliebigen Stelle verabredet haben. Ich würde allerdings mein neuestes Paar Sandalen darauf verwetten, daß wir sie bei dem Grab, nach dem wir suchen, finden werden.«

Die Wangen des Jungen röteten sich leicht. »Ich darf dir versichern, Herr, sollte es ein altes Grab geben, werde ich es aufspüren.«

»Wir hätten dich nicht mitgenommen, wenn wir nicht davon überzeugt wären.«

Das Lob machte den Jungen richtig redselig. »Einige der Einheimischen hier, deren Familien seit vielen Generationen in der Nähe von Buhen wohnen, erzählen sich Geschichten von mächtigen Herren, die dieses Land für die Herrscher aus dem Süden verwalteten, aber die Bräuche aus dem Land von Kemet aufrechterhielten. Sollte das stimmen, so könnte das Grab in einem Bergrücken wie diesem hier sein. Falls es sich aber um einen Mann handelt, der nach den Sitten des Südens lebte, dann dürfte sein Haus für die Ewigkeit tief unter der Erde liegen, und damit man es nicht findet, ist es mit Steinen und Sand bis zur Unkenntlichkeit zugedeckt worden.«

»Intef wurde in der Nähe dieses Kamms hier ermordet, und die Armreifen, die auf seinem Esel versteckt waren, waren im Stil von Kemet gearbeitet.«

Mery warf ihm einen kurzen Blick zu. »Er wurde tatsächlich hier in der Nähe ermordet?«

»Etwa eine halbe Stunde Fußmarsch von hier in Richtung Norden«, erklärte Bak und schüttelte den Kopf. »Auf der Rückseite des Kamms, wo der Sand, der aus der Wüste im Westen herübergetragen wird, einen Großteil der Felsformation überdeckt hat.«

Imsiba nickte. »Zu weit weg. Ich glaube nicht, daß Userhet einen beladenen Lastschlitten so weit ziehen würde.«

Bak schaute zurück auf die Strecke, die sie bisher zurückgelegt hatten. Er versuchte sich vorzustellen, wie ein Mann einen Ochsen hier durch die Nacht führte, nachdem der Mond und die Sterne die Farbe von geschmolzenem Gold in silbriges Grau verwandelt hatten. Sie waren noch nicht weit vorangekommen, aber die bekannten Orientierungspunkte waren nicht mehr vorhanden. Die Bucht war hinter einer Erhöhung des Wüstenbodens verschwunden. Und Bak konnte den Felsgrat nicht mehr von anderen ähnlichen Formationen unterscheiden. Am Fuße des langen allmählich ansteigenden Hanges konnte er die anschwellenden Wasserfluten zwischen den dunklen und felsigen Inseln, die meisten von ihnen Ödland, erkennen, die in der Ferne auch alle irgendwie gleich aussahen.

Die wellige Landschaft, eine einsame Welt von gelbem Sand, verstärkte sein Unbehagen. Wie die wenigen versiegten Wasserläufe, die in längst vergangenen Zeiten bis zum Rand mit Wasser gefüllt gewesen waren, so hatte es den Anschein, daß auch die höheren Formationen allmählich von den sich ständig bewegenden Sandmassen verschluckt wurden.

Die Fußspuren trieben sie weiter voran. Mery hielt hie und da an, um eine Wand, die ihm glatter schien, als sie auf natürliche Weise sein konnte, zu untersuchen oder um auf ein Vorsprung zu klettern, hinter dem sich möglicherweise ein Grabeingang verbarg. Oder um auch nur eine Felsspalte in dem verwitterten Gestein genauer zu inspizieren. Einer der Felsvorsprünge, so erklärte er halsstarrig, sei von Menschenhand geformt, aber die Rückseite war in sich zusammengefallen. Und falls es dort eine Höhle geben sollte, so war sie unter riesigen Steinblöcken verborgen. Bak, der wußte, daß sie nur wenig Zeit hatten, weigerte sich, einen Halt einzulegen.

Während Mery Spekulationen darüber anstellte, welche Möglichkeiten der Bergrücken bieten konnte, erklommen sie eine kleine Anhöhe. Fast ganz oben angelangt, holte Bak den Wasserbeutel aus Ziegenleder aus einer Satteltasche des Esels und reichte sie herum. Imsiba, der als letzter trank, steckte den Beutel wieder zurück, während Mery die Taschen nach Trauben durchstöberte. Ein Stück weiter vorwärts entdeckte Bak Fußspuren, die dann plötzlich im Nichts verschwanden. Er erstarrte unwillkürlich und suchte nach einer Erklärung. Dort, wo die Spuren endeten, konnte sich eine Felsspalte befinden oder eine Verwerfung. Gleichgültig ob es sich nun um weichen oder zerklüfteten Fels handelte, auf jeden Fall waren hier günstige Voraussetzungen gegeben, um ein Grab in den Stein zu hauen.

»Schaut mal dort drüben«, sagte er und zeigte auf die Stelle.

Mery kam zu ihm gelaufen und lachte. »Wir haben das Grab gefunden!«

Imsiba schlug dem Esel begeistert auf die Flanke und folgte dem Tier weiter bergauf. Mit einem Blick erfaßte er die Situation, schaute sich aber dennoch skeptisch um. »Wir sollten vorsichtig sein, mein Freund.«

Ohne ein Wort holten sie Schilde und Speere vom Eselsrücken und überprüften noch einmal, ob sie ihre kleineren Waffen zur Hand hatten. Bak legte sicherheitshalber eine Hand auf seinen Dolch. Imsiba befestigte einen Knüppel neben seinem Dolch. Mery holte einen schönen runden Stein aus dem Beutel, den er umhängen hatte, und legte ihn in seine Schleuder. Sie marschierten weiter und begutachteten den Bergrücken und die hüglige Sandlandschaft. Sie suchten nach irgendeinem Lebenszeichen, fanden aber keines. Die Fußabdrücke führten direkt zu der Felsspalte, die einen ziemlich breiten Eingang hatte. Und von dort über einen Sandstreifen ins Dunkel, wo sie schließlich in einer Kammer am Ende verschwanden.

Sie betrachteten die Spuren und überlegten, ob sie sich der Herausforderung stellen sollten. Die Felswände waren in früheren Zeiten mit einem Meißel oder etwas Ähnlichem bearbeitet worden, um den natürlichen Spalt zu verbreitern und die Unebenheiten zu glätten. Der Eingang ganz hinten stand offen. Er war im alten Stil geschnitzt und bemalt, aber die Farben waren bereits so verblaßt, daß man nichts Genaues erkennen konnte. Der Blick fiel auf ein großes schwarzes Loch dahinter. Eine riesige Gesteinsplatte hing über dem Rand der Spalte und bildete eine Art Dach, das im Sonnenlicht für Schatten über dem Eingang sorgte. Wensu – oder irgend jemand anders – mußte sich wohl drinnen befinden. Warum aber war es so still im Grab?

»Nur Fußabdrücke von einem Menschen«, brummte Bak vor sich hin, »wahrscheinlich von Wensu. Von Userhet keine Spur.« Ihn störte es sehr, daß es hier kaum Anhaltspunkte gab. »Imsiba, du bleibst besser draußen. Ich möchte nicht, daß wir dort drinnen in eine Falle tappen. Und es keine Rettung mehr gibt.«

»In Ordnung.« Imsiba schaute genauso besorgt drein wie Bak.

Mery lief schnell zum Esel und zog eine Fackel heraus, dazu einen Reibstock zum Anzünden und Brennmaterial. Er kniete sich nieder, drehte den Stock heftig auf dem Boden, um einen Funken zu entfachen. Bak lud die Werkzeuge vom Esel ab und deponierte sie am Eingang, während Imsiba den Bergrücken hochstieg, um nach Fußabdrücken oder sonstigen Anzeichen dafür zu suchen, daß vielleicht ein zweiter Mann hier irgendwo herumlungerte.

Das trockene Gras und die dürren Zweige entflammten bald, und Mery hielt die Fackel an die Flamme.

»Hast du etwas entdeckt?« rief Bak Imsiba zu.

Imsiba richtete sich auf und schüttelte den Kopf. »Nur Spuren von einem Schakal, das ist alles.«

Nicht völlig zufriedengestellt, aber ohne weitere Vorsichtsmaßnahmen zu ergreifen, nahm Bak dem Jungen die Fackel ab und ging ihm voraus in die Grabkammer. In angespannter Haltung und äußerst konzentriert hielt er den Speer angriffsbereit hoch, um eventuelle Attacken abzuwehren. Hinter dem Eingang befand sich eine Vorkammer, die etwa doppelt so lang wie breit war. Die Wände waren von den Lagerfeuern der Nomaden geschwärzt, die Wandzeichnungen waren alt und schon ziemlich verblichen.

Zwei quadratische Säulen, die früher einmal die Decke getragen hatten, lagen zerbrochen am Fußboden. Der Raum war leer und das Schweigen so dicht, das es einen fast einhüllte.

Bak fühlte sich wie magisch zu der Tür im Hintergrund hingezogen und betrat eine zweite Kammer, die so breit war wie die erste und doppelt so tief. Auch dieser Raum war leer.

»Wo ist Wensu?« Mery flüsterte und starrte Bak voller Angst mit weit geöffneten Augen an.

»Keine Ahnung.« Bak versuchte sein eigenes Unbehagen zu unterdrücken und hob die Fackel hoch, so daß die Wände, Säulen, der Boden und die Decke erhellt wurden.

Ursprünglich mußte die Kammer überaus prächtig ausgestattet gewesen sein. In dem flackernden Licht wurden bunte Figuren von Männern, Frauen und Kindern sichtbar, alle etwa in Handgröße, die in verschiedenen Tanz- und Bewegungspositionen an den Wänden prangten. Es waren Szenen, die verschiedene Tätigkeiten zeigten; vom Jagen und Fischen, Pflügen und Ernten, Weben, dem Herstellen von Wein, Leder und Töpferwaren erzählten die Wandmalereien. Ein großes gemaltes Porträt des Verstorbenen nahm eine besondere Stelle an der Rückwand ein. Es zeigte den Verstorbenen mit seiner Familie, umringt von Dienern, die ihm Luft zufächelten. Drei achteckige Säulen in der hinteren Kammer waren noch intakt, während eine vierte in größeren Stücken am Boden lag. Der glatte Steinboden war verstaubt und voller Sand, aber wie im Vorraum waren bereits zu viele Menschen darüber hinweggetrampelt, als daß er noch Geheimnisse verraten hätte.

Ein Holzschlitten lehnte hinter der zerborstenen Säule. Mehrere Holzrollen lagen daneben. Und eine große Holzkiste war in die Ecke hinter der Säule geschoben. Ihre Umrisse entsprachen ungefähr denen eines kastenähnlichen Sarges, aber sie hatte keinen Deckel, und das Holz war unbearbeitet und nicht bemalt. Gewiß hätte sich Wensu wohl nicht darin versteckt. Bak schaute dennoch schnell nach – und fand die Kiste leer.

Bei Mery gewann die Neugierde die Oberhand über die Angst. Er ging in die Knie und begann mit den Händen in den kleinen Sandhaufen herumzuwühlen, die sich um die umgestürzte Säule gebildet hatten. »Hier gibt es keinen Hinweis auf ein Grabmal. Keine Perle, kein Stück verrottetes Holz, nicht einmal eine Tonscherbe.«

»Die alten Gräber in Kemet haben noch einen tiefen Schacht, der in eine Grabkammer hinabführt.« Bak schaute sich um. Falls es sich hier um das Grab handelte, das Intef gefunden hatte, würde der Schacht offen sein. Aber wo konnte er sein? Seine Augen fielen auf die Holzkiste, die ohne ersichtlichen Grund in die hintere Ecke geschoben worden war. Es sei denn …

Er ging auf die Kiste zu und leuchtete dort mit seiner Fackel. Mery folgte ihm. Ein Luftzug traf die Fackel von irgendwoher, und sie begann zu flackern. Dies und das Spiel von Licht und Schatten lenkte Baks Aufmerksamkeit auf einen Fleck und Meißelspuren am Fußboden, wo eine frisch herausgehauene Vertiefung sichtbar wurde. Ein schmaler schwarzer Streifen wies auf einen leeren Hohlraum darunter.

»Da ist er!« rief Mery freudig. »Der Schacht, den wir gesucht haben.«

Bak stellte die Fackel an der umgekippten Säule ab, stemmte sich gegen die Kiste und schob kräftig. Die Kiste bewegte sich nicht von der Stelle. Er wischte sich den Schweiß vom Gesicht und versuchte es von der anderen Seite aus erneut, aber er schaffte es nicht, sie aus der Verankerung zu lösen.

»Ich hole Werkzeug«, bot Mery an, der bereits losgelaufen war und über den sandigen Boden rutschte.

Bak beugte sich hinunter, um den Boden der Kiste zu untersuchen. Das eine Ende, so erkannte er, steckte fest in dem Schacht. Zwar nur etwa ein paar Fingerbreit tief, aber die Kiste war nicht vom Fleck zu bewegen. Der Schacht war mit voller Absicht versperrt worden, und zwar erst vor kurzem, dessen war er sich sicher. Aber warum? Falls Userhet und Wensu hatten fliehen wollen, warum hatten sie dann das Grab nicht einfach im Stich gelassen?

Diese Tatsache gab ihm Rätsel auf. Er ließ sich auf einem zerbrochenen Säulenteil nieder, um auf Mery und das Werkzeug zu warten. Dabei kehrten seine Gedanken unwillkürlich zu den Fußspuren zurück, denen sie gefolgt waren. Sie hatten sonst keinerlei Anzeichen von Menschen oder Tieren entdeckt. Wensu war sicher von seinem Schiff gekommen, denn die Spuren führten direkt von der Bucht hier hoch zu dem Grab. Userhet hatte vielleicht auch diesen Weg genommen oder war sogar früher gekommen. Und der zweite hatte darauf geachtet, in den Fußstapfen seines Verbündeten zu gehen. Aber wohin waren sie verschwunden? Wie hatten sie es geschafft, sich buchstäblich in Luft aufzulösen, ohne irgendein Zeichen ihrer Flucht zu hinterlassen? Waren sie auf dem Rückweg wieder in dieselben Fußstapfen getreten? Versteckten sie sich vielleicht jetzt noch irgendwo draußen und warteten nur darauf, daß er, Imsiba und der Junge ihnen in die Falle gingen?

Ein kalter Schauer lief Bak über den Rücken. Er erhob sich, bestrebt, das Grab zu verlassen. Und schalt sich dennoch wegen seiner blühenden Phantasie einen Dummkopf.

Mery kam in die Grabkammer geeilt, die Arme voller unterschiedlicher Werkzeuge. Der Junge reichte Bak eine Brechstange und ließ den Rest zu Boden fallen. Das Seil, das er über dem Arm hängen hatte, legte er auf dem hochgestellten Schlitten ab.

»Hast du Imsiba gesehen?« fragte Bak.

»Ich habe nicht nach ihm geschaut.« Mery blickte hoch und bemerkte die Anspannung in Baks Gesicht. »Stimmt irgend etwas nicht? Was …?«

Ein schriller Schrei unterbrach ihn. Hufgeklapper war am Eingang zu hören, und dann kam der Esel durch die Tür der

Vorkammer auf sie zugeschossen. Der Durchgang zum zweiten Raum war schmal, deshalb blieb der beladene Esel schließlich stecken. Das Tier fiel auf die Knie, die Augen weit aufgerissen vor Angst; es fletschte die Zähne und schrie erneut laut auf. Plötzlich erfüllte lautes Steinepoltern das Grab, und Felsbrocken krachten auf den Boden des Vorraums. Die Luft war voller Staub, so daß die Fackel flakkerte. Der eingeklemmte Esel stieß abermals einen erbärmlichen Schrei aus, schlug wild mit den Beinen um sich, um wieder hochzukommen, und zog dabei so heftig an den Lasten, das sie herunterfielen. Er stürzte in den Raum, lief wie wild im Kreis um die Säulen herum und trabte dann wieder zurück zur Tür.

Von draußen vernahmen sie ein lautes Stöhnen. Der Esel blieb instinktiv stehen, die Vorderbeine weit auseinandergespreizt, und ließ erneut einen schrillen Schrei hören. Bak stürzte auf das Tier zu und bekam es am Halfter zu fassen. Jenseits der Tür entdeckte er die abgeworfenen Körbe, Brot, Päckchen mit Lebensmitteln, Krüge, den Wasserbeutel und die Waffen, die überall am Boden verstreut waren. Dort sah er auch Imsiba liegen, er hatte Arme und Beine weit von sich gestreckt. Der Rest des Raums lag im Dunkeln, der Boden unterhalb des Ausgangs war mit Steinen übersät, der Eingang von herabgefallenen Felsbrocken versperrt. Sie waren im Grab gefangen.

16. Kapitel

»Hier!« Bak ergriff Mery am Arm und zog ihn näher zu sich heran. Er drückte ihm das Halfter in die Hand. »Halte dieses Biest fest. Und beruhige es!«

»Was ist passiert?« Mery packte zu und zog den Kopf des zitternden Tieres an seine Brust. Er starrte verzweifelt durch die Staubwolken und entdeckte ihre Vorräte und die Felsbrocken, die über den Boden verteilt waren. Und auch

Imsiba, der dort lag. Mit beinahe tonloser Stimme fragte er: »Ist er tot?«

Bak hatte Angst, daß er sich das Stöhnen nur eingebildet hatte, und eilte zu seinem Freund. Er kniete sich hin und legte eine Hand an den Hals des Medja-Polizisten, wie sein medizinischer Lehrmeister es ihm beigebracht hatte. Der Puls schlug fest und regelmäßig, aber schneller, als sich die Brust des bewußtlosen Mannes hob und senkte. Ein gutes Zeichen, aber ... »Imsiba«, flehte er. »Kannst du mich hören? Imsiba!«

Er erhielt keine Antwort.

Er packte den Medja an den Schultern und wiederholte seine Frage. Er mußte seine Anwandlung unterdrücken, ihn wachzurütteln. Imsiba blieb stumm. Bak wippte auf seinen Füßen hin und her und sprach flüsternd ein schnelles, aber inbrünstiges Gebet zu Amun. Dann beugte er sich wieder vor und suchte den Kopf nach einer Beule ab. Der aufgewirbelte Staub kitzelte seine Nase, und er mußte unwillkürlich niesen. Einmal, zweimal, dreimal.

Imsibas Augenlider zuckten. Er warf seinem Freund ein müdes Lächeln zu. »Konntest du mich nicht mit einem leisen Flüstern wecken, statt hier laut herumzutrompeten?«

Vor Erleichterung lachte Bak auf. »Wer hat dich niedergeschlagen?«

»Ich weiß es nicht.« Imsiba langte an seinen Hinterkopf und verzog das Gesicht. »Ich habe ein Geräusch hinter dem Felsen oberhalb des Grabs gehört. Als ich hinausging, um nachzusehen, muß sich jemand von hinten herangeschlichen haben. Das nächste, was mit mir passierte, war, daß mich jemand auf den Rücken des Esels verfrachtete und mir Hände und Füße unten am Bauch zusammenband.« Er biß sich auf die Lippen, um ein Stöhnen zu unterdrücken, und stützte sich mühsam auf einem Ellbogen auf. »Ich war gerade dabei, den Knoten zu lösen – sie hatten ihn sehr hastig geschnürt –, als jemand dem Esel auf die Hinterflanke schlug und ihn so erschreckte, daß er ins Grab hineinpreschte. Ich bin mit dem Kopf aufgeprallt. Vermutlich an eine Wand. Und dann wurde mir schwarz vor den Augen.«

»Du bist mit dem Kopf am Türpfosten angeschlagen, und der Esel hat dich abgeworfen.«

Imsiba richtete sich noch etwas weiter auf, warf Mery ein schiefes Lächeln zu und schaute auf all ihre am Boden verteilten Vorräte. Als er die Felsbrocken entdeckte, wandte er sich automatisch dem Eingang zu und begann in seiner eigenen Sprache zu fluchen. »Userhet?«

»Oder Wensu. Oder vielleicht beide zusammen.« Bak erhob sich und streckte ihm die Hand entgegen. »Komm, wir bringen dich in die nächste Kammer, wo du dich ausruhen kannst. Wenn ich den Eingang freiräumen will, brauche ich Platz für all die Steine.«

»Behandle mich nicht wie einen Invaliden, mein Freund. Ich habe Kopfschmerzen, das ist alles.« Trotzdem ergriff Imsiba die angebotene Hand und erhob sich langsam mit Baks Hilfe. Den Hals und die Schultern hielt er krampfhaft steif, als wolle er verhindern, daß sein Kopf stärker schmerzte.

Bak musterte den Medja-Polizisten streng. »Du solltest dich besser ausruhen, solange das noch möglich ist. Wer weiß, wie viele Felsen zwischen uns und der Freiheit liegen!«

Imsiba betrachtete die Steine, die den Eingang blockierten. »Sie wollten uns hier sterben lassen, uns alle!«

Bak studierte nun seinerseits den zugeschütteten Eingang. Es waren Steine in allen Größen und Formen darunter. Sein Magen verkrampfte sich. Konnten sie sich da hindurcharbeiten, solange die Fackel noch brannte? Oder würden sie auf einen Felsblock stoßen, der zu groß und zu schwer war, um ihn wegzuschieben? Vielleicht lag dort der Felsblock, der als Dach für den Eingang gedient hatte. Bak zwang sich zu betonter Gelassenheit. »Wenigstens hatte ich genügend Verstand, die richtigen Werkzeuge mitzunehmen.«

Imsiba lächelte reuevoll. »Ich habe mich geirrt, mein Freund, das gebe ich gern zu.«

»Du dummes Ding!« brummte Mery. »Ich kriege dich schon noch dazu, daß du tust, was ich will.«

Die beiden Männer warfen sich einen besorgten Blick zu und hasteten dann in die größere Kammer. Dort sahen sie den Esel, der an einer der intakten Säulen festgebunden war, und den Jungen, der vor der Holzkiste kniete und eine Brechstange darunterzuschieben versuchte. Er ging mit großer Entschlossenheit ans Werk. Schweiß lief ihm über Gesicht und Brust. Bak widerstand seiner ersten Regung, ihm zu sagen, daß er wertvolle Zeit verschwendete; den Eingang freizubekommen war wesentlich wichtiger. Aber andererseits hatte der Junge recht: Sie mußten wissen, was sich am Grund dieses Schachts befand. Außerdem konnte das Imsiba ein wenig ablenken, ihn ruhig halten, bis das Pochen in seinem Kopf nachgelassen hatte.

Bak griff nach Hammer und Meißel und kniete sich an dem Ende der Kiste nieder, das am Boden auflag. Nach ein paar kräftigen Schlägen hob sie sich, und Mery steckte schnell die Brechstange in die entstandene Öffnung. Dann tauschten die beiden ihre Plätze. Bak hob die Kiste eine Handbreit vom Boden hoch, Mery schob eine Holzrolle darunter. Der offene Schacht lag fast vor ihnen, sie halfen mit einer zweiten Holzrolle nach, so daß die Kiste sich ganz aus dem Loch hob. Mit einer dritte Rolle schließlich schoben sie sie ganz aus dem Weg.

Imsiba hielt die Fackel an die Bodenöffnung, so daß sie nach unten blicken konnten. Der Schacht war quadratisch, etwa eine Armeslänge breit und genauso lang. Wenn das flackernde Licht sie nicht täuschte, war das Loch ungefähr zwanzig Schritt tief. Ein Mann lag ausgestreckt mit dem Kopf nach unten am Grund. Sein linker Arm war dünn und schwach, die Hand verzerrt und mißgebildet. Ein Stück eines Pfeils steckte in seinem blutverschmierten Rücken, das mit Federn besetzte Ende lag neben ihm. Es handelte sich ohne jeden Zweifel um Wensu.

Bak schimpfte leise vor sich hin.

»Userhet muß völlig den Verstand verloren haben«, sagte Imsiba. »Er hat einen der wenigen Männer umgebracht, der es verstand, den ›Steingürtel‹ hinabzusegeln und der ihn in den Süden und in die Freiheit bringen konnte.«

Mery starrte ängstlich hinunter. Anscheinend fand er es wesentlich erschreckender, ein eben erst ermordetes Opfer zu sehen, als mit den getrockneten und abgetrennten sterblichen Überresten von Leuten zu spielen, die seit langem tot waren. »Wenn es niemanden mehr gibt, der mit dem Finger auf ihn zeigt, glaubt er vielleicht, daß er einfach nach Buhen zurückkehren kann, um so weiterzumachen wie bisher. Er bliebe der hochgestellte Schreiber, der von allen respektiert wird.«

»Falls er das glauben sollte, macht er sich etwas vor«, sagte Bak grimmig. »Zu viele Menschen wissen bereits, daß er der Mann ist, den wir suchen.« Er riß seinen Blick von der Leiche los und schüttelte den Kopf.

Bak wich zurück und schaffte es nur knapp, dem Steinrutsch zu entgehen, aber er wurde von oben bis unten in eine Staubwolke gehüllt. Er lehnte sich an die Wand und wischte sich mit dem Handrücken den Schweiß von den Augenbrauen und verschmierte ihn mit den bereits vorhandenen Schmutzstreifen. Die Luft im Grab nahm einem den Atem, die Fackel brannte nur noch schwach und rauchte, ein süßlicher Geruch von Eselsdung überlagerte alles. Seine Muskeln schmerzten, seine Hände waren zerschunden und bluteten, sein Schienbein wies Schürfwunden durch ein herabfallendes Felsstück auf, dennoch hatte er erst weniger als eine Schrittbreite vom Eingang freigelegt. Selbst wenn er doppelt so schnell arbeiten könnte wie jetzt, würde Userhet schon längst im fernen Kusch oder in Kemet sein, wenn sie aus dem Grab herauskamen.

Und das setzte voraus, daß der große Felsblock über dem Eingang nicht eingestürzt war. Sonst würden sie für alle Ewigkeit hier eingesperrt bleiben.

Diese Vorstellung war fürchterlich, ließ sein Herz vor Angst schneller schlagen und schwächte seinen Willen weiterzumachen. Er verdrängte diesen Gedanken und machte sich daran, große und kleine Steine, die zu seinen Füßen lagen, aus dem Weg zu räumen. Das war zwar Zeitverschwendung, denn es war wichtiger, den Eingang freizulegen, aber dadurch konnte er den Steinlawinen besser ausweichen.

»Mery?« hörte er Imsiba rufen.

»Die Grabkammer ist geplündert worden!« Die vor Aufregung sehr hohe Stimme des Jungen hallte den Schacht hoch. »Hier ist es ganz eng, kaum genug Platz für zwei Särge. Sie sind beide aufgebrochen worden, wahrscheinlich ist das schon ziemlich lange her. Sie sind so verrottet, daß sie beinahe auseinanderfallen, wenn man sie anfaßt. Einige Holzkästchen sind zu Staub zerfallen, wie die meisten anderen Sachen hier drin – Modelle von Booten und Dienern, glaube ich. Zwei Körper, von denen eigentlich nur die Knochen noch übrig sind, weil man ihnen die Bandagen abgerissen hat, liegen zwischen einem Stapel von Gefäßen an der hinteren Wand.« Kurze Zeit herrschte Stille, dann hörte Bak ihn entzückt ausrufen: »Ich habe gerade eine Goldkugel zwischen den Knochen hier am Boden gefunden. Ich wette, es gibt noch mehr davon.«

»Ist Wensu noch am Leben?« wollte Imsiba ungeduldig wissen.

Bak kam in die zweite Kammer gelaufen, wo der Medja oben am Schacht kniete und nach unten schaute. Sein Gesicht war nur schwach vom Schein der Fackel erhellt, die er dem Jungen in den Schacht mitgegeben hatte. Das Seil, das an einer der senkrechten Säulen festgebunden war, hing tief über den Rand hinunter.

»Er ist tot.« Nach einer kurzen Pause setzte der Junge hinzu: »Noch nicht allzu lange, glaube ich. Er fühlt sich noch ganz warm an, und die Totenstarre hat noch nicht eingesetzt.«

»Sollen wir ihn hochbringen?« fragte Imsiba Bak.

Bak lachte zynisch auf. »Wie sollen wir einen toten Mann mit uns herumtragen und gleichzeitig Userhet über die glühenden Sandflächen verfolgen?«

Imsiba war so rücksichtsvoll, darauf nicht zu antworten. Er behielt es für sich, daß auch er sich fragte, ob sie wohl jemals wieder lebend hier herauskämen.

Bak machte sich erneut an die Arbeit und begann Felsbrocken zu seinen Füßen wegzuräumen. Das hieß, sich bücken, Steine aufheben, wegtragen und sie in einer Ecke unter Aufwirbeln von Staub absetzen. So ging es in einem fort. Verbissen arbeitete er vor sich hin, obwohl er dringend eine Erholungspause gebraucht hätte.

»Gibt es da unten noch Gegenstände, die nicht im Laufe der Zeit zerfallen und verrottet sind?« wollte Imsiba von Mery wissen. »Oder gar neue Sachen, die Userhet versteckt hat?«

»Nein. Ich wette, diese Kammer war einfach zu schwer erreichbar, um hinunterzusteigen.«

»Dann komm wieder hoch.«

»Ich suche noch nach Goldkugeln. Ich bin sicher, daß ich noch ein paar mehr finden kann.« Die Stimme des Jungen klang begeistert. »Und wer weiß, was sonst noch hier ist.«

»Möchtest du nicht auch hier heraus?« fragte Imsiba ziemlich genervt. »Wir müssen mithelfen, den Eingang freizuräumen. Und dazu brauchen wir die Fackel hier oben.«

»Also, gut«, rief Mery, aber die Enttäuschung war ihm anzumerken.

»Sehr hübsch.« Bak, der auf einem Säulenstück im hinteren Raum saß, drehte den Ring zwischen den Fingern und schaute auf den rötlichen Skarabäus, der so in eine Fassung eingesetzt war, daß man ihn als Siegel verwenden konnte. Das Muster, ein einfaches Motiv von ineinander verschlungenen Spiralen, sagte ihm nichts über den Verstorbenen. Aber der Stein und die Fassung, Karneol und Gold, waren wertvoll und von hervorragender Handwerkskunst.

»Darf ich ihn behalten?« fragte Mery.

Das laute Krachen von fallenden Steinen ersparte Bak die Antwort. Eine Staubwolke hüllte das Grab in düsteres Gelb. Imsiba machte einen Satz rückwärts und fluchte laut. Der Esel zog fest an dem Strick, mit dem er an die Säule gebunden war. Seine Unruhe machte sich in lautem Schnauben und Schreien Luft, wild scharrte er mit den Hufen auf dem Lehmboden.

Da ihm der aufgewirbelte Staub die Luft abschnürte, ließ Imsiba kurzerhand alles stehen und liegen und hockte sich auf den Schlitten, um abzuwarten, bis er sich wieder gesetzt hatte. Sein etwas verkniffenes Gesicht war das einzige Anzeichen dafür, daß sein Kopf noch immer schmerzte. Bak steckte Mery den Ring an den Finger, der viel zu dünn war, und hielt die Hände auf für die Goldkügelchen, die der Junge gefunden hatte. Sie fielen in einer Kaskade hinab, elf makellose Kugeln waren es, alle ungefähr so groß wie Kichererbsen, und in der Mitte durchbohrt, damit man sie für eine Kette verwenden konnte. Sie paßten zu denjenigen, die er bei Intefs Besitz gefunden hatte.

Bak reichte sie an Imsiba weiter und nahm Mery den letzten Gegenstand ab, den dieser aus dem Schacht gerettet hatte. Es handelte sich um eine kleine Statuette, deren länglicher Sockel genau in die Innenseite seiner Hand paßte. Es war ein kleines Meisterwerk. Es stellte einen Schreiber dar, der mit gekreuzten Beinen dasaß. Die Arbeit war aus einem grauen Stein herausgemeißelt und unbemalt. Sie enthielt keine Inschrift, die einen Hinweis auf den Verstorbenen hätte geben können.

Bak spürte, wie sehr die Zeit verrann und die Luft immer weniger wurde. Er reichte die Figur Imsiba und erhob sich. Mery zog den Ring wieder ab und setzte sich auf den Boden, um das Siegel im Sand auszuprobieren. Die Augen des Jungen wanderten zum Schacht zurück, bemerkte Bak, und er verzog dabei enttäuscht den Mund.

Bak rang sich ein, wie er hoffte, optimistisches Lächeln ab

und zerzauste dem Jungen tröstend das Haar. »Wir kommen zurück, und dich nehmen wir natürlich mit. Schon allein aus dem Grund, um das Grab für alle Ewigkeit zu versiegeln.« Die Ironie seiner Worte entging ihm nicht: Das Grab war bereits versiegelt.

»Was ist mit den Gegenständen, die wir hier gefunden haben? Was machen wir mit den Sachen, die noch immer hier sind?«

Bak zuckte mit den Schultern. »Je weniger wertvolle Dinge wir hier lassen, desto sicherer wird der Tote sein. Aber das ist eine Entscheidung, die Kommandant Thuty treffen muß.«

Er sammelte Hammer und Meißel wieder ein und nahm all seine Kraft zusammen, um erneut an die Arbeit zu gehen. Mit bleiernen Füßen stapfte er in den vorderen Raum. Imsiba folgte ihm, auch er war nicht gerade darauf versessen, die Plackerei wiederaufzunehmen. Nachdem sie die verstreuten Steine weggeräumt hatten, machten sich die beiden Männer im eigentlichen Eingang zu schaffen. Es war kaum Platz, um nebeneinander zu arbeiten. Mery räumte die Felsbrocken beiseite, die am Boden zu ihren Füßen landeten. Schweiß tropfte ihnen über Gesicht, Rücken und Oberschenkel. Schmutz setzte sich in allen Poren ihres Körpers ab. Imsiba verzog hin und wieder das Gesicht, weigerte sich aber zuzugeben, daß er Schmerzen hatte. Obwohl sie regelmäßig Pausen machen mußten, damit der Staub sich legen konnte, nahm ihre Erschöpfung immer mehr zu.

Viel zu schnell, etwa nachdem sie die Hälfte des Eingangs freigeräumt hatten, wie sie schätzten, begann die Fackel unregelmäßig zu flackern, was signalisierte, das sie gleich ausgehen würde. Mery suchte den Fußboden nach der Reservefackel ab und legte sie unangezündet neben die erste. Man würde sie sicher bald benötigen. Und er reichte einen Krug Bier herum und schuf damit einen willkommenen Anlaß für eine Pause. Bak befeuchtete seine ausgedörrte Zunge, ließ die warme Flüssigkeit im Mund umherlaufen und genoß den scharfen Nachgeschmack. Wie viele Krüge blieben noch? überlegte er. Wie groß waren ihre Essensvorräte? Wie lange würden sie in diesem dunklen, heißen Grab ausharren müssen, falls sie es nicht schafften, sich selbst zu befreien?

Er verscheuchte einen erneuten Anflug von Angst und trank einen letzten Schluck, bevor er den Krug an Imsiba weitergab. Wieder zurück im Eingang, griff er nach Hammer und Meißel, biß die Zähne zusammen und begann, die Steine herauszuhebeln. Sie fielen herunter, einer, zwei, manchmal drei oder vier auf einmal, wobei sie meist in einer Staubwolke herabprasselten und ihm die Luft nahmen. Der Schweiß vermischte sich mit dem Staub zu einer dicken Schmutzschicht auf seinen Schultern und seinem Rücken, das Haar klebte unangenehm am Kopf an.

Wieder lösten sich mehrere Steine über ihm, zwangen ihn zurückzuweichen und wirbelten eine Staubwolke auf. Durch die dicke Luft entdeckte er eine große Gesteinsplatte. Genau die Art, die zu finden er befürchtet hatte. Er fühlte sich hundsmiserabel.

Imsiba tauchte neben ihm auf und starrte nach oben. »Was jetzt, mein Freund?« Seine Stimme klang gequetscht, seine natürliche gute Laune war verflogen.

Bak wußte keine Antwort.

Er nahm all seine Kraft zusammen, die aus der Verzweiflung geboren war, reckte die Arme hoch und fing an, auf die Steine oberhalb dieses Felsblocks einzuhauen. Imsiba hob ohne jeden Kommentar die herabfallenden Felsstükkchen auf. Durch die Stille in den vorderen Raum gelockt, entdeckte Mery die Gesteinsplatte über ihnen. Es verschlug ihm die Sprache. Bak schuftete weiter, löste die Steine, bis er die Arme nicht mehr länger hochhalten konnte. Schließlich ließ er sich müde an die Wand zurückfallen, er war erschöpft und schmutzig, zugleich war ihm heiß, und er sehnte sich nach etwas zu trinken.

Imsiba saß Bak zu Füßen, die Stirn auf die Knie gelegt. Mery schlang dem Esel die Arme um den Hals und vergrub sein Gesicht in dessen Fell. Bak hatte das Gefühl, daß der Junge weinte.

Er hob das Kinn und lehnte sich mit dem Hinterkopf gegen die Wand. Mit geschlossenen Augen dachte er nach. Warum sollten ihnen die Götter jetzt nicht mehr gewogen sein? Warum wollten sie sie einen grausamen, langsamen Tod in diesem elenden Gewölbe sterben lassen, wenn sie als Männer der Tat einen schnellen, ehrenvollen Tod auf dem Schlachtfeld verdient hätten?

Er holte tief Atem und spürte auf einmal, daß die Luft kühler und frischer war als noch vor kurzem. Als wäre seine Seele aus seinem Körper entwichen und aus dem Grab entflohen. Seine Augen weiteten sich; er löste sich von der Wand. Nein! Es war, als würde Luft von draußen hereinströmen. Er atmete tief ein, ganz vorsichtig. Ja, es stimmte. Die Luft war leichter und reiner. Er mußte mit seinen Schlägen einen winzigen Spalt oder ein Loch unmittelbar über der Gesteinsplatte geöffnet haben.

Aus Furcht, daß seine Entdeckung sich als trügerisch erweisen könnte, behielt er seine Neuigkeit für sich und griff nach einer Brechstange. Er richtete das Werkzeug nach oben und bearbeitete damit die Felsstücke, die er mit dem Meißel nicht mehr hatte erreichen können. Der Winkel war ungünstig, und die Schläge konnte er nicht mit soviel Kraft führen, wie er es sich wünschte, aber einige Steine fielen herab, und er gab sich einen Augenblick lang der Einbildung hin, daß die Luft nicht nur durchsickerte, sondern richtig durchströmte. Als er abermals das Werkzeug ansetzte, krachte schließlich das gesamte Felsgestein herab und landete mit dem aufgewirbelten Sand und Staub am Boden. Er hatte den anderen schnell noch eine Warnung zugerufen und war weggesprungen. Imsiba kroch auf allen vieren aus der Gefahrenzone. Immer mehr Felsstücke stürzten herab und türmten sich zu einem Haufen auf. Eine dicke Wolke erfüllte die erste Grabkammer. Schnell zogen sie sich in die hintere Kammer zurück, schlossen die Augen und versuchten, das Atmen für kurze Zeit zu unterdrücken. Der Esel schrie kreischend auf und versuchte sich freizukämpfen. Dabei verhedderten sich seine Hufe im Strick. In Angst und Schrecken versetzt durch den Lärm und die luftabschnürende Staubwolke, betete Bak zu den Göttern. Hoffentlich war nicht der gesamte Bergrükken weggebrochen und begrub sie für immer unter sich.

Als sich der Staub gelegt hatte, türmte sich vor ihnen ein Berg von Steinen auf, der bis durch den Eingang reichte. Sie befürchteten das Schlimmste und versuchten über die Trümmer hinweg in die Vorkammer zu schauen. Die Steine bildeten einen richtigen Berg, Tageslicht fiel herein, das von einem ziemlich großen Loch über dem Eingang stammte. Und hoch darüber entdeckten sie hellen blauen Himmel, an dem goldene Strahlen den nahenden Sonnenuntergang ankündigten.

Bak stieß einen Jubelschrei aus, faßte Imsiba um die Taille und Mery an der Schulter und drückte sie fest an sich. Der Medja erwiderte die Umarmung, bis er fast keine Luft mehr bekam. Mery löste sich von den beiden und machte einen Schritt zurück, um nach Luft zu schnappen.

»Laßt uns so schnell wie möglich hier verschwinden«, erklärte Bak mit noch ganz schwacher Stimme. Aber die Freude über die Rettung war ihm dennoch anzumerken.

Mery krabbelte auf die losen Steinbrocken hoch. Oben angekommen, wedelte er lebhaft mit den Händen und rief: »Wir haben es geschafft! Wir sind frei!« Und er verschwand aus ihrer Sicht in Richtung Kamm.

Imsiba ging zum Esel hinüber und klopfte ihm beruhigend auf den Hals. »Was machen wir mit dem Tier?« fragte er Bak. »Meinst du, wir bekommen den Esel hier raus? Oder müssen wir ihn töten?«

Bak untersuchte die Steigung. Die Felsen lagen sehr lokker, der Esel konnte sich leicht ein Bein brechen, vor allem wenn die Steine unter seinen Hufen wegrutschten. Dabei konnte er dann leicht in Panik geraten. Sie müßten irgendwie einen festen Untergrund schaffen ... Sollten sie sich die

Zeit dafür nehmen? Oder sollten sie sich lieber auf die Suche nach Userhet machen? Sie waren in dem Grab mindestens zwei Stunden eingeschlossen gewesen. Das hatte dem Aufseher genug Zeit gelassen, zu seinem Boot zurückkehren und sich in Sicherheit zu bringen.

Seine Augen fielen auf die Holzkiste. »Dort. Die Kiste. Wir können sie auseinandernehmen und dann Brett an Brett bis ganz nach oben legen.«

»Leutnant Bak!« Mery tauchte am Eingang auf und ging in die Hocke. »Ich habe Spuren gefunden. Die von Userhet, wette ich.«

Imsiba griff nach Hammer und Meißel. »Geh schon, mein Freund. Schau dir mal an, was der Junge gefunden hat. Ich kümmere mich um den Esel.«

Bak kletterte den tückischen Steilhang hoch und achtete dabei genau darauf, wohin er die Füße setzte, damit er nicht einen zweiten Steinschlag verursachte. Oben angelangt, genoß er den leichten Windhauch auf seinem verschwitzten Körper und starrte hinaus in die goldbraune Wüste. Er freute sich über die neu gewonnene Freiheit, von der er gefürchtet hatte, sie nie mehr zu erleben. Auch wenn es nur ödes, trockenes Land war und es hier nichts als Sanddünen und Felsen gab, so war es doch einfach wunderschön. Er sandte ein stilles Dankgebet zu Amun, daß er ihm die Freude gewährt hatte, wieder im Sonnenlicht zu stehen.

»Hier.« Mery deutete auf undeutliche Spuren seitlich vom Kamm.

Bak schlitterte die Schräge hinab zu der Stelle, wo sie den Esel zuerst festgebunden hatten und wo zahllose unterschiedliche Fußabdrücke sich vermischten. Dessen Weg zum Grab, wo sich die Hufe von der Last Imsibas auf seinem Rücken tief eingegraben hatten, war frei, und so sah man auch die Fußspuren des Mannes, der ihn hinuntergeführt hatte. Der Steinrutsch hatte die Spalte und das Felsgestein zu beiden Seiten bedeckt. Das Grab war zugeschüttet worden, als habe es niemals existiert. Ein etwas kräftigerer

Wind hätte die Spuren schnell verweht und die Felsstücke bald mit Sand bedeckt, so daß niemand auf die Anwesenheit von Menschen darunter hätte schließen können.

Wut stieg in ihm auf. Wie Imsiba schon angedeutet hatte, wollte Userhet sie hier elend sterben lassen.

Der langgezogene Schrei veranlaßte Bak, die Augen auf den Bergrücken zu richten. Imsiba stand dort mit dem Esel und ließ ihn seine Freiheit auskosten. Baks Wut wich einem zufriedenen Lächeln. Nicht nur hatte der Medja das Tier retten können, er hatte ihm auch ihre Waffen aufgeladen, das restliche Essen und vermutlich auch den alten Schmuck und die Statuette. Die Werkzeuge hatte er zurückgelassen.

Nachdem sie zur Feier ihrer Rettung einen Krug Bier geleert und den Esel mit etwas Wasser belohnt hatten, machten sie sich zügigen Schritts auf den Weg. Die beiden Männer, ein Junge und ein Esel, alle über und über mit Staub bedeckt und ziemlich mitgenommen. Da man vom Bergkamm aus einen besseren Überblick über die Landschaft hatte, schlug Bak vor, ganz oben entlangzugehen. Von dort konnten sie immer ein Auge auf den Weg haben, den sie zum Grab genommen hatten und auf dem jetzt viele Spuren existierten. Sollte Userhet noch in der Gegend sein, würden sie bestimmt seine Fährte entdecken. Ein weiterer Vorteil war die bessere Luft dort oben. Nach ihrem Aufenthalt in den dumpfen Grabkammern würde ihnen ein kräftiger Wind guttun.

Jenseits der leichten Anhöhe, von der aus Bak zuerst den Eingang zu der Grabstätte entdeckt hatte, verengte sich der Kamm, und seine Ostseite fiel steil ab. Von hier oben sah es aus, als habe ein Riese ein Stück aus dem Fels gebissen. Eine Art Felsbank lief unten entlang, ein flacher Streifen, der an einigen Stellen unterschiedlich große Steinhaufen aufwies.

»Das ist die Felsbank, von der ich gemeint hatte, daß wir sie untersuchen sollten.« Voller Begeisterung beugte sich Mery weit vor, so daß ihn Bak lieber am Gürtel packte, damit er nicht abstürzte. »Seht ihr, wie glatt die Fläche ist? Ich wette, daß sich hinter diesen Felsen ein Grab befindet.«

Bak musterte den Kamm und entdeckte ein paar Fußspuren. Vermutlich stammten sie von Mery, der sie bei ihrem Hinweg hier hinterlassen hatte. Sein Blick fiel auf die Stelle unterhalb davon. Ein Ruck durchfuhr ihn. Die vielen verwehten Fährten wurden plötzlich überlagert von den klaren Fußabdrücken mehrerer Personen und der Spur eines Lastschlittens. Sie führten in südliche Richtung unten am Bergrücken entlang, soweit er es von hier aus sehen konnte.

»Man hat wohl einen Schlitten hinuntergeschafft.« Imsiba schien Baks Gedanken zu erahnen. »Vielleicht hat der Junge recht.«

Bak erhob sich und grinste Mery an: »Wenn du jetzt sagst, ›Ich habe es euch doch gesagt‹ dann schicke ich dich zurück, und du kannst gern Wensu Gesellschaft leisten.«

Lachend schoß der Junge den steilen Abhang hinunter und riskierte dabei, sich die Knöchel zu brechen oder gar noch Schlimmeres. Bak eilte hinter ihm her und überließ es Imsiba, ihnen mit dem beladenen Esel zu folgen. Vertiefungen im Sand, von Fußspuren herrührend, führten sie an die Rückseite des Bergkamms. Dort fanden sie eine Brechstange, die an einem Felsbrocken lehnte, und dahinter ein großes rechteckiges Portal.

»Habe ich es dir nicht gesagt?« Merys Augen glänzten förmlich vor Aufregung. »Ich habe keine Öffnung gesehen, als ich vor ein paar Stunden hier hochgestiegen bin. Der Fels muß das Grab verdeckt haben, aber ich wußte einfach, daß da eins sein muß!«

Da Bak davon ausging, daß Userhet längst das Weite gesucht hatte, ließ er den Jungen das Grab als erster betreten. Er folgte ihm dicht auf den Fersen. Enttäuscht hörte er Mery seufzen. Sobald er die Schwelle überschritten hatte, verstand er dessen Reaktion. Das wenige Licht, das durch den Eingang hereinfiel, erhellte eine niedrige Kammer, deren Wände weder verziert noch geglättet worden waren. Die Tür ganz hinten führte nirgendwohin. Es war ein unvollendetes Grab.

Imsiba spähte in den leeren Raum. »Ein zweites Versteck? Könnte Userhet hier seinen Anteil am Schmuggelgut versteckt haben?«

»Ich vermute eher, daß er seine Partner hintergangen hat«, mutmaßte Bak. »Es würde mich nicht wundern, wenn Wensu, der den Verrat ahnte, ihm in die Wüste folgte, um genau das herauszufinden.«

»Und Userhet hat ihn lieber umgebracht, als ihm seinen rechtmäßigen Anteil zu überlassen?«

Bak zuckte mit den Achseln. »Weißt du einen besseren Grund, warum man auf einmal einen langjährigen Verbündeten tötet?«

Herumschwirrende Fliegen lenkten Baks Blick auf einen Haufen großer Blätter, die zusammengeballt in einer Ecke lagen. Er hob sie auf, breitete sie aus und schnupperte daran. Sie waren mit Öl durchtränkt und rochen nach Fisch, der darin eingewickelt worden war. Aus der geringen Anzahl von Ameisen, die er in der Nähe ausmachen konnte, schloß er, daß sie noch nicht allzu lange hier gelegen haben konnten. Mit freudigem Lächeln machte er Imsiba darauf aufmerksam. »Vielleicht liegen wir doch nicht so weit zurück und können Userhet noch einholen.«

Während Imsiba den Esel von seinen Fußfesseln befreite, schaute sich Bak die Landschaft, die südlich von ihnen lag, etwas genauer an. Er suchte nach Lebenszeichen zwischen den immer länger werdenden Schatten, die den Einbruch der Nacht ankündigten. In der Ferne vermischten sich Land und Himmel zu einer schimmernden Welt, die eher dem Reich der Phantasie entsprungen als Teil der Wirklichkeit zu sein schien. Ein breiter Streifen am Horizont glitzerte wie Wasser und täuschte das Auge. Eine Gestalt, die Umrisse eines Mannes, tauchten auf und verschwanden wieder. Es war ein kleines unscharfes Etwas, das sich durch den Dunst bewegte, der in Farbtönen von Rosa bis Gelb schimmerte. Und da war die Gestalt wieder, der Kopf war vom Körper getrennt.

»Der Mann ohne Kopf«, flüsterte Bak erstaunt.

Imsibas Kopf drehte sich in die gleiche Richtung. »Userhet? Hast du ihn entdeckt?«

»Ich bin mir nicht sicher. Ich ...« Bak schaute hinaus in die Dunstschwaden und versuchte durch bloße Willensanstrengung die Figur aus dem Nebel auftauchen zu lassen. Und wie auf Kommando erschien sie wieder, dieses Mal ohne Beine und Füße. »Im Dunst dort drüben! Siehst du das?«

»Dort!« schrie Mery aufgeregt und deutete nach rechts. Sein Zeigefinger hüpfte vor Erregung auf und ab.

»Ich weiß nicht ...« Imsiba lachte. »Doch, er ist es! Er muß es einfach sein! Wer sollte es sonst sein?«

Mery lief zu dem beladenen Esel. »Wo ist meine Schleuder?«

»Warte!« Bak hielt den Jungen gerade noch am Nacken fest. Er hatte das Leben des Kindes an diesem Tag bereits einmal aufs Spiel gesetzt, und das reichte. »Bald wird es dunkel werden. Wir haben keine Zeit zu verlieren. Du mußt zur Bucht reiten und ...«

Das Lächeln auf dem Gesicht des Jungen fiel in sich zusammen. »Nein! Schickt mich bitte jetzt nicht weg!«

»Psuro muß gewarnt werden«, bestand Bak auf seinem Befehl. »Sag ihm, er soll sich die Boote der Bauern ausleihen und Männer von der Bucht bis hinüber zur anderen Flußseite postieren. Sollte Userhet stromabwärts segeln, müssen sie ihn schnappen.« Er hielt inne, wartete Merys Antwort ab.

Der Junge verzog den Mund.

»Kannst du dir etwa vorstellen, daß der Esel mit mir oder Imsiba auf dem Rücken schneller vorwärtskommt?« versuchte Bak ihm die Sache schmackhaft zu machen.

Der Junge schüttelte widerwillig den Kopf. »Nein, Herr.«

Imsiba lud die Waffen vom Rücken des Tieres ab, Mery kletterte hinauf und rutschte bequem zwischen die beinahe leeren Körbe. Seine Gesicht wirkte allerdings so, als würde er gleich zu heulen beginnen.

Bak tätschelte ihm das Knie und machte dann ein paar Schritte zurück. »Also beeile dich, kleiner Bruder. Userhet hat die Göttin Maat beleidigt und Recht und Gesetz gebrochen. Er darf nicht ohne Strafe davonkommen.«

Die Wichtigkeit des Auftrags ließ Mery förmlich wachsen, auch die liebevolle Anrede zeigte ihre Wirkung. Ein schwaches Lächeln umspielte seinen Mund. »Ich werde mein Bestes geben, Herr.« Er zog am Halfter, um den Esel zum Umdrehen zu bewegen. Dann drückte er ihm die Fersen in die Rippen. Und rasch ging es bergab in Richtung Fluß. Der Junge und die Körbe bewegten sich dabei im Rhythmus des Eselsgalopps.

Bak bewaffnete sich mit Speer und Schild, während sich Imsiba einen Köcher umhängte und einen Bogen ergriff. Das verfolgte Wild war sozusagen endlich in Sichtweite, das veranlaßte sie, um so schneller in südliche Richtung aufzubrechen. Es ging den Berg entlang, dabei folgten sie der doppelten Spur des Schlittens. Hier unten war es ziemlich windstill, das hatte den Vorteil, daß sie von dem Mann vor ihnen nicht so schnell bemerkt werden würden. Zum ersten Mal seit vielen Stunden wagten sie es, an einen möglichen Erfolg zu glauben.

Als sie den Trampelpfad erreichten, der den Bergkamm mit der Bucht verband, bemerkten sie, daß ein Fußpaar den ausgetretenen Weg verließ und als Spur in südlicher Richtung weiterverlief. Den Eindrücken nach zu urteilen, konnte es sich nur um eine Person handeln. Userhet befand sich also auf dem Rückweg zu seinem und nicht zu Wensus Boot. Wie weit, hatte Ahmose erzählt, war der tote Seitenarm vom Kamm entfernt? Einen Fußmarsch von einer halben Stunde?

»Sein Schlitten ist nicht sehr breit«, stellte Imsiba fest,

»aber die Spuren, die er hinterläßt, sind tief. Was auch immer er geladen haben mag, es behindert ihn.«

»Ich bete zu Amun, daß ein Elefantenzahn darunter ist.«

»Ich auch. Ich habe nicht die geringste Lust, mein restliches Leben damit zu verbringen, jedes elende Schiff und jede Karawane, die durch Buhen und Kor kommt, danach zu durchsuchen.«

»Falls Wensu den Elefantenzahn auf Mahus Schiff versteckt hat, und ich bin überzeugt, daß er es getan hat, ist das bestimmt im Auftrag von Userhet geschehen.« Bak wischte sich einen Schweißtropfen von der Nasenspitze. »Das wird er hoffentlich zugeben.«

Imsibas Schritte waren lang und regelmäßig. Kleine Schweißbäche liefen ihm über die Brust und den Rücken. Falls sein Kopf noch immer schmerzte, ließ er sich das nicht anmerken. Er zeigte auch nicht die geringsten Ermüdungserscheinungen. Bak, der kaum mit ihm Schritt halten konnte, legte die Hand über die Augen und starrte auf die winzige Gestalt in der Ferne. Der Dunst war inzwischen durch eine stärker werdende Brise weggeblasen worden, aber die Hitze, die vom Sand aufstieg, ließ die Dünen und die Felsformationen und den Mann, den sie verfolgten, zittern und vibrieren.

»Wir holen auf, Imsiba.«

»Ich habe ihn nie gemocht. Er ist einfach zu hochnäsig und selbstgefällig. Aber ich hätte nicht gedacht, daß er einen Mann umbringt und dann noch einen und in der Folge noch zwei weitere.«

»Und beinahe noch einen vierten.« Bak berührte den schmutzigen Verband um den Arm seines Freundes. »Dieser Pfeil war eindeutig für dich bestimmt, davon bin ich überzeugt.«

»Für mich?« Imsiba sah ihn aufgeschreckt an. »Ich war doch keine Gefahr für ihn.«

»Wollte er nicht Sitamun heiraten? Er hat sie zweifelsohne begehrt – sie ist eine Frau von unglaublicher Schönheit und besitzt großen Charme. Aber wahrscheinlich ging es ihm mehr um das Schiff, das sie von Mahu geerbt hat.«

Ein müdes Lächeln umspielte Imsibas Lippen. »Ein großes Frachtschiff zur freien Verfügung zu haben hätte für jemanden, der mit Schmuggelgut handelt, natürlich immense Vorteile geboten.«

»Aber nicht, wenn er seine Autorität mit einem Mann teilen muß, dessen Aufgabe es ist, die Waagschalen der Gerechtigkeit im Gleichgewicht zu halten.«

»Sieh dir das an! Er hat die Richtung geändert und strebt jetzt zum Fluß hinunter.« Imsiba griff sich in die Seite, aber er weigerte sich zuzugeben, daß er Schmerzen hatte. »Wir nähern uns wahrscheinlich dem Seitenarm, wo er sein Boot zurückgelassen hat.«

»Ich danke den Göttern, daß er sich nicht einmal umgeschaut hat. Er geht bestimmt davon aus, daß wir für immer und ewig eingesperrt sind.« Wenn der hochgewachsene Sergeant schon keine menschlichen Schwächen eingestehen wollte, würde auch Bak sich nicht über seine schmerzenden Waden beschweren.

Imsiba warf einen Blick in Richtung des Gottes Re, der seinen Abstieg in die Unterwelt endgültig besiegelt hatte. Der Himmel war mit goldenen Streifen durchsetzt. »Wenn wir ihn nicht binnen einer Stunde fassen, werden wir ihn in der Dunkelheit verlieren. Er kennt diese Gegend viel besser als wir. Sie war seit Monaten sein Tummelplatz.«

»Wir rücken ihm immer dichter auf den Pelz.« Bak fuhr sich mit dem Handrücken über die Augenbrauen und wischte den Schweiß an seinem Schurz ab, der auch schon ganz feucht war und außerdem grau von Staub und Schmutz. »Vor kurzem konnten wir nicht einmal den Schlitten erkennen. Jetzt sehen wir ihn deutlich vor uns. Und wir konnten auch nicht ...« Er verstummte und starrte mit offenem Mund auf den Mann vor ihnen.

Userhet hatte seine Schritte verlangsamt und drehte sich

gerade um, als wolle er die Ladung auf seinem Schlitten überprüfen. Sein Kopf zuckte hoch. Er geriet ins Stolpern. Der Schlitten rutschte weiter, traf ihn an den Knöcheln und hinterließ bestimmt Schürfwunden. Er nahm seinen Kurs wieder auf und marschierte weiter, jetzt schneller als zuvor.

»Er hat uns bemerkt«, stellte Bak fest und beschleunigte sein Tempo ebenfalls.

»Wer hätte gedacht, daß jemand mit einem beladenen Schlitten so flott laufen kann?« Baks Frage war rein rhetorisch, und er wußte das auch. Das Reden strengte ihn nur noch zusätzlich an.

Imsiba mußte ebenfalls das Bedürfnis verspüren, seiner Meinung Luft zu machen. »Er nutzt das Gefälle hinunter zum Wasser. Es hat zwar nur eine geringe Neigung, aber sie reicht, daß der Schlitten ohne große Kraftanstrengung hinabgleitet.«

Bak überprüfte den in Frage kommenden Flußabschnitt, der jetzt nur noch etwa tausend Schritte entfernt war. Userhet befand sich etwa auf halben Weg dahin. An vielen Stellen sah man Wasser über das Flußufer treten und das goldfarbene Getreide umspülen, aber nirgends entdeckte Bak den schilfbewachsenen Seitenarm. Doch er mußte ganz in der Nähe sein.

»Wie ein Mann, dessen normale Beschäftigung eher ruhig verläuft und der eigentlich jeden Tag nur im Haus herumsitzt, es schafft, so schnell zu gehen und so schwer zu ziehen, ist mir unerklärlich.« Imsiba stieß beim Luftholen die Worte mühsam hervor. »Seine nächtlichen Ausflüge als Mann ohne Kopf müssen seine Muskeln und seine Entschlossenheit ganz schön gestärkt haben.«

»Das Schicksal, das ihm bei der Ergreifung droht – zweifellos die Pfählung –, würde wahrscheinlich jedem Mann Flügel verleihen.«

Sie eilten schweigend weiter und verschwendeten nicht mehr den Atem mit vielen Worten. Baks Waden taten weh, seine Schenkel fühlten sich bleiern und steif an. Sein Mund war völlig ausgedörrt, und seine Brust schmerzte. Der Schlitten war wie ein zusätzlicher Stachel, ein nagender Hinweis darauf, wie sicher sich Userhet fühlte, daß er ihnen entkommen würde. Falls er befürchtet hätte, gefangengenommen zu werden, hätte er ihn bestimmt stehenlassen. Baks einziger Trost war der sanfte Wind, der sich immer mehr abkühlte, je weiter es auf den Abend zuging. Der Schweiß gefror ihm buchstäblich auf der Haut.

Von ihrer körperlichen Verfassung her schienen die beiden Medja dem Mann, dem sie folgten, gewachsen zu sein. Sie hatten noch dazu den Vorteil, nicht durch irgendwelche Lasten behindert zu werden. Langsam schrumpfte die Entfernung zwischen den beiden Verfolgern und Userhet immer mehr. Etwa dreihundert Schritte vom Fluß entfernt schwenkte Userhet abrupt herum und strebte diagonal über den Sand auf eine Baumgruppe zu. Durch die Blätter erhaschte Bak einen Blick auf das Wasser und dichtes Schilfgras.

»Du Ausgeburt von Apep!« fluchte Bak. Userhet war praktisch in greifbarer Nähe vor ihnen. Es durfte nicht sein, daß er ihnen jetzt noch entwischte.

Plötzlich trat ein spärlich bekleideter Mann aus der Baumgruppe hervor. Er trug eine Sense, deren scharfe Schneide im Licht der untergehenden Sonne glänzte. Eine Frau in einem bunten knöchellangen Kleid tauchte ein paar Schritte weiter unten aus dem Schatten der Bäume auf. In der Hand hielt sie ein Messer mit einer langen Klinge. Ein zweiter Mann erschien nur ein paar Schritte weiter flußaufwärts am Ufer, dann ein dritter und vierter, alle ungefähr im gleichen Abstand voneinander. Jeder trug entweder eine Sense, eine Axt oder einen Hammer als Waffe in der Hand. Normale Werkzeuge von ihren Höfen.

Bak und Imsiba verringerten ihr Tempo. Sie waren sprachlos.

»Meinst du, sie sind hier, um ihm zu helfen?« fragte Bak.

Userhet, der jetzt weniger als fünfzig Schritte von den Bäumen entfernt war, hatte seine Geschwindigkeit mittlerweile ebenso verzögert wie seine Verfolger. Aber statt den Bauersleuten zuzuwinken, wie man das bei Freunden tun würde, blickte er suchend hin und her, als überlege er, was er am besten tun solle, um an ihnen vorbei sein Ziel am Fluß zu erreichen.

Bak schickte ein stilles Dankgebet zu Amun und zu allen anderen Göttern in der Hoffnung, einer möge ihm in dieser Situation zu Hilfe eilen.

Zwei Männer traten vor, beide mit einer Sense bewaffnet. Ein Junge hielt ein Messer in der Hand, ein anderer einen Speer. Eine Frau und ein Mann trugen jeweils Äxte. Wieder ein Junge mit einer Sense. Weitere Leute kamen aus der Baumgruppe hervor. Eine schweigende lebende Mauer hatte sich zwischen Userhet und dem Wasser gebildet. Der Aufseher beschleunigte seine Schritte wieder. Er lief jetzt parallel zu der doppelten Menschenreihe und zog den Schlitten hinter sich her. Er suchte nach einer Möglichkeit, an ihnen vorbei zu fliehen.

»Beim Barte von Amun!« rief Imsiba. »Woher kommen auf einmal all diese Leute? Wieso sind sie hier?«

»Da, schau!« Bak deutete auf Mery, der etwa in der Mitte der Verteidigungslinie stand und einen rötlichen Schild in der Hand hielt, hinter dem seine schmächtige Figur fast völlig verschwand. Einen Speer trug er hoch über dem Kopf. »Er muß mit dem Boot gekommen sein, der Wind ist gerade günstig, und alle, die er unterwegs getroffen hat, hat er aufgefordert, uns zu helfen.«

»Ein äußerst umsichtiges Kind.« Imsiba grinste.

Angespornt von der Findigkeit des Jungen, vergaß Bak seine schmerzenden Muskeln und seine berstenden Lungen. Er rannte los, Imsiba hinter ihm her. Als Userhet ihre stampfenden Schritte hörte, warf er einen Blick nach hinten und entdeckte, wie dicht die Verfolger ihm auf den Fersen waren. Er ließ das Seil fallen, griff nach Bogen und Köcher, die sich oben auf dem beladenen Schlitten befanden, und lief los. Der Schlitten blieb zurück.

Imsiba zog einen Pfeil aus seinem Köcher und legte ihn in den Bogen ein. Aber er zögerte, ihn abzuschießen, weil er fürchtete, sein Ziel zu verfehlen, und einen der Bauern zu treffen, die sich entlang der Bäume kreisförmig aufgestellt hatten.

Bak lief um den Schlitten herum, nahm dabei kurz die darauf verstauten versiegelten Gefäße und riesigen Beutel wahr, entdeckte aber keinen unzerlegten Elefantenstoßzahn. Er beschleunigte seine Schritte; er war zu sehr mit der Jagd auf seinen Widersacher beschäftigt, als daß ihn das jetzt besonders kümmerte. Userhet legte an Geschwindigkeit noch zu und lief dicht am Ufer entlang. Er schaute ständig nach links, als versuche er in der Menschenkette einen schwachen Punkt auszumachen. Die Bauern blieben furchtlos stehen, beobachteten ihn, warteten ab.

Plötzlich drehte Userhet ab, war scheinbar entschlossen, die Flucht in Richtung Wüste zu wagen. Die ihm am nächsten stehenden Bauern blickten einander an, nickten zufrieden und waren nicht mehr so sehr auf der Hut. Userhet nutzte diese Gelegenheit aus, wandte sich wieder um und stürzte sich auf ein Mädchen, das ein Messer in der Hand hielt. Er stieß so heftig gegen ihre Schulter, daß sie zu Boden fiel. Und schon war Userhet an den Bauern vorbei und zwischen den Bäumen verschwunden.

Bak raste quer durch die auseinanderbröckelnde Menschenmauer. Sie waren alle viel zu verdutzt, um auf Userhets geschicktes Manöver zu reagieren. Doch Bak ließ sich nicht so leicht abhängen, hechtete durch die Baumreihe stromabwärts zu der Stelle, wo der Aufseher verschwunden war. Er schob ein paar spärlich belaubte Zweige zur Seite und fand sich knöcheltief im Hochwasser führenden Fluß wieder, dessen Ufer hier drei bis vier Schritte weit mit Schilf bewachsen war. Das deutete an, wie breit der Fluß normalerweise war. Ungefähr fünfzehn Schritte zu seiner Linken entdeckte er ein kleines, halb im Schilf verstecktes Boot. Lautes Plätschern lenkte seine Aufmerksamkeit auf Userhet, der durch das Schilfbett watete und etwa zwanzig Schritte von ihm entfernt war. Er entdeckte Bak, riß einen Pfeil aus seinem Köcher und hob den Bogen. Er legte den Pfeil ein und spannte die Sehne.

Bak reckte sein Schild hoch und duckte sich zur Seite. Der Pfeil traf auf dem Holzrahmen auf und fiel ins Wasser. Als er Userhet einen zweiten Pfeil einlegen sah, tauchte Bak ins Schilf ab. Schlamm wurde vom Boden aufgewirbelt und färbte das Wasser, das ihm bis zur Taille reichte, dunkel. Die langen, harten Schilfstengel behinderten Schild und Speer in ihrer Beweglichkeit, und beide saßen fest. Er befreite den Speer, obwohl die Waffe hier in diesem Dickicht fast unbrauchbar war.

Ein Mann mit einer Sense kam unter den Bäumen hervor. Userhet richtete den Bogen auf das neue Ziel, doch sofort war der Bauer aus dem Blickfeld verschwunden. Der Aufseher wandte sich nun wieder Bak zu und ließ den Pfeil losschnellen. Er durchbohrte den Schild und traf das Rinderfell ungefähr eine Handbreit oberhalb des Griffs. Bak zog schnell seine Hand weg und kauerte sich noch tiefer ins Wasser. Ein dritter und vierter Pfeil folgten innerhalb kürzester Zeit. Das zwang Bak, den Schild tiefer in das Dikkicht zu ziehen.

Da Userhets Aufmerksamkeit offensichtlich dem Schild galt, beschloß Bak, die Situation zu seinen Gunsten zu verändern. Der Speer würde sein Vorhaben behindern, daher suchte er eine passende Stelle ungefähr eine Armlänge von seinem augenblicklichen Standpunkt entfernt und rammte die Spitze in den Schlamm, so daß der Schaft über das hohe Schilf hinwegragte. Sichtbar für ihn, aber unsichtbar für jemanden, der das nicht wußte. Und er war nahe genug im niedrigen Wasser, so daß er ihn bei Bedarf schnell erreichen konnte.

Bak kauerte sich ganz tief hinunter und begann durch das

Schilf ins tiefere Wasser vorzustoßen. Er verhielt sich sehr vorsichtig, um zu vermeiden, daß die Spitzen der Schilfpflanzen sich mehr als normal bewegten. Der Schlamm unter seinen Füßen war glitschig und gab bei jedem Schritt nach. Sein Knöchel verfing sich in einer Wurzel, und winzige Wassertierchen kitzelten seine Beine. Er zwängte sich durch die letzten Schilfstengel hindurch, der Grund gab nach, und er befand sich im offenen Wasser. Ein Pfeil zischte so dicht an seinem Kopf vorbei, daß er es als lautes Rauschen wahrnahm. Er tauchte unter die Wasseroberfläche.

Mit einem Dutzend Zügen hatte er die Distanz zu Userhets Boot zurückgelegt. Er achtete darauf, den Kopf immer tief unten zu halten, und wartete im Schilf seitlich entlang bis vor zum Bug. Ein Pfeil zischte dicht über seinen Kopf hinweg, durchstieß das Schilf und landete im Wasser. Bak duckte sich noch tiefer. Ein zweites Geschoß landete an der Bootswand nur ein paar Handbreit von seinem Gesicht entfernt. Bak tauchte unter dem Boot hindurch und kam an der anderen Seite des Bugs wieder hoch. So hatte er wenigstens das Boot als Schutzschild zwischen sich und Userhet. Er zog den Dolch aus der Scheide und schnitt das Seil durch, mit dem das Boot vertäut gewesen war. Es tat ihm zwar in der Seele weh, ein solches Schmuckstück einfach den Fluten zu überlassen, aber er durfte Userhet keine Chance zur Flucht geben. Bak hielt sich an der Bootswand fest und watete ins tiefere Wasser. Ein letzter Schubs, und das Boot wurde von der Strömung erfaßt. Der Bug drehte sich um hundertachtzig Grad, und langsam glitt es stromabwärts.

»Du Ausgeburt von Seth!« keifte Userhet und schoß einen weiteren Pfeil ab, der die Wasserfläche entlangglitt und nur etwa um Armesbreite an Baks Kopf vorbeiflog.

Bak entdeckte Imsiba, der ein Stück flußaufwärts von Userhet mit seinem Bogen in der Hand im seichten Wasser stand. Die Männer, Frauen und Kinder, die durch die Zweige halb verdeckt waren, standen am Ufer und sahen dem Kampf zu. Sie versperrten dem Aufseher den Weg zurück in die Wüste, verhinderten aber auch, daß Imsiba seine Waffe einsetzen konnte.

»Gib auf, Userhet!« rief Bak.

»Niemals!«

Mit einem höhnischen Lachen watete der Aufseher flußabwärts. Er hielt sich dicht an den Schilfstreifen und vermied es, den Bauern zu nahe zu kommen, aus Furcht vor einem plötzlichen Angriff. Seine goldbraune Haut schimmerte in den letzten Strahlen der untergehenden Sonne. Bak brauchte einen Augenblick, bis er verstand, was er vorhatte – er marschierte auf Baks Schild und den Speer zu, den er im Schilf entdeckt haben mußte.

Bak holte tief Luft, tauchte und schwamm flußaufwärts. Zwischendurch kam er kurz an die Oberfläche, um sich zu vergewissern, wo er sich befand. Er suchte nach dem Weg, den er zuvor durch das Röhricht genommen hatte. Userhet schoß einen weiteren Pfeil ab, der sich in Baks Unterarm bohrte. Glücklicherweise nicht zu tief, und das Blut aus der Wunde wurde abgewaschen, als Bak erneut untertauchte. Mit den Füßen erreichte er festen Untergrund, und sofort stürmte er, mit dem Kopf voran, zwischen den zum Teil geknickten Schilfrohren vorwärts, die ihn zu seinem Speer führten.

Userhet sah ihn auf sich zukommen und tauchte nach dem Schild ab. Er zerrte so lange daran herum, bis er ihn vom Schilf befreit hatte, und schlug auf die umgebenden Schilfrohrstengel ein, um den Speer zu suchen, den er ganz in der Nähe vermutete. Bak streckte die Hand aus und schnappte nach ihm. Er fühlte die kühle nasse Haut von Userhets Arm unter seinen Fingern, doch dann entglitt er ihm wieder. Bak gab nicht auf, sondern versuchte es erneut. Er stolperte und bekam Userhets Bogen mit einer Hand zu fassen. Der Aufseher versuchte, seine Waffe festzuhalten, aber Bak entriß sie ihm. Nachdem er sein Gleichgewicht wiedergefunden hatte, warf Bak den Bogen, der ihm ohne Pfeile nicht viel nutzte, weit über das Schilf hinaus ins schnell fließende Wasser.

Userhet schaute sich verzweifelt nach einer Waffe um. Er

entdeckte Baks Speer und riß ihn aus dem Schlamm. Bak rannte auf ihn zu und erwischte den Speer eine Handbreit unterhalb der Spitze. Userhet klammerte sich mit beiden Händen an den Speer, riß daran und versuchte, ihn freizubekommen, während Bak ihn nur mit einer Hand festhielt. Baks Finger glitten von dem Holz ab, und er fühlte, wie die scharfe Speerspitze seinem Handgelenk gefährlich nahe kam. Es fehlte nicht viel, und er verlor die Waffe, und er wußte das. Er machte einen Satz vorwärts und packte mit der anderen Hand den Schaft.

Die beiden Männer standen einander jetzt dicht gegenüber, knöcheltief im Schlick versunken und mit Schlinggewächsen um ihre Beine. Beide umklammerten sie den Speer, die scharfe Bronzespitze befand sich etwa in Kopfhöhe. Sie zerrten und zogen daran. Der lange Schaft verfing sich in den Wurzeln und ließ sich schließlich kaum mehr von der Stelle bewegen, fast so, als hätte er ein Eigenleben entwickelt.

Userhet stieß die geschärfte Klinge in Richtung von Baks Gesicht. Dieser verfluchte den Aufseher, die Waffe, den Schlammboden und wich einen Schritt zurück. Er bekam erneut den Schaft zu fassen und drehte ihn mit aller Kraft hin und her, um ihn aus der Verankerung zu befreien. Userhet seinerseits versuchte mit entschlossenem und grimmigem Gesicht und angespannten Halsmuskeln die Spitze erneut an das Gesicht seines Gegners zu drücken. Und wieder wich Bak zurück. Er spürte, wie dieser Zweikampf ihn anstrengte. Seine Arm- und Beinmuskeln schmerzten und erinnerten ihn unwillkürlich daran, welchen Kraftakt er heute schon bei der Befreiung aus dem Grab hinter sich hatte. Er wußte, daß er bald den Speer an sich bringen mußte, sonst wäre er zu erschöpft, und Userhet würde den Sieg davontragen.

Userhet mußte die Schwäche seines Gegners gespürt haben. Mit einem häßlichen Grinsen versuchte er, den Speer wieder auf Bak zu richten. Bak stolperte rückwärts und trat dabei auf eine Wurzel. Userhet kam ihm hinterher. Bak ließ sich auf ein Knie fallen, um so sein Gleichgewicht wiederzuerlangen. Gleichzeitig zog er den Speer über seinen Kopf in dieselbe Richtung, in die Userhet ihn schob. Der Aufseher geriet ins Wanken und mußte sich mit dem anderen Arm wieder fangen. Bak nutzte die Gelegenheit, um dem geschwächten Gegner den Speer ganz zu entreißen, und taumelte dabei einige Schritte rückwärts, was ihm gleichzeitig Platz für einen Angriff verschaffte. Userhet hechtete mit blitzenden Augen hinterher. Bak rappelte sich mühsam auf und hielt den Speer hoch über seinem Kopf. Die scharfe Bronzespitze schlitzte Userhet den Hals auf. Er blieb einen Augenblick lang wie angewurzelt stehen, während das Blut in einem Sturzbach aus der Halsschlagader schoß, dann knickten die Beine unter ihm weg, und er stürzte nieder. Bak war völlig überwältigt von dem plötzlichen Ende des Kampfes und starrte mit offenem Mund auf Userhet hinab, der sein Leben in dem aufgewirbelten morastigen Wasser aushauchte.

Imsiba kam durch die Bäume auf ihn zugestürzt, dichtauf folgten einige stämmige Bauernburschen. Bak nahm all seinen Mut zusammen und kniete sich neben den Mann, dessen Tod er herbeigeführt hatte. Niemand konnte mit einer so schweren Halsverletzung überleben, wenn fast nur noch die Halswirbel und ein wenig Haut den Kopf am Körper festhielten.

Den Bauern stockte der Atem, und sie starrten mit aufgerissenen Mündern und blankem Entsetzen auf den toten Aufseher.

»Der Mann ohne Kopf«, murmelte Imsiba mit erstickter Stimme.

17. Kapitel

Draußen vor der Tür von Thutys privatem Empfangsraum fielen die langen Schatten der frühen Morgensonne über den Hof. Eine graue Katze lag ausgestreckt in der Sonne und wedelte mit dem Schwanz. Die Augen hielt sie auf einen Sperling gerichtet, der auf den Ästen eines Akazienbaums hin und her hüpfte. Außer daß man einen Mann in einem weit abgelegenen Raum pfeifen hörte, war es ungewöhnlich still in dem Gebäude. Die Konkubine des Kommandanten und die Kinder waren in ein anderes Haus umquartiert worden, um Platz zu schaffen für den Wesir, den Vizekönig und ihre Begleiter. Die Hälfte der Dienerschaft befand sich im unteren Stockwerk zusammen mit Tiya, wo sie die Empfangshalle für das abendliche Bankett vorbereiteten, während die übrigen in der Nähe herumlungerten, bereit, jederzeit einem der illustren Gäste ihres Herrn zu Hilfe zu eilen.

»Der Wesir hat sich sehr zufrieden über das Ende von Userhet und die Aufdeckung der großangelegten Schmuggelaffäre geäußert.« Kommandant Thuty lehnte sich in seinem Lehnstuhl zurück, ein breites Lächeln auf den Lippen, und schaute den vor ihm stehenden Untergebenen anerkennend an. »Ich brauche dir nicht zu sagen, wie sehr ich mich über dieses Lob gefreut habe.«

»Nein, Herr.« Anerkennung von ganz oben war etwas sehr Seltenes im Grenzgebiet. Bak konnte die Freude des Kommandanten über den Erfolg sehr gut nachvollziehen.

»Es ist schade, daß du keinen Elefantenstoßzahn aufspüren konntest. Ich würde nur zu gern wissen, wer für den Schmuggel des Elfenbeins verantwortlich ist, das unser Abgesandter in Tyrus gesehen hat. War es Userhet? Oder jemand anderes? Ein Mann, den wir noch fassen müssen?«

Bak konnte nur mit den Schultern zucken. »Ich glaube zwar, daß Userhet dahintersteckt, aber bisher habe ich noch keinen Beweis dafür finden können.«

»Muß ich dich daran erinnern, daß deine und Nebwas Männer weiterhin alle Schiffe und Karawanen nach Schmuggelgut, das über die Grenze gebracht werden soll, durchsuchen müssen?«

»Ich darf dir versichern, Herr, daß ich jeden Stein umdrehen werde bei der Suche nach der Wahrheit.«

Thuty mußte den Mangel an Begeisterung in Baks Stimme bemerkt haben, denn er musterte den jungen Offizier genau, während er die Hände in Pyramidenform aneinandergelegte. »Ob du es glaubst oder nicht, Bak, mir macht die ganze Sache genauso wenig Spaß wie dir. Jedesmal, wenn du ein Schiff aufhältst, bekomme jede Menge Beschwerden zu hören.«

Dank Nebwas Hilfe war Bak am gestrigen Abend an Bord von Wensus Schiff nach Buhen gesegelt. Der Stellvertreter hatte einen Zimmermann abgeordnet, um das Steuerruder zu reparieren, und hatte auch Matrosen mitgeschickt, die es durch den »Steingürtel« gerudert und stromabwärts nach Buhen gebracht hatten. Da der Hafen vollständig von der Flotte des Wesirs in Beschlag genommen wurde, hatten sie das Schiff ein wenig weiter flußaufwärts am Ufer festgemacht. Dort hatten sie die Leichen von Userhet und Wensu abgeladen und die Schiffsmannschaft aus Kusch einer Abteilung von Medja-Polizisten übergeben. Imsiba war sofort losgeeilt, um Sitamun aufzusuchen. Mery war nach Hause gegangen. Bak und Nebwa hatten dem Kommandanten Bericht erstattet. Und jetzt war Bak erneut hier, um die Einzelheiten der Aktion zu beschreiben. Zumindest versuchte er es.

Thuty bedeutete ihm mit einer Handbewegung, auf einem Schemel Platz zu nehmen, und befahl einer vorbeikommenden Dienerin, einer hübschen jungen Frau, die bestimmt den noblen Gästen gefallen würde, ihnen beiden einen Krug Bier zu bringen. »Du hast erzählt, daß die Bauern euch zu Hilfe gekommen sind, weil Mery sie dazu aufforderte.«

»Ja, Herr.«

Thuty musterte ihn prüfend. »Er ist doch noch ein Kind, das außerhalb der Stadtmauern niemand kennt. Wieso sind sie herbeigeeilt, um ihm zu helfen?«

Bak verlagerte das Gewicht seines Körpers auf dem Schemel, ihm war nicht ganz klar, wie er darauf antworten sollte.

Das letzte, was er wollte, war, ein Thema anzuschneiden, das Thuty immer wieder in Rage versetzte. »Nun, Herr ...«

»Ich werde mit dem Jungen sprechen. Er hat sich mein Lob und noch etwas mehr verdient. Aber zuerst möchte ich die Geschichte von dir hören.«

»Du weißt doch, wie schnell sich Nachrichten entlang des Flusses verbreiten.«

Thuty warf ihm einen sauren Blick zu. »Erspare mir Banalitäten, Leutnant.«

Bak spürte, wie ihm das Blut in die Wangen stieg. »Die Leute an diesem Flußabschnitt mochten Wensu nicht besonders. Oft verlangte er Essen und Getränke von ihnen, obwohl sie selbst kaum genug zum Leben haben. Und wenn ihm oder seinen Männern danach war, nahmen sie sich einfach eine der Frauen oder Töchter, um sich mit ihnen zu vergnügen. Was den Mann ohne Kopf angeht ... Die Menschen hatten Angst vor ihm, schlicht und einfach Angst.« Bak starrte vor sich hin und fuhr entschlossen fort: »Andererseits hatten sie gehört, wie milde ich mich gegenüber dem Dorfältesten Pahuro und den anderen Bewohnern gezeigt hatte. Und sie wußten auch, wie großzügig ich mit der Witwe des Jägers Intef verfahren war. Außerdem hatte ich einem alten Bauern aus der Gegend, Ahmose heißt er, ein Versprechen gegeben, das ich erst noch einlösen muß.«

Thuty verschränkte die Hände vor seinem harten, flachen Bauch und musterte Bak tadelnd unter zusammengekniffenen Augenbrauen. »Ich nehme nichts von dem zurück, was ich dir schon einmal gesagt habe, Leutnant. Ich bin verantwortlich für die Garnison. Ich bin der Mann, der zu Gericht sitzen muß über alle, die sich an diesem Flußabschnitt etwas zuschulden kommen lassen.«

Bak machte sich innerlich schon auf das Schlimmste gefaßt.

»Das bedeutet aber nicht, daß meine Offiziere nicht hin und wieder nach eigenem Ermessen entscheiden können.« Thuty machte eine kurze Pause und fuhr dann in trockenem Tonfall fort: »Wie du es in der Vergangenheit ja auch schon getan hast und es in Zukunft zweifelsohne wieder tun wirst.«

Bak neigte den Kopf und verbarg ein erleichtertes Lächeln. Er murmelte: »Ich werde dieses Privileg nicht ausnutzen, das verspreche ich.«

»Hmm!«

Bak versuchte herauszufinden, wie er dieses Räuspern deuten sollte, als die Dienerin zurückkam. Sie reichte Bak und Thuty einen geöffneten Bierkrug und eine Trinkschale und verschwand dann wieder eilig, als erwarte sie jeden Augenblick, von einer der hochgestellten Persönlichkeiten gerufen zu werden.

Thuty füllte seine Schale, nahm einen tiefen Schluck und nickte anerkennend. »Der Wesir möchte morgen Abend auf meinem Lehnstuhl sitzen und selbst Recht sprechen. Er will sich die Gesuche anhören und die Beschwerden und auch Urteile in Streitigkeiten fällen.« Er setzte den Krug auf dem kleinen Beistelltisch neben seinem Lehnstuhl ab. Mit feinem Unterton fügte er dann hinzu: »Ich möchte den Fall von Frau Rennefer vorbringen. Bist du bereit, dich hinzustellen und die Anklage wegen versuchten Mordes gegen sie zu erheben?«

Bak starrte ihn mit offenem Mund an. »Ja, Herr, aber ...«

»Wie du weißt, Leutnant, habe ich nur selten eine solch äußerst unangenehme Pflicht zu erfüllen, nämlich über eine Frau wie sie zu richten. Eine Verbrecherin, deren Vorhaben mißlang, die aber dennoch versucht hat, das Gleichgewicht von Recht und Ordnung zu stören, indem sie ihrem Mann nach dem Leben trachtete.«

Bak, dem sehr wohl klar war, daß der Kommandant sich insgeheim ins Fäustchen lachte, daß er eine solch unangenehme Aufgabe so elegant loswerden konnte, grinste in sich hinein. »Dreizehn Tage sind vergangen, seit ich Rennefer nach Buhen gebracht habe. Wird der Wesir deine Weisheit nicht in Frage stellen, weil du so lange gewartet hast, um Recht über sie zu sprechen?«

»Er weiß, daß wir damit beschäftigt waren, diesen Schurken Userhet zu fangen.« Thuty schaute Bak über seine Trinkschale hinweg an. »Du hast den Fall fast abgeschlossen, oder?«

»Meine Medjas sind noch dabei, sein Haus zu durchsuchen, und ein Heer von Schreibern vergleicht das Inventar jedes Lagerhauses mit den Lagerlisten. Die Aussage zu Rennefers Fall habe ich schon längst aufzeichnen lassen, daher wird unser Ansehen vor dem Wesir keinen Schaden nehmen.«

»Du bist ein sehr gründlicher Mann, Leutnant.«

»Was Userhet betrifft, so hatte er sein Boot unter den Booten der Offiziere versteckt, also Gleiches unter Gleichem. Ich bin sicher, daß wir in einem der Lagerhäuser auch ganz offen Schmuggelwaren finden werden.« Und wenn uns die Götter hold sind, dachte er, werden wir an einem geheimen Ort auch einen ganzen Elefantenstoßzahn aufstöbern.

»Du hast nichts gefunden?« Nebwa schaute auf die Reihe der in die Wand eingelassenen Nischen. Die darin aufbewahrten rötlichen Tongefäße waren leer, die Papyrusrollen, die sie normalerweise enthielten, waren von den Schreibern abgeholt worden, um das Inventar zu überprüfen.

»Bisher noch nicht«, gab Bak zu.

Die beiden Männer standen in der kleinen quadratischen Eingangshalle eines Lagerhauses, das eine sehr große Menge unterschiedlichster Gebrauchsgüter und Nahrungsmittel beherbergte. Einige davon waren für den Garnisonsbedarf bestimmt. Es gab Körper- und Speiseöle, Leinenballen, getrocknete Bohnen und Kichererbsen, Felle, Wollstapel, Bierkrüge, und zwar volle und leere. Der Rest bestand aus exotischen Dingen, die von den Händlern an der Grenze als Zoll dagelassen worden waren. Eine Vielzahl von Gerüchen mischte sich in der unbeweglichen, heißen Luft – der Duft von Parfüms, edlen Hölzern, Zwiebeln und Gewürzen, getrocknetem Fisch und menschlichem Schweiß.

Nebwa ging zur Hintertür und starrte den langen, schmalen Gang hinunter. Alle paar Schritte führten von dort Türen in weitere Räume. Im gesamten Gebäude hingen Fakkeln, die entzündet worden waren und für Licht sorgten. »Der Mistkerl hat bestimmt seinen Anteil in den Norden gebracht, ihn Kapitän Roy mitgegeben, wenn dieser nach Abu gesegelt ist.«

»Nicht, falls er mehr an sich genommen hat, als ihm zustand.« Baks Augen waren auf eine Maus gerichtet, die die Lehmmauer entlanglief. »Außerdem gebe ich die Hoffnung nicht auf, daß wir einen Elefantenzahn finden.«

Nebwa schnaubte verächtlich. »Nach dem, was ich von Roys Ladung gesehen habe, hat Userhet in allerlei Geschäften mitgemischt. Aber ob er auch Stoßzähne schmuggelte?« Er rückte seinen Schurz zurecht und stöhnte laut. »Wensu würde ich das schon eher zutrauen. Ich kann mir vorstellen, daß ein so gewissenloser Mensch wie er Elfenbein auf den Schiffen von ahnungslosen Kapitänen wie Mahu versteckt hat. Aber Userhet war ein Mann, der denken konnte, er war viel zu schlau, um ein solch großes Risiko einzugehen.«

»Er hat Mahu, einen Kapitän von tadellosem Ruf, angesprochen an jenem Abend, als sie in Noferys Freudenhaus Knöchelbeine geworfen haben. Wie klug war denn das?«

Nebwa knurrte, aber er war nicht von seiner Meinung abzubringen. »Es gibt genügend schlimme Taten, die ich liebend gern Userhet in die Schuhe schieben würde. In den Schriftrollen alle Fehler zu bereinigen, würde mein Leben um einiges erleichtern, aber wir können ihm doch nicht aufgrund eines vagen Verdachts die Schuld aufladen.«

Bak konnte die Ungeduld in seiner Stimme nicht unterdrücken. »Wir wissen zum einen, daß einer der Männer, die dort gespielt haben, Mahu gebeten hat, Schmuggelware zu transportieren. Falls das nicht Userhet gewesen sein soll, wer glaubst du denn, war es? Ramose, Hapuseneb, Kay oder Nebamun?«

»Mag sein«, gab Nebwa widerwillig zu, »Userhet hat Mahu angesprochen.«

»Er hat Schiff für Schiff unerlaubte Waren geschmuggelt, Nebwa. Ich glaube nicht, daß sich jemals ein Mann so viel herausgenommen hat. Und in Zukunft wird es gewiß nicht noch einmal jemanden geben wie ihn. Und er hat bestimmt, davon bin ich überzeugt, auch Elfenbein geschmuggelt.«

Nebwa fuhr sich mit den Fingern durch das unordentliche Haar und schnaubte. »Es ist schade, daß du ihn aufgespießt hast, bevor er sprechen konnte.«

Thutys Befehl, die Suche nach Elfenbein fortzusetzen, haftete Bak noch frisch im Gedächtnis. Und angesichts dessen konnte er sich keine größere Untertreibung vorstellen.

»Herr!« Hori kam durch die Tür geschossen. Der Junge drückte Bak ein Stück Papyrus in die Hände und wedelte mit einem zweiten Dokument in der Luft herum. »Ich habe etwas gefunden, Herr, genau wie du gehofft hast.«

Bak kniete sich nieder und glättete die Papyrusrolle auf seinem Schoß. Es handelte sich um eine kurze Liste der Waren, die in einem Raum des Lagerhauses aufbewahrt wurden. Als er sie durchlas, stahl sich ein zufriedenes Lächeln auf seine Lippen. Die Hieroglyphen waren perfekt gezeichnet und die Schrift ordentlich. Man konnte keine Hinweise auf irgendwelche Gewohnheiten feststellen, die auf einen bestimmten Schreiber hingedeutet hätten. Hori kniete neben ihm und entrollte eine zweite Liste, ein Ladungsverzeichnis, das von Kapitän Roys Schiff stammte. Es war das Dokument, das die Schmuggelware an Bord für rechtmäßige Güter erklärte. Die Schrift war identisch.

Bak stand in der Tür und schaute Hori und einem dünnen, älteren Schreiber dabei zu, wie sie die Gegenstände in dem Raum mit denen auf der Inventarliste verglichen, die der Junge gebracht hatte. Imsiba stiefelte unruhig hin und her, hob erst einen Gegenstand auf, dann wieder einen anderen, während Nebwa mit den Händen in den Hüften dastand und einfach nur zusah. Der lange, schmale Raum, der sich in einem entlegenen Winkel des Lagerhauses befand, enthielt weniger als die Hälfte der Gegenstände, die sie auf Roys Schiff gefunden hatten. Ihr Gesamtwert mußte viermal so groß gewesen sein.

Ein ordentlicher Stapel Leopardenfelle lag neben einem Korb mit merkwürdig geformten Hörnern von irgendwelchen Tieren, die man im Land Kemet nicht kannte. Straußenfedern schauten aus dem Hals eines bauchigen Gefäßes heraus. Kurze Stücke Ebenholz lagerten neben einem Korb, der bis zum Rand mit wertvollen Steinen gefüllt war. Unzählige Tongefäße waren aufgereiht, die je nach Beschriftung Myrrhe, Weihrauch oder Gewürze enthielten. In einem roten Gefäß mit engem Hals wurden Zähne von großen fleischfressenden Tieren aufbewahrt. Ein grau-grüner Behälter war vollgepackt mit kleinen Leinenbeuteln mit Samen. Die Namen der entsprechenden Pflanzen oder Bäume, die aus einer Gegend weit südlich von Wawat stammten, waren auf den Beuteln vermerkt. In einem Korb hatte man aus grobem Leinen kleine Unterteilungen geschaffen, in denen getrocknete Wurzeln, Blätter und Stiele sortiert waren.

Zwei Särge in Körperform und ein prächtiger Sarkophag waren vor der hintersten Wand aufgestapelt, in dieser hinteren Ecke befanden sich auch drei kleine Holztische und ein zerbrochener Stuhl. Die Särge waren bemalt und verziert, aber die Namensschilder an der Fußseite waren noch nicht beschriftet, und die Sargdeckel lehnten an der Wand dahinter. Sie waren leer und gewiß für den Transport flußaufwärts bestimmt. Särge und Möbel wirkten irgendwie seltsam in diesem Raum, in dem ansonsten nur exotische Dinge aufbewahrt wurden. Bak vermutete, daß Userhet sie hier aufgestellt hatte, um neugierige Schreiber davon zu überzeugen, daß es sich um legale Waren handelte.

Er war mehr als zufrieden, sowohl was die Quantität als

auch die Qualität des gefundenen Schmuggelguts betraf. Andererseits war er auch enttäuscht. Der Raum enthielt keine Elefantenstoßzähne, ja nicht einmal das kleinste Stückchen Elfenbein. Konnte er sich irren? Konnte es sein, daß jemand anderes als Userhet Stoßzähne in den Norden verschifft hatte? Aber wer? Mit derselben Herkunft? Und wenn ja, wie war der Handel getätigt worden?

»Noch ein Topf mit Myrrhe. Der sechste Topf, wenn ich richtig gezählt habe.« Imsiba schüttelte verwundert den Kopf und stellte den ovalen schwarzen Topf zwischen einigen ähnlichen Gefäßen ab. »Userhet wollte Buhen als reicher Mann verlassen, das ist sicher.«

»Ich möchte gern wissen, was Psuro in seinem Haus gefunden hat«, meldete sich Hori zu Wort.

»Nicht viel, wette ich«, antwortete Nebwa. »Er war von zahllosen Nachbarn umgeben mit viel zu vielen neugierigen Kindern, um irgend etwas Wertvolles dort verbergen zu können.«

Bak wedelte eine dicke, streng riechende Wolke von sich weg, die von einer Fackel an der Wand in der Nähe der Tür stammte. »Irgendwo im Norden, wahrscheinlich in Abu, muß es einen Händler geben, der das Schmuggelgut von Userhet erhalten hat. Und einen Ort, wo alles gelagert wurde.«

»Thuty hat im Morgengrauen einen Kurier losgeschickt.« Nebwa sah dem älteren Schreiber beim Zählen der Leopardenfelle zu. »Wenn die Götter ihm günstig gesonnen sind – und uns auch –, dann wird er in Abu ankommen, noch bevor Userhets Komplize merkt, daß irgend etwas schiefgelaufen ist. Ich würde es bedauern, wenn diesem Mistkerl kein Haar gekrümmt wird und er weiter frei herumläuft.«

»Wie soll er denn wissen, nach wem er suchen soll?« fragte Hori.

»Oh, das ist doch ganz einfach«, meinte Nebwa lachend. »Er wird am Kai herumhängen und nach Kapitän Roy fragen und sehen, was passiert.«

»Userhet muß auch bei jeder Fahrt ein paar Gegenstände

aus dem Grab, das wir gefunden haben, mitgeschickt haben.« Bak sprach laut zu sich selbst, er überlegte, wie man den Stoßzahn eines Elefanten schmuggeln konnte. »Er hat sie wahrscheinlich einfach in ein falsches Ladungsverzeichnis aufgenommen, und so wurden sie Teil des Inventars. Da so viele Schiffe kommen und gehen und jedes einen Teil der Ladung als Zoll zurücklassen muß, würde nicht einmal ein Schreiber seines eigenen Amtes das bemerken.«

»Und wenn die Schmuggelgüter erst einmal auf einer Liste in Buhen standen«, fügte Imsiba hinzu, »konnte alles ohne Zwischenfälle in den Norden geschickt werden. Und ein falsches Ladungsverzeichnis würde alles decken, falls sich ein Inspektor für die Waren auf dem Weg von hier nach Abu interessieren sollte – oder in einem anderen Entladehafen.«

Bak nickte. »Userhet mußte nur einen Kapitän finden, der sie zum richtigen Zeitpunkt und am richtigen Ort anliefern würde.«

»Ich hielt ihn immer für arrogant und nicht klüger als den Durchschnitt«, gab Imsiba zu. »Doch so einen einfachen, aber raffinierten Plan hätte ich ihm nicht zugetraut.«

»Ein Plan ist immer nur so gut wie die Leute, die ihn ausführen. Seine Verbindungen zerbröckelten an dem Tag, als Roy sich entschloß, nach Kemet zurückzukehren.« Nebwa streichelte über ein weiches Affenfell. »Warum er allerdings Mahu angesprochen hat, kann ich nicht verstehen.«

»Vielleicht hatte Mahu dunkle Seiten, von denen wir nichts wußten«, gab Bak zu bedenken.

Nebwa wirbelte herum. »Das glaube ich einfach nicht!«

Bak ging auch nicht davon aus, aber er hatte keine andere Erklärung dafür, warum Userhet diesem Mann ein Angebot gemacht hatte. Der Aufseher war doch viel zu gerissen, um mit einem zweideutigen Angebot an einen Mann von absoluter Rechtschaffenheit heranzutreten. Aber er sollte besser nicht auf diesem Punkt herumreiten. Allein schon wegen Sitamun – und auch wegen Imsiba – war es besser, Mahus Ruf nicht zu schädigen.

»Hier ist es.« Mit ihren fleischigen Fingern strich Nofery über ein weißes Gewand, das oben nur von schmalen Trägern gehalten wurde. Sie hatte das weite wallende Prachtstück aus feinstem Leinen auf dem Fußteil ihres Bettes ausgebreitet. »Ich habe es speziell für das Fest des Kommandanten anfertigen lassen.«

Bak trat etwas näher, so daß er es genauer sehen konnte, und lächelte sie bewundernd an. Es war schwierig, ein so weites Kleid wirklich schön zu finden, aber er wollte auf keinen Fall die Gefühle der beleibten Besitzerin des Freudenhauses verletzen. Er war in ihren Räumlichkeiten erschienen, um ein Versprechen einzulösen. Er erzählte ihr die Geschichte von der Jagd auf die Schmuggler, besonders die Sache mit Userhet und dessen Verfolgung durch die Wüste, die mit dem Tod des Aufsehers endete. Und die alte Dame hatte jedes seiner Worte so begierig in sich aufgesogen wie der reiche schwarze Boden im Flußtal die jährliche Flut. Als Gegenleistung hatte sie angeboten, ihm ihr kostbares Gewand für das Fest zu zeigen. Aber selbst die Schilderung seiner Erlebnisse lenkte Bak nur wenig ab und vermochte die Enttäuschung nicht aufzuwiegen, daß er keinen Elefantenzahn erbeutet hatte.

Der dunkelhäutige Diener Amunaya legte einen breiten Kragen aus farbigen Perlen über die Träger des Kleides, in das Nofery sich inzwischen gezwängt hatte. Er trat einen Schritt zurück, legte den Kopf ein wenig zur Seite, um die Wirkung an seiner Herrin zu bewundern. Dann nickte er zustimmend, schüttelte ein großes rechteckiges weißes Leinentuch aus, drapierte es um ihren Arm, nahm das Fransenende hoch, legte es doppelt und ließ es nach vorne über das Kleid fallen. Lächelnd legte ihr der Junge sodann die Armbänder, Armreifen und Fußspangen an, die genau zum Kragen paßten und das Ensemble komplettieren sollten.

Bak streichelte Nofery über den üppigen Hintern. »Du wirst noch das Herz des Wesirs erobern, gute Frau.«

»Ja, ja, mach dich nur lustig über mich.« Sie hob stolz den Kopf. »Aber heute abend werde ich dich schon zu beeindrucken wissen.«

Bak hielt es für besser, nicht darauf zu antworten. Er hatte vor langer Zeit gelernt, sie nicht zu unterschätzen. »Nimmst du den Jungen mit? Und den Löwen?«

Nofery legte dem jungen Diener eine Hand auf das dichte Haar. »Amunaya kommt mit. Ich habe beschlossen, daß er nur einen weißen Schurz und goldene Armbänder und Fußspangen tragen wird. Die Haut wird eingeölt, so daß sie goldfarben wirkt. Und mit Straußenfedern wird er mir Luft zufächeln.« Ihr Lächeln machte einem Schmollmund Platz. »Den Löwen wollte ich eigentlich auch mitnehmen, aber er ist noch zu jung und viel zu verspielt.«

Bak atmete erleichtert auf, ließ es sich aber nicht anmerken. Er hatte befürchtet, daß Nofery die Wildkatze mitbringen würde. Dann hätte er nämlich einen seiner Medjas abstellen müssen, um notfalls das angriffslustige Tier abzuwehren, sollte es einen der vornehmen Herren angreifen.

Die alte Frau löste die Träger und legte das Gewand wieder ab. Sie ergriff Bak am Arm und zog ihn nach draußen in den Hof. Eine blasse junge Frau mit goldfarbenen Haaren lag nackt auf einem Leinenbett in der Sonne. Eine etwas ältere dunkelhaarige Frau mit großen Brüsten saß mit gekreuzten Beinen neben ihr und rieb sich den Rücken und das Gesäß mit Öl ein. Beide warfen Bak einen Blick aus schläfrigen Augen zu, der ihn zu Intimitäten einladen sollte.

Nofery ignorierte sie und ließ sich auf einen Schemel im Schatten neben der Mauer fallen. »Du hast mir nicht erzählt, wieso Userhet es noch für wert erachtete, seinen Lastschlitten durch die Wüste zu ziehen, wenn ihr ihm schon so dicht auf den Fersen wart?«

»Es war jedenfalls nichts auf dem Schlitten, wofür ich mein Leben riskiert hätte.« Bak grinste und zog sich einen Schemel in den Schatten.

Nofery zischte abfällig. »Du hast dein Leben schon so

häufig aufs Spiel gesetzt – aber immer der guten Sache wegen und niemals aus Geldgier.«

»Er hatte eine ganze Tasche voller Goldklümpchen. Du weißt, die zackigen Stücke, die entstehen, wenn man geschmolzenes Gold langsam in Wasser gießt.« Bak wartete, ob sie das verstanden hatte, dann fuhr er fort: »Er hatte auch Beutel mit Klumpen von schwer zu bekommenden Metallen wie Eisen und silberhaltigem Golderz, dazu Stükke von wertvollen Steinen. Nicht übermäßig große, aber sicher für einen Schmuckhandwerker bestimmt, glaube ich. Außerdem führte er mehr als ein Dutzend Tongefäße mit aromatischen Gummiharzen mit sich. Er muß irgendwo einen speziellen Kunden gehabt haben, denn wir haben mehr Myrrhe und Weihrauch gefunden als irgend etwas anderes.«

»Die Menschen im Norden von Kemet, so hat man mir erzählt, verbrennen viel Räucherwerk in den Tempeln von Baal und Astarte, so wie unsere Metallschmiede Holzkohle für ihre Schmelzöfen verwenden.«

Die dunkelhaarige Frau, deren Aufmerksamkeit wahrscheinlich durch die Erwähnung dieser vielen wertvollen Gegenstände geweckt worden war, bog geschmeidig ihren Rücken nach hinten, um sich besser zur Geltung zu bringen, tat jedoch so, als wolle sie sich nur etwas strecken. Die hellhäutige Frau wollte ihr in nichts nachstehen und rollte sich auf die Seite, um auch ihre Vorzüge ins rechte Licht zu rücken.

Bak lächelte den beiden ein wenig abwesend zu. Falls Userhet eine Möglichkeit gefunden hatte, große Mengen von Harz flußabwärts durch Kemet und dann weiter nach Norden über die Grenze zu bringen, konnte er dann nicht auch ohne weiteres Elfenbein transportiert haben?

Nofery tippte ihm mit einem Finger auf das Knie, als fürchtete sie, daß seine Aufmerksamkeit nachließe. »Man erzählt sich, daß du die Lagerhäuser heute morgen hast durchsuchen lassen und daß dort einige Räume bis zur Decke mit Schmuggelware voll waren.«

Bak lachte. »Du mußt dir eine neue Quelle zulegen, gute Frau, eine, die nicht so sehr zu Übertreibungen neigt. Wir haben nur ein geheimes Lager entdeckt, und das war nicht groß, aber ich gebe zu, daß sich dort durchaus einige wertvolle Gegenstände befanden.«

»Oh, ich will wissen, welche«, drängte sie ihn weiterzusprechen und lehnte sich nach vorn.

Bak kniff ihr in die Wange und murmelte: »Habe ich mir bereits einen Krug deines besten Weins verdient, gute Frau?«

Sie zuckte zurück und tat beleidigt. »Ich dachte, du bist mein Freund, und nicht einer, der nur auf meine Kosten Wein trinken und sich amüsieren will.«

»Wir haben dort drei Särge gefunden«, neckte er sie. »Zwei waren mannsgroß, der dritte ...« Plötzlich ging ihm ein Licht auf, und er sprang auf die Füße. »Beim Barte von Amun! Nofery! Wenn an dem Gedanken, den ich gerade hatte, wirklich etwas dran ist, dann werde ich dir mein Leben lang dankbar sein.«

Er stürmte aus dem Hof und ließ die drei Frauen zurück, die ihm verwundert nachstarrten.

»Wo ist Imsiba?« rief Bak schon von weitem und kam ins Wachhaus gerannt. Nach der Helligkeit der Straße draußen konnte er in dem düsteren Licht der Eingangshalle fast nichts erkennen.

Knöchelbeine klapperten auf den harten Erdboden, und einer der diensthabenden Medjas sprang sofort hoch. »Er ist mit Hori hinten und redet mit einem Gefangenen. Soll ich ihn herholen, Herr?«

Bak marschierte in sein Amtszimmer. »Bring beide sofort zu mir.«

Die Wache verschwand durch eine Hintertür, und sein Gefährte folgte Bak, so schnell er konnte. »Stimmt irgend etwas nicht, Herr?«

Bak stand neben dem Sarg und schaute auf ihn hinunter.

Er hatte so oft darauf gesessen, daß er allmählich freundliche Gefühle für den Mann empfand, der darin lag, so als sei Amunemopet ein entfernter Onkel von ihm gewesen, ein Mann, von dem man oft gesprochen, den man aber nie kennengelernt hatte. »Warst du zufällig dabei, als dieser Sarg von Ramoses Schiff hierhertransportiert wurde?«

»Nein, Herr. Ich war an diesem Tag der Inspektion von Psuro zugeteilt. Wir haben den Elefantenzahn auf Kapitän Mahus Schiff gefunden.«

»Du hast uns rufen lassen, mein Freund?« Imsiba kam in den Raum geeilt, gefolgt von Hori und dem Medja, der sie holen gegangen war.

Bak schaute die beiden Wachposten an und überlegte, ob er sie für das, was er jetzt vorhatte, einsetzen sollte oder nicht. Er entschied sich dagegen. Das war etwas, was er selbst tun mußte. Er ging an das Kopfende des Sargs und deutete auf das entgegengesetzte Ende. »Heb Amunemopets Sarg am Fußende hoch, Imsiba. Tragen wir ihn hinaus in die Eingangshalle.«

Imsiba warf ihm einen erstaunten Blick zu, tat aber, wie ihm geheißen. Bak ging in die Hocke und legte seine Hände unten um die im Holz ausgekerbten Schultern. Imsiba hatte es etwas leichter, einen Halt am unteren Sargende zu finden. Auf ein Nicken von Bak versuchten sie, den Sarg hochzuheben. Da es keinem von beiden gelungen war, die Finger unter die Holzkiste zu bekommen, war das jedoch vergeblich.

»Der ist wirklich zu schwer.« Imsiba schüttelte den Kopf. Er wandte sich einem Wachposten zu. »Bring uns eine Stange und ein paar Holzrollen.«

»Und einen Meißel und einen Hammer«, rief Bak dem Mann nach, der bereits durch die Tür verschwand.

Imsiba musterte Bak nachdenklich. »Weißt du etwas, mein Freund, was ich nicht weiß?«

»Findest du nicht, daß Amunemopets Sarg schwerer ist, als er sein sollte?«

Imsiba starrte zuerst Bak an, dann den Sarg. Sein Gesicht drückte Verwirrung aus, dann runzelte er nachdenklich die Stirn, bis ihm schließlich die unglaubliche Wahrheit dämmerte. Mit einem Mal schien er sich der Sache sehr sicher zu sein, und er lachte leise in sich hinein. Hori schaute ihn erschrocken an. Der andere Wachposten starrte den Sarg an und versuchte, den vermeintlichen Scherz zu verstehen.

Der zweite Wachposten kam mit Werkzeug zurück. Mit der Stange hoben sie den Sarg an, wuchteten ihn unter großer Anstrengung auf die Rollen und brachten ihn in die Eingangshalle hinaus. Während der Kasten einsam in der Mitte des großen offenen Raumes stand, schlug Bak vor, daß er und Imsiba jetzt, da er sich besser anfassen ließ, erneut versuchen sollten, ihn hochzuheben. Aber es war nicht einfach. Sein Gewicht, dessen waren sich beide einig, war zu schwer für einen Mann, dessen Körper für die Ewigkeit einbalsamiert war.

Mit Imsiba neben sich fühlte sich Bak stark genug, zu Hammer und Meißel zu greifen. Hori machte große Augen, und die Wachposten standen wie angewurzelt da. Leichte Einbuchtungen in der weißbemalten Oberfläche verrieten Bak, wo er die Holznägel finden würde, mit denen die Zapfen, die in die dafür vorgesehenen Vertiefungen an den Seitenrändern des Sargunterteils eingeschlagen worden waren, stabilisiert wurden. Er klopfte die Nägel heraus und setzte den Meißel unter dem Deckelrand an. Nach einem harten Schlag mit dem Hammer bröckelte die Farbe ab, die als eine Art Siegel der Kiste gedient hatte. Hori hielt vor Entsetzen den Atem an. Die beiden Wachen murmelten hastig ein Gebet. Bak hob vorsichtig den Deckel hoch.

Kein Geruch von Zerfall oder aromatischen Ölen stieg ihnen in die Nase. Keine menschliche Gestalt, die für die Ewigkeit präpariert und mumifiziert worden war, lag im Sarg. Statt dessen war er mit vielen kleinen, locker aufeinandergeschichteten Beuteln gefüllt, die stark nach Getreide rochen und Bak zum Niesen brachten. Imsiba, Hori und die Wachen lachten, erlöst von ihrer inneren Anspannung.

Bak schickte ein leises Gebet zu Amun, daß er hier auch wirklich das finden möge, wonach er suchte. Bak hob einen Beutel heraus und ließ ihn auf den Boden fallen. Eine Staubwolke wirbelte hoch. Er nahm einen zweiten und einen dritten heraus. Und dann entdeckte er zwischen zwei darunter liegenden Beuteln eine glatte weiße Oberfläche. Ihm wurde warm ums Herz.

Er schaute zu Imsiba empor und grinste. »Wie oft habe ich auf diesem Sarg gesessen und darüber nachgegrübelt, wie man etwas so Großes wie einen unzersägten Elefantenstoßzahn unauffällig transportieren kann.«

»Die Götter haben manchmal einen etwas abgründigen Sinn für Humor.«

»In der Tat.« Bak hob einen weiteren Beutel heraus und schaute auf die leere Stelle darunter. »Ich werde Amunemopet vermissen. Obwohl er niemals existiert hat, lebte er doch in meinem Herzen.«

Imsiba lachte sanft und begann Bak beim Ausräumen der Körnersäckchen zu helfen. Unter den erstaunten Augen von Hori und den anderen Männern legten sie nicht nur einen, sondern gleich zwei Elefantenstoßzähne frei. Das dikkere Ende eines jeden Zahns lag in der Mitte, die gekrümmten Spitzen zeigten einmal in die linke Ecke am Kopfende, das andere Mal in die rechte Ecke am Fußende.

Bak starrte hocherfreut auf seinen Fund und sprach abermals ein Gebet, dieses Mal aber ein Gebet des Dankes. Wie viele Elefantenzähne, so überlegte er, waren wohl auf diese Weise flußabwärts befördert und über die große grüne See in die Länder weit im Norden von Kemet gebracht worden. Wie viele waren selbst jetzt noch irgendwohin unterwegs? Dieser Gedanke trübte seine Freude ein wenig. Das Lächeln verschwand von seinem Gesicht. »Weißt du, Imsiba, daß wir ab jetzt jeden Sarg öffnen müssen, der durch Buhen kommt, bis wir sicher sind, daß keine Elefantenzähne mehr unterwegs sind? Und wir müssen einen Bericht an alle Inspektoren entlang des Flusses schicken, sowohl in Wawat als auch in Kemet, das gleiche zu tun.«

Imsiba stöhnte. »Ich hoffe, das Lob, daß wir für diesen Fund erhalten, ist größer als der Groll, den wir für diese Maßnahme ernten werden.«

18. Kapitel

»Nur die dienstältesten Offiziere und die einflußreichsten Fürsten werden dem Wesir vorgestellt werden.« Der Offizier, der kaum alt genug war, um sich zu rasieren, und der zu den um Zuvorkommenheit bemühten jungen Männern aus dem Gefolge des Wesirs zählte, stand steif und aufrecht da. Er strahlte absolutes Selbstvertrauen aus. »Dann kommst du an die Reihe. Kommandant Thuty wird dich vorstellen.«

»Ich verstehe«, antwortete Bak.

Als Thuty ihnen verkündet hatte, daß der Wesir die Männer kennenlernen wollte, die den großangelegten Schmuggelhandel über die Grenze aufgedeckt hatten, hatte nur Nebwa das auf Anhieb und ohne viel Aufhebens hingenommen. Bak dagegen schauderte es bei dem Gedanken, vor aller Öffentlichkeit und bei einem solchen offiziellen Anlaß vorgestellt zu werden. Imsiba ging es ebenso und Mery erst recht. Bak hatte die Zähne zusammengebissen, seine Dankbarkeit zum Ausdruck gebracht und seinen besten Schurz herausgesucht. Der Junge war von seinen Eltern zum Fest begleitet worden und wollte sich vergnügen. Und der immer so zuverlässige Imsiba war einfach untergetaucht. Keiner hatte ihn an diesem Abend bisher gesehen.

»Herzlichen Glückwunsch, Herr.« Der Offizier klopfte Bak auf die Schulter, als sei er ihm sowohl vom Alter als auch vom Rang her gleichgestellt. »Ich hoffe, daß ich eines Tages genauso gut sein werde wie du und genauso mutig.«

Wenn ich dich nicht gar übertreffen werde, las Bak in seinen Augen. »Ich finde, daß das Land Wawat die Fähigkeiten eines Mannes ganz schön herausfordert«, entgegnete ihm Bak.

»Oh, ich bin sicher, daß es das tut.« Der Offizier, der wahrscheinlich noch nicht einen Tag außerhalb des königlichen Hauses seinen Dienst versehen hatte, eilte davon, um sich zu einigen wichtigen Männern zu gesellen, die unmittelbar hinter dem Wesir die Empfangshalle durchquerten.

Bak ließ seine Augen suchend durch den Raum wandern. Er hoffte, irgendwo Imsiba zu entdecken, aber er war sich beinahe sicher, daß der Medja-Polizist noch nicht erschienen war. Er wird schon noch kommen, sagte er sich.

Der Wesir, ein hochgewachsener, stattlicher Herr mit hoher Stirn und schütterem grauem Haar, schritt langsam durch die Halle und plauderte angeregt mit Kommandant Thuty und dem Vizekönig von Wawat. Die Gäste, die im Weg standen, wichen zu beiden Seiten zurück, um ihm Platz zu machen. Wie Thuty besaß auch der Vizekönig eher eine Durchschnittsfigur, allerdings war er etwas größer. Er hatte eine hervorstehende Nase und große Ohren.

Thuty und der Vizekönig – und die meisten anderen Männer, die die große Hitze in Wawat kannten – trugen einfache oberschenkellange Schurze, breite bunte Halskragen und Armbänder, Armreife und Fußspangen. Der Kommandant hatte sich zum großen Entsetzen seiner Frau entschlossen, seine für Zeremonien bestimmte Perücke in ihrem Korb zu lassen. Er zog die Bequemlichkeit dem pompösen Auftritt vor. Der Wesir und sein Gefolge, das er aus Kemet mitgebracht hatte, gaben der höfischen Etikette den Vorzug vor dem gesunden Menschenverstand. Sie trugen knöchellange Schurze, Hemden mit ellbogenlangen Ärmeln und wollene Umhänge um ihre Schultern. Schweiß drang unter ihren dicken Perücken hervor, und ihre kunstvollen Schmuckstücke wurden feucht davon.

Der Wesir marschierte schnurstracks auf Thutys Lehnstuhl zu, der mit dicken Kissen gepolstert worden war und über den man zusätzlich einen gestickten Leinenüberwurf gebreitet hatte. Der Lehnstuhl stand am Ende der Empfangshalle. Offiziere und Schreiber von den Garnisonen entlang des »Steingürtels« und örtliche Fürsten und Älteste standen unter den Säulen, die die Decke trugen, und mischten sich unter die Männer aus der Hauptstadt.

Die Frauen von Buhen, die geladen waren, befanden sich in der Minderzahl, wurden aber durch ungefähr zwanzig Ehefrauen und Konkubinen verstärkt, die aus Kemet in den Süden mitgekommen waren. Sie saßen auf niedrigen Hokkern in einer Nebenhalle, in der sich sonst die Schreiber aufhielten. Bei einem kleineren, weniger offiziellen Anlaß hätte man die Frauen nicht von den Männern getrennt, aber Thuty hatte den Empfang zu einem wirklich großartigen Ereignis machen wollen – soweit das in einer Grenzgarnison möglich war –, an das der Wesir sich noch lange erinnern würde. Während die Männer über Staatsgeschäfte redeten, unterhielten sich die Frauen über persönliche Dinge.

Nofery saß bei Tiya, der Frau des Kommandanten, und Chawet, der hübschen jungen Konkubine des Wesirs. Sie steckten die Köpfe zusammen und schwatzten wie alte Freundinnen. Amunaya stand hinter ihnen und fächelte ihnen mit einem Fächer aus Straußenfedern Luft zu. Bak hatte sich Nofery niemals als eine Person vorstellen können, die Freundschaften mit anderen Frauen pflegte. Vielleicht hatte er sich geirrt.

Die Stimmen und das Gelächter in der Empfangshalle schwollen an und ebbten wieder ab, und hie und da war sogar ein leises Fluchen zu hören. Hier ging es lebhafter zu als bei den Frauen, die einen leichten Plauderton beibehielten. Diener trugen große Platten durch die Gästeschar, beladen mit gebratenem Fleisch und Gemüse, Honigkuchen und süßem Brot, Datteln, Feigen und Trauben. Der Wein floß in Strömen. Sein kräftiges Aroma mischte sich mit dem süßen Duft der Blumen und dem Geruch der kleinen Parfümkegel, die die meisten auf den Perücken trugen. Musiker versammelten sich an einem Ende der Halle, gemeinsam mit vier

Tänzerinnen und mit Akrobaten. Die Luft war reglos und schwer, ja fast ein wenig schwül durch die vielen Menschen.

»Gut gemacht, Bak.« Nebwa verneigte den Kopf und zeigte tiefen Respekt. »Du hast mit soviel Takt gesprochen, wie ich das niemals fertigbringen würde, und du hast die Sache genau auf den Punkt gebracht, so daß selbst der Begriffstutzigste das verstehen mußte.«

Bak war in Gedanken noch bei Imsiba, so daß er einen Augenblick brauchte, bis er begriff, daß Nebwa wohl seine Unterhaltung mit dem jungen Offizier aus der Hauptstadt meinte. »Ich bezweifle, daß er auch nur einen Tag in einer Truppe gedient hat. Aber ich beneide ihn nicht um seine gegenwärtigen Pflichten. Nach dem, was ich aus dem Königshaus weiß, können einen die Gefahren, denen man in den Korridoren der Macht ausgesetzt ist, mehr das Fürchten lehren als das übliche Einerlei hier bei uns.«

Nebwa lachte. »Ich würde Buhen immer vorziehen.«

»Nun, hier ist ein Mann, der dir darin wahrscheinlich nicht zustimmen würde.« Bak deutete mit seinem Amtsstab auf Leutnant Kay. »Jedesmal, wenn ich ihn sehe, unterhält er sich mit einem anderen Offizier. Allerdings niemals mit einem aus Wawat. Ich glaube, er sucht einen neuen Posten, weiter im Norden.«

Nebwa winkte einem Diener, der ein großes rundes Gefäß trug, und hielt ihm seine Trinkschale hin. Der junge Mann schenkte ihm dunkelroten, modrig riechenden Wein ein. »Ich möchte Kay nur höchst ungern verlieren, aber ich wünsche ihm viel Glück. Er hat lange Zeit seinen Dienst als Inspektor in Semna gut versehen. Er hat eine Belohnung verdient.«

Der erste Harfenist ließ seine Finger über die Saiten seines Instruments gleiten. Ein zweiter Harfenist, ein Lautenspieler, zwei Oboenspieler und eine Frau mit einer Lyra stimmten in die Melodie mit ein. Sie stammten alle aus Buhen, hin und wieder trafen sie nicht den richtigen Ton, aber niemanden schien das zu stören, die meisten bemerkten es nicht einmal.

Nebwa betrachtete zufrieden den Inhalt seiner Schale.

»Hast du schon mit dem jungen Speerträger gesprochen, den ich dir als Helfer für Ahmose vorgeschlagen habe?«

»Habe ich.« Bak fand den Wein angenehm wärmend. »Seine Frau stammt aus der Gegend hier, wie du gesagt hast. Und sie ist hochschwanger. Sie möchten hier in Wawat in der Nähe ihrer Familie bleiben und nicht nach Kemet zurückkehren, wo er auf den Feldern einer hochgestellten Persönlichkeit arbeiten müßte. Als ich ihm von Ahmose und der Insel erzählte, haben sie das als ein Geschenk der Götter betrachtet.«

Sergeant Paschenuro tauchte neben Bak auf, in der Hand hielt er eine Trinkschale. Er zwang sich zu einem Lächeln.

»Du siehst aus, als hättest du Zahnschmerzen«, meinte Bak und grinste.

Der stämmige Mejda klammerte sich an das Lächeln, als ginge es um sein Leben. »Ich bin gekommen, Herr, weil du es mir mehr oder weniger befohlen hast. Aber ich trinke lieber Bier als Wein, und ich weiß nicht, wie ich mit den Männern von hohem Stand und großem Reichtum reden soll. Kann ich jetzt zu den Unterkünften zurückkehren?«

»Es reicht schon, daß du so lange durchgehalten hast.« Bak klopfte ihm anerkennend auf die Schulter. »Geh, wenn du möchtest. Du hast dich gezeigt, und mehr kann ich nicht verlangen.«

Der Sergeant streckte seine fast noch volle Schale einem verblüfften Diener hin und verschwand durch die Menge in Richtung Ausgang.

»Na, führst du heute deine Medjas spazieren, Leutnant?« Hapuseneb klopfte mit einer Hand Nebwa auf den Rücken und legte Bak einen Arm um die Schulter.

Bak begrüßte den wohlhabenden Kaufmann mit einem Lächeln. »Sonst werden sie ja nicht wahrgenommen, und wenn sie befördert werden sollen, muß man schon die Aufmerksamkeit der Mächtigen auf sie lenken.«

Nebamun, der wie immer im Schatten des reichen Händlers auftauchte, nickte zustimmend. »Unglücklicherweise trifft das zu, fürchte ich.«

»Ich habe irgendwo meine Trinkschale stehenlassen. Und mein Sprüchlein mag ich nicht mit trockener Zunge aufsagen.« Hapuseneb winkte einen Diener herbei und hielt bald eine vollgefüllte Schale in der Hand. »Dank sei allen Göttern, Kommandant Thuty und vor allem euch beiden …« Er hob seine Schale hoch, deutete damit zuerst kurz auf Nebwa, dann auf Bak. »… dafür, daß wir wieder ungehindert unseren Geschäften nachgehen können. Meine Karawanenführer danken euch. Die Kapitäne meiner Schiffe danken euch. Und ich danke euch.«

Nebamun hob seine Schale nur Bak entgegen. »Auch ich bin dir sehr dankbar, Leutnant. Meine Handelsgüter sind bereits an Bord eines Schiffes, das nach Abu aufbricht. Und die Verluste, die ich befürchtet habe, konnten vermieden werden. Ich schulde dir mehr, als ich sagen kann.«

»Ich stehe in deiner Schuld, nicht umgekehrt. Du hast mir als erster von dem Mann ohne Kopf erzählt.«

Hapuseneb hob seine Schale höher. »Auf Userhet. Diesen Mistkerl!«

Das Trio um ihn herum hob ebenfalls die Trinkschalen.

Kurze Zeit später, nachdem die beiden Kaufleute sich wieder entfernt hatten, wandte sich Nebwa erneut an Bak. »Ich habe gehört, daß du morgen die Anklage gegen Rennefer dem Wesir vortragen sollst.«

Bak bedachte seinen Freund mit einem müden Lächeln. »So lautet der Auftrag von Kommandant Thuty an mich.«

»Was für ein schlauer Hund er doch ist, diese Pflicht einfach anderen aufzuhalsen.«

Baks Lächeln verschwand von seinen Lippen. »Ich habe mir sagen lassen, daß der Wesir bereits seine Entscheidung getroffen hat. Und zwar aufgrund meines Berichts. Die morgige Sitzung ist nur eine Formsache.«

Nebwa warf ihm einen kurzen Blick zu. »Sie hat doch zumindest das Recht, sich zu verteidigen.«

»Er wird sich anhören, was sie zu sagen hat. Und dann

wird er befehlen, daß man sie stromaufwärts bringt und den Krokodilen vorwirft.«

Nebwa runzelte die Stirn. »Sie ist wirklich eine Frau, die Böses getan hat, ein Dämon der Nacht. Aber sie so hart zu bestrafen, während Roy, Wensu und Userhet einen so raschen Tod auf andere Art gefunden haben, das ist nicht gerecht.«

Bak stimmte ihm zu. Er wußte, daß Rennefer den Tod verdiente, weil sie ihren Ehemann hatte umbringen wollen, aber ihr Vorhaben war schließlich mißglückt, während andere mit ihren Taten Erfolg gehabt hatten. Verdiente sie vielleicht eine gewisse Rücksichtnahme?

»Ich habe Imsiba noch gar nicht gesehen.« Nebwa unterbrach das lange Schweigen. »Ist er noch immer verschollen?«

»Ich habe keine Ahnung. Ich hoffe, er ist nicht ... Oh, da kommt er ja!«

Erleichtert deutete Bak mit dem Kopf zur Tür, wo der hochgewachsene Medja-Polizist stehengeblieben war, um kurz mit Paschenuro, der gerade hinaus wollte, zu sprechen. Sitamun stand dicht neben ihm. Sie trug ein einfaches weißes Gewand, dazu eine Goldkette, an der ungefähr ein Dutzend wunderschön geformter goldener Lotosblüten hing, die mit roten und blauen Steinen besetzt waren. Dazu hatte sie vier passende Goldarmreife angelegt.

Statt sie gleich in die Nebenhalle zu bringen, in der die Frauen saßen, geleitete Imsiba sie durch die Menschenmenge auf Bak und Nebwa zu. Der Medja konnte einfach nicht die Hände von ihr lassen, ständig berührte er sie an der Schulter, dem Rücken oder einem Arm. Sie warf ihm hin und wieder einen Seitenblick zu und lächelte ihn sanft und warm an. Wie eine Frau, die sich sowohl körperlich als auch seelisch wohlfühlt.

Nebwa beobachtete das Paar, das auf sie zukam, mit zusammengekniffenen Augen. »Ich weiß nicht, wo sie sich versteckt hatten, aber wenn man sie so sieht, kann ich mir gut vorstellen, was der Grund dafür war.«

»Falls sie sich entschließt, nach Kemet zurückzukehren, wird die Entscheidung für ihn nicht einfach sein.« Bak wollte natürlich seinem Untergebenen gegenüber gerecht und großzügig sein, aber seine Stimme verriet auch seine Besorgtheit.

Nebwa warf ihm einen scharfen Blick zu. »Glaubst du, daß sie darauf besteht, daß er sich künftig dem Schiffsgeschäft und dem Handel widmen soll?«

»Ich bete zu den Göttern, daß sie das nicht vorhat«, wünschte sich Bak voller Inbrunst. »Er würde damit gut zurechtkommen, daran habe ich keinen Zweifel. Aber er wäre bestimmt nicht glücklich, ein so großes Schiff wie das von Mahu am Halse zu haben und ständig auf die Bedingungen des Handels eingehen zu müssen.«

Nebwa öffnete schon den Mund, um seinen eigenen Kommentar dazu abzugeben, aber das Paar gesellte sich gerade zu ihnen, und so sparte er sich die Antwort.

Sitamun lächelte Bak an. Sie hatte ein Blütenblatt in ihre Frisur geflochten, dazu noch einige Perlen, die bei jeder Bewegung ihres Kopfes leise klimperten. »Ich muß dir danken, Leutnant, daß du den Mann gefunden hast, der meinen Bruder ermordet hat. Ich habe Userhet für einen Freund gehalten, für einen Mann, dem ich alles anvertrauen konnte, was ich besaß. Wenn du nicht so hartnäckig gewesen wärst, hätte ich ihm meine Geschäfte übertragen.«

Bak winkte ab, er wollte ihre Dankbarkeit nicht. »Einen Mann wie Userhet zu fassen, ist einer der Höhepunkte meines Lebens gewesen.«

»Das hat mir Imsiba auch gesagt.« Sie legte ihre Hand auf den Arm des Medjas und lächelte zu ihm hoch. »Ich habe versucht, ihn davon zu überzeugen, daß er genug Geschick besitzt, um Geschäftsmann zu werden, aber er will nicht auf mich hören. Er zieht es vor, der Göttin Maat zu dienen.«

»Hast du dich entschlossen, hier in Buhen zu bleiben? Oder willst du Imsiba überreden, daß er mit dir nach Kemet geht?« Bak kam ohne Umschweife zur Sache.

»Ich besitze hier ein Haus, und der Hafen von Buhen ist nicht schlechter als der anderer Städte, um Handelsschiffahrt zu betreiben.« Sie warf Imsiba einen zärtlichen Blick zu. »Ich und mein Sohn haben hier neue Freunde gefunden. Ja, ich werde bleiben.«

»Das freut mich sehr«, erklärte Bak voller Überschwang, der zugleich seine Erleichterung verriet.

Imsiba lächelte. »Nicht mehr als mich, mein Freund.«

Der Wesir, so bemerkte Bak, hatte sich im Lehnstuhl niedergelassen, ein Diener hatte ein kleines Tischchen daneben gestellt. Ein anderer flatterte mit Essen und Wein um ihn herum. Ein dritter wartete ganz in der Nähe mit einer Blumengirlande und einem frischen Parfümkegel. Helfer sprangen um ihn herum, die einzig darauf warteten, jeden seiner Wünsche zu erraten, noch bevor er ihn ausgesprochen hatte. Der Vizekönig hatte sich aus der unmittelbaren Nähe des großen Mannes zurückgezogen, um in einer Ecke eine wichtige Angelegenheit mit dem Befehlshaber von Iken zu besprechen. Vielleicht erörterten sie die Hochzeit der Tochter des Befehlshabers. Thuty hatte drei lokale Fürsten im Schlepptau, von denen jeder bereits mit seinem Gewand andeuten wollte, daß er für Kemet sei. Ein Anlaß wie dieses Bankett eignete sich bestens, seine Ergebenheit gegenüber diesem reichen und mächtigen Land unter Beweis zu stellen. Und dem bedauernswerten Kommandanten blieb nichts anderes übrig, als die Leute miteinander bekannt zu machen und die zuverlässigen Verbündeten zu loben.

»Ein wunderschönes Fest.« Das war die Stimme von Kapitän Ramose. »Ausgezeichnetes Essen, feiner Wein und edelste Gäste. Was könnte man sich mehr wünschen?«

Bak schaute sich um und entdeckte Ramose im Gespräch mit dem stämmigen Admiral, der die Flotte des Wesirs befehligte. Beide Männer trugen Perücken und üppigen Schmuck, doch ob der großen Hitze lief ihnen der Schweiß in Strömen übers Gesicht. Sie gingen weiter, die Hand des Admirals lag freundschaftlich auf Ramoses Schulter. Bak mußte lachen. Für einen Mann, der noch vor ein paar Tagen behauptet hatte, nicht viel für die Edlen übrig zu haben, machte sich der Kapitän ganz gut.

Imsiba berührte Sitamun am Arm, um mit ihr in den Raum zu gehen, wo die Frauen saßen. »Komm, meine Liebe, ich werde dich bei Tiya und den Damen abliefern.«

»Wenn du zurückkommst, bring doch bitte Mery mit«, bat ihn Bak. »Er spielt mit den anderen Kindern im Säulenhof auf der Rückseite des Gebäudes. Er wird sicher ein bißchen Wasser nötig haben, bevor er vor dem Wesir erscheinen kann.«

»Ich schicke ihn zu dir.« Imsiba war im Begriff loszugehen, doch dann fiel ihm etwas ein. »Ich weiß, daß niemand außer unserer Herrscherin selbst die Goldene Medaille für Tapferkeit überreichen darf, aber ich bin sicher, daß sich der Wesir dafür einsetzen wird, daß du den Goldenen Flügel erhältst.«

Bak konnte nur lachen. Diese begehrte Auszeichnung hatte er sich schon zweimal verdient, als er Verbrecher gefaßt hatte, deren üble Taten eine Beleidigung der Göttin Maat dargestellt und die Waagschalen des Rechts in eine schlimme Schieflage gebracht hatten. Doch in keinem dieser Fälle hatte man ihn auf diese Weise geehrt.

Liste der handelnden Personen

Leutnant Bak	Leitender Offizier der Medja-Polizei
Sergeant Imsiba	Baks Stellvertreter; ein Medja
Hori	ein junger eifriger Polizeischreiber
Kommandant Thuty	Verantwortlicher Offizier der Garnison Buhen; herrscht mit gütiger, aber strenger Hand über die Dörfer und Höfe in der Umgebung
Nebwa	Thutys Stellvertreter, ein Offizier
Tiya	Thutys umsichtige Gemahlin
Nofery	Besitzerin eines Freudenhauses in Buhen; gelegentlich als Spionin für Bak tätig
Psuro und Paschenuro	Medja-Polizisten
Amunmose und Heribsen	Mitglieder einer aus sechs Mann bestehenden Wüstenpatrouille
Penhet	Besitzer eines größeren Bauernhofes in der Oase auf der anderen Seite des Flusses in der Nähe von Buhen
Rennefer	Penhets hart arbeitende Frau
Netermose	Besitzer eines angrenzenden Hofes
Kapitän Ramose	Herr über ein Handelsschiff; ein sehr hilfreicher Mensch
Tjanuny	ein Ruderer auf Ramoses Schiff; ein Mann aus dem Süden, der im Norden ein besseres Leben zu finden hofft
Kapitän Mahu	Herr eines großen Frachtschiffes; ein Mann von außerordentlicher Rechtschaffenheit
Sitamun	Kapitän Mahus liebreizende Schwester, die vor kurzem Witwe geworden ist und einen kleinen Sohn hat
Userhet	Aufseher der Lagerhäuser; beliebt bei den Damen, aber nicht bei Imsiba
Hapuseneb	der erfolgreichste Kaufmann südlich von Kemet; ein sehr wohhabender Mann
Nebamun	ein weiterer Händler; aber nicht so wohlhabend
Leutnant Kay	ein Offizier der Fußtruppe, der gerade in Buhen angekommen ist und früher in der Festung Semna an der Südgrenze von Wawat stationiert war
Kapitän Roy	Herr über ein Handelsschiff, das im Sturm Schiffbruch erleidet

Pahuro	Dorfältester ein Ortes, der dem Schiffswrack am nächsten liegt
Intef	ein Mann, der in der Wüste wild jagt
Nehi	Intefs Frau, die viel zu erleiden hatte
Mery	der älteste einer Gruppe von Jungen, die in den alten Grabstätten in und um Buhen spielen
Wensu	ein wilder Mann der Wüste; Herr über ein kleines, schnittiges Handelsschiff
Amunemopet	Priester aus dem Süden; verstorben

Dazu kommen noch zahlreiche Soldaten und Matrosen, Schreiber, Stadt- und Dorfbewohner.

Die Mächtigen in Kemet

Maatkare Hatschepsut	Königin in Kemet (1490–1468 v.u.Z.)
Menchepaare Tuthmosis	Neffe der Königin; teilt den Thron mit ihr (1490–1436 v.u.Z.)
	der Wesir der südlichen Provinzen
	der Vizekönig von Wawat und Kusch

Götter und Göttinnen

Amun	Hauptgott während der längsten Zeit der ägyptischen Geschichte, vor allem zu Beginn der 18. Dynastie, zu jener Zeit, in der diese Geschichte spielt; kann Menschengestallt annehmen
Horus von Buhen	eine örtliche Version des Falkengottes Horus
Maat	Göttin der Wahrheit und der Gerechtigkeit; wird repräsentiert durch eine Feder
Hapi	der Flußgott
Hathor	eine Göttin mit vielen Attributen, wie zum Beispiel Mütterlichkeit, Glück, Tanz und Musik, Krieg; wird häufig als Kuh dargestellt
Re	der Sonnengott
Chepre	die aufgehende Sonne

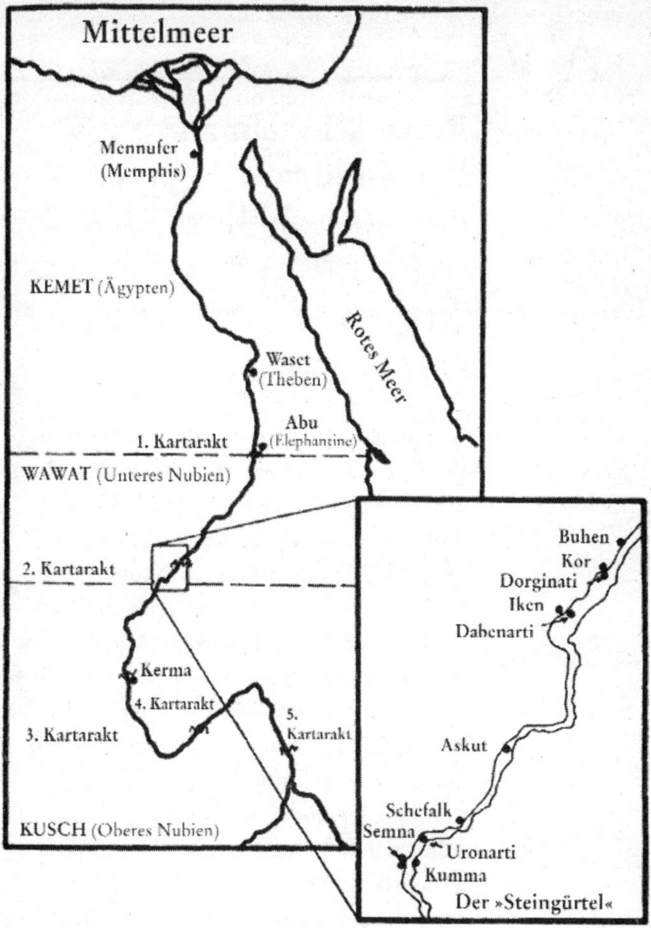
Mittelmeer
Mennufer
(Memphis)
KEMET (Ägypten)
Rotes Meer
Waset
(Theben)
Abu
(Elephantine)
1. Kartarakt
WAWAT (Unteres Nubien)
2. Kartarakt
Kerma
4. Kartarakt
3. Kartarakt
5.
Kartarakt
KUSCH (Oberes Nubien)
Buhen
Kor
Dorginati
Iken
Dabenarti
Askut
Schefalk
Semna
Uronarti
Kumma
Der »Steingürtel«

AtV

Band 1357

Betty Winkelman
Das Gold von Ägypten

Historischer Kriminalroman

Aus dem Englischen von Susanne Tschirner

307 Seiten
ISBN 3-7466-1357-4

Ägypten im goldenen Zeitalter, 1465 vor Christi Geburt: Bak, ein junger, kampferprobter Wagenlenker, ist auf einen Außenposten des Reiches verbannt worden. Hier soll er mit seinen Nubiern für Ruhe und Ordnung sorgen. Doch gleich nach seiner Ankunft wird Nakht, der Befehlshaber der Stadt, ermordet – angeblich von seiner eigenen Frau, der bezaubernden Azzia. Bak steht vor einer Pyramide von Problemen: Er muß die Stadt befrieden, den Mörder finden und die junge Frau schützen, falls sie unschuldig sein sollte. Da entdeckt er, daß der vermeintlich untadelige Nakht eine seltsame Schriftrolle besaß – und Gold. Dabei gehört in Ägypten alles Gold dem Pharao.

AtV

Band 1572

Lynda S. Robinson
Der Falke des Pharao

Roman

Aus dem Amerikanischen von Nicole Terwort

279 Seiten
ISBN 3-7466-1572-0

In den heiligen Hallen des Gottes Anubis bereitet die Priesterschaft die Toten auf ihre Wiedergeburt vor. Um so entsetzter sind die Priester, daß offenbar an dieser geweihten Stätte ein Mord geschehen ist: Hormin, ein königlicher Schreiber wurde erdolcht. Tutanchamun, der junge Pharao, beauftragt seinen Günstling Meren mit den Ermittlungen. Der erst vierzehnjährige Herrscher muß befürchten, daß die Priester den Vorfall ausnutzen, um seine Macht zu untergraben. Was Meren herausfindet, läßt ihn schier verzweifeln: Zum einen hatte der ermordete Schreiber ein Heer von Feinden, zum anderen droht der Pharao das Opfer einer Verschwörung zu werden …